KB209831

리빌드 월드 Ⅶ

Rebuild World
초인(超人)

글 **나후세**

세계관 일러스트 **와잇슈**

일러스트레이션 **긴**

메카닉 디자인 **cell**

The advanced civilization that once dominated the world has crumbled away, and a long time has passed. People rallied the fragments of wisdom and glory scattered all over the world and spent a long time rebuilding human society.

"안녕. 너희도
일출 보러 왔어?"

『알았어.』

『내가 대응할 거니까
아키라는 조용히 있어.』

이윽고 해가 뜬다.
일부러 지붕에 올라간 보람이 느껴지는 광경을,
아키라와 히카루는 천천히 즐겼다.
하지만 이를 방해하는 사람이 나타난다.

Character

아키라가 도시 간 수송차량에서
마주친 소년.

시로의 경호원. 사카시타 중공 소속.

쿠가야마 시티 직원, 키바야시의
부하. 도시 광역경영부 소속.

"아키라 담당, 힘내라."

>Auther : nahuse >Illustration : gin >Illustration of the world : yish >Mechanic design : cell

리빌드 월드 VII

Rebuild World
초인(超人)

The advanced civilization that once dominated
the world has crumbled away, and a long time has passed.
People rallied the fragments of wisdom and glory scattered
all over the world and spent a long time rebuilding human society.

Author 나후세 **Illustration** 긴
Illustration of the world 와잇슈 **Mechanic design** cell

Contents

제191화 입원 중에 생긴 일

소망과 희망이 교차하고, 사투를 벌여서, 유미나를 죽이고, 아키라는 살아남았다.

슬럼의 뒷골목에서 뛰쳐나와 헌터가 된 소년은 그때까지도, 그 이후에도 많은 사람을 죽였다. 슬럼에서든, 황야에서든, 상대가 사람이든 몬스터든, 자신을 공격하는 적을 죽이고, 이기고, 살아남아, 소년은 성장했다.

가진 것이 없던 소년은 많은 것을 얻었다. 건강한 몸. 청결한 옷. 안전한 음식. 지붕이 있는 집. 강력한 무장. 엄청난 돈.

그리고 죽이고 싶지 않고, 죽기 바라지 않는 사람을.

그 사람마저 죽이고, 아키라는 살아남았다.

유미나의 죽음을, 아키라는 슬퍼하지 않으려 했다. 자기 손으로 죽여놓고 슬프다니, 무슨 개소리냐고 생각했다. 그런 오만한 짓은 용납할 수 없다. 그렇게 생각했다.

하지만 병실에서 깨어난 아키라는 시즈카에게 안겨 용서를 받았다. 유미나가 죽은 것을 슬퍼해도 좋다고.

용서받은 아키라는 큰 소리로 울었다. 자기가 죽인 사람의 죽음을, 소중한 사람을 잃은 것을 진심으로 슬퍼하며.

사람이 죽는다는 것, 소중한 사람을 잃는다는 것은 매우 슬픈 일이다. 그 이해와 깨달음. 그것 또한 아키라가 얻은 것이다.

　슬럼의 뒷골목에서 얻지 못한 것을 얻은 아키라의 싸움은 앞으로도 계속된다.

◆

　울고 또 울고, 아키라는 그동안 쌓였던 감정을 눈물과 함께 쏟아냈다. 시즈카에게 안긴 채로 숨을 크게 내쉬었다.

　시즈카는 아키라가 울음을 그친 것을 확인하고 천천히 떼어냈다. 그리고 아키라의 얼굴을 보고, 이제는 괜찮겠다며 부드럽게 웃어 주었다.

　잘 울고 나서 안정을 되찾은 아키라가 조금 쑥스러운 표정으로 말했다.

　"어…… 음…… 고마워요. 마음이 많이 편해진 것 같아요."

　"괜찮아. 기운을 차렸다면 다행이야. 나는 이만 가볼게. 조금 더 이야기하고 싶지만, 면회 시간이 이미 지났어. 시간이 참 빨리 가는걸?"

　그것은 아키라가 그만큼 오랫동안 시즈카에게 안겨서 울고 있었다는 뜻이기도 하다. 그 사실을 깨달은 아키라는 무심코 웃음을 감추듯 표정을 조금 굳혔다.

　시즈카는 그런 아키라를 흐뭇하게 여기며 안도했다. 우울하거나 억지로 참는 느낌이 없이 평범한 웃음이었기 때문이다.

　유미나의 죽음을 완전히 털어낸 것은 아니리라. 그래도 이렇게 웃을 만큼 앞으로 나아갈 수 있게 되었다. 그러니 다행이다. 시즈카는 그렇게 여기고, 자신이 도움을 줄 수 있었던 것이 기뻐서, 그 기회를 얻게 된 것에 감사했다.

"아키라는 푹 쉬어. 다시 건강한 모습을 보여줘야지. 다음엔 우리 가게에서 말이야."

"네, 알겠습니다."

아키라가 머리를 끄덕이자 시즈카도 미소를 지으며 머리를 끄덕였다. 그리고 병실을 나섰다.

그제야 아키라는 알파의 시선을 알아차린다.

『무슨 일 있어?』

『응? 조금 말이지.』

알파가 아키라를 껴안는다. 그러나 알파는 아키라의 확장시야에만 존재한다. 아키라에게는 안긴 느낌이 없다. 풍만한 가슴을 아키라의 얼굴에 밀착한들, 그 부드러움을 증명하듯 움직이는 젖가슴도 아키라의 시야를 좁히는 효과밖에 없다.

『알파. 뭘 하자는 거야?』

의아한 표정을 짓는 아키라에게서 몸을 뗀 뒤, 알파는 장난치듯 조금 호들갑스럽게 한숨을 쉬었다.

『역시 진짜로 닿아야 하나 보네. 손만으로는 부족한 걸까?』

아키라는 더욱 의아한 표정을 지었지만, 곧이어 무슨 말인지 깨달았다.

쿠즈스하라 시가지 유적 전투에서 두 손을 잃은 아키라는 의료용 의수를 장착한 상태다. 그리고 그 의수라면, 비록 유사 감각이기는 해도 알파를 만질 수 있는 것이다.

　그 손으로 알파의 풍만한 가슴을 만졌을 때 느낀 부드러운 촉감을, 그때 자신이 보인 반응을 떠올린 아키라는 부끄러움을 감추고자 침대에 누워 시트로 얼굴을 가렸다.

　『피곤하니까 잘 거야!』

　『알았어. 푹 쉬어.』

　아키라도 시즈카에게 안겨서 싫은 것은 아니다. 오히려 기쁘고, 그대로 울게 해준 것에 감사하고 있다. 하지만 그 사실을 다시 한 번 지적받자, 역시 부끄러움을 느꼈다.

　그리고 그런 감정을 느낄 수 있을 만큼 유미나의 죽음에서 회복한 상태였다.

◆

　울어서 부었던 얼굴에서 부기가 빠지고 부끄러움도 가라앉아 안정을 되찾았을 때, 아키라는 담당 의사로부터 자기 몸에 관해 설명을 듣고 있었다.

　두 손이 없어진 것을 제외하면 몸은 완치된 상태였다. 따라서 퇴원해도 문제가 없지만, 아키라의 입원은 이나베의 사정으로 인한 연금을 겸하기 때문에 퇴원 시기는 아키라가 알아서 조정해 주길 바란다. 담당 의사는 먼저 그 사정을 설명한 뒤, 아키라에게 손실한 두 손의 처리에 관해 물었다.

　이대로 둔다. 의수로 교체한다. 재생 치료를 받는다. 아키라의 선택은 크게 세 가지 중 하나가 될 것이다.

두 손이 없더라도 의수나 강화복을 적절히 사용하면 큰 문제가 없다. 지금 아키라의 두 손에는 질감이 하얀색 고무나 플라스틱이라는 점을 제외하면 자유자재로 움직이고 촉감도 멀쩡하게 느낄 수 있는 고성능 의수가 장착되어 있다. 일상생활에서는 비슷한 수준의 의수만 있으면 된다.

전투에서는 강화복을 착용하면 된다. 두 손에 해당하는 부분이 텅 비었어도 고성능 강화복이라면 전투하는 데 지장이 없다. 의수로 교체할 것인지, 재생 치료를 할 것인지 결정하기 전까지 당분간은 이대로 두는 선택도 가능했다.

신체 결손 부위를 보완하기 위한 의수가 아니라 신체 일부를 기계로 대체한다는 의미의 사이보그 의수에는 생체에서 얻을 수 없는 많은 장점이 있다.

외형은 생체와 같고, 본래 초인만이 얻을 수 있는 근력을 기계적으로 얻을 수도 있다. 인체의 구조를 일탈, 혹은 초월한 형태로도 만들 수 있다. 관절을 늘려 가동 범위가 360도를 넘게 만들 수도 있고, 총이나 칼날로 변형되는 손으로 만들 수도 있다.

고장나거나 파손되어도 대체 부품을 미리 준비해서 새것으로 교체하기만 하면 된다. 치료가 아닌 수리이기 때문에 가능한 즉효성은 생체일 때 비싼 회복약을 대량으로 복용해도 어려운데, 그 점은 기계화의 큰 장점이다.

담당 의사는 아키라에게 거기까지 설명한 후, 아무렇지 않게, 아니 엄밀히 말하면 본인은 자연스럽게 말한다고 착각하는 듯, 반

강제적인 분위기로 이야기를 이어나갔다.

"그래서 어떻습니까? 의수로 할 거면 지금이 딱 좋은 기회 아니겠습니까? 신체 일부를 의수로 만들어서 활약하는 고랭크 헌터들은 많지만, 기계화를 위해 멀쩡한 부위를 일부러 잘라내는 사람은 드물죠. 대부분 이런 기회에 하는 겁니다."

"그, 그래요⋯⋯?"

"게다가 이번 치료비는 쿠가마야마 시티에서 지원해 주기로 했습니다. 교체 비용만이 아니라 의수 자체의 비용까지 치료비에 넣으면 사실상 공짜로 값비싼 의수를 입수할 수 있는 셈이죠. 이런 기회는 흔치 않을 텐데요? 전화위복이라는 말도 있으니까, 어떻습니까? 이럴 때는 좋은 쪽을 택해야 하지 않겠습니까?"

"아, 아뇨, 저는 재생 치료로 할게요."

아키라는 담당 의사의 묘한 압박감에 다소 주춤거리면서도 단호하게 대답했다.

"그렇습니까⋯⋯⋯⋯. 알겠습니다. 재생 치료의 방법은 크게 두 가지가 있어서⋯⋯."

담당 의사는 얼굴에서 웃음을 잃지 않고, 그러나 뭔가 권유에 실패한 사람 같은 얼굴로 이야기를 이어나갔다.

재생 치료는 결손 부위에서 새로 자라게 하거나 배양한 손을 수술로 결합하는 방법이다. 두 가지 방법 모두 장단점이 있지만, 재생의 경우 해당 기간에 두 손을 쓰기 불편해지기 쉽고, 배양 중에는 의수를 사용하면 정상적으로 손을 쓸 수 있다는 점에서, 아키라는 후자를 선택했다.

곧바로 수술이 시작된다. 먼저 양팔의 팔뚝 끝을 절제해서 배양할 수 있는 토대를 마련한다. 절단면에는 의수 교체 수술에도 사용되는 신경전달 정보 판독 장치를 부착한다. 그 위에 기존에 사용하던 의료용 하얀색 의수를 붙인다. 이를 통해 배양 중인 손에도 신경전달 정보가 전해지고, 적절하게 배양된 손은 이식 수술 직후에도 불편함 없이 움직일 수 있게 된다.

이 사전 처리는 10분 정도면 끝나는 간단한 작업이다. 간단하기에 아키라의 의식이 있는 상태에서 빠르게 진행됐다. 마취 덕분에 통증은 없었지만, 아키라는 차마 못 보고 고개를 돌렸다.

"손을 배양하려면 일주일 정도 걸립니다. 그동안 의수를 적당히 움직이거나 여러 가지를 만져보고 촉감을 확인해야 합니다. 입력 정보가 많을수록 배양이 잘될 확률이 높아집니다. 이식 수술 후의 문제도 크게 줄어들죠. 의수를 쓰면서 불편함이 느껴지면 연락해 주기 바랍니다. 수고하셨습니다."

설명을 마친 뒤 아키라의 팔에서 절제한 부위를 보관 용기에 넣고 돌아가려던 담당 의사가 말을 덧붙인다.

"아, 지금이라도 전투용 의수 사용법을 시험해 보는 것도 좋을 것 같네요. 관심이 생기면 연락해 주세요. 손에서 레이저가 나오는 것도 있거든요. 바로 시험해 볼 수 있습니다."

"새, 생각해 볼게요."

거절에 가까운 아키라의 대답에도 담당 의사는 조금 기쁜 표정을 지었다. 그리고 가볍게 인사하고 병실을 떠났다.

아키라는 자신의 두 손을 바라본다.

"레이저는 좀 아니지……."

『익숙해지면 편리해서 못 버리게 될지도 모르는걸? 아키라. 손을 조금 앞으로 뻗어봐.』

아키라는 시키는 대로 오른손을 앞으로 뻗었다. 그러자 그 오른손에서 엄청난 광선이 뿜어져 나왔다. 에너지 광선이 사선에 있는 물체를 날려버리고, 병실 벽에 바깥까지 이어지는 커다란 구멍이 뚫린다.

물론 이것은 아키라의 확장시야에 파괴 영상을 표시한 것이다. 현실의 병원은 온전하다. 흠집 하나 없이 멀쩡하다. 그래도 아키라에게 그 사용감을 알기 쉽게 전달할 수 있었다.

『이런 느낌일까? 아키라. 어때?』

『레이저를 쏘고 싶으면 레이저건을 사면 되지. 굳이 손에서 쏠 필요는 없겠지. 이런 게 손에서 나오게 됐다가 실수로 쏘면 어쩌려고?』

『그 부분은 내가 관리할 테니까 괜찮아.』

『나랑 연결이 끊겨서 관리할 수 없을 때도 있을 거 아니야. 그리고 그런 손으로는 목욕도 제대로 할 수 없을 거야. 안 돼.』

『어쩔 수 없네. 알았어.』

아키라의 시야가 원래대로 돌아오고, 벽도 처음 상태로 복구됐다. 어딘가 안도하는 기색인 아키라를 보고 알파가 곁으로 다가가 웃으며 말한다.

『그렇다면 다시 생체로 돌아갈 때까지 짧은 시간이지만, 내 몸을 충분히 즐겨 봐.』

『안 건드릴 거야…….』

『사양하지 않아도 되는데.』

놀리듯 웃는 알파에게, 아키라는 살짝 얼굴을 붉히며 고개를 돌렸다.

◆

일단 아키라는 입원 중이라 면회 인원도, 면회 시간도 제한된 상태였다. 그리고 오늘 남은 제한시간을 이용해 병문안을 온 것은 엘레나와 사라였다.

완전히 건강해진 아키라의 모습을 본 엘레나와 사라는 먼저 안도했다. 그리고 아키라 근처에 앉아 엘레나가 먼저 웃으며 이야기를 시작했다.

"일주일 동안 자다가 이제야 깨어났다고 들었는데, 건강해 보여서 다행이야."

"걱정을 끼쳐서 죄송해요. 푹 잔 덕분에 몸 상태는 완벽해요. 뭐, 두 손은 재생 치료가 끝날 때까지는 이 상태지만요."

아키라는 그렇게 말하며 두 손을 잃은 것을 전혀 신경 쓰지 않는다는 것을 알리기 위해 자신의 하얀 의수를 슬쩍 들어서 두 사람에게 보여주었다.

사라가 그 하얀 손을 흥미롭게 바라본다.

"비싸 보이는 의수인데, 어떤 느낌이야?"

"아주 좋아요. 정상적으로 움직이고, 촉감도 잘 느껴져요. 이제 이것으로 충분하지 않을까 싶을 정도예요."

"흐응. 잠깐 만져도 돼?"

"네."

사라는 아키라의 의수를 잡기도 하고 쓰다듬기도 하고 두 손에 쥐기도 한다. 의수의 촉감을 즐기는 듯한 그 움직임에, 그리고 사라의 손을 같이 느끼는 바람에 아키라는 낯부끄러워졌다.

"어, 저기, 죄송해요. 그쯤에서 멈춰 주시면……."

그러자 사라는 아키라의 손을 자기 가슴에 댔다. 보안상의 문제로 엘레나와 사라는 사복 차림이다. 얇은 천을 통해서도 부드러운 가슴의 감촉은 아키라에게 고스란히 전달되었다.

놀라서 손을 빼는 아키라의 얼굴이 약간 빨개진 것을 보고, 사라는 즐겁게 웃었다.

"정말 잘 전달되는 것 같은걸."

"뭐, 뭐 하는 거예요?"

"뭐가 어때서. 아키라의 손도 내 가슴도 비슷한 거야."

"그, 그럴지도 모르지만요."

그 가슴은 나노머신 소비형 신체 강화 확장자인 사라의 나노머신 탱크다. 그 풍만함은 저장한 나노머신에 비례하므로, 어떻게 보면 아키라의 의수와 같은 가짜다.

하지만 모양도 촉감도 생체와 전혀 다르지 않다. 그 가슴을 만진 아키라의 반응도 그것을 알기 쉽게 보여주고 있었다.

엘레나가 한숨을 푹 쉰다.

"사라. 아키라를 그만 놀려. 겨우 회복한 환자거든?"

"아, 그러셔. 내가 잘못했어. 아키라. 미안해."

"아……. 네."

놀림당하긴 했지만, 아키라는 사라의 가벼운 태도에, 아니 엄밀히 말하면 장난치듯 밝게 행동하는 태도에 그 말만 했다.

그대로 가볍게 잡담을 나눈다. 그 전의 대화도 포함해서, 왠지 본론으로 들어갈 타이밍을 엿보는 듯한 분위기였다.

그리고 먼저 그 분위기를 바꾼 것은 아키라였다. 자세를 바로잡고 두 사람을 정면에서 봤다.

"엘레나 씨. 사라 씨. 그때 도와주셔서 정말 고맙습니다. 덕분에 죽지 않을 수 있었어요."

정중하게 머리를 숙인 아키라에게 맞춰서, 엘레나와 사라도 즐거운 수다에서 분위기를 바꿨다.

"뭘 그런 걸 가지고. 나랑 사라도 아키라를 구할 수 있어서 다행이야."

"뭐, 조금 아슬아슬하긴 했지만. 그래도 늦지 않게 도착했으니까, 선배의 체면은 차렸다고 생각해 줘."

사라는 그렇게 말하며 엘레나에게 시선을 보냈다.

누가 먼저 말할까? 그런 물음인 것은 엘레나도 이해한다. 그리고 자신과 사라 중 하나를 선택해야 하는 이상, 팀의 협상자인 자기 역할이겠거니 생각하고 입을 열었다.

"유미나 얘기를, 시즈카에게 들었어."

아키라의 얼굴이 살짝 딱딱해졌다. 엘레나가 말을 잇는다.

"솔직히 말해서 뭐라고 말해야 할지 모르겠어. 자세한 사정도 모르고, 우리가 알아도 되는 일인지도 모르겠어. 다만 가볍게 물어볼 일이 아니고, 캐물을 일도 아니라는 건 알아. 그러니 말하고 싶으면 얼마든지 말해도 되지만, 우리가 알아내려고 하지는 않을 거야."

아키라는 엘레나의 이야기를 묵묵히 듣고 있었다.

"하지만 그렇다고 해서 그냥 침묵하는 건 왠지 아니라고 생각했어. 그래서 이 말만큼은 해둘게."

엘레나가 아키라에게 자신과 사라의 마음을 전한다.

"아키라가 무사해서 다행이야. 이게 우리의 진심이야."

"네…………."

어떻게 보면 유미나가 죽고 아키라만 살아남았다고 해석할 수 있는 그 말에, 아키라는 고맙다고 대답할 수 없었다.

그래도 엘레나와 사라가 자신을 걱정해 준 것에 감사하며, 아키라는 그 말만 했다.

헌터 활동은 혹독하다. 소중한 사람을 잃는 일도 아주 흔하다. 이 점에서는 그 경험을 이미 여러 번 한 사람과 이번이 처음인 사람의 차이가 있었다.

아키라도 엘레나도 꼭 해야 할 말을 다 했다. 마치 미리 약속한 듯이 작게 숨을 내쉬며 분위기를 누그러뜨렸다.

"뭐, 또 울고 싶으면 나나 사라도 가슴 정도는 빌려줄 테니까, 부담 없이 말해. 들리는 바로는 시즈카의 가슴을 꽤 오랫동안 만끽한 것 같으니까."

엘레나는 놀리듯이 웃으며 말했다. 아키라가 저도 모르게 사레가 들렸다.

"에, 엘레나 씨. 그렇게 말씀하시면……."

"하지만 싫은 건 아니었지?"

"그렇게 물어보면 너무 치사하지 않나요……?"

"아무렴 어때. 얼굴을 파묻을 가슴 크기에도 호불호가 있겠지만, 다행히 여기에는 가슴 크기를 조절할 수 있는 사람이 있으니까."

화살이 돌아온 사라가 웃으며 맞장구를 친다.

"엘레나. 내 가슴에는 내 목숨이 담긴 거나 다름없는데, 너무 가볍게 다루는 거 아니야?"

"무슨 소리를 해. 그만큼 소중한 것을 빌려주는 게 신뢰의 증거 아니겠어?"

"아하. 그렇다면 아키라, 만끽해 볼래?"

사라는 그렇게 말하며 아키라를 보고 두 팔을 벌렸다. 아키라는 얼굴을 살짝 붉히고 대답한다.

"안 해요!"

어딘지 모르게 어린아이 같은 아키라의 반응을 보고, 엘레나와 사라는 즐겁게 웃었다.

그 뒤에도 엘레나와 사라는 아키라와 농담을 섞어 수다를 떨었다. 하지만 즐거운 시간일수록 빨리 가는 법이다. 면회 시간은 금방 끝났다.

떠나기 전에 엘레나가 넌지시 당부한다.

"우리는 슬슬 갈 거지만, 아키라는 푹 쉬어. 심심하다고 병실을 빠져나가서 황야로 가면 안 되거든?"

농담 같은 그 말에 아키라도 웃으며 대답한다.

"알겠습니다. 잘 쉬겠습니다."

사라도 가벼운 어조로 말한다.

"뭐, 황야에 가고 싶어서 몸이 근질거릴 때는 우리한테 말이라도 해. 동행할 거니까."

"안 가요. 엘레나 씨도, 사라 씨도, 너무 견제하지 않아도 되잖아요."

"그거야 뭐, 아키라는 조금만 눈을 떼면 병원으로 실려 가잖아?"

"알았어요. 잘 쉴게요."

반박하기 어려운 사라의 말을 듣고, 아키라는 쓴웃음을 지으며 그렇게 대답했다.

집으로 돌아가는 길, 사라는 조금 진지한 얼굴로 엘레나에게 말했다.

"저기, 엘레나. 아키라 말인데, 저런 느낌이면 괜찮은 거겠지?"

"아마도. 너무 분위기를 띄운 사라에게 맞춘 걸지도 모르지만, 그럴 수 있다는 건 그만큼 회복했다는 뜻이야. 정말 힘들 때는 그럴 수도 없어."

"그렇지……?"

아키라가 여전히 유미나의 죽음을 괴로워하는 것은 분명하다.

하지만 엘레나와 사라는 그래도 된다고 생각한다. 친구가 죽은 거니까. 별일 아니라는 듯이 금방 다시 일어서는 것은 오히려 불건전하다고 생각했다.

다시 일어설 수 없을 정도만 아니면 된다. 천천히 시간을 두고 일어나면 된다. 필요하다면 손도 잡아 주고, 부축해 주면 된다. 그렇게 천천히 일어서면 된다. 엘레나와 사라는 그렇게 생각했다.

사람의 죽음에 너무 익숙해져서는 안 된다. 그 죽음을 아무렇지 않을 정도로 평범하게 받아들이면 황야에 인간성을 버린 괴물로 전락하고 만다. 그리고 언젠가는 몬스터로서 퇴치될 것이다.

그러나 어느 정도는 죽음에 익숙해져야 한다. 견딜 수 없을 정도로 너무 고통스럽게 느끼면 그 죽음이 자기 마음을 죽이고, 그대로 자신도 죽게 된다.

죽음에 둔감해지지 않고, 그렇다고 민감해지지도 않고, 삶과 죽음을 받아들이며 살아가는 것이 헌터다. 엘레나와 사라는 그렇게 생각하고 있었다.

그 사상을 아키라에게 강요할 생각은 없다. 그래도 아키라가 유미나의 죽음에 짓눌리지 않고, 말려들지 않고, 똑바로 받아들일 수 있게 되기를 빌었다.

◆

아키라의 병실은 부유층을 위한 개인실이라 그런지 욕실도 제법 넓은 편이었다. 욕조의 크기만 빼면 자기 집 시설보다 몇 단계 높은 목욕 경험을, 아키라는 숨을 크게 내쉴 정도로 만끽했다.

『입원하는 동안 이거에 익숙해지면 집에서 목욕할 수 없어질 것 같아. 집 욕실의 리모델링도 해야겠어. 돈이 얼마나 들까?』

늘 그렇듯 함께 목욕하던 알파가 알몸을 드러내며 말했다.

『장비도 다시 사야 하고, 입원비도 있으니까, 아키라가 기대하는 호화 욕실로 바꿀 수 있을지는 모르겠는걸.』

『아니. 장비값은 그렇다 치더라도 입원비는 도시에서 대는 거 아니야?』

『엄밀히 말하면 이나베가 보장한 건 치료비야. 입원비까지 포함할지는 확인하지 못했어.』

『아니, 그렇긴 하지만. 그래도 그건…….』

『게다가 더 고성능 장비로 바꾸면 지출도 그만큼 더 많아질 거야. 남는 돈으로 욕실을 호화롭게 꾸미는 건 아키라가 마음대로 해도 좋지만, 욕실 리모델링 비용 때문에 장비 성능을 떨어뜨리는 짓을 한다면 나도 말릴 거거든?』

알파는 아키라에게 얼굴을 바짝 들이대며 그렇게 말했다.

아키라가 끙끙댄다. 무슨 말인지는 아키라도 안다. 장비 성능은 아직 부족하다. 쿠즈스하라 시가지 유적에서 있었던 전투에서는 30억 오럼을 들여 장비류를 준비했는데도 자칫하면 죽을 뻔했다. 그 비용 일부를 욕실 리모델링 비용으로 돌리고 장비의 질을 낮추었다면 진짜로 죽었을 수도 있었다.

아키라도 싸우기 위해 사는 것은 아니다. 하지만 죽고 싶지도 않고, 조금이라도 더 나은 삶을 살고 싶기도 하다. 더 좋은 목욕을 경험하고 싶지만, 그것을 챙기다 죽으면 아무 의미가 없다.

『그 부분은 천천히 생각해 볼게. 목욕보다 장비가 우선이라는 건 나도 알거든.』

『그렇다면 괜찮아.』

현실에 있다면 피부가 맞닿을 정도로 가까워서 알파가 웃는다. 그 알파를, 아키라는 의수로 밀어서 조금 떨어뜨렸다.

『떨어져. 좁잖아.』

『그래? 항상 이 정도 아니야?』

『잔말 말고 비켜.』

『그래, 알았어.』

알파는 아키라가 시키는 대로 조금 떨어진 위치에 앉았다. 그래도 날씬한 미녀가 알몸으로 옆에 있다는 자극적인 상황임은 변함이 없다.

만약 알파가 완전히 시각적인 존재이며 뭘 해도 만질 수 없는 존재라면, 설령 피부가 맞닿을 정도로 가까이 있어도 아키라는 전혀 신경 쓰지 않을 수 있었다.

하지만 지금은 의수라는 한정된 부분으로나마 알파를 만질 수 있다. 그것이 아키라에게 알파가 그곳에 있다는 인식을 더욱 강하게 느끼게 했다.

물론 그것은 알파가 아키라의 움직임에 맞춰 자신의 영상을 변화시켜 그렇게 보이도록 위장했을 뿐이다. 의수라고 해도 원래대로라면 관통할 수 있다.

하지만 알파는 그렇게 하는 것이 아키라의 의식을 자극할 수 있다는 사실을 알고, 그것을 실천하고 있었다.

뜨거운 물에 얼굴이 약간 붉어지면서 미묘하게 눈을 돌리는 아키라를 보고, 알파는 흐뭇한 미소를 지었다.

◆

다음 날에는 키바야시가 아키라의 병실을 찾았다. 기분이 무척 좋아 보이는 키바야시의 얼굴을 보고, 아키라는 반대로 떫은 표정을 지었다. 아키라의 태도가 그런데도 키바야시는 즐거워 보였다.

"너무하군. 병문안을 왔는데, 보통 그런 표정을 지을 수 있어?"

"그렇다면 병문안을 온 표정을 지으라고. 그게 일주일 동안 의식을 잃었다가 겨우 깨어난 사람에게 보일 표정이야?"

"무슨 소리를. 의식을 잃고 병원에 실려 가는 일쯤이야, 너한텐 흔한 일이잖아?"

미묘하게 반박할 수 없는 말을 듣고, 아키라는 한숨을 크게 쉬었다.

키바야시는 아키라의 반응을 즐기며 침대 옆에 앉아 활짝 웃으며 말했다.

"그나저나 이번에도 멋지게 저질렀군! 흑랑 부대로도 해치우지 못한 그 덩치 큰 놈을 혼자 싸워서 해치우다니, 최고야! 무리, 무식, 무모! 모두 완벽해! 역시 아키라야! 즐거웠어! 나도 너를 완벽하게 준비시켜서 보낸 보람이 있구나!"

입에 발린 소리는 하나도 없이 진심으로 칭찬하고 있다. 아키라는 그걸 느끼면서도, 그것이 곧 키바야시가 기뻐할 만큼 고생했다는 증거이기도 하다 보니 전혀 기뻐할 수 없었다. 그래도 할 말은 해야겠다고 생각하며 말했다.

"그 준비가 없었으면 위험했을 게 분명하니, 그 점만은 고맙다고 말해두지."

"신경 쓰지 마! 나랑 너 사이잖아!"

아키라는 대답 대신 다시 한숨을 크게 쉬었다.

키바야시가 분위기를 바로잡고 이야기를 이어갔다.

"뭐, 그 뭐냐. 명목이든 핑계든 간에 병문안을 온 건 사실이야. 그러니 병문안 선물 대신 네가 궁금해하는 여러 가지를 알려 주겠어. 네가 이런 일을 당하게 된 근본적인 원인인 도시 간부들의 권력 다툼이 어떻게 된 건지 알고 싶겠지?"

"그래. 내 무리, 무식, 무모로 재미를 봤잖아? 그 정도는 얘기하고 가."

"오냐. 그러면 우선 이나베와 우다지마의 얘기부터……."

키바야시는 신나게 떠들기 시작했다.

이나베와 우다지마의 파벌 투쟁, 권력 다툼은 현재도 이나베가 우세한 상황이 유지되고 있다. 즉, 자기의 우세를 되찾으려는 이나베의 목적은 이번 소동의 결과로 달성되었다.

여기에는 야나기사와가 츠바키와의 거래에 성공한 것이 크게 작용했다.

우선 쿠즈스하라 시가지 유적의 제1심부 전체가 야나기사와의 담당 구역이 되었다. 이로써 파벌 투쟁의 주요 요소였던 제1심부의 구역 쟁탈전은 완전히 사라졌다.

물론 야나기사와도 제1심부를 직접 세세하게 관리할 여유가 없다. 그래서 후방 연락선을 경계로 츠바키하라 방면의 관리를 이나베에게, 그 반대편의 관리를 우다지마에게 내던졌다. 이것이 이나베와 우다지마의 신세를 크게 나누게 된다.

제1심부는 쿠가마야마 시티에 의해 한때 그 전체가 출입금지 구역으로 지정되어 봉쇄되었다. 지금은 부분적으로 해제됐지만, 츠바키하라 방면의 봉쇄는 지금도 계속되고 있으며, 도시 방위대의 대규모 부대가 엄중하게 경비를 서고 있다.

출입이 금지된 이상 그곳에 아무리 값비싼 유물이 잠들어 있더라도 유물을 수집하는 장소로서는 가치가 없다. 그 무가치 구역의 관리를 맡게 된 이나베는 원래는 거기서 끝날 예정이었다.

하지만 그 자리에는 츠바키의 관리구역이 있다. 그리고 야나기사와는 츠바키와의 거래를 통해 쿠가마야마 시티가 츠바키하라 방면을 철저히 봉쇄하는 대가로 제반 비용을 오럼으로 청구할 수 있는 계약을 맺었다.

구세계의 존재인 츠바키는 당연히 현대의 기업 화폐에 불과한 오럼을 보유하고 있지 않다. 따라서 대금을 치를 오럼을 구해야 한다. 여기서도 야나기사와는 그 능력을 발휘했다. 츠바키에게 쿠가마야마 시티와의 무역을 허락하게 한 것이다.

츠바키는 도시에 구세계의 유물을 팔고 그 대가로 오럼을 얻는다. 그리고 도시와 맺은 츠바키하라 방면의 봉쇄 비용을 오럼이라는 기업 화폐로 낸다.

이 돈의 흐름이 도시에 가져다주는 이익은 어마어마하다. 그 이익의 대부분을 야나기사와가 가져가지만, 츠바키하라 방면의 관리 책임자로서 그 이권에 관여하는 이나베에게도 엄청난 이익을 가져다준다.

이것으로 이나베와 우다지마의 파벌 다툼은 형세가 역전됐다. 단숨에 이나베가 우세해졌다.

아키라는 흥미롭게 이야기를 듣고 있었다. 하지만 키바야시가 느끼는 그 반응은 이야기의 내용에 비해 밋밋했다. 조금 더 큰 반응을 기대했던 키바야시는 이해하지 못하겠다는 듯이 슬쩍 머리를 지었다.

"아키라. 나는 지금 엄청나게 대단한 이야기를 하고 있거든? 조금도 관심이 없다는 태도라면 '넌 원래 그런 녀석이지.'라고 이해하겠는데. 조금이라도 관심이 있다면 좀 더 '오오!' 하고 반응할 수 없나?"

"아니, 그렇게 말해도 말이지."

"좋아. 병문안 선물 대신에 그 부분도 제대로 보충해 줄게. 잘 들으라고."

키바야시는 귀중한 정보를 제공한다는 듯이 자신만만한 표정으로 이야기를 이어갔다.

쿠가마야마 시티가 츠바키에게, 유물을 오럼으로 사들인다. 그리고 츠바키가 도시에 츠바키하라 방면의 경비 비용을 오럼으로 낸다. 간단하게 설명하면 그게 다지만, 그 의미는 크다.

우선 츠바키에게 유물을 살 수 있다는 점에서 일반적인 유물 거래와는 차원이 다르다.

유물쯤이야 아주 비싼 물건만 아니라면 유물 판매점에서 돈으로 살 수 있다고, 현대의 일반인들은 생각한다. 그러나 구세계 측의 관점에서는 이것은 잘못된 생각이다.

그 유물은 헌터들이 유적에서 수집한 것들이다. 장물이고, 약탈품이며, 부정한 방법으로 얻은 물건이다. 정당한 수단으로 얻은 물품이 아니다. 그것을 범죄자들이 자기들만의 규칙으로 교환하고 있을 뿐이다. 구세계 측의 관점에서는 사지 않았다.

반면 츠바키에게 산 유물은 구세계의 기준으로 판단해도 정식으로 구매한 물건이다. 정당한 거래로 얻은 정식 물품이며, 정당성이라는 의미에서 차원이 다른 물건이 된다.

이런 상거래를 구세계의 존재와 한다는 것 자체가 본래 5대 기업과 같은 대기업이 아니면 어려운 일이다. 그런 일을 동부의 한낱 중견 통치기업인 쿠가마야마 시티가 성공시킨 것이다. 이 의미는 크다.

또한 보통은 상대가 구세계의 존재인 이상, 본래 그 상거래에는 구세계의 화폐인 콜론을 사용한다. 오럼을 포함한 기업 화폐는 구세계 존재에게 돈이 아니기 때문이다.

그런데도 쿠가마야마 시티는 츠바키와 오럼으로 상거래를 성사시켰다. 즉, 구세계 존재에게 오럼의 화폐 가치를 인정하게 한 것이다. 이는 쾌거라 불러도 될 성과다. 오럼을 발행하는 사카시타 중공으로서도 큰 성과가 아닐 수 없다.

이것만 해도 어지간한 중견 통치기업은 상상도 할 수 없는 엄청난 성과다. 그뿐만이 아니라 쿠가마야마 시티는 츠바키에게서 츠바키하라 방면의 경비를 위탁받고 있다.

이는 쿠가마야마 시티가 구세계의 존재로부터 지배 영역의 경비를 위탁받을 정도의 상대임을 인정받은 것이다. 그리고 경비 비용을 낼 때 콜론이 아닌 오럼을 사용하는 것도 오럼의 가치를 인정받은 것이다.

이러한 성과가 동부에서 구체적으로 얼마나 대단한 일인가 하면, 현재 쿠가마야마 시티는 사카시타 중공 산하에 있지만, 다른 5대 기업에서 자기 산하로 영입하려는 제안이 와도 이상하지 않을 정도다. 이번 사건은 그만큼 대단한 일이었다.

이렇게까지 꼼꼼하게 설명해 주니, 여러모로 무식하고 무심한 아키라도 깜짝 놀랐다.

"저, 정말 엄청난 일이 벌어졌네."

"그래. 정말 엄청난 일이라고."

키바야시는 아키라의 반응에 만족했다. 설명 도중 무의식중에 내뿜었던 기백을 풀고, 가벼운 느낌으로 이야기를 이어간다.

"뭐, 이걸로 병문안 선물을 대신할 이야기는 끝났어. 이제부터는 내 개인적인 이야기를 하마. 아키라. 앞으로는 어떻게 할 계획이냐?"

"딱히 생각 안 했어. 두 손을 치료하고, 장비를 사고, 그다음에 천천히 생각해 볼 거야."

"그렇다면…… 빨라야 일주일 정도인가. 그래, 알았다."

"잠깐, 뭘 말하는 건데?"

불길한 예감이 든 아키라가 되묻자, 그 예감대로 키바야시가 대답했다.

"뭐긴, 다음 의뢰지. 지금부터 준비해야 늦지 않잖아? 나를 즐겁게 해준 보답으로 너에게 어울리는 의뢰를 성심성의껏 알선해주마. 기대해 보라고."

결과론이지만, 키바야시의 의뢰는 아키라의 성장에 큰 보탬이 됐다. 그것은 아키라도 잘 안다.

"싫어!"

그런데도 아키라는 알파에게 상의하지 않고 단호하게 말했다.

제192화 하나의 원인과 간접적인 원인

슬럼에 있는 거점 옥상에서, 아키라를 떠올리며 깊은 한숨을 쉬는 셰릴.

"도시의 입식 파티에 출석해도, 결국 나는 슬럼 조직의 보스에 불과하다는 걸까?"

셰릴은 아키라의 안위를 쭉 걱정하고 있었다. 크게 다친 아키라가 의식불명 상태로 입원했다는 소식을 듣기 전부터 아키라가 무사하길 빌었다. 생명에 지장이 없다는 통보를 받은 뒤에도 상태가 안정되기를 기도했다.

그리고 아키라가 깨어났다는 소식을 듣고 기쁨과 안도감에 휩싸여 곧바로 병문안을 가려고 했다.

하지만 병문안 예약이 잡히지 않았다. 연금 상태인 아키라를 만나려면 단순한 면회라도 엄격한 절차가 필요하고, 방문 시간과 인원도 제한되기 때문이다.

게다가 신청 순서로 정해지는 것도 아니다. 사회적 지위 등에 따라 우선순위가 정해지고, 이런저런 이유로 뒤로 밀려나기도 한다. 셰릴은 비올라에게 병문안 신청을 대행해 달라고 부탁했지만, 예약이 잡히지 않는 이유에 관해서 그런 설명을 들었다.

일단 이나베에게 어떻게 할 수 없는지 부탁해 봤지만, 거절당했다. 셰릴도 차마 도시 간부에게 끈질기게 굴 수는 없어서, 결국 포기하고 병문안 차례가 올 때까지 기다릴 수밖에 없었다.

지금의 자신은 아키라의 병문안도 편하게 갈 수 없다. 자신과 아키라의 차이, 그 현실의 벽에 부딪힌 셰릴이 내뱉는 한숨은 깊고 무거워졌다.

그때 비올라가 나타났다.

"안색이 나빠 보이는걸. 병문안을 못 가는 건 아쉽겠지만 아키라는 무사했고, 건국주의자 혐의도 풀린 데다가, 당신의 경쟁자도 죽었어. 종합적으로 봤을 때, 기분이 좋아야 하지 않겠어?"

유미나가 죽었다는 사실에, 셰릴은 심경이 복잡했다.

아키라와의 관계를 제외하면, 셰릴은 유미나를 호의적으로 여겼다. 언제 죽어도 이상하지 않은 헌터인 만큼 그 죽음에 놀라지는 않았지만, 기분이 조금 우울해지긴 했다.

하지만 비올라가 지적한 대로, 셰릴의 마음속에는 유미나의 죽음을 좋은 변화로 받아들이는 추악한 부분도 분명히 있었다. 셰릴은 그것을 자각하고 있었다.

하지만 그 추악한 부분은 경쟁자가 사라진 것을 기뻐하는 자신을 비난하는 동시에, 그 기쁨을 아키라에게 조금이라도 들키면 버림받을 것이라고 경고하고 있었다.

그렇기에 이 감정은 아무에게도 절대로 알려지면 안 된다. 그 굳센 다짐으로. 셰릴은 담담한 척 대답한다.

"두 손을 잃었어요. 무사하다고 말할 순 없을 거예요. 물론 아키라가 죽지 않아서 다행이고, 저도 정말 기쁘게 생각하지만요."

"그래?"

비올라는 평소처럼 고약한 미소를 지으며 의미심장하게 대답했다. 셰릴은 귀찮다는 듯이 한숨을 쉬었다.

"그래서, 무슨 일로 오셨어요?"

"그냥 외출하기 전에 상황을 보러 왔어. 그리고 내 손님이 좀 끈질겨서 있지. 정말이지, 부탁해도 소용없다고 했는데……."

비올라는 그렇게 말하더니 옥상 출입구를 향해 손짓했다. 그러자 키 큰 남자가 다가와서 셰릴에게 머리를 꾸벅 숙였다.

"요시오카 중공 영업부의 하라지라고 합니다. 오늘 셰릴 님께 우리 회사의 협상을 도와달라고 부탁드리기 위해 찾았습니다."

셰릴도 통치기업과 거래하는 요시오카 중공의 기업 규모 정도는 알고 있다. 그런 대기업의 예상치 못한 제안에 셰릴은 당황한 얼굴로 이야기를 듣고 있었다. 하지만 그 내용을 이해하자 표정이 단숨에 딱딱해졌다.

"거절합니다."

하라지의 부탁이란, 요시오카 중공의 부대가 아키라를 공격한 사건과 관련해 아키라와의 화해를 성립시키고 싶다는 것이었다.

이 부탁을 들어주면 자신이 아키라를 공격한 편에 섰다고 오해받아도 이상하지 않다. 자칫 잘못하면 적으로 찍힐 수도 있다. 셰릴은 그 두려움 때문에 한 치의 양보도 없는 태도로 하라지의 부탁을 거절했다.

예상보다 더 매몰찬 거절에 하라지도 깜짝 놀란 듯했다. 하지만 사전에 비올라에게 셰릴이 이 제안을 받아들일 가능성은 없다는 말을 들었던 터라 금세 평정심을 되찾고 다시 말을 꺼냈다.

"너무 섭섭하게 말씀하지 마시죠. 제 부탁은 어디까지나 협상을 도와달라는 것뿐입니다. 합의 성사의 여부와 상관없이 충분한 보상을 준비해 드릴 테니⋯⋯."

"안 됩니다."

"이 제안은 우리 회사와의 관계를 더욱 돈독히 할 수 있는 기회이기도 합니다. 셰릴 님도 이러한 곳에서 사업하시는 이상, 충분한 방위력이 필요하겠지요. 우리 회사라면 그 전력 조달을 도와드릴 수 있다고 봅니다만⋯⋯."

"돌아가 주세요."

들을 생각도 없는 셰릴이 돌아가라며 강한 미소를 짓는 바람에 하라지도 입을 다물었다. 게다가 비올라도 어깨를 토닥이는 바람에, 결국 셰릴의 설득을 포기하고 말았다.

"실례했습니다."

"나도 이만 가볼게."

하라지는 셰릴에게 머리를 숙여 인사하고 그 자리를 뒤로했다. 비올라 역시 하라지와 함께 자리를 떠난다.

비올라를 배웅한 셰릴이 가볍게 중얼거렸다.

"정말이지 대단해."

아키라에게 한 번 총을 맞았음에도 요시오카 중공에서 아키라와의 화해 협상을 맡은 비올라의 배짱에 셰릴은 어이가 없었다.

다시 혼자 남은 셰릴은 생각을 비올라에게서 유미나에게로 돌린다.

"유미나. 죽을 필요는 없었잖아. 카츠야를 억지로 끌어내어 황야에서 데리고 나가고, 어딘가 멀고 안전한 곳에서 같이 살면 안 되는 거였어?"

유미나가 왜 그렇게 했는지, 혹은 왜 그렇게 하지 않았는지는 셰릴도 모를 노릇이다. 시도했다가 실패했을 수도 있고, 조직의 굴레 때문일 수도 있다. 여러 가지 이유를 생각할 수 있지만, 당사자가 아닌 자신은 결국 진실을 알 수 없다. 셰릴은 그렇게 생각하면서도, 다른 선택지도 있지 않았을까 하는 생각이 조금 들었다.

셰릴은 유미나가 카츠야와 함께 건국주의자 토벌전에서 사망했다는 사실만 알고 있었다. 어떻게 보면 가장 중요한, 아키라가 죽였다는 사실까지는 파악하지 못했다. 비올라가 설명을 생략했기 때문이다.

상대가 자신을 믿게 하고 배신하는 것이 아니다. 의심하게 하고, 현혹하고, 잘못 예측하게 해서 선택을 그르치게 만든다. 많은 사람이 죽기를 원하면서도 자기 손으로 죽이는 것만큼은 피하려고 하는 악녀는, 오늘도 그 고약한 성질을 발휘하고 있었다.

◆

병실에서, 아키라는 하라지를 귀찮은 듯이 보고 있었다.
"하고 싶은 말은 알겠어. 그건 그 자루모가 멋대로 저지른 일이고, 요시오카 중공과는 무관하다는 거지?"

"그렇습니다. 확실히 그 사람은 우리 회사에서 준비한 부대의 사람이었지만, 그 행동은 절대로 우리 회사의 의지가 아니었습니다. 아뇨, 물론 이번 일이 우리 회사의 부주의로 인한 것임은 부인하지 않겠습니다. 저희로서는 그 점을 고려해서 충분히 양보할 용의가……."

"아니, 그런 이야기는 상관없어. 무슨 말을 하고 싶은지는 아니까, 돌아가."

"아, 아뇨. 그럴 수는 없어서……."

셰릴과는 다른 의미로 비빌 구석이 없는 아키라의 태도에, 영업용 미소를 띤 하라지의 표정이 딱딱해진다. 그리고 이 자리에 함께한 비올라에게 도움을 청하는 듯한 눈빛을 보낸다.

원래 비올라도 셰릴과 마찬가지로 아키라의 병실에 갈 수 있는 신분이 아니다. 하지만 지금은 요시오카 중공에 고용된 협상가 자격으로 이를 해결하고 있었다. 그리고 그 일을 시작한다.

"아키라. 이런 협상이 귀찮다고 자꾸 그런 태도를 보이면 안 되거든? 아니면 혹시 나중에 요시오카 중공을 습격할 계획이라도 있어?"

웃으며 터무니없는 말을 내뱉은 비올라에게 하라지는 놀란 기색을 감추지 못했다. 그리고 무심코 아키라를 바라보았다.

일개 헌터가 요시오카 중공을 적으로 돌리는 것은 무모하기 짝이 없다. 하지만 상대는 그 무모함을 가능케 할 수 있는 인물이다. 자칫 잘못하면 화해할 수 없는 소동으로 발전할 수 있다고 생각한 하라지는 태연한 척하면서 조심조심 아키라의 반응을 확인했다.

아키라는 별다른 반응을 보이지 않고, 귀찮아하는 듯한 태도로 일관했다.

"그럴 계획은 없지만, 귀찮은 협상도 하기 싫어. 난 지금 입원 중이야. 쉬게 해줘."

"여전하구나. 그 요시오카 중공이 머리를 숙이고 협상하러 온 건데……."

"난 몰라."

내뱉듯 그렇게 말한 아키라가 비올라에서 하라지에게 시선을 옮긴다.

"애초에 요시오카 중공과는 이번 일 말고도 예전에도 여러 가지 일이 있었어. 슬럼의 양대 조직 문제라든가, 헌터 랭크 조정 의뢰라든가 말이야. 그건 언급하지도 않으면서, 이번에는 실수니 뭐니 떠들고 자빠지는 거야?"

슬럼의 양대 조직이 벌인 대규모 항쟁으로 수많은 인형병기와 싸워야 했던 일, 헌터 랭크 조정 의뢰라고는 해도 사실상 강제인 의뢰를 도시를 통해 떠넘긴 일 등, 요시오카 중공은 간접적이긴 하지만 자신을 여러모로 귀찮게 했다. 아키라는 그런 생각에 조금 은 비난하는 눈으로 하라지를 바라보고 있었다.

그리고 하라지 역시 상대가 비밀 이야기를 꺼낸다면, 협상의 태도를 그쪽으로 바꾼다.

"그 항쟁에서 당신은 우리 회사의 프레젠테이션에 휘말린 것이 아니라, 본인의 의지로 난입한 거 아닙니까. 헌터 랭크 조정 요청도 당신에게 충분히 이익이 되는 내용이었을 텐데요?"

"귀찮은지 아닌지는 내가 정할 문제야. 너희가 아니라."

조금 험악한 분위기가 깔린다. 하지만 아키라 역시 병실에서 난동을 부릴 생각은 없었고, 하라지 역시 이런 일로 화해 성립을 포기할 생각은 없었기에 사태가 더 나빠지지는 않는다.

그러자 두 사람을 유심히 지켜보던 비올라가 제안한다.

"아키라. 양대 조직의 항쟁 문제까지 포함한 협상이 귀찮아 죽겠다는 이유로 거리끼는 거라면, 나한테 협상을 위탁하면 간단해지는걸? 내가 잘 정리해 줄게. 맡겨만 줘."

아키라가 무심코 비올라를 바라본다. 그리고 비올라와 하라지를 번갈아 봤다.

비올라는 진짜 악질이지만, 그만큼 재능이 있다. 그것이 상대에게 향한다면 비올라에게 부탁해도 나쁘지 않을 것 같다. 그렇게 생각한 아키라는 고민에 빠진다. 그리고 잠시 고민하다가 이 자리에서 결론을 내렸다.

"생각해 볼게. 그러니 오늘은 돌아가."

하라지는 아키라의 대답을 비교적 긍정적으로 받아들였다. 상대의 성격으로 봐서, 처음부터 화해의 판을 깨려고 했다면 바로 거부했을 것으로 판단했기 때문이다. 이어서 비올라를 힐끗 쳐다본다. 비올라 역시 머리를 살짝 끄덕여 동의를 표시했다.

"알겠습니다. 그렇다면 오늘은 이만 가보겠습니다. 귀중한 시간을 내주셔서 정말 감사합니다."

"그러면 아키라, 결정하면 연락해 줘. 이쪽에서 입원 중인 아키라에게 연락하려면 절차가 까다롭거든."

정중하게 머리를 숙인 하라지의 옆에서, 비올라는 평소처럼 웃고 있었다.

아키라의 병실을 나온 하라지가 비올라에게 조금 진지한 표정으로 묻는다.

"협상을 위탁하면 어떻게 할 생각이야?"

"우선 요시오카 중공이 어디까지 양보할 의향이 있는지 확인해야겠지. 그래서 실제로는 어때? 3차 프레젠테이션을 성공으로 포장하기 위해, 얼마나 타협할 수 있어?"

자신은 전혀 설명하지 않은 것을 당연한 지식처럼 말하는 비올라를 보고, 하라지는 상대의 능력을 다시금 인정하며 대답한다.

"그건 저 사람이 얼마나 협조하는지에 달렸지. 세세한 부분은 상부와 상의해야 해."

건국주의자 토벌전은 의도치 않게 요시오카 중공과 야지마 중철의 기체 프레젠테이션 제3탄이 되었다.

그 프레젠테이션에서 야지마 중철의 기체인 백토는 조달 비용을 생각하면 건투했다는 높은 평가를 받고 있다. 츠바키하라 방면 봉쇄용 부대 재배치에서도 상위 제품을 포함한 다수의 기체 도입이 검토 중이었다.

한편, 요시오카 중공의 기체인 흑랑에 대한 평가는 미묘하게 엇갈리고 있었다.

흑랑 부대로도 츠바키를 이기지 못한 것은 어쩔 수 없는 일이다. 상대가 너무 강했다. 거인들을 통솔하는 상위 개체를 이기지 못한 것도, 그 상위 개체인 대형 거인이 다른 거인들에 비해 월등히 강해서 그렇다고 변명할 수도 있다.

하지만 이기지 못한 것은 사실이다. 아무래도 평가가 인색해질 수밖에 없다.

게다가 그 대형 거인은 흑랑의 부대가 철수한 뒤에 아키라가 격파했다. 게다가 흑랑 자체도 자루모와의 전투에서 아키라에 의해 한 대가 파괴되었다.

그리고 아키라는 츠바키하라 방면을 관리하는 이나베와 인연이 깊다. 아키라를 통해서 이나베에게 흑랑의 악평이 전해지면 츠바키하라 방면의 봉쇄를 담당하는 방위대의 흑랑 도입이 백지로 돌아갈 우려가 있다.

요시오카 중공이 아키라와의 화해를 원하는 것은 아키라가 자사 제품에 대한 악평을 이나베에게 전하는 것을 막기 위해서였다.

하라지가 한숨을 쉬었다.

"솔직히 어때? 협상 위탁을 받으면 설득할 수 있겠어?"

"말했지? 그건 당신들의 양보에 달렸어. 당신들이 이번 일을 푼돈으로 해결하려고 한다면 어쩔 수 없겠는걸."

"그렇겠지?"

하라지가 피곤한 표정을 지었다. 아키라와도, 상사와도, 앞으로 힘든 협상을 해야 한다는 생각에 인상을 찡그렸다.

그런 하라지와는 대조적으로 비올라는 미소를 짓고 있었다. 이번에도 여러모로 즐길 수 있겠다며, 웃고 있었다.

◆

　담당 의사가 배양 중인 아키라의 두 손을 들고 병실을 찾아왔다. 원통형 수조 안에 떠 있는 손은 아직 완전히 자라지 않은 탓인지 크기가 어린아이 손만 했다.

　아키라가 그 손을 흥미롭게 바라보는 가운데, 담당 의사는 의수 설정을 변경해 수조의 손을 원격으로 연결했다.

　"배양 경과를 확인할 테니 의수를 통해 움직여 보시죠. 불편한 점이 있으면 말씀해 주세요."

　아키라는 시키는 대로 의수를 움직였다. 그러자 조금 어색하면서도 수조 안의 손이 똑같이 움직였다.

　"감각은 어떻습니까? 물의 촉감이 느껴지나요? 미지근한 물 정도의 느낌일 텐데요."

　"네, 느껴지네요."

　그 후에도 아키라는 담당 의사의 지시에 따라 손을 움직였다. 손을 펴고, 쥐고, 손가락을 순서대로 펴고, 여러 가지를 시도해 보았다.

　그리고 아키라는 문득 생각이 나서 그것도 시도해 보았다.

　"문제없는 것 같군요. 음……?"

　그러던 중 담당 의사는 아키라의 의수와 수조 속 손이 다른 움직임을 보이는 것을 알아차렸다. 그리고 그것이 오작동이 아니라 의도적으로 하는 것임을 알고 감탄하는 모습을 보이다가, 퍼뜩 정신을 차리고 황급히 아키라를 말린다.

"아! 안 됩니다! 그런 짓은 하지 마세요! 접합 수술 뒤에 손 조작이 중복되면서 뒤죽박죽 꼬일 겁니다!"

"죄, 죄송합니다."

아키라는 급히 의수와 수조 속 손의 개별 조작을 중단했다. 다시금 의수와 똑같이 움직이는 손을 보고 담당 의사가 가볍게 숨을 내쉬었다.

"주의를 소홀히 한 제 잘못도 있지만, 조심하세요. 그래도 손재주가 참 좋군요. 일반적으로 그렇게 할 수 없는데요……."

"강화복으로 비슷한 걸 해본 적이 있는데, 조금 시험해 보니 되네요."

"아하, 그렇군요."

이해한 듯 가볍게 머리를 끄덕이던 담당 의사가 조금은 부담스러운 미소를 지었다.

"그렇다면 강화복용 추가 팔을 사용해 보시면 어떻습니까? 추가용 의수가 있거든요. 생체에 붙이는 것보다 간단하고, 조작 문제도 이미 그만큼 할 수 있는 분이라면 금방……."

"그, 그래요……?"

"두 손을 사용하다 보면 팔이 하나 더 있으면 좋겠다는 생각이 들 때가 있지 않습니까? 있으면 편리할 것 같지 않나요? 지금이라면 부담 없이 시험할 수가……."

점점 흥분하는 담당 의사의 이야기를, 아키라는 조금 움츠러들며 들어야 했다.

일단 이야기를 들어보기는 했지만, 아키라는 담당 의사의 제안을 거절했다. 배양 중인 손의 확인을 마친 담당 의사는 조금 아쉬워하는 얼굴을 하고 돌아갔다.

어딘지 모르게 안도하는 아키라를 보고, 알파가 웃으며 말한다.

『제법 흥미로운 제안이었던 것 같은데. 아키라도 서포트 암 정도는 이미 쓰고 있으니까, 큰 차이는 없을걸?』

『의수와 서포트 암은 완전 다르잖아. 게다가 팔이 늘어난 상태에 너무 익숙해지는 바람에 팔이 두 개밖에 없다는 불만이 생기면 큰일날걸.』

『그래? 강요하지는 않아. 그 부분은 취향 문제니까.』

『취향은 무슨…… 알파도 팔이 두 개잖아?』

『더 늘릴까?』

『하지 마.』

여기서 잘못 말했다간 알파의 팔이 무한정 늘어날 수도 있다. 그렇게 되면 정말 신경이 쓰일 것 같아서, 아키라는 진심으로 말렸다.

◆

이나베가 다시 아키라를 찾아왔다. 이나베는 아키라가 깨어났을 당시 너무 바빠서 시간이 없었지만, 이제야 어느 정도 시간을 쪼갤 수 있게 되어 병문안을 겸해 다시 왔다고 간단히 설명했다.

"뭐, 오래는 못 있겠지만 말이다. 그래도 지난번보다는 여유가 있지. 먼저 네가 할 말이 있으면 들어볼까?"

"아, 그거라면 치료비 얘기를……."

자신의 치료비는 도시에서 부담한다고 했는데, 퇴원할 때까지의 입원비도 포함되는지. 두 손을 의수로 할 경우, 그 의수 비용도 포함되는지. 정말 자신은 단돈 1 오럼도 낼 필요가 없는지. 아키라는 다시 한번 이나베에게 그 부분을 물었다.

"문제없다. 입원비도 포함해서 전액을 부담하지. 의수 역시 일상생활에 필요한 것이라면 괜찮다. 뭐, 수억 오럼이 넘는 제품, 레이저건을 탑재한 고가의 전투용 의수라면 상담이 필요하겠지만, 재생 치료로 했겠지? 그 정도라면 조금 비싼 치료법이라도 네게 청구할 일은 없다."

"그렇구나. 다행이야."

조금 과장되게 안도의 한숨을 쉬는 아키라를 보고, 이나베는 의아한 표정을 지었다.

"설령 전액 자기 부담이라고 해도 너라면 문제없이 낼 수 있을테지. 그렇게까지 걱정해야 할 일인가?"

"그래. 낭비할 돈이 없으니까. 이전 장비는 30억 정도 들었는데, 그래도 죽을 뻔했어. 새 장비는 더 고성능으로 마련해야지. 다음에는 도대체 얼마나 들지……."

새 장비의 조달 비용을 걱정하는 아키라를 보고, 이나베가 말을 잇는다.

"더 성능이 좋은 새 장비를 준비할 생각이 있다는 건, 헌터를 계속할 의지가 있는 건가?"

아리송한 표정을 짓는 아키라에게, 이나베는 본론으로 들어가 듯 묻는다.

"마침 잘됐으니 물어보마. 넌 앞으로 어떻게 할 거지? 장차 예정이 있다면 말해주게."

"예정은…… 딱히 정해진 건 없어. 두 손을 치료하면 퇴원하고, 장비를 사고, 그다음에는 다시 유물 수집이나…….

"그걸 말하는 게 아니다. 더 거시적이고, 큰 예정을 말하는 거지. 넌 지금 헌터로서 큰 전환점에 서 있을 거다. 내가 알고 싶은 건 그 이후의 이야기다."

더욱 아리송한 표정을 짓는 아키라에게, 이나베가 설명을 보태기 시작한다.

건국주의자 토벌전에서 몬스터 무리, 건국주의자로 추정되는 부대, 거인들을 지휘하는 상위 개체 등을 토벌한 아키라는 그 보상으로 헌터 랭크 50의 지위와 약 50억 오럼을 얻었다.

50억 오럼은 큰돈이다. 낭비하지 않고 쓰면 죽을 때까지 놀고먹을 돈이다. 돈을 위해 헌터가 된 사람이라면, 목숨을 담보로 충분한 돈을 번 셈이다. 이번에 죽을 고비를 넘긴 것을 포함해 이제 헌터를 그만둬도 좋겠다고 판단해도 이상하지 않다.

충분한 돈을 벌었다. 그런데도 헌터를 계속할 것인가. 일단 그런 의미에서, 아키라는 헌터로서 전환점에 선 상태다.

헌터를 계속한다면, 그리고 더 높은 경지를 목표로 한다면, 헌터 랭크 50은 쿠가마야마 시티에서 활동 장소를 옮기는 기준이 된다.

도시마다 조금 다를 수는 있지만, 아무튼 특정 도시에서 올릴 수 있는 헌터 랭크에는 일정한 상한선이 있다고 한다. 본인의 역량이 아무리 뛰어나도 주변 유적의 상태나 몬스터의 강도 등에 따라 헌터 활동으로 벌어들이는 돈에는 한계가 있기 때문이다.

값싼 유물을 얻어도, 약한 몬스터를 처치해도 헌터 랭크는 오르지 않는다. 더 성장하려면 다음 장소로 이동해야 한다.

지금도 연장 공사 중인 후방 연락선으로 인해 쿠즈스하라 시가지 유적 중심지의 공략 상황은 크게 변화하고 있다. 그 영향으로 쿠가마야마 시티의 헌터 랭크 상한선도 달라질 것은 분명하다. 하지만 그 주변 헌터들의 체감은 금방 변하지 않을 것이다.

더 성장하기 위해, 헌터 랭크를 더 올리기 위해, 더 동쪽 도시로 활동 장소를 옮길지 말지. 그런 의미에서도 아키라는 헌터로서 전환점을 맞이한 상태다.

"헌터를 그만둔다. 쿠가마야마 시티에서 헌터 활동을 계속한다. 동쪽 도시로 활동 장소를 옮긴다. 대충 이렇게 세 가지 선택지가 있는데, 너는 헌터를 그만둘 생각이 없는 것 같으니 쿠가마야마 시티에 남을지 떠날지의 두 가지 선택지가 있겠지. 내가 알고 싶은 예정이란 바로 그 부분이다. 그래서, 현시점에서 네 생각은 어떻지?"

"아, 전혀 생각 안 해봤어."

"그렇군……. 뭐, 서둘러 정할 일도 아니지. 입원 동안 천천히 생각해 봐라."

이나베는 그렇게 말하고 이야기를 마무리했다. 그리고 겉으로는 사소한 것을 물어보는 것처럼 가볍게 물었다.

"아, 그리고 보니 도란캄은 어떻게 할 거지? 퇴원해서 장비를 준비하면 공격할 건가?"

예상치 못한 질문에 아키라는 저도 모르게 벙찐 표정을 지었다.

"공격하다니……. 아니, 그럴 생각은 없는데. 왜?"

"그 뭐냐, 도란캄의 카츠야와 유미나가 건국주의자의 보스라고 오해해서 공격했다지? 너라면 도란캄 자체가 보복의 대상이 되어도 이상하지 않다고 생각했는데."

"아, 그거 말이구나. 나를 공격한 놈들은 죽였으니까, 도란캄 자체를 공격할 생각은 없어. 게다가 도란캄은 사무 파벌과 다른 파벌로 갈라진 것 같으니까, 전부 도란캄으로 퉁치긴 좀 그런데. 뭐, 그쪽에서 나를 공격한다면 또 모를까."

"그렇군. 그렇다면 우다지마는? 도란캄에 네 살해를 의뢰한 건 그 녀석인데."

그 질문에는 아키라도 대답하기를 조금 망설였다.

"그건 진심을 말해도 되는 질문이야? 아니, 이나베가 우다지마와 적대하는 건 알지만, 이나베도 도시 간부이고, 이 병원도 도시 시설이지?"

"문제없다. 여기서 무슨 말을 해도 도시의 기록에 남지 않아. 나도 함부로 발설하지 않겠다고 맹세하지."

"그래? 그렇다면, 죽여버릴 거야."

도시 간부 앞에서 다른 간부를 죽이겠다는 말을 대놓고 했다. 사실은 큰 문제다. 하지만 예상했던 대답이었기에 이나베는 평범하게 대응한다.

"뭐, 너라면 그렇게 하겠지. 하지만 크게 두 가지 이유로 추천하지 않는다. 첫째, 우다지마는 도시 간부다. 그자를 죽이면 도시가 적이 된다. 다른 하나는 우다지마가 방벽 안에 있다는 점이다. 방벽 안에 침입하는 것도, 방벽 안에서 죽이는 것도 모두 도시를 적으로 만드는 짓이지."

"그래서 그만두라는 말이야?"

"정확히 말하면, 그 문제를 해결할 때까지 그만두라는 거다. 즉, 죽일 거면 우다지마를 완전히 실각시켜 도시 간부의 지위를 상실하게 하고, 방벽 밖으로 쫓아낸 뒤에 하라는 뜻이다."

"하고 싶은 말은 알겠는데……."

"그렇다면 어떻게 해야 좋을지. 크게 두 가지 방법이 있다. 나와 네게 하나씩."

의외라는 표정을 짓는 아키라에게, 이나베는 그 방법을 이야기했다.

첫 번째는 단순히 이나베가 우다지마와의 권력 다툼에서 완승하는 것이다. 그러면 우다지마의 지위는 사라진다. 방벽 밖으로 쫓아내는 것도 쉬워진다.

두 번째는 아키라가 쿠가마야마 시티를 위협할 만큼 강력한 헌터가 되는 것이다. 극단적으로 말해서, 아키라가 최전선에서 활동하는 헌터로 성장하기만 해도 우다지마는 방벽 밖으로 쫓겨난다. 초일류 헌터들의 무력과 경제력은 어지간한 도시를 능가한다. 그런 존재들에게 찍히는 것만으로도 우다지마의 지위 따위는 쉽게 사라질 수 있다.

물론 둘 다 실현하기는 쉽지 않다. 하지만 불가능하진 않다. 또한 한 사람만 노력할 필요도 없다. 이나베와 아키라가 양쪽에서 우다지마를 몰아붙이면 실현 난이도는 훨씬 낮아진다.

"나로서는 우다지마를 죽이려고 방벽을 강행 돌파하는 무모한 짓을 하는 것보다는 그 선택을 추천하고 싶군."

"손을 잡자는 거야……?"

"그 정도의 이야기는 아니다. 단순히 쌍방의 이해관계가 일치하는 거지. 굳이 내 개인적 이해관계를 말한다면, 넌 내 관계자로 여겨지고 있단 말이지. 그런 네가 강행 돌파를 시도하면 나에게 책임을 물으려는 자들이 나타날 거다. 그러니 나는 네가 우다지마를 죽이는 수단으로 강행 돌파가 아니라 헌터 랭크 상승을 선택하길 바랄 뿐이다."

"알았어……."

그것으로 이나베는 일단 만족했다. 이로써 키바야시가 좋아하는 무리, 무식, 무모의 화신을 어느 정도 통제할 수 있을 것 같다고 판단한 것이다. 그리고 그 안도감에 가벼운 잡담처럼 이야기를 이어갔다.

"뭐, 우다지마를 죽이는 것과는 상관없이 헌터 랭크를 의욕적으로 올리는 것은 너에게도 좋은 일이다. 쓸데없는 적이 줄어드니 말이지. 그것이 도란캄 사무 파벌이 카츠야 팀에 너를 공격하게 시킨 하나의 원인이기도 하다."

무슨 소리인지 이해하지 못하고 의아한 표정을 짓는 아키라에게, 이나베가 내용을 보충한다.

도란캄 사무 파벌이 우다지마의 요구를 받아들이고, 카츠야 팀을 시켜 아키라를 공격한 가장 큰 이유는 충분한 승산이, 적어도 도박할 만한 기대치가 있었기 때문이다. 만약 패배가 확실하다면, 너무 무모한 도박이라면, 우다지마가 아무리 협박해도 거절했을 것이다.

그렇다면 도란캄 사무 파벌은 그 승산을 어떻게 판단했을까? 당시 아키라의 헌터 랭크는 45였고, 헌터 랭크 조정 의뢰가 끝난 직후였다. 객관적으로 아키라의 헌터 랭크는 적정 수치로 조정된 것으로 판단할 수 있다.

헌터 랭크가 그 헌터의 무력을 나타내는 것은 아니다. 하지만 헌터 활동은 몬스터와의 전투가 따라다니는 만큼, 헌터 랭크는 그 사람의 무력을 짐작할 수 있는 중요한 판단 기준이 된다.

아키라의 헌터 랭크와 실제 실력에 다소 오차가 있다고 해도, 헌터 랭크 45 정도의 실력이라면 카츠야 팀이 충분히 해치울 것이다. 도란캄 사무 파벌은 그렇게 판단한 것으로 보인다.

하지만 그 판단은 틀렸다. 아키라의 실력은 헌터 랭크 45 정도가 아니었다. 아키라는 거인의 상위 개체를 혼자 격파할 수 있을 정도로, 헌터 랭크 50조차 랭크 사기로 보일 정도의 실력자였다.

만약 당시 헌터 랭크가 아키라의 실력에 상응하는 수치였다면, 도란캄의 사무 파벌이 아키라 살해를 포기했을 가능성도 있었다.

그런 의미에서 지금까지 아키라가 자기 헌터 랭크에 무관심했던 것도 이번 사건을 불러일으킨 한 원인이라고 볼 수 있다. 이나베는 아키라에게 그렇게 설명했다.

그 설명에 아키라는 적잖은 충격을 느꼈다. 만약 자신이 욕심을 내서 헌터 랭크를 올렸다면, 알파의 서포트를 포함한 실력에 맞는 헌터 랭크를 추구했다면, 유미나를 죽이는 사태는 피할 수 있었을지도 모른다. 그런 말을 들은 것이나 마찬가지였기 때문이다.

상당히 충격을 받은 아키라를 본 이나베가 속으로 놀라며 덧붙인다.

"뭐, 잘못 판단한 건 도란캄이다. 도란캄이 무능한 탓이지 네 잘못이 아니야. 하지만 다른 사람이 항상 유능하길 기대하는 것도 문제지. 무능한 것들도 알기 쉽게 객관적인 평가를 추구하는 것도 불필요한 적을 늘리지 않기 위해 중요하다는 얘기다."

"그렇군……."

우울한 느낌으로, 아키라는 가까스로 그렇게 대답했다.

우다지마를 제거하기 위해 아키라도 헌터 랭크 상승에 어느 정도 의욕을 가졌으면 좋겠다. 그 정도의 생각으로 이 이야기를 꺼낸 이나베는 아키라의 반응에 내심 당황스러웠다. 그래도 이야기를 마무리하려고 한다.

"나는 이만 가보지. 아, 그러고 보니 비올라가 온 모양이던데. 무슨 용무였지?"

"요시오카 중공 일로 잠깐 왔었어."

"그렇군. 도란캄 이야기도 조금 했나? 거기는 카츠야와 유미나가 죽어서 여러모로 힘든 상황인 것 같은데?"

"아니, 그 얘기는 안 했어."

"그렇군. 나는 슬슬 가보마. 넌 푹 쉬는 게 좋겠지. 아, 셰릴도 조만간 병문안을 올 거다. 여러 가지 사정으로 늦어지고 있는 것 같지만."

이나베는 마지막으로 셰릴의 이름을 언급하며 아키라의 반응을 조금 떠보는 눈빛을 보인 뒤 자리를 떠났다.

아키라와 알파만 남은 병실에서, 알파가 아키라를 걱정하며 말을 건넨다.

『아키라. 괜찮아?』

『그래……. 괜찮아.』

머리를 끄덕이며 그렇게 대답한 아키라는 예전에 시즈카에게 들었던 말을 떠올렸다.

'그렇다면 뉘우치렴. 슬퍼하렴. 후회하렴. 그 아이를 죽인 것에 익숙해지지 않게끔. 그 아이의 죽음을 사소한 일로 만들지 않게끔. 또 똑같은 짓을 되풀이하지 않도록.'

"괜찮아. 똑같은 짓을 되풀이하진 않을 거야."

굳게 결심하고, 아키라는 선언했다.

병실에서 나온 이나베가 어려운 표정을 짓고 있다.

(비올라는 아키라에게 그 이야기를 하지 않았다. 그냥 몰랐을까? 아니면 일부러 침묵을 지킨 것일까? 후자라면 무엇을 위해 그런 선택을 한 거지? 모르겠군.)

이나베는 성질 고약한 여자를 걱정하길 그만뒀다. 그리고 다른 우려를 떠올린다.

(아무튼 셰릴과 아키라의 만남은 조금 더 늦추는 게 좋겠군. 퇴원하는 날 근처까지 미루면 아키라가 그 사실을 알더라도 냉정하게 생각할 수 있겠지. 안 된다면…… 그 계집은 쳐낼 수밖에 없겠어.)

이나베도 이것이 괜한 걱정이기를 바란다. 하지만 만약 그렇지 않다면 셰릴을 내버리는 것도 주저하지 않는다.

◆

배양이 다 끝난 아키라의 손을 접합하는 수술이 시작됐다. 먼저 아키라의 팔에서 절단면의 덮개이기도 한 신경전달 정보 판독 장치를 제거한다. 다음으로 생체의 끝을 살짝 잘라내 배양된 손과의 접합면을 만든다.

배양한 손에도 마찬가지로 접합면을 만든다. 그리고 그 면을 담당 의사가 고도의 기구를 이용해 조심스럽게 접합한다. 뼈, 신경, 혈관, 근섬유가 연결되고, 그 감각이 아키라에게 전달된다. 통각 제어는 하고 있지만, 매우 고통스럽다.

접합이 끝나면 이어진 부위에 회복약을 바르고 붕대를 감는다. 이것으로 두 손의 재생 치료는 끝이다.

확인을 위해 아키라가 두 손을 움직여 본다. 연결한 지 얼마 되지 않았는데도 아키라의 두 손은 전혀 어색한 부분이 없이 매우 자연스럽게 움직였다.

"괜찮은 것 같아요."

"혹시 모르니 당분간 무거운 물건은 들지 않는 게 좋을 겁니다. 그 두 손은 단련하지 않은 상태이에 약간의 재단련이 필요하죠. 가능하면 강화복을 함께 착용하는 것을 추천합니다. 사람마다 다를 수 있겠지만, 처음부터 다시 훈련하는 것보다 훨씬 빨리 회복할 수 있습니다."

"그런 건가요?"

"그렇습니다. 팔을 잃은 초인이 배양한 팔을 붙였는데 그 부분만 일반인 상태로 남았다는 사례는 없다는 것 같군요."

담당 의사는 그렇게 말한 뒤, 조금은 즐거운 기색으로 말을 잇는다.

"그렇다면 초인의 팔이나 다리, 혹은 목부터 아래를 통째로 배양해서 일반인에게 이식하면 초인을 대량 생산할 수 있지 않을까 하는 생각도 있는데, 그렇게는 안 되는 것 같더군요. 왜 그럴까요? 본인 것이 아니라서? 신기하군요."

그리고 이번에는 자신만만하게 웃는 얼굴로 압박한다.

"의수나 의족에는 그런 문제가 없습니다. 누구나 초인처럼 될 수 있죠. 어떻습니까? 먼저 의수로 팔을 늘리는 것부터 시작해 보는 게……."

"아, 아뇨, 우선 장비를 다시 사야 해서…… 죄송해요."

"그런가요……. 알겠습니다. 재생 치료는 이것으로 끝났습니다. 수고하셨습니다."

아쉬운 분위기를 물씬 풍기던 담당 의사는 정중히 인사하고 병실에서 나갔다. 그리고 아키라는 조금 두려워하는 눈치로 담당 의사를 배웅했다.

두 손을 치료한 아키라는 일단 반나절 정도 수술 후 경과를 지켜보기로 했다. 그사이 병실에서 퇴원 준비를 하는데, 드디어 면회 예약이 잡힌 셰릴이 병문안을 왔다.

셰릴은 조금 긴장한 눈치였다. 여러모로 둔감한 아키라가 그 긴장감을 알아차릴 정도였다.

"셰릴. 무슨 일 있어?"

"아, 아뇨, 죄송해요. 너무 막판에 와서요. 이제 퇴원한다고 하는데. 저도 빨리 병문안을 오고 싶었는데, 저는 예약을 잡을 수 없어서……."

"뭐야, 그런 거였어? 신경 쓰지 마. 나는 일단 연금 상태였으니까. 그런 점에서 어려웠겠지."

아키라는 애써 병문안을 온 사람에게 불평할 마음은 조금도 없었다. 웃으며 셰릴을 위로했다.

셰릴도 최대한 미소를 지으며 화답했다.

"그렇게 말씀해 주셔서 감사해요. 그렇다면 늦어지긴 했지만, 정식으로 말씀드릴게요. 아키라, 무사해서 정말 다행이에요."

그 말은 셰릴의 진심이다. 그리고 아키라가 병문안이 늦어진 것을 별로 신경 쓰지 않고, 자신이 병문안 온 것을 기쁘게 여기는 것을 셰릴은 정확히 파악했다.

하지만 병실에 들어가기 전부터 느꼈던 긴장감이 셰릴에게서 사라지지 않는다. 그 긴장의 근원인 두려움은 변함없이 셰릴 안에 있기 때문이다.

　아키라의 병문안을 가기 전, 셰릴은 이나베에게 연락을 받았다.
　"지금 아키라를 병문안하러 가는 거지? 그 전에 알려줄 것이 있
다. 먼저, 나는 자네가 아키라를 바로 면회하지 못하도록 방해했
다. 자네가 아키라를 만나려면 시간을 좀 더 두고 보는 것이 좋다
고 판단했기 때문이지."
　예상치 못한 말을 들은 셰릴이 의아해하며 되묻는다.
　"무슨 말씀이시죠……?"
　"유미나라는 헌터가 죽은 건 알고 있겠지? 그 아키라가 드물게
친하게 지냈던 자다."
　"네. 건국주의자 토벌전에서 죽었다고 들었어요. 저도 안타깝
게 생각하고요."
　"그 건에 대해, 자네는 어디까지 정확하게 파악하고 있나?"
　"그렇게 말씀하셔도, 그 토벌전 중에 죽었다는 것밖에 몰라요."
　"그렇군. 그렇다면 내가 아는 정보를 주지. 자네는 그 사실을 알
고 아키라를 만나라."
　잘 모르겠지만, 이나베는 자신에게 매우 중요한 사실을 알려주
려고 한다. 그것을 이해한 셰릴은 마음을 굳게 먹었다. 하지만 들
은 내용은 그 각오를 날려버리는 내용이었다.
　"유미나를 죽인 건 아키라다."
　"아키라가요……?"
　"사고가 아니다. 명백히 적대하고, 교전하고, 죽였지. 도란캄

팀이 우다지마의 제안에 따라 당시 건국주의자 보스로 오인되던 아키라를 확보하기 위해 움직인 결과다."

"그, 그랬군요……."

아키라는 자신과 적대하면 유미나도 죽일 수 있다는 건가. 셰릴은 그 사실에 적잖은 충격을 느끼면서도, 이 사실을 모른 채로 아키라를 만나 유미나와 관련해 말실수하면 어떻게 됐을지를 생각하고 안심했다.

하지만 그것도 한순간에 날아가 버렸다.

"중요한 것은 이제부터다."

그것보다 중요한 내용이 뭘지 생각하며 두려움에 떠는 셰릴에게, 이나베가 말한다.

"그 팀을 이끈 건 카츠야였고, 아키라를 확보하겠다고 최종적으로 결정한 것도 카츠야다. 그런데 그자는 그때 우다지마와 거래했지. 아키라를 확보, 사실상 살해하는 대가로 너를 구제해 달라고 요구했다."

"저, 저를……?"

당혹함을 넘어서 혼란에 빠진 셰릴에게, 우다지마는 자세한 내막을 설명했다. 카츠야는 셰릴을 건국주의자 용의선상에서 제외하기 위해 아키라를 죽이기로 결심했고, 유미나는 카츠야의 결정에 따라 아키라와 싸웠으며, 결국 아키라에게 살해당했다고 한다.

"그러니까 자네도 유미나가 죽은 이유 중 하나다. 아키라가 유미나를 죽여야만 했던 간접적인 원인이라는 거지."

말문이 막힌 셰릴에게, 이나베가 말을 이어갔다.

"아마도 아키라는 이 사실을 모를 거다. 얼마 전 아키라와 이야기할 때 자네와 유미나의 이름을 거론하며 반응을 떠봤지만, 이렇다 할 반응이 없었기 때문이지."

셰릴의 숨소리가 거칠어졌다. 그 소리를 들으며 이나베가 계속해서 이야기한다.

"하지만 앞으로도 모른다는 보장은 없지. 이 사실을 아는 누군가가 알려줄 수도 있다. 우다지마는 물론이고, 도란캄 관계자나 내가 조사를 지시한 사람, 어떤 경로로든 그 결과를 입수한 사람 등, 이 사실을 알고 있는 사람은 나름대로 있다. 비올라도 정보를 입수했을 가능성이 있지."

셰릴은 아무 말도 하지 못한 채 이야기를 듣고 있었다.

"예전에 다른 일로 자네에게 물었었지. 문제가 없냐고. 자네는 대답했지. 문제없다고. 하지만 이번만큼은 문제없다고 말할 수 없다. 문제는 있다. 그리고 이 문제를 해결할 수 있는 능력이 자네에게 있길 기대해 보지. 내 이야기는 이걸로 끝이다. 이만 끊지."

이나베는 셰릴의 대답도 기다리지 않고, 상대가 그럴 상태가 아님을 이해하고, 그냥 전화를 끊었다.

셰릴은 얼굴이 창백해져서 그대로 가만히 서 있었다. 셰릴 때문에 유미나를 죽여야 하는 지경에 이르렀다고, 아키라가 그렇게 생각하면 어떻게 될지. 그걸 상상하니 가슴이 찢어질 듯이 아팠다.

병실에서, 셰릴은 아키라의 반응을 확인했다.

자신을 보는 아키라의 눈에는 적대감도, 혐오감도, 불쾌함도 없다. 자신이 병문안을 온 것에 대해 평범하게 기뻐하고 있다.

그러니 괜찮아. 아직은 괜찮아. 분명, 어떻게든 될 거야.

그렇게 스스로 타이르고, 어떻게든 평정심을 유지하고, 최선을 다해 자기 자신을 기만하며, 셰릴은 미소를 짓고 있었다.

제193화 아키라와 히카루

퇴원한 다음 날, 아키라는 새로운 장비 조달을 상담할 겸, 시즈카의 가게에 들렀다.

웃으며 맞이한 시즈카는 건강해 보이는 아키라를 보고 안심한 듯 흥겹게 머리를 끄덕였다.

"잘 쉬었나 보네."

"네. 두 손도 깔끔하게 나았어요."

아키라가 시즈카에게 자신의 두 손을 조금 자랑스럽게 보여준다. 그 부분이 없어졌었다고는 도저히 생각되지 않는 상태였다. 손을 쥐고 펴는 동작도 자연스러워서, 겉으로 봐서는 완치된 느낌이다.

다만 초인을 목표로 하는 듯한 혹독한 훈련으로 얻은 신체 능력은 다 회복하지 못했다. 그런 의미에서 완치하려면 아직 더 시간이 필요하지만, 두 사람의 얼굴에 웃음을 짓게 하기에는 충분했다.

"역시 진짜 손이 좋네요. 병원 사람이 열심히 의수를 권유했지만, 아무리 의수가 고성능이라 해도 저는 진짜 손이 더 좋아요."

아키라는 그렇게 말하며 담당 의사와의 대화를 재미있게 이야기했다. 시즈카도 즐겁게 이야기를 듣고 있었다.

"그래서 말인데요. 손을 또 잃는 것도 싫고, 그렇게 무리하거나 무모한 짓을 하지 않도록 좋은 장비를 갖추고 싶어요. 그 상담을 다시 부탁하고 싶은데요……."

부탁이라고 말했지만, 아키라는 시즈카가 다시 맡아 줄 것이라고 여겼다. 하지만 시즈카는 조금 난처한 표정을 지었다.

"아…… 사실은 그 일로 아키라한테 말해야 할 게 있어."

"아, 네. 무슨 일이죠?"

아키라는 조금 머뭇거리며 시즈카의 이야기를 듣는다. 그것은 아키라의 장비 조달 사정이 매우 복잡해졌다는 소식이었다.

아키라는 지난번 장비를 조달할 때 강화복을 싸게 구매하는 조건으로, 다음에도 같은 회사의 강화복을 구매하겠다고 제조사인 기령(機領)과 계약을 맺었다.

위반하면 거액의 위약금을 내야 하지만, 그건 계약대로 기령에서 사면 될 일이다. 아키라가 손해를 볼 일은 없다.

하지만 지금에 와서 상황이 복잡해졌다. 위약금을 댈 테니 아키라에게 자기 회사 제품을 사용해 달라는 기업이 나타난 것이다.

이는 건국주의자 토벌전에서 아키라가 활약한 덕분이었다. 흑랑 부대까지 철수해야 했던 대형 거인. 그 거인을 혼자서 격파한 헌터가 당시 사용했던 강화복. 그것이 자기 회사 제품이라고 알리면 매우 큰 홍보 효과를 기대할 수 있다.

아무리 뛰어난 제품이라도 실패담이나 악평이 있는 제품은 기피당한다. 평범한 제품이라도 위업을 달성한 사람이 사용한 제품이라면 그 성능은 긍정적으로 평가받는다. 그 혜택을 보고 싶어 하는 사람들도 속속 등장한다.

이번엔 기령이 그 수혜를 봤다. 이 사실을 안 다른 기업들이 다음 기회를 잡으려고 움직인 것은 어찌 보면 당연한 일이었다.

시즈카는 한숨을 쉬며 이야기를 이어갔다.

"그래서 말이야. 그 영업사원들이 입원 중인 아키라에게 접근하지 못한다고 해서 우리 가게를 찾아왔거든. 그리고 나한테 열심히 영업하고, 다른 영업사원들과 경쟁하는 바람에 엄청 복잡해졌어."

"그, 그랬군요. 죄송합니다. 불편을 끼쳤네요."

허둥지둥 머리를 숙이는 아키라를, 시즈카는 웃으며 말렸다.

"아, 오해하지 마. 아키라가 우리 가게를 장비 조달 창구로 삼아서 싫다는 게 아니야. 오히려 환영해. 그것만으로도 우리 가게 매출은 말 그대로 껑충 뛸 테니까. 그만큼 나도 애쓸 거야."

그리고 다시 조금 난처한 표정을 지었다.

"그래도 말이지? 솔직히 말해서 나한테 다 맡기라고 말할 수 있는 상황이 아니야. 그렇게 큰 회사의 영업직들은 진짜 대단한 사람이거든? 나는 질질 끌려다니기만 해서, 이대로 가다간 상대가 정한 것을 그대로 강요당할 것 같아. 그게 좀 그렇단 말이지."

헌터 랭크 50인 사람을 고객으로 두고 있다고는 하지만, 시즈카의 가게는 아무리 높아도 헌터 랭크 30 정도의 사람들을 고객층으로 하는 가게에 불과하다.

그리고 찾아온 영업사원들은 수억 오럼에 달하는 물품을 아무렇지도 않게 구매하는 고랭크 헌터들을 상대로 장사하는 사람들이다. 그런 고단수들을 상대로 시즈카가 불리한 건 사실이다.

"아키라. 어떻게 할까?"

"어, 어떻게 해야 할까요?"

조금은 즐거운 듯이 난처한 표정을 짓는 시즈카에게, 아키라 역시 비슷한 표정을 지었다. 웃음으로 얼버무리는 느낌은 아키라가 더 심했다.

◆

시즈카의 가게를 나온 아키라는 집으로 돌아가는 길에 작게 한숨을 쉬었다.

결국 가게에서는 아무것도 정하지 못하고 시즈카와 함께 난처한 표정을 짓는 것으로 끝났다. 다시 찾아올 영업사원들에 대해서는 여전히 시즈카가 잘하길 기대할 수밖에 없는 상황이다.

『알파. 장비 이야기 말인데, 정말 어떻게 하면 좋을 것 같아?』

『어렵네.』

『알파도?』

『예산으로 살 수 있는 제품 중에서 최적의 솔루션을 선택하려면 내가 선별한 다음에 아키라가 직감으로 선택하면 되지만, 시즈카의 말을 듣고 보면 기업 간 이해관계를 조정해 상대가 고성능 장비를 제공하도록 협상해야 할 것 같아. 아키라가 내 지시에 따라서 이야기하고 협상하는 것도 가능하겠지만, 그것을 우연이나 직감으로 우기면 이상할 거야.』

『아, 그런 거였나.』

그랬다간 아키라에게 협상 내용을 상세히 지시한 누군가가 배후에 있다는 것을 금방 눈치챌 것이다. 알파의 존재를 들키지 않기 위해서라도 그 수법은 쓸 수 없었다.

『어떡하지. 어떻게 해야 할까?』

좋은 생각이 떠오르지 않아 아키라는 탄식하고 있었다.

그때 키바야시가 연락해서, 할 말이 있으니 만나자고 불렀다. 귀찮은 장비 협상을 키바야시와 상의하는 것도 나쁘지 않다고 생각한 아키라는 그대로 지정 장소로 향했다.

쿠가마 빌딩 1층 로비. 헌터 오피스의 접수처이자 방벽 안과 밖을 연결하는 곳. 아키라는 그곳에서 키바야시를 기다리고 있었다.

오늘도 이곳에는 아키라가 처음 이곳을 방문했을 때처럼 헌터가 많다.

그때 아키라는 슬럼의 꼬마에 불과했다. 주변에 있는 헌터들. 차원이 다른 실력자들에 압도당하고 기죽어 있었다.

하지만 지금은 다르다. 지금은 아키라가 더 뛰어난 실력자다. 아키라를 알아차린 헌터들은 놀라거나, 살짝 긴장하거나, 흥미로워하는 모습을 보인다. 건국주의자 토벌전 정보가 헌터들에게 퍼진 결과다.

일부 헌터는 허둥지둥 아키라와 거리를 두는 모습도 보였다. 아키라를 동경과 두려움이 섞인 눈으로 보는 사람도 있었다.

주위의 반응에 알파가 기분 좋게 웃었다.

『아키라도 드디어 인정받게 된 모양이네.』

『그래…….』

무시당하고 얕보이던 이전과 정반대의 반응을 보이는 주변 사람들을, 아키라는 전혀 기쁘게 생각하지 않았다. 하지만 그래도 괜찮다고 생각했다. 상대가 승산이 없다고 생각해 주면 습격당할 위험이 줄어들기 때문이다.

이 광경을 도란캄 사무 파벌 사람이 조금만 더 일찍 보았다면 뭔가 달라졌을까? 아키라는 문득 그런 생각이 들었지만, 그만뒀다.

여러모로 주목받는 아키라에게 로비 안쪽, 방벽 안쪽에서 한 소녀가 다가온다.

어른스럽지만, 어른으로 보기에는 나이가 조금 부족하다. 그 소녀는 도시 직원의 제복을 입었다. 조금 당당해 보이는 그 표정에는 본인이 유능한 인물임을 이해하는 자신감이 엿보였다.

소녀는 그대로 아키라 앞으로 오더니, 미소를 지으며 정중하게 머리를 숙였다.

"아키라 님 맞으시죠? 기다리게 해서 죄송합니다. 쿠가마야마 시티 광역경영부의 히카루라고 합니다. 오늘은 잘 부탁합니다."

"어……? 아, 그런데요. 무슨 일이죠?"

모르는 사람에게 갑자기 이해할 수 없는 말을 들은 아키라는 당혹스러운 기색을 보였다. 그런 아키라의 태도에 히카루도 살짝 당황했다.

"저기, 나는 여기서 키바야시라는 사람을 기다리고 있는데요."

"네. 키바야시에게 연락받고 기다리고 계신 거죠? 저는 그렇게 들었는데요."

"그렇긴 한데……."

"그렇죠? 여기 서서 이야기하는 것도 뭐하니까, 편한 데서 이야기할까요?"

히카루는 아키라가 다 이해했다고 판단해서 이동할 것을 권했다. 아키라는 얼떨결에 히카루를 따라가려다가 황급히 걸음을 멈췄다.

"잠깐, 잠깐, 잠깐만 기다려 주세요."

아키라가 정보단말을 꺼내 키바야시에게 연락한다. 바로 연결되었다.

"나야. 무슨 일이야?"

"무슨 일이긴. 사람을 불러 놓고서 지금 어디 있는 거야? 히카루라는 사람이 왔는데, 따라가도 되는 거야?"

상황을 설명한 아키라에게 키바야시가 유쾌한 투로 대답한다.

"약속 장소와 시간에 도시 직원의 제복을 입은 사람이 나타나서는 나랑 아는 사람인 것처럼 말했다. 그걸로 납득하고 얌전히 따라가지 않고서 내게 확인을 요구한 것은 너답지 않게 좋은 판단이라고 말해 주마."

"무슨 뜻이야?"

"그 녀석이 너를 속이려고 한 걸지도 모르잖아?"

아키라가 무심코 히카루를 본다. 고랭크 헌터가 갑자기 경계하는 눈으로 보는 바람에 히카루가 움찔했다.

"아, 오해하지 마. 그런 가능성도 있으니 조심하라는 얘기야."

"뭐야. 그래서? 저 사람을 따라가면 되는 거야?"

"그건 네가 판단해."

"뭐?"

"잘 들어. 그 히카루라는 녀석은 확실히 내가 아는 사람이야. 거기까지는 보증하마. 하지만 그것 말고는 하나도 보증하지 않겠어."

"무슨 소리를 하고 싶은 거야……. 똑바로 설명하지 않으면 집에 갈 건데?"

"그래도 돼. 협상 자리에 신뢰할 수 있는 상대가 없다. 자세한 설명도 없다. 이야기할 가치가 없다. 그렇게 생각해서 파투를 내는 것도 틀리지 않아. 항상 옳은 것도 아니지만."

아키라가 한숨을 쉰다. 그리고 정말 집에 가려고 하는데, 키바야시가 본론을 말한다.

"넌 확실히 강해. 헌터 랭크도 50이 되었어. 동부 전체 기준으로도 소위 말하는 고랭크 헌터의 반열에 올랐다고 해도 과언이 아니야. 하지만 네 협상 능력은 솔직히 말해서 아마추어나 다름없다고. 이대로 가면 큰일이 날걸?"

키바야시의 본론은, 무력에 비해 현저히 떨어지는 아키라의 협상 능력 향상이었다.

"앞으로 너한테는 고랭크 헌터와 짭짤한 거래를 하려는 사람들

이 몰려들 거다. 나도 알거든? 다음 장비 조달로 여러 업체에서 자기네 물건을 쓰라고 해서, 아주 난감해 죽겠지?"

아키라가 협상 능력이 부족해 기업들과 마찰을 빚고 소란을 피우는 것만큼은 키바야시도 즐길 수 있다. 그러나 기업의 수작에 놀아나는 것은 즐겁지 않다. 아키라를 위해서도, 키바야시의 즐거움을 위해서도, 아키라의 협상 능력이 향상되기를 바랐다.

"그것들의 먹잇감이 되기 전에 지금이라도 최소한의 협상 능력 정도는 익혀라. 거기 있는 히카루는 그 연습 상대야. 그 녀석의 신분, 지위, 사상, 심리, 유능한지 무능한지, 믿을 수 있는지, 믿고 의지해도 되는지, 직접 확인해 보라고."

뼈아픈 곳을 찔린 아키라는 복잡한 표정을 지으면서도 묵묵히 이야기를 듣고 있었다.

"전에도 말했지만, 나는 네가 마음에 든다고. 그러니까 너를 생각해서 이런 기회를 일부러 마련해 준 거야. 이 기회를 잘 활용할지 말지는 너에게 달렸어. 그러니 아키라, 힘내라."

그렇게 말하고, 키바야시는 통신을 끊었다.

아키라는 머리를 슬쩍 짚고 히카루를 바라봤다. 히카루는 조급함이 드러난 미소로 반응했다.

쿠가마 빌딩 1층 레스토랑으로 자리를 옮긴 아키라와 히카루는 먼저 서로의 상황을 설명했다.

히카루가 한숨을 쉬며 머리를 숙였다.

"정말 죄송합니다. 아키라 님과 이야기가 다 끝난 줄 알았어요.

저는 앞으로의 일을 생각해서 대면하는 자리라고 들었는데요."

"그랬군요. 그 녀석은 대체 무슨 짓을 하는 건지. 그래서 히카루 씨, 어떻게 할까요?"

"아, 저는 편하게 히카루라고 불러 주세요. 괜찮으시면 말도 놓아 주시고요. 협상에선 신뢰가 중요하죠. 본심이 잘 전해지지 않는 말투로 인해 불신과 불만이 생기면 안 되니까요. 저도 아키라 님과는 스스럼없이 이야기하고 싶습니다. 뭐, 키바야시는 조금 지나친 감이 있지만요."

그렇게 말하며 웃는 히카루에게, 아키라도 똑같이 웃으며 대답했다.

"알았어. 히카루도 평범하게 말해. 나도 그게 편하니까."

"그래? 그러면 나도 그냥 아키라라고 부를게. 아키라. 다시 한번 잘 부탁할게."

"그래. 잘 부탁해."

서로가 키바야시의 피해자다. 그렇게 생각하며 아키라는 긴장을 풀고 히카루와 함께 웃었다.

히카루는 이번 일을 절호의 기회로 여겼다.

통치기업에 있어서, 고랭크 헌터와 우호적인 관계를 맺는 것은 경제적, 도시 방어적 측면에서 매우 중요하다.

수십억 오럼에 달하는 장비를 착용하고, 그 정도의 무력이 필요한 몬스터를 값비싼 탄약류를 사용해 격파하고도 수익이 날 정도로 비싸고 귀중한 유물을 유적에서 획득하고, 그 유물을 판매한 돈으로 헌터 활동을 계속한다.

그 경제적 파급력은 엄청나게 크며, 헌터 행크 상승에 비례해 더욱 큰 폭으로 증가한다. 최전선 부근에서 활동하는 일류 헌터가 되면 개인으로 소규모 통치기업의 경제 규모를 넘어선다.

그러한 고랭크 헌터와 협상하고 신뢰를 얻어 도시에 협력하게 하는 사람의 권력은 당연히 커질 수밖에 없다. 그리고 쿠가마야마 시티에서 그 대표적인 예가 바로 키바야시다.

키바야시에게는 악평이 있다. 무리무식무모. 앞만 보고 살고, 앞만 보다 죽는다. 그것이 헌터가 사는 방식이다. 그 신조를 따라서 헌터들에게 기회를 기꺼이 제공하는 것이다.

자기는 확실한 실력이 있는데, 그것을 발휘할 기회가 주어지지 않았다. 기회만 있다면, 반등할 기회만 있다면 나는 반드시 성공할 수 있다. 그렇게 생각하는 헌터들은 키바야시를 통해 그 기회를, 대박 아니면 파멸밖에 없는 하이리스크&하이리턴의 기회를 받고, 도박에서 져서 파멸했다.

하지만 모두가 지는 것은 아니다. 키바야시도 무조건 지는 도박판을 제공할 마음은 없다. 키바야시는 타인의 파멸을 보고 싶은 것이 아니라, 승리를 위해 파멸을 각오하고 나아가는 삶의 모습과 그 결과를 보고 싶은 것이다. 작은 기회를 잡고 승리를 거둔 자들도 적지 않다. 승자가 가져다주는 이익과 패자의 시체가 쌓인 산을 보고 도시가 전자를 우선시할 정도다.

그리고 그 승자들은 예외 없이 고랭크 헌터로 성장했고, 대부분은 쿠가마야마 시티보다 동쪽에 있는 도시로 활동 장소를 옮겼다.

키바야시는 그들과의 관계로 본인의 입지를 굳히고 있었다. 자신의 악평을 포함해 이것저것 마음 내키는 대로 움직여도 도시가 묵인할 정도였다.

히카루도 그것을 알고 있다. 그리고 지금 여기에, 아키라라는 고랭크 헌터와의 접점이 있다.

아키라에게 호감을 얻고 신뢰를 따서 쿠가마야마 시티 측의 전속 협상 담당이 될 수 있다면, 말단 직원에서 단숨에 특별한 신분이 될 수도 있다. 이 기회를 놓칠 수는 없다. 히카루는 그런 생각에 아키라에게 살갑게 미소를 지으면서, 속으로는 그 어느 때보다 각오를 다지고 있었다.

(아키라의 헌터 랭크는 50! 건국주의자 토벌전에서 맹활약! 이나베 구획장과도 인연이 있어! 키바야시가 무슨 생각으로 나한테 이런 기회를 줬는지 모르겠지만, 이유는 뭐든 상관없어! 반드시 해낼 거야!)

히카루는 그 속마음을 숨기고 아키라에게 친근한 미소를 지으며 말했다.

"그래서 어떻게 할 거야? 나를 연습 상대로 삼아 협상 훈련이라도 할까?"

"그래도 돼?"

"당연하지."

"그렇다면 그렇게…… 한다고 쳐도, 뭘 어떻게 하면 될까?"

"키바야시가 뭐라고 말하지 않았어?"

"아마…… 히카루의 신원 같은 걸 직접 알아보라고 했던가."

"그렇다면 거기서부터 시작하자. 내가 아키라를 속이려는 사기꾼일 수도 있고, 진짜 직원일 수도 있어. 잘 모르니까 확인해야해. 그런 조건으로, 내가 먼저 인사할게."

그렇게 말하며 히카루가 일부러 정중하게 머리를 숙였다.

"처음 뵙겠습니다. 쿠가마야마 시티 광역경영부의 히카루라고합니다."

아키라도 히카루의 의도를 짐작하고 슬쩍 웃으며 머리를 숙였다.

"처음 뵙겠습니다. 아키라입니다. 정말 도시 직원인가요? 증거는?"

"어머나, 진짜예요. 의심하시는 거예요?"

"히카루가 그렇게 말했을 뿐이잖아."

아키라와 히카루는 간단한 게임을 하는 것처럼 이야기를 이어갔다. 아키라는 히카루가 정말 도시 직원인지 확인하고, 히카루는자신이 도시 직원임을 아키라가 믿게 하는 게임이다.

히카루의 말만으로는 증거가 될 수 없다. 그 당연한 지적에 히카루는 테이블 위에 정보단말을 두고, 신분증을 대서 직원 정보를표시했다.

"이게 내 신분증. 이걸로 도시 페이지에서 내 직원 정보를 띄웠어. 내 얼굴도 딱 실렸고. 그리고 내 옷은 도시 직원의 제복인데,관계자가 아닌 사람이 입으면 신분 사칭으로 엄벌에 처해져. 이러면 어때?"

아키라 역시 납득하고 머리를 끄덕였다. 하지만 이건 훈련이니까 지금은 굳이 까탈스럽게 굴려는 것처럼 의심하는 태도를 보였다.

"신분증도 표시 페이지도 위조한 것이고, 제복도 당당히 입으면 들키지 않을 거라고 하면?"

"그렇구나. 그렇다면 같이 헌터 오피스에 가서 내 신원 조회를 해보는 건 어때?"

"헌터 오피스 직원을 매수해서 가짜 조회 정보를 띄우게 하면?"

"어? 그건 좀 억지 같아. 헌터 오피스 직원을 매수하는 건 진짜 말도 안 되는걸?"

히카루는 그런 가정은 불가능하다는 듯이 고개를 저었다. 하지만 아키라 역시 고개를 저었다.

"아니, 장소에 따라서는 의외로 가능할걸?"

그렇게 말하며 아키라는 자신이 헌터로 등록했을 때의 이야기를 들려주었다.

무너져가는 술집 같은 건물에서 매우 의욕이 없는 직원에게 종이 쪼가리 같은 헌터증을 받았다. 그 직원의 업무는 정말 엉터리였고, 받은 헌터증에는 이름이 잘못 찍혀 있었다. 헌터 오피스 직원이라도 그런 놈이라면 돈으로 매수할 수 있다. 틀림없다.

아키라는 예전의 억울함을 풀기라도 하듯 조금은 열성적으로 그렇게 말했다.

방벽 안에서 자란 히카루는 그 이야기를 조금 믿기 어려웠다. 하지만 아키라의 태도로 보아 사실이라고 판단하더니 살짝 놀란 표정을 지었다.

"헌터 오피스 직원이라도 방벽 밖에는 그런 사람도 있구나. 하지만 뭐, 그런 건 멀쩡한 곳에 문의하면 되는 거 아닐까? 이 쿠가마 빌딩의 헌터 오피스 같은 곳이라면 아키라도 믿고 맡길 수밖에 없지 않겠어?"

"뭐…… 그렇겠지."

납득한 아키라를 보고 히카루는 자신만만하게 웃었다. 그리고 자신의 말솜씨로 고랭크 헌터를 잘 설득할 수 있었다는 자만심에 말을 덧붙인다.

"이래도 안 되면 나도 두 손 들 수밖에 없어. 이제는 아키라가 나를 조사하게 하고, 나도 그 조사에 협조하는 수밖에 없겠지. 아키라라면 어떻게 할 거야? 어떻게 조사하면 납득할 수 있어?"

"그렇게 말한다면. 음……."

그때 알파가 끼어들었다.

『아키라. 나에게 확인하면 안 돼. 이건 아키라의 협상 능력을 훈련하는 거니까.』

『나도 알아…….』

알파에게 그렇게 대답한 아키라는 좋은 아이디어가 떠오르지 않았다. 그래서 이것도 협상의 일환이라고 스스로에게 핑계를 대고 물어보는 상대를 바꾼다.

"히카루, 어떻게 하면 좋을까?"

"그걸 스스로 생각하는 것도 훈련의 일환이라고 봐. 그리고 나에게 물어보면 안 돼. 의심하는 상대가 제시한 방법으로 조사했다가 뒤통수를 맞으면 큰일나잖아?"

"하긴……."

결국 혼자 생각하게 된 아키라는 복잡한 표정을 짓고 다시 생각에 잠긴다. 하지만 곰곰이 생각해도 좋은 아이디어가 떠오르지 않는다. 그 모습을 본 히카루가 힌트를 준다.

"뭐, 아키라는 헌터니까 현실적으로 그 부분을 세밀하게 직접 조사하긴 어려울 거야. 결국 믿을 수 있는 사람에게 조사를 의뢰해야 할 것 같아."

"그렇겠지. 그렇게 해야 하겠지."

"고랭크 헌터는 그런 조사를 위탁할 상대가 있는 사람도 드물지 않다고 해. 아키라도 그런 연줄이 있다면, 이것도 훈련이니까 지금 여기서 한번 의뢰해 보는 건 어때? 그 조사 결과가 나오면 그 내용이 믿을 만한 것인지 내가 확인해 줄게."

"그래도 돼?"

"그래. 물론 보통은 그런 걸 함부로 조사받는 게 싫지만, 나는 아키라의 훈련에 함께하는 처지니까 협조할게. 사양하지 마."

"그렇군. 그렇다면 한번 시험해 볼까?"

아키라는 정보단말을 꺼내 아는 사람에게 조사를 부탁했다.

그런 아키라를 보며 히카루는 속으로 흐뭇한 미소를 지었다.

키바야시에게 협상 능력 부족을 지적받은 만큼, 아키라가 이런 종류의 대처에 익숙하지 않은 것은 분명하다. 지금까지의 짧은 대화만으로도 그것은 분명하게 파악할 수 있었다.

그렇다면 지금 조사를 의뢰한 상대도 대단하지 않겠지. 조사 내용의 허점을 철저하게 지적하고, 그 사람에게 조사를 의뢰하는 것은 적절하지 않다고 알려주면 된다. 그리고 비슷한 일이 있으면 자신에게 의뢰하라고 권하면 된다. 잘하면 그 실적을 발판 삼아 아키라의 전속 협상 담당의 자리를 꿰찰 수 있을지도 모른다.

그렇게 생각하고, 그렇게 되었을 때의 지위를 상상하며 히카루는 즐거운 듯이 웃었다.

상대와 대화를 마친 아키라가 정보단말을 치운다.

"조사하는 데 30분 정도 기다려 달라는데."

"와…… 고작 30분으로 어디까지 조사할 수 있는지 실력을 한번 볼까."

역시 대단하지 않다. 나는 방벽 안의 거주자이고, 게다가 도시 직원이다. 개인정보 취득에 있어서도 방벽 밖에 있는 사람과는 비교할 수 없이 보호받고 있다. 조사해 봤지만 잘 모르겠다는 결과가 나올 뿐이다. 히카루는 그렇게 판단하고 내심 뿌듯해했다.

그 뒤로 아키라와 히카루는 조사 결과가 나올 때까지 잡담하며 기다렸다. 하지만 조사 결과가 나오기 전에 상황이 바뀐다. 알파에게 이 사실을 들은 아키라의 표정이 조금 딱딱해졌다.

"히카루. 우리를 포위한 녀석들이 있는데, 짚이는 게 있어?"

"어?"

갑자기 그런 말을 듣고 당황하는 히카루에게, 아키라는 시선으로 그들의 위치를 알려주었다.

멀리 떨어진 좌석과 레스토랑 출입구 근처, 유리벽 너머 등에 조금 전까지 없던 사람들이 있다. 그들은 정장이나 도시 직원의 제복 등 평범한 복장을 했지만, 눈썰미가 있는 사람이 보면 고도의 전투 능력을 보유한 자임을 알 수 있다. 아키라 역시 알파가 알려주기 전까지는 눈치채지 못했지만, 지적을 듣자마자 판별할 수 있었다.

다만 그들은 아키라보다 히카루에게 더 많은 관심을 기울이고 있었다. 그래서 아키라는 일단 히카루에게 짚이는 구석이 없는지 물어봤지만, 히카루도 짚이는 데가 하나도 없었다.

그리고 그중 한 명이 다른 사람들에게 눈짓으로 기다리라는 지시를 내린 후, 두 부하를 데리고 두 사람에게 다가왔다. 한 명은 아키라 앞에 정중하게 서고, 나머지 두 명은 마치 히카루를 놓치지 않겠다는 듯이 히카루의 좌우에 섰다.

"아키라 님. 이나베 님께서 연락하셨으니 대응해 주십시오."

그 직후, 그 말대로 아키라의 정보단말에 이나베로부터 연락이 왔다.

"나야……."

"아키라. 도시 직원을 사칭한 사기꾼이 너를 속이려 한다는 정보가 들어왔는데, 지금 어떤 상황이지?"

"아, 그런 훈련을 하고 있었다고 할까……."

"훈련?"

괴이쩍은 투로 거칠게 되묻는 이나베에게, 아키라가 상황을 설명한다. 한편, 갑작스러운 상황에 당황한 히카루는 이나베가 파견한 사람들에게 조사를 받고 있었다.

파견된 자들이 히카루의 신분증과 신체 정보 등을 통해 히카루의 신원 확인을 마친다.

"대장님. 확인했습니다. 광역경영부 소속 사쿠야마 히카루 본인이 맞습니다."

"알았다."

그 정보는 그대로 이나베에게 전달되었다. 이나베의 깊은 한숨이 정보단말을 통해 아키라에게 전해졌다.

"아키라…… 훈련 결과는 만족스러웠나?"

아키라가 멋쩍은 투로 대답한다.

"아…… 그래."

"그렇다면 다행이군. 이만 끊겠다."

귀찮게 하지 말라고 생각하면서도 정말로 모종의 사기일 경우를 생각하면 확인하지 말라고 할 수도 없다. 이나베는 대충 그런 마음을 담아서 왠지 모르게 짜증을 내는 목소리를 마지막으로 통신을 끊었다.

파견된 사람들이 아키라에게 머리를 숙였다.

"저희도 이만 실례하겠습니다. 소란을 피워 죄송합니다."

"아뇨. 오히려 불편을 끼쳤네요."

다른 곳에서 대기하던 자들도 함께 자리를 떠난다. 포위망은 풀리고 상황은 처음으로 돌아갔다. 하지만 아키라와 히카루 사이에 깔린, 뭔가 큰 실수를 저질렀다는 분위기는 원래대로 돌아오지 않았다.

"아, 저기, 그, 미안해."

"괘, 괜찮아. 내가 해보자고 한 거니까."

"아, 변명하자면, 나는 이나베 말고 비올라라는 녀석한테 부탁했거든? 아마 그 녀석이 이상하게 전달한 것 같아."

"그, 그래……?"

히카루는 어떻게든 웃으며 대답했다. 하지만 그 웃음은 너무 어색했다.

◆

아키라와의 대면식을 마친 히카루는 헤어진 뒤에도 레스토랑에 남아 있었다. 조금 피곤한 얼굴로 커다란 파르페를 주문하고, 비싼 만큼 고급스러운 디저트를 섭취하며 갑작스러운 일로 쌓인 정신적 피로를 단맛으로 치유하고 있었다.

그리고 그 입에서 흘러나오는 한숨이 피로의 표현이 아닌 미식에 대한 찬사로 바뀔 즈음, 히카루는 마침내 마음을 다잡았다.

"예상치 못한 일이 있었지만, 그 또한 결과적으로 좋게 작용했다고 생각하자."

이나베가 아키라를 중요시하는 것은 그 대응에서도 알 수 있다. 만약 그 자리에 정말 사기꾼이 있었다면, 파견된 인원은 그 사기꾼을 체포해서 철저히 심문했을 것이다. 레스토랑 밖까지 인력을 배치한 것에서도 그 진의를 짐작할 수 있다.

즉, 아키라는 이나베가 그 정도로 배려할 가치가 있는 인물이다. 그런 인물과 인연을 맺은 것은 매우 유익했다. 두려움에 떨었던 보람이 있었다. 히카루는 그렇게 생각하며 이번 일을 긍정적으로 받아들이기로 했다.

"아키라와의 인연은 얻었으니, 이제 적당한 이유를 붙여서 접점을 늘리면……."

스푼으로 파르페를 떠서 입에 넣고 그 맛을 음미한다. 배를 저절로 부풀어 오르게 하는 매혹적인 존재를 만끽하며 웃는다. 그 행복한 시간을 보내며 히카루는 자신의 밝은 미래를 상상하며 기분 좋게 웃고 있었다.

그때 히카루에게 알림이 뜬다. 그 내용을 확인한 히카루는 무심코 표정을 굳혔다.

알림 내용은 이나베의 호출이었다.

이나베에게 호출받아 집무실에서 맞은편에 앉게 된 히카루는 긴장한 기색을 감추지 못했다.

"먼저 말하지. 자네에게 책임을 물으려고 부른 건 아니다. 그 점은 안심하게."

"아, 알겠습니다."

"키바야시는 제대로 설명하지도 않고 아키라를 만날 기회를 준 모양이더군."

"그, 그렇습니다."

"그래서, 어땠지?"

이나베가 굳이 추상적인 질문을 던지자, 히카루도 그것이 고의적인 것임을 알아차리고 그 의도의 해석을 포함한 대답을 고민한다.

"대, 대체로 좋은 인상을 주었다고 판단하고 있습니다."

"그렇군."

이나베는 그렇게 말하고는 히카루를 평가하듯 뚫어지라 본다. 히카루의 긴장감이 고조된다.

그리고 10초 정도 침묵을 지키다가 이나베가 입을 열었다.

"잘됐군. 사실은 자네를 아키라의 담당으로 삼을까 생각 중이었다."

"저, 저를요?"

"불만이 있나?"

"아, 아뇨. 맡겨주세요! 미력하나마 최선을 다하겠습니다!"

히카루는 하늘이 내린 기회에 상사에게 보여야 하는 미소도 잊고 신나게 웃었다.

"아키라는 다루기 어려운 부분이 많지만, 이미 좋은 인상을 줬다면 문제없을 테지. 쿠가마야마 시티를 위해 자네의 유능함이 유감없이 발휘되기를 기대하마."

"네!"

히카루는 이나베에게 머리를 꾸벅 숙여 인사한 뒤, 들뜬 기색으로 퇴실했다.

이나베가 작게 한숨을 쉰다.

"뭐, 키바야시보다는 낫겠지."

이나베가 중얼거린 그 말은, 복도를 신나게 걷는 히카루의 귀에 닿지 않았다.

◆

집에서 쉬던 아키라에게, 히카루에게서 연락이 왔다. 히카루가 아키라의 담당 직원이 되었음을 알리는 것이었다.

"그래서 내가 아키라 담당이 됐어. 쿠가마야마 시티의 아키라 전용 창구라고 생각해 줘."

"전용 창구라니…… 너무 호들갑스러운데."

"그렇지 않아. 아키라는 헌터 랭크 50의 헌터거든? 다른 헌터들과 똑같이 대우할 순 없어."

"그런 건가? 하지만 좀 의외네. 내 담당이라니, 키바야시가 기꺼이 맡을 것 같은데……."

"어? 아키라는 나보다 키바야시가 더 좋은 거야?"

히카루가 노골적으로 불평하자, 아키라가 웃으며 대답한다.

"그런 뜻이 아니야. 히카루와 키바야시 중에서 고르라고 하면 나도 히카루가 더 좋다고."

"그렇지? 뭐, 그렇게 말해주면 나도 기뻐. 아키라. 고마워."

히카루는 친분을 쌓기 위한 환담을 겸한 부임 인사를 이쯤에서 마무리한다. 다음은 본론이다.

"그래서 말인데. 아키라, 헌터 활동 예정은 있어? 특별히 정한 게 없다면 내가 좋은 의뢰를 알선해 줄 수 있는데? 나한테 맡겨. 사실은 나도 이나베 구획장의 마음에 들었어. 도시 간부의 연줄을 써서 좋은 의뢰를 따올게."

도시의 유력 파벌의 수장도 자신을 눈여겨본다고, 히카루는 자기 능력을 은근슬쩍 드러내듯, 자신만만하게 말했다.

그리고 아키라는 그것을 이나베가 히카루를 통해 자신에게 헌터 랭크를 올리기 쉬운 의뢰를 알선해 주려고 하는 것으로 판단해서 긍정적으로 받아들였다. 하지만 그 제안을 쉽게 받아들일 수 없는 사정도 있었다.

"아, 의뢰를 알선해 주는 건 고마운데, 사실 아직 장비 조달이 끝나지 않았어."

"괜찮아. 그 정도는 내가 조정해 줄게. 언제쯤 가능할까?"

"나도 모르겠는데. 사실 일이 조금 복잡해져서……."

아키라에게 자세한 사정을 들은 히카루가 자신감 넘치는 목소리로 말했다.

"알았어. 그 이야기, 내가 정리해 줄게."

"할 수 있겠어?"

여러 기업의 이해관계가 얽힌 협상을 정리하는 것이 얼마나 어려운 일인지는 협상 능력이 떨어지는 아키라도 알 수 있었다. 놀라서 무심코 되물었다.

"그래. 나한테 맡겨."

그리고 그것이 얼마나 귀찮은 일인지 아키라보다 더 잘 아는 히카루가, 추가로 단언한다.

"그것 말고도 비슷한 일이 있으면 사양하지 말고 말해 줘. 같이 해결할 거니까."

"저기…… 그렇다면, 사실은 요시오카 중공과 조금 다툼이 있다고 해야 할까……."

아키라와 요시오카 중공의 다툼도, 히카루는 이야기를 들은 후 가볍게 말했다.

"알았어. 그쪽의 협상도 병행해서 처리할게. 더 없어?"

"아니, 그걸로 끝이야. 너무 간단히 수락했는데, 정말 괜찮은 거야?"

아키라 역시 히카루가 할 수 없는 일을 쉽게 수락했다고 생각하지는 않는다. 하지만 본인이 그렇게 말한다면 괜찮을 거라고 안이하게 믿기도 어려웠다.

조금 의심하는 아키라의 말을 듣고도 히카루는 신경 쓰는 기색 없이 대답한다.

"그래. 괜찮아. 자랑하는 것처럼 들릴지도 모르겠지만, 나는 이 나이에 광역경영부에 들어간 인재야. 어지간한 사람들과 동급으로 치면 곤란해."

그것이 얼마나 대단한 것인지 아키라는 알 수 없다. 하지만 적어도 쿠가마야마 시티에서 일정 기준을 넘어서는, 히카루가 자랑하고 싶을 만큼 높은 수준이라는 것은 알 수 있었다.

"그렇군. 히카루는 대단하구나. 잘 부탁할게."

"그래. 나한테 맡겨. 아키라. 잘 있어."

기분 좋은 목소리로 말하고, 히카루는 통화를 끊었다.

아키라가 아무 생각 없이 알파를 바라본다.

"장비 문제는 이걸로 해결……한 거겠지?"

『그래. 그렇게 생각하자.』

알파도 아키라가 언제까지고 헌터 활동에 복귀하지 못하는 것을 바라지 않는다. 강경책을 쓰는 것보다는 낫다고 판단했다.

아키라와 통화를 마친 히카루가 그 호응에 비례하는 큰 한숨을 쉰다.

"좋아. 완벽했어."

아키라가 안고 있는 문제를 해결하면 그 신뢰도 대폭 커진다. 나아가 효과적으로 성과를 낼 수 있는 의뢰를 알선해 주면 더욱 관계가 깊어질 수 있다.

키바야시와도 교류가 있겠지만, 아키라도 키바야시보단 자신이 더 좋다고 했다. 아키라가 키바야시보다 자신과의 관계를 중시하게 만드는 것은 충분히 가능할 것이다.

잘만 하면 아키라와의 인연을 발판으로 삼아 도시 간부가 되는 것도 꿈이 아니다. 그런 생각에 저도 모르게 얼굴이 펴진다.

"자~ 어디부터 손대 보실까. 빨리 의뢰를 알선하기 위해서라도, 장비부터 처리해야겠네."

희망찬 미래를 실현하기 위해, 히카루는 의욕을 내고 있었다.

제194화 술집에서 하는 이야기

병원으로 이송된 아키라가 아직 병실에서 잠들어 있을 때, 야나기사와는 부하를 시켜 쿠즈스하라 시가지 유적에서 카츠야의 시체를 몰래 빼돌렸다. 그리고 은신처에서 카츠야의 시신 부검을 마친다.

시체는 틀림없이 카츠야 본인이다. 이 상태에서 되살리는 것은 구세계의 기술을 쓰더라도, 적어도 자신이 아는 한에선 불가능하다. 야나기사와는 이를 납득할 때까지 부하에게 맡기지 않고 자신이 직접 조사할 정도로 집요하게 확인하여 카츠야의 죽음을 확정했다. 무심코 가볍게 안도한다.

(녀석들과 계약한 것은 이 녀석이었을 거야. 이 녀석의 죽음으로 그들의 시도는 원점으로 돌아갔어. 유예기간은 많이 늘어나겠지.)

평소에는 경박한 미소로 속마음을 감추던 야나기사와의 얼굴에, 희미하게 안심하는 기색이 드러난다. 이번 일은 야나기사와에게 이렇게 긴장이 풀릴 만큼 중요한 일이었다.

그때 네르고에게서 연락이 왔다. 야나기사와는 그제야 자신이 긴장을 풀었음을 깨닫고, 의식을 전환해 표정을 평소의 미소로 되돌렸다.

"네~ 야나기사와입니다. 무슨 일이야?"

"동지가 카츠야의 시체를 회수했다고 들었다. 그 일로 잠시 이야기하고 싶다."

"그건 꽁꽁 숨긴 일인데, 어떻게 알았어?"

"이쪽에도 정보원이 있다는 거지. 그래서 어떻게 됐지? 카츠야는 죽었나?"

"죽었어. 아, 그러고 보니 카츠야를 확보할 예정이었지? 시체라도 괜찮다면 가져갈까?"

"뇌는 생체 부품으로 재사용이 가능한 상태인가?"

"아니, 불가능해."

"그렇다면 필요 없다."

의도적으로 재사용이 불가능한 상태로 만들었는지는 야나기사와도 말하지 않았고, 네르고도 지적하지 않았으며, 재사용이 불가능한 상태라는 인식을 공유하는 데 그쳤다.

"동지에게 한 가지 더 묻고 싶은 것이 있다. 아키라라는 헌터에 대해, 동지는 어떻게 평가하지?"

"어떻게 생각하든, 슬럼 출신 헌터이고, 구영역 접속자가 아닐 것 같다는 것은 지난번에 네가 설명해 줘서 나도 납득한 걸로 아는데."

"그런 뜻이 아니다. 그자의…… 그래, 그 대형 거인을 쓰러뜨린 특이성 등을 포함한 종합적 평가를 묻는 거다."

"종합적 평가라. 강하긴 할걸? 카츠야도 죽였으니까 말이야."

야나기사와는 그렇게 대답하며 아키라의 조사 결과를 떠올렸다.

하찮은 슬럼의 꼬마가 단기간에 헌터 랭크 50까지 도달했다. 그 경이로운 상승세는 확실히 자신도 그들과 연루된 것이 아닐지 의심했을 정도다.

하지만 아키라가 대형 거인과 싸우는 광경을 확인하면서 그 우려는 크게 줄어들었다. 야나기사와가 확인한 장면은 넬리아의 의체에 달린 정보 수집기와 흑랑의 색적 장치 등에서 얻은 데이터를 분석하여 얻은 것으로, 부분적으로 조악하기는 했다. 하지만 그래도 알 수 있을 정도로 아키라는 대형 거인과의 전투 중에 갑자기, 그리고 급격하게 강해졌다.

평상시라면 이를 근거로 그들의 개입을 강하게 의심했을 것이다. 하지만 그때는 츠바키에 의해 통신 장애가 발행한 상황이어서 불가능했다. 즉, 아키라 자신의 실력임이 확정된 것이다.

좋게 말해서, 궁지에 몰리면 각성하는 사람이 있다. 나쁘게 말하면, 죽을 만큼 궁지에 몰리지 않으면 진짜 실력을 드러내지 못하는 사람이 있다. 아키라는 죽을 고비에서 몇 번이나 부자연스럽게 살아난 전적이 있지만, 아키라가 후자의 인간이라면 그것도 말이 된다.

또한 아키라는 카츠야를 죽였다. 그리고 카츠야가 그들의 계약자였다는 사실은 거의 확정적이다. 계약자끼리 서로 죽이는 것은 생각하기 어렵다. 통신 장애로 계약자를 통제할 수 없었다고 해도, 만약 아키라와 카츠야가 둘 다 계약자라면 상대를 죽이지 말라고 사전에 엄명했을 것이다.

따라서 아키라의 능력은 자기 실력이며, 그들의 도움에 의한 것이 아니다. 즉, 아키라는 그들의 계약자가 아니다. 야나기사와는 그렇게 판단했다.

"하지만 걔보다 강한 헌터는 얼마든지 있으니까, 현재로서는 관심이 없어."

야나기사와는 네르고가 굳이 본론에서 벗어난 질문을 한 것을 눈치채고, 그 해석을 포함해서 대답했다. 즉, 아키라를 데려가고 싶으면 마음대로 하되, 카츠야 때처럼 확인을 구할 필요는 없다는 의도를 드러낸 것이다.

"그렇군. 이해했다."

또한, 네르고가 이런 질문을 한 진짜 의도는 아키라에 대한 야나기사와의 인식을 통해서 아키라의 위험성을 조사하기 위해서였다. 동지인 자루모는 아키라를 매우 위험하게 여겼는데, 그 인식이 얼마나 타당한지, 네르고는 야나기사와의 인식에서 그것을 가늠해 보려고 했다.

서로 다른 의도가 아키라에 대한 평가를 어긋나게 한다. 그것이 야나기사와 네르고, 협력 관계이긴 해도 목적이 다른 자들의 한계였다.

"그러고 보니, 도란캄 잠입은 계속할 거야?"

"중지한다. 그자가 죽은 이상 잠입할 이유가 없다. 나는 건국주의자 토벌전에서 사망한 것으로 처리했다. 그대로 이탈한다."

"흐응. 뭐, 탈퇴할 필요도 없이 도란캄 자체가 무너질지도 모르지만."

야나기사와도, 네르고도, 카츠야가 없는 도란캄에는 관심이 없다. 의식을 회복한 아키라가 도란캄을 파괴하든 말든 상관없다.

　네르고와 대화를 마친 야나기사와는 다시 한번 네르고들을 생각한다.

　네르고들은 죽음을 두려워하지 않는다. 하지만 그것은 그들의 불사성 때문이 아니다. 대의를 위해 살고, 생활하고, 죽이고, 죽는 것이다. 자신의 목숨과 삶을 대의를 위해 바치는 그 가치관 때문이다.

　불사성으로 인한 만용은 그 성질을 일시적으로 잃게 하거나, 잃은 것으로 오인하게 만드는 것만으로도 충분히 대처할 수 있다. 충분히 위협할 수 있다. 그러나 사상을 위해 웃으며 죽는 자들에게 죽음의 위협은 통하지 않는다. 설령 정말 죽는다 해도 그 죽음을 용인하고 변함없이, 흔들림 없이 행동하기 때문이다.

　지금은 협력 관계를 구축할 수 있다. 하지만 그 관계도 언제까지 지속될지는 알 수 없다. 자신과 네르고들이 목적 자체를 공유하지 않는 이상, 자기 자신보다 더 중요하며 절대로 양보할 수 없는 목적을 위해 언제 적대해도 이상하지 않다. 충분히 조심해야 한다.

　그러나 그것은 매우 힘든 일이다.

　"힘드네……."

　야나기사와는 다시 한번 그렇게 생각하며 경박한 미소를 지우고 진심 어린 한숨을 쉬었다.

◆

카츠야의 죽음은 도란캄에 큰 여파를 미쳤다.

시카라베의 친구이자 도란캄의 간부인 아라베는 거점 회의실에서 피로가 짙게 드러나 답답한 분위기를 풍기고 있었다. 그곳에 호출받은 시카라베도 그 마음을 이해한다는 표정을 짓고 있었다.

"그래서 아라베, 지금은 어떤 상황이야?"

"그래. 우선 사무 파벌 녀석들은 방벽 안쪽의 후원자들에게 상황을 설명하느라 정신이 없지."

도란캄 사무 파벌은 방벽 안의 주민들을 상대로, 카츠야가 앞으로도 계속해서 성장할 것을 전제로 삼아 카츠야를 주축으로 하는 장기 계약을 여러 차례 맺었다.

헌터 조직이 이런 장기 계약을 맺을 경우, 원래라면 계약 기간 중 주요 헌터가 사망하더라도 대체 인력을 배정해 계속 진행하는 식으로 계약 내용을 융통성 있게 작성하는 법이다.

하지만 이번에는 카츠야의 존재가 기본 전제가 되는 계약을 체결했다. 그리고 카츠야의 죽음으로 그 모든 것이 망가졌다. 그래서 일련의 계획을 추진하던 미즈하는 위약금 지불을 포함한 협상 때문에 정신없이 바빴다.

그 이야기를 들은 시카라베가 살짝 황당해하듯 웃는다.

"바쁘다고? 사무 놈들이 일부러 그러는 게 아니고?"

"그렇겠지. 협상 장소는 방벽 안쪽이니까. 영원히 계속하고 싶겠지."

시카라베와 아라베는 사무 파벌을 조롱하듯 덩달아 가볍게 웃었다. 그리고 더는 현재 상황을 외면하지 않고, 몹시 골치 아픈 표정을 지었다.

"그래서? 아키라의 상황은?"

"유적에서 중태에 빠져 병원으로 후송된 뒤로 아직 의식을 찾지 못했다고 하더군. 물론 고도의 치료를 받은 덕분에 생명에는 지장이 없어. 조만간 깨어날 거라고 들었다."

"그런가……. 그렇다면 문제가 생기겠군."

"그래. 사무 파벌 녀석들의 소행이긴 하지만, 도란캄은 아키라를 적으로 만들었어. 상대가 어떻게 나오느냐에 따라 도란캄은 끝장이 나겠지."

도시의 유력 파벌 수장과도 밀접한 관계인 고랭크 헌터와의 적대. 이것만으로도 도란캄의 존속은 상당히 의심스럽다.

게다가 아키라가 도란캄이라는 조직 자체를 적대시하고 완전무장 상태로 습격할 가능성도 있다. 이 경우 아키라가 거점을 물리적으로 전부 날려버려도 이상하지 않다. 아키라가 건국주의자 토벌전에서 대형 거인을 혼자서 쓰러뜨린 것은 시카라베와 아라베도 알고 있었다.

모두가 골머리를 앓을 정도로, 도란캄은 앞날이 캄캄한 상황이었다.

도란캄은 아키라가 의식을 찾은 뒤에도 효과적으로 대처하지 못했다.

아키라가 입원 중이라 무력을 쓸 수 없는 상태에서 화해 협상을 시도하려 해도, 애초에 연금 상태이다 보니 접촉할 수조차 없었다. 키바야시에게 중재를 부탁해도, 지금 아키라에게 도란캄 이야기를 해서 자극하는 것은 너무 위험하다고 거절당했다. 그렇게 발만 동동 구르고 있는 사이에 아키라는 퇴원하고 말았다.

시카라베도 도란캄의 존속을 위해 아키라와 적대할 생각은 없다. 애초에 사무 파벌이 자초한 사태다. 그 뒷수습을 위해 목숨을 걸 생각은 전혀 없다.

그래도 도란캄에 대한 애착은 있다. 그렇지 않다면 쿠로사와가 도란캄을 탈퇴하면서 불렀을 때 같이 나갔을 것이다.

그렇듯 가슴속에 복잡한 감정이 뒤섞인 가운데, 시카라베는 결심했다.

"마음을 굳게 먹고 아키라를 만나러 갈까. 아라베. 따라와."

"알았어. 거참, 나는 이미 실전에서 물러난 지 오래인데, 또 목숨을 걸어야 해?"

"무슨 소리야. 헌터는 원래 그런 거잖아?"

"그렇지."

시카라베와 아라베, 결성 초창기부터 도란캄에 있는 두 베테랑 헌터가 서로 웃으며 말했다. 어떻게 보면 자신들의 오랜 헌터 활동 중 유례가 없는 이 고군분투를 앞두고도 왠지 모르게 즐거운 웃음을 짓고 있었다.

◆

직접 만나 이야기하고 싶다. 시카라베로부터 그 연락을 받은 아키라는 말투에서 어딘가 진지함을 느꼈기 때문에 따지지 않고 만나기로 했다. 간단히 준비를 마치고 전에 가본 적이 있는 유흥가의 술집으로 향했다.

유흥가는 오늘도 헌터들로 붐비고 있었다. 아키라는 이전과 마찬가지로 많은 사람과 스쳤다. 하지만 분명히 다른 점도 있다. 유흥가에 있는 아이를 약자처럼 보는 사람은 전혀 없었다.

자신은 약하다. 한때는 사실이었던 그 인식에 끌려 자기 능력을 지나치게 과소평가하던 아키라의 심리는, 좋든 나쁘든 이미 없다.

유미나는 강했다. 그 유미나를 죽인 자신을 약하다고 생각하는 것은 유미나에 대한 모욕이다.

자신의 힘이 정당하게, 혹은 더 크게 평가됐다면 유미나를 죽이는 일이 생기지 않았을지도 모른다.

자신을 약자로 여기며 삐뚤어졌던 마음은 풀리거나 느슨해지지 않고, 오히려 그런 생각 때문에 더 강하게 비뚤어지고, 일그러졌다.

강해져야 한다. 유미나를 죽이고도 살아남았으니까.

강하다고 인정받아야 한다. 똑같은 일을 되풀이하지 않기 위해서.

뒤틀린 마음이 원하는 대로 아키라는 더 강한 힘을 요구한다.

그 마음은 긍정적 정신 정보의 전송에 극도로 서툰 구영역 접속자인 아키라에게서 부정적 정신 정보로서 주변에 염화가 되어 흘러나왔다.

그로 인해 지금까지 무시당하고 얕보인 탓에 눈에 띄지 않던 지뢰, 아키라가 그 존재를 드러내게 된다. 아키라와 스쳐 지나가는 헌터들은 눈에 띄는 지뢰를 실수로 밟지 않으려고 거리를 벌렸다.

시카라베는 아라베와 함께 술집 2층의 후미진 자리에서 아키라를 기다리고 있었다. 기다리는 동안 술을 조금 마신 시카라베와 달리 아라베는 한 방울도 마시지 않았다.

"시카라베. 적당히 마셔."

"나도 알아. 뭐, 조금 취한 정도면 아키라도 우리를 너무 경계하지 않을 테니까. 그걸 위한 거야. 그리고 그 녀석이 죽이러 온다면 맨정신이든 술에 취했든 별 차이가 없잖아."

웃으며 말하는 시카라베에게, 아라베도 쓴웃음을 지었다.

"하긴, 그렇겠지."

"그렇지? 어허, 넌 마시면 안 된다? 일이 잘 풀려서 세부적인 협상의 흐름이 잡히면, 그때부터는 네 일이야. 그걸 술에 취한 머리로 할 수는 없겠지?"

"어련하겠냐. 그렇게 되기를 기대하마."

어떻게 보면 결전을 앞두고, 시카라베와 아라베는 웃으며 이야기하고 있었다. 그리고 시간에 맞춰 아키라가 나타났다.

아키라의 모습을 본 순간 시카라베의 술기운이 날아갔다.

공개된 아키라의 헌터 랭크와 시중에 돌아다니는 건국주의자 토벌전 영상 등을 통해 시카라베도 아키라의 실력은 얼추 파악하고 있었다. 그래서 아키라가 뛰어난 실력자라는 것은 객관적으로 의심할 여지가 없는 사실이라고 생각했다.

그리고 불안을 느꼈다.

만약 아키라를 직접 만나서 완전한 주관만으로 아키라를 보고, 실제로 아키라를 시시한 사람으로 느낀다면.

그때는 다시는 자신의 직감을 믿지 못하게 될 것이다. 까닥 잘못하면 그대로 헌터 폐업이다. 자신의 직감에 목숨을 맡길 수 없다면 황야라는 죽음의 땅에서 무난한 선택을 반복하다 평범한 죽음을 맞이할 뿐이다.

그렇게 생각한 시카라베는 도란캄 사건과는 별개로 일종의 각오를 하고 이 자리에 있었다.

그리고 우려는 허무하게 날아갔다. 시카라베 앞에는 흑랑 부대조차 철수할 수밖에 없었던 대형 거인을 혼자서 격파한 헌터가, 그것이 가능한 헌터가 분명히 그 자리에 있었다.

(내 직감이 드디어 제정신을 찾았나?)

자신의 직감에 대한 믿음을 되찾은 시카라베는 안도의 한숨을 쉬며 아키라에게 자리를 권했다.

"앉아. 먼저 마실 거냐?"

"사양할게. 나는 술을 마시지 않아. 아니, 그 전에 애한테 술을 권하지 마."

조금 황당해하는 표정을 짓는 아키라에게, 시카라베가 즐겁게 웃는다.

"술이 몸에 안 좋다고? 우린 헌터야. 상관없잖아. 황야에서 몬스터와 싸우는, 목숨이 위태로울 정도로 몸에 해로운 짓을 하고 사니까. 술이 몸에 안 좋다는 건 착각이야. 회복약도 있고."

"그런 문제가 아닌 것 같은데……."

아키라는 그렇게 말하며 시카라베의 맞은편에 앉았다.

"그래서, 무슨 이야기를 하려는 거야?"

"그래. 빙빙 돌려서 말하지 말자. 단도직입적으로 물어보지. 아키라. 넌 도란캄을 어떻게 할 거냐?"

질문의 의미를 잘 모르겠다는 표정을 짓는 아키라를 보고, 시카라베는 아라베와 함께 그 반응을 예상하지 못했다는 표정을 지었다.

"아, 그 뭐냐. 카츠야네가 너를 공격했잖아? 우리가 봤을 때 그건 사무 놈들이 멋대로 저지른 일이지만, 너한테는 도란캄에게 공격당한 것과 다를 바 없지. 그래서 네가 도란캄에 어디까지 보복할 생각이냐는 이야기다."

"아하, 그런 이야기인가."

아키라는 마침내 이해한 듯 가볍게 고개를 끄덕였다. 그리고 조금 곤란한 표정으로 대답한다.

"그건 나한테 도란캄이 아니라 카츠야 팀이고, 그것들은 이미 죽었으니까 지금으로선 도란캄을 어떻게 할 마음은 없어. 그쪽에서 다시 공격한다면 다르겠지만."

명령한 자와 그것을 실행한 자에게 전부 보복한다고 해도, 아키라가 생각하는 명령자는 도란캄 사무 파벌이 아니라 우다지마다. 그리고 아키라는 우다지마가 도시 간부라는 이유로 도시 자체에 보복할 생각이 없는 것처럼, 도란캄 자체를 보복 대상으로 삼을 생각이 없었다.

그 대답을 들은 시카라베와 아라베는 예상치 못한 내용에 조금 놀랐다. 하지만 자신들에게 유리한 내용이었기에 지적하지 않고 이야기를 이어나갔다.

"그렇군. 그렇다면 간단한 이야기는 여기까지다. 이제 세부적인 이야기는 아라베와 하라고. 어이쿠, 소개가 늦었군. 이 녀석은 아라베다. 도란캄의 간부인데, 안팎의 협상 등을 담당하지."

아라베가 아키라에게 머리를 꾸적 숙였다.

"아라베라고 합니다. 오늘은 아키라 씨와의 화해 협상을 위해 동석했습니다."

"화해 협상? 표현이 거창하네. 방금 한 이야기로는 안 돼?"

귀찮다는 태도로 되묻는 아키라에게, 아라베는 굳이 화해 협상을 하려는 이유를 설명했다.

도란캄에서는 주로 사무 파벌에 속한 사람들이지만, 아키라에게 언제 습격당할지 몰라 전전긍긍하는 사람들도 많다.

그런 자들에게 방금 아키라가 한 말을 알려주면 단순히 안도하는 자도 있겠지만, 반대로 그 온건한 대응을 이해할 수 없을 정도로 안이하다고 여기는 자도 있을 것이다. 그리고 그 온건한 대응의 이유를 나중에 죽일 작정이라서 그런 것이라고 이해하고, 어차피 죽을 거라면 행동에 나서겠다며 폭거에 일으킬 우려도 완전히 부정할 수 없다.

그래서 헌터 오피스를 통해 화해 협상을 성립시킨다. 이때 도란 캄 측이 받아들일 수 있는 범위의 배상금을 포함하면, 이만한 배상금을 냈으니까 아키라도 무력 행사를 자제할 것이라고 사무 파벌의 사람들이 안심할 수 있다.

그러니 불필요한 번거로움을 막기 위해서라도, 귀찮더라도 화해 협상은 하는 것이 좋다. 아라베는 그렇게 말하며 아키라를 설득했다.

아키라 역시 그 내용에는 동의했지만, 자신이 협상에 익숙하지 않은 탓에 난감한 표정을 지었다. 그 모습을 본 시카라베가 입을 열었다.

"직접 하는 게 귀찮으면 대리인을 세우는 건 어때? 자동인형 협상 때는 키바야시라는 녀석에게 대리인을 부탁했잖아?"

그 조언을 듣고도 아키라는 키바야시에게 부탁할 마음이 생기지 않았다. 하지만 최근에 협상 대행을 부탁할 수 있는 사람이 늘어났음을 떠올렸다.

"잠깐만 기다려 줘."

아키라는 정보단말을 꺼내고, 머릿속에 떠오른 인물에게 연락을 취했다.

사정을 들은 히카루는 아키라의 부탁을 흔쾌히 수락했다.

"알았어. 화해의 설득력이 생기도록, 도란캄에서 쥐어짜는 느낌으로 정리하면 되지? 나한테 맡겨."

"일단 말하겠는데, 쥐어짜는 게 목적은 아니거든?"

"알아. 괜찮아. 잘 처리할게."

원래는 키바야시가 담당해야 할 협상을 아키라가 자신에게 맡겼다. 즉, 키바야시의 성과를 가로챌 기회를 얻은 것에 히카루는 의욕을 불태운다.

"그렇다면 바로 시작할게. 아라베 님이신가요? 저는 쿠가마야마 시티 광역경영부 소속 히카루라고 합니다. 도시 내 아키라 담당으로서 이번 화해 협상을 대행하겠습니다. 그러면 바로⋯⋯."

히카루는 아키라와 대화하면서 아라베와도 통신을 연결하고, 곧바로 도란캄과의 협상을 시작했다.

갑자기 도시 광역경영부에서 연락이 오고, 그 상대가 아키라의 담당이라는 사실에 당황하면서도, 아라베는 협상을 시작했다.

시카라베는 그 모습을 보며 슬쩍 웃고 비싼 술을 부은 잔을 비운다.

"아키라. 내가 사줄 테니 마음껏 주문해. 술이 싫으면 요리라도 좋고, 뭐하면 여자를 불러도 되거든? 예전에도 잠깐 말했지만, 여기 3층은 매춘도 해. 마음껏 불러서 옆에 앉히라고."

"술이든 여자든 애한테 권하는 게 아니라고 했잖아."

"하긴!"

술기운이 돌기 시작한 시카라베는 아키라의 대답을 듣고 껄껄 웃었다. 아키라는 작게 한숨을 쉬며 다시 마음을 가다듬고 말했다.

"일부러 여기까지 왔어. 사양하지 않고 막 시킬 거야. 비싼 것부터 차례대로 주문해 주겠어."

"마음대로 하시지? 이 가게의 재료를 다 써도 너와 싸웠을 때의 피해액에 비하면 대수롭지 않다. 내 술값도 말이지."

시카라베는 그렇게 말하며 또다시 비싼 술을 잔에 따르기 시작했다. 아키라도 진짜로 아랑곳하지 않고서 비싼 요리를 주문했다.

그렇게 수다를 떨고 있는데, 술에 취한 시카라베가 카츠야 이야기를 꺼냈다. 지금 아키라에게는 조금 위험한 화제이지만, 아키라는 먹으면서 이야기를 들었다.

"그래서 말인데, 나는 그 녀석이 진짜 싫었는데, 아니, 지금도 싫지만, 그게 아니라……."

술을 더 마시고, 또 마시고, 시카라베가 계속 이야기한다.

"처음엔 죽은 놈을 언제까지고 미워해도 소용없다는, 그런 거라고 생각했는데 말이다……."

술도 더하고, 의문도 더해서, 이야기를 이어진다.

"왜 그 녀석을 그토록 싫어했는지 모르겠단 말이지……."

술도, 의문도, 자신에 대한 짜증도 더해 이야기를 이어간다.

"아무리 생각해도 모르겠다……. 도저히 모르겠어……. 확실히 그 녀석은 시건방진 꼬맹이였지만, 그게 전부가 아니잖아……. 짜증이 날 때도 많았지만, 그 녀석도 나름대로 동료를 구하려고 했던 거잖아……."

자신도 이해할 수 없는 카츠야에 대한 혐오감만 없었다면 뭔가 달라지지 않았을까. 그런 아쉬움을 담아서, 시카라베는 말을 잇는다.

"결국 그 녀석은…… 자기가 구한 동료도 데리고 같이 뒈져 버렸다고……. 멍청하게 뒈지고 말이야……."

시카라베는 그것을 막지 못한 자책감도 섞어서, 어딘가 쓸쓸한 표정으로 투덜거리며 카츠야에 대한 복잡한 심경을 이야기했다.

그리고 그 이야기를, 아키라는 카츠야를 죽인 사람으로서 조용히 듣고 있었다.

시카라베가 고주망태가 되었을 무렵, 아키라의 위장도 허용량을 초과했다. 히카루와 아라베의 협상도 이 짧은 시간 안에 끝나지 않아서, 일행은 그 자리에서 해산했다.

집으로 돌아가는 길에 아키라는 문득 시카라베가 한 말이 떠올랐다.

『저기, 알파. 시카라베가 말했던 카츠야의 이야기 말이야. 그걸 어떻게 생각해?』

『카츠야를 왜 그렇게까지 싫어했는지 모르겠다는 이야기? 딱히 생각나는 건 없어.』

『그건, 별로 이상하지 않다는 뜻이야?』

『그래, 맞아.』

『그렇구나…….』

왜 이상하지 않은지. 알파는 그 설명을 생략했다. 그리고 아키라 역시 이상하지 않다면 원래 그런 거겠거니 싶어서 더 생각하지 않았다.

알파가 아이를 어르듯 미소를 짓는다.

『뭐, 싫으니까 싫다는 이유도 있겠지만, 싫어하려고 싫어하게 되면 얼마든지 싫어할 수 있는 법이야. 그 계기가 된 이유 따위는 잊을 정도로 말이야. 그런 게 싫다면 아키라도 큰 의미 없이 무언가를 싫어하지 마. 부주의하게 적을 만들지 않기 위해서도 중요한 일이야.』

아키라도 웃으며 대꾸한다.

『그래. 조심할게.』

적은 모조리 죽이면 된다. 예전에는 그렇게 생각했었다. 하지만 그것만으로는 안 됐다. 죽이고 싶지 않은 사람과 적대할 수도 있기 때문이다.

그것은 안이한 생각일지도 모른다. 그렇게 생각하면서도, 그래도 똑같은 일을 되풀이하지 않기 위해서, 죽이고 싶지 않은 사람을 죽이지 않기 위해서, 아키라는 그 안이함을 긍정했다.

알파도 기쁜 듯 미소를 지었다. 이제 연결이 끊겼을 때 아키라가 무차별적으로 적대감을 뿌려서 불필요한 적을 늘릴 염려가 조금은 줄어들었다. 그렇게 생각하며 웃었다.

◆

히카루가 장비 조달 협상을 마무리했다고 연락해서, 아키라는 시즈카의 가게에서 새 장비를 받기로 했다.

예정 시각보다 조금 일찍 가게에 도착한 아키라를 사람들이 웃는 얼굴로 맞이한다. 우선은 히카루다. 의기양양한 기색으로 아키라를 보고 있다. 시즈카는 언제나처럼 얼굴에 미소를 띠고 아키라를 맞이했다. 엘레나와 사라도 함께 즐겁게 웃고 있다.

기령의 영업사원인 마에바시와 TOSON의 영업사원인 소메야는 이번 협상의 승리자로서, 헌터 랭크 50의 단골 후보라는 우수고객에게, 기업 영업사원에 알맞은 웃음을 얼굴에 드러내고 있었다. 동행한 사원들도 우수 고객에게 실수하지 않도록 자세를 바로잡고 있다.

그리고 기업 사람들이 그런 태도를 보이는 가운데, 시즈카는 평소와 다름없는 태도로 말을 건넨다.

"아키라. 어서 와. 이쪽이야."

"네."

아키라도 평소처럼 기쁜 듯이 웃으며 대답했다.

아키라는 가게 창고에서 새로운 장비를 장착하면서 영업사원들에게 장비 설명을 듣고 있었다.

아키라의 새 장비는 이번에도 CA31R 강화복과 LEO 복합총을 기본으로 한다. 하지만 그 종합적인 성능은 달라졌다.

원래 CA31R 강화복은 다양한 확장부품 사용을 전제로 한 다목적 강화복이다. 지난번에는 예산을 이유로 비싼 확장부품 사용을 자제했지만, 이번에는 다르다. 강력한 확장부품을 마음껏 장착해 성능을 한 단계 끌어올렸고, LEO 복합총에도 비슷한 개조가 이루어졌다.

이렇게 강력한 장비가 되면 사용하는 탄창이나 에너지 팩도 아키라가 지금까지 사용하던 저성능 물건으로는 제대로 된 성능을 발휘할 수 없다. 물론 이 문제는 아키라가 헌터 랭크 50이 되면서 해결되었다. 고랭크 헌터용 물품 구매의 제한이 풀린 것이다.

이미 아키라는 헌터 랭크 50에 해당하는 탄약 구매비 보조를 받고 있었지만, 이는 구매할 수 있는 물품을 싸게 살 수 있는 권리일 뿐, 헌터 랭크에 따른 구매 제한을 해제하는 것은 아니다. 여기서부터 품질 자체가 크게 향상된다.

한 손으로 들 수 있는 크기지만 대형 에너지 탱크를 능가하는 대용량 소형 에너지 팩. 장탄수와 최대 위력이 향상된 C탄(차지 불릿)의 확장탄창. 나아가 고성능 회복약 등 아키라의 무력을 뒷받침하는 소모품도 고랭크 헌터에 걸맞게 바뀌었다.

이것만으로도 아키라는 크게 강해졌다. 하지만 새로운 장비의 핵심은 따로 있다. 그것은 CA31R 강화복의 옵션인 AF 레이저건이다.

엄밀히 말하면 레이저를 쏘는 것이 아니다. 에너지가 과도하게 공급된 C탄이 붕괴하면서 발사될 때의 모습이 마치 레이저를 쏘는 것처럼 보일 뿐이다. 사용할 때는 총탄이 필요하다.

그런데도 이 AF 레이저건은 헌터 랭크 50 미만에게는 구매 제한이 걸릴 정도로 위력이 엄청나다. 평소에는 강화복 등에 작게 접힌 상태로 있고, 사용할 때 자동으로 변형되어 총이 된다. 그 제어는 강화복을 통해 이루어진다.

그 설명을 들은 아키라가 AF 레이저건 사격을 시험해 본다. 등에서 작게 뭉쳐 있던 것이 변형해 대포가 되면서 아키라의 오른쪽 어깨 위를 지나 앞으로 나왔다.

"오, 뭔가 대단해 보이네. 이거면 저 거인 같은 녀석도 쉽게 해치울 수 있을까요?"

아키라가 별생각 없이 묻자, 마에바시는 기령의 영업사원으로 말을 잘 골랐다.

"이 AF 레이저건 없이도 그 거인을 해치운 아키라 님입니다. 이 걸 사용하면 지난번보다 더 쉽게 격파할 수 있을 겁니다."

어설프게 '가능하다'고 말하면 말꼬리가 잡힌다. 제아무리 마에바시라도 이 AF 레이저건을 사용하면 누구나 쉽게 거인을 격파할 수 있다는 말은 영업용 멘트로 쓸 수 없었다. 사용자를 아키라로 한정한 뒤, 쉽게 해치운다는 말을 지난번보다 더 쉬워진다는 말로 바꾸어 명확한 답변을 피했다.

상대가 명확한 답변을 회피한 것도 모른 채, 아키라는 그 말에 만족하며 기분 좋게 고개를 끄덕였다. 그리고 만족한 만큼, 이어서 조금 복잡한 얼굴로 히카루에게 손짓하고, 목소리를 낮춰서 묻는다.

"히카루⋯⋯. 이거 정말 공짜로 받아도 되는 거야?"

AF 레이저건도 옵션으로 들어간 최고가 구성의 CA31R 강화복. 그리고 강력하게 개조된 LEO 복합총 2정. 일반적으로 구매하면 50억 오럼이 훌쩍 넘는 이 물건들을, 아키라는 히카루의 협상을 통해 사실상 공짜로 손에 넣었다. 자칫하면 사기를 의심할 수

있는 그 내용에, 아키라는 다시 한번 히카루에게 확인을 요청했
다.

히카루는 당당하게 대답했다.

"괜찮아. 어떤 협상을 통해 이렇게 됐는지는 잘 설명했잖아?"

"그, 그렇긴 한데⋯⋯."

이것들은 엄밀히 말하면 아키라에게 빌려준 물건이다. 하지만
반납할 의무는 없고, 망가뜨려도 변상할 필요가 없다. 그 대금은
아키라가 다음에 강화복을 사는 기업이 부담하기로 계약했다.

협상을 질질 끌어서 아키라의 장비 조달을 지연시켜 불쾌하게
할 바에는 차라리 다음에도 기령에서 강화복을 사기로 한 계약을
빨리 끝내고, 다다음 구매 기회를 앞당기는 것이 낫다. 히카루는
그런 말로 기령 외의 기업을 설득했다.

그리고 기령은 최대한 성능이 좋은 장비를 제공하여 아키라가
크게 활약하게 하는 것이 좋은 홍보가 될 것이라는 말로 설득했
다.

나아가 다른 기업에는 강화복 교체를 촉진할 수 있는 의뢰를 아
키라에게 알선해 주겠다고 약속했다. 또한 기령에는 좋은 홍보가
될 수 있는 의뢰를 알선해 주겠다고 약속했다.

그리고 아키라에게는 강력한 장비가 필요하지만, 그만큼 큰 성
과를 낼 수 있는 의뢰를 알선해 주겠다고 약속했다.

이유는 제각기 달라도 고성능 강화복을 단기간에 교체하는 것
을 기령도, 다른 기업도, 아키라도 원할 수 있도록, 모두에게 이익
이 될 수 있도록, 히카루는 협상을 마무리했다.

"비싼 물건을 공짜로 받는 것이 미안하다면, 그걸로 크게 활약해서 장비 성능을 잘 선전해 줘. 아키라라면 할 수 있겠지?"

그렇게 말하며 도발하듯 웃는 히카루를 보고, 아키라 역시 불필요한 걱정을 그만두었다. 웃으며 대답한다.

"알았어. 그렇다면 너한테도 그만큼 선전할 수 있는 의뢰를 부탁할게."

"그래. 나한테 맡겨."

마음을 바꾼 아키라는, 그때 엘레나와 사라를 보고 문득 생각했다.

"그러고 보니…… 두 분은 장비 갱신을 안 하세요?"

지난번처럼 엘레나 일행의 장비도 포함된 계약이고, 오늘도 그 일로 온 거겠지. 아키라는 그렇게 생각했다.

하지만 엘레나는 고개를 가로저었다.

"오늘은 일이야. 경호원으로 고용됐어."

"경호……? 히카루. 엘레나 씨와 함께 어디 가는 거야?"

그렇게 말하며 의아한 표정을 짓는 아키라에게, 히카루도 의아한 표정을 지었다.

"어디긴, 여기야. 방벽 밖으로 나가는 건데. 경호원 정도는 필요하잖아?"

"그, 그래?"

히카루의 감각으로 여기는 경호가 필요할 정도로 위험한 곳이었다. 아키라는 그것을 이해하고 자신과 너무 다른 감각에 조금 움찔했다.

제195화 숨아내기 의뢰

대형 장갑차 4대가 쿠가마야마 시티 동쪽의 황야를 달리고 있다. 아키라는 선두 차량의 지붕 위에서 엘레나 일행과 함께 황야를 바라보고 있었다.

"엘레나 씨. 이미 꽤 오래 달렸는데, 경치가 확 바뀌진 않네요."

"동쪽으로 많이 이동했어도 동부의 넓이에 비하면 미미한 수준이니까. 확연한 차이를 보려면 더 동쪽에 있는 쩨게르트 근처는 가야 해. 그 부근에는 하늘에 섬이 떠 있는 광경을 흔히 볼 수 있다고 하거든."

"하늘에, 섬이. 와······."

아키라는 흥미롭다는 듯이 가볍게 고개를 끄덕였다. 그러자 사라가 한마디 덧붙인다.

"아키라. 경치는 비슷해도 서식하는 몬스터의 강도는 쿠가마야마 시티 주변과는 차원이 달라. 그 점은 방심하지 마."

"네. 물론이죠."

아키라는 단호하게 대답했다. 그런 아키라를 본 사라가 놀리듯 말한다.

"든든한걸~. 역시 헌터 랭크 50인 헌터는 다른걸?"

"아······ 네."

'아뇨, 저는 아직 멀었어요.' 라고 말하고 싶지 않은 아키라는 조금 쑥스러워하며 대답했다.

그러자 이번에는 엘레나가 아키라를 향해 의미심장한 미소를 지었다.

"드디어 아키라도 이상한 겸손을 그만둔 모양이네. 잘된 일이야. 이젠 존댓말도 안 써도 되는걸? 오늘은 아키라가 우리의 고용주니까."

"아, 아니, 그건 좀……."

웃어서 얼버무리려고 하는 아키라를 보고, 엘레나와 사라는 즐겁게 웃었다.

그때 쿠로사와가 차량 안으로 돌아오라는 지시를 전했다. 아키라는 엘레나와 사라를 보채듯 함께 차량 안으로 돌아갔다.

차량 안에는 쿠로사와 말고도 시카라베와 에리오가 있다. 그리고 히카루와도 통신이 연결된 상태다. 아키라 일행이 돌아와 참가자들이 모두 모이자, 쿠로사와가 이야기하기 시작한다.

"이제 곧 작전 예정 지역에 진입한다. 여기서 작전 내용을 다시 확인하지. 우리의 목적은 해당 지역 몬스터의 숫자를 줄이는 것이다. 단, 일반적인 솎아내기 의뢰가 아닌 대유통 관련 의뢰임을 다시 한번 인식해 주길 바란다."

대유통이란, 통기련이 정기적으로 실시하는 대규모 유통 지원을 말한다.

동부에 흩어져 있는 각 도시를 연결하는 유통은 동부 경제의 생명줄이다. 하지만 몬스터가 출몰하는 황야에서 그 유통망을 유지하는 데는 엄청난 노력이 필요하다. 유지비 때문에 막대한 부채를 떠안고 파산한 운송업체도 적지 않다. 그리고 파산한 기업의 유통 경로가 사라지면서 유통망이 단절되어 상황이 더욱 나빠지는 경우도 적지 않다.

그래서 통기련은 정기적으로 거액을 투입해 유통 활성화를 도모했다. 이를 통해 동부의 사람, 물건, 돈을 순환시키고, 동부 경제의 발전을 촉진하기 위해서다.

"일반적인 솎아내기 의뢰라면 한동안 순찰해도 몬스터가 보이지 않는 정도면 되지만, 이번엔 다르다. 광범위한 지역에서 몬스터의 씨를 말리는 수준이 요구된다. 대유통 기간에는 도시 간 수송차량도 오가니까. 그 정도는 필요하다."

도시 간 수송차량이란, 주로 장거리 대규모 물자 수송을 담당하는 대형 유조선만큼 거대한 수송차를 말한다. 그 거대한 몸집에 의한 엄청난 수송량으로 동부의 물류를 지탱하고 있다.

그만큼 거대한 물체가 황야를 이동하면 당연히 주변 일대의 몬스터를 심하게 자극한다. 지평선 너머에서도 대량의 무리를 끌어들이고, 평소에는 유적 안에 틀어박혀 있던 개체들까지 끌어낸다.

일반적인 수송차가 그 무리에 휘말리면 뼈도 못 추린다. 도시 간 수송차량의 이동 경로 근처에 있는 도시 주변에도 악영향을 미친다. 따라서 도시 간 수송차량이 그곳을 지나가도 큰 영향을 미치지 않도록 미리 몬스터를 대량으로 줄여야 한다.

물론 이는 유통망 정비도 겸하고 있다. 그만큼 몬스터를 줄여놓으면 개체수가 회복될 때까지는 정상적인 운송도 안전하게 이루어질 수 있기 때문이다.

"이번에 의뢰한 곳은 쿠가마야마 시티인데, 우리가 작업하는 곳은 평소 미르카케와 시티가 담당하는 지역이다. 그래도 저쪽 담당 범위에서는 비교적 무난한 곳이지만."

쿠가마야마 시티를 활동 거점으로 삼는 헌터들은 평소와 다른 지역에 왔다는 지적에 자연스레 긴장한다.

"게다가 미르카케와는 헌터 랭크가 대략 40~60쯤 되는 자들이 활동하는 도시다. 쿠가마야마 시티에서는 헌터 랭크가 40이면 충분히 고랭크지. 이쪽 고랭크가 저쪽에서는 저랭크라는 뜻이다. 작전 장소의 몬스터 강도는 그 선에서 판단해라."

다른 사람들이 평범하게 듣는 가운데, 에리오의 안색이 조금 나빠졌다. 쿠로사와는 신경 쓰지 않고 이야기를 계속했다.

"자, 이번 의뢰의 담당자인 히카루 씨는 우리가 그런 곳에서 큰 성과를 거두기를 기대하고 있다. 하지만 그건 내가 알 바 아니지. 나는 안전하게 진행할 거다. 그렇게 계약하고 지휘를 맡았으니까. 불평은 듣지 않겠다."

히카루가 디스플레이 장치 안에서 표정을 조금 찡그린다. 하지만 정말로 그런 내용으로 계약한 거니까 참견하지는 않았다.

이번 대유통 관련 솎아내기 의뢰를 요청한 히카루는 아키라를 혼자 현지에 보내긴 어렵다고 판단하고, 아키라를 대장으로 하는 부대를 편성하기로 했다.

엘레나 팀은 아키라와 친하다는 이유로 초대받았다. 시카라베 팀은 도란캄과 아키라가 화해했음을 알리기 위해 참가한다. 에리오 팀은 기령이 개발한 종합지원 시스템의 현장 테스터로서 부대에 합류했다.

"나는 사망자도 중상자도 낼 생각이 없다. 절대로 무리하지 않을 거다. 어떤 상황이든 내가 철수하라고 하면 철수한다. 모두 내 지시에 따라야 한다. 알았지?"

쿠로사와는 그렇게 말하며 모두를 슥 훑어보았다. 모두가 말없이 긍정하자, 다시 말을 잇는다.

"뭐, 그렇다고 해도 돈이 많이 벌리는 의뢰이긴 하지. 안전이 보장되는 범위에서 돈을 최대한 벌어들일 작정이다. 우리의 주력은 아키라지만, 아키라가 몬스터를 물리쳐 주면 내가 생각하는 '이 정도면 안전하다'의 판단 기준도 달라지겠지. 아키라가 활약한 만큼 철수 시간이 연장되는 셈이다. 아키라. 그 부분은 기대하마. 알았지?"

"그래. 알았어."

"좋아. 이 근처 몬스터는 쿠가마야마 시티 주변의 몬스터와는 격이 다르지만, 잔탄을 의식하지 않고 쏘면 충분히 해치울 수 있다. 그만한 탄약도 실었고, 비용은 의뢰인 부담이다. 아끼지 말고 마음껏 갈겨라."

쿠로사와가 이야기를 마무리한다.

"일단 말해두겠지만, 다른 녀석들도 아키라에게만 맡기지 말고 잘 지원해라. 협력해서 안전하고 효율적으로 돈을 벌고 돌아가

자. 이상이다. 각자 자기 차로 돌아가."

쿠로사와의 지시를 듣고 아키라를 제외한 사람들이 다른 차량으로 이동했다. 히카루도 통신을 끊었다.

그때 사라가 아키라에게 말을 건넨다.

"아키라. 쿠로사와 씨도 말했지만, 절대로 무리하면 안 돼. 위험할 것 같으면 바로 철수해. 알았지?"

"네. 위험할 것 같으면 바로 도망칠 테니까, 그때는 원호를 부탁할게요."

"나만 믿어."

나는 괜찮다며 괜히 자신만만하게 굴지 않고 솔직하게 도망가겠다고 대답한 아키라에게, 사라와 엘레나도 만족스러운 기색으로 고개를 끄덕였다. 그리고 두 사람은 주행 중인 차량에서 다른 차량으로 쉽게 이동했다.

쿠로사와와 시카라베는 이미 자기들 차량으로 돌아갔다. 남은 사람은 에리오뿐이다. 이를 본 아키라가 말을 건넨다.

"에리오. 잠시 멈출까?"

"괘, 괜찮아."

에리오는 마음을 굳게 먹고 차에서 뛰어내렸다. 종합지원 시스템의 지원도 있어서 무사히 자신들의 차량으로 이동할 수 있었다.

차량에 혼자 남은 아키라를 보고, 알파가 여유롭게 미소를 짓는다.

『안심해. 내가 있는걸? 이 근처 몬스터 정도는 문제없이 물리칠 수 있어.』

『그래. 고마워. 기왕이면 위험한 일이 절대로 안 생긴다고 보장해 주면 더 좋겠는데.』

몬스터 무리와 마주치거나, 과합성 스네이크에게 통째로 삼켜지는 등, 알파와의 접속이 끊기지 않은 상태에서도 매우 위험한 상황이 많았다. 아키라가 그런 의도를 담아서 의미심장한 눈으로 보자, 알파는 슬쩍 눈을 피했다.

『그건 뭐, 나한테도 예지 능력이 있는 건 아니니까.』

『그러게 말이야. 방심하지 말자.』

여유와 방심의 경계는 애매모호하다. 여유는 아주 환영하지만, 그게 지나쳐서 방심으로 바뀌면 의미가 없다. 아키라는 마음을 단단히 다잡았다.

◆

대형 장갑차 4대 중 한 대는 에리오 팀을 비롯한 셰릴 패밀리 관계자들에게 배정되었다. 이동하는 동안 조직의 무력요원 아이들은 이런저런 수다로 긴장을 풀며 시간을 때우고 있었다.

"이 근처는 쿠가마야마 시티의 헌터들만으로는 몬스터가 너무 강해서 접근하기 힘든 곳이지? 괜찮을까?"

"괜찮을 거야. 주력은 아키라 씨고, 그 밖에도 헌터 랭크가 40이 넘는 사람들이 동행하고 있어. 게다가 지휘관은 안전을 최우선으로 지휘하는 헌터래잖아. 우리는 쪽수만 맞추는 거라고. 멀리 떨어진 데서 적을 쏘기만 하면 되는 일이야."

"그, 그렇겠지……."

"그래, 괜찮다고."

불안을 달래기 위해 서로 긍정적인 의견을 주고받으며 상황을 낙관하는 가운데, 또 다른 이야기가 나왔다.

"그러고 보니, 그거 알아? 도란캄에 카츠야라는 놈이 있었잖아. 그놈이 죽었대."

"진짜? 그놈이, 죽었어? 와, 뭔가 대단해 보이는 놈이었는데."

"아, 나도 알아. 그런데 그 얘기는 너무 하지 않는 게 좋아."

"왜?"

"그 녀석, 아키라 씨가 죽였대."

"진짜로?"

"진짜로. 자세한 사정은 모르겠지만, 아키라 씨와 적대했다나 뭐라나. 하지만 그건 상관없어. 유미나라는 사람이 있었지? 아키라 씨랑 꽤 친하게 지냈던 여자 말이야."

"아, 있었지. 아키라 씨랑 너무 친해서 보스가 무서운 눈으로 보던 여자 말이지?"

"아키라 씨가 카츠야를 죽였을 때, 그 유미나도 죽였다더라."

"진짜로?! 그렇게 친하게 지냈는데?"

"아무리 친해도 적이면 가차 없이 죽인다는 뜻이겠지."

"그렇구나. 무서워라. 하지만 아키라 씨, 제브라가 배신했을 때는 그 배후에 있던 야잔이라는 놈의 조직을 혼자서 다 죽였으니까. 죽일 때는 망설이지 않는다는 건가."

"그래도 친한 사람을 죽인 이야기는 아키라 씨도 듣고 싶지 않겠지? 너무 떠들지 않는 게 좋겠어."

"그렇지. 나도 죽긴 싫어. 조용히 하자."

든든함보다 두려움이 앞서는 인물이지만, 그래도 적만 아니라면 괜찮을 것이다. 아마도. 그런 생각에 아이들은 일제히 고개를 끄덕였다.

그때 에리오가 돌아왔다.

"에리오. 어땠어?"

"나 혼자 어색한 느낌이 장난 아니더라. 대장이니까 회의에 나오라는 건 알겠는데."

조금 지친 얼굴로 그렇게 대답하는 에리오를, 아이들이 차례로 다독인다.

"괜찮대도. 에리오가 우리를 이끌고 있잖아. 어색하지 않아."

"그래. 지금 우리라면 조무래기 퇴물 헌터 정도는 가볍게 물리칠 수 있어. 우리 중에서도 에리오가 가장 강해. 좀 더 자신감을 가져."

"네가 안 되면 우리 모두 틀렸어. 아키라 씨가 너무 특별한 거잖아? 신경 쓰지 말래도."

자신을 격려하는 동료들의 태도를 보고, 에리오는 조금 뜨거워진다.

"너, 너희들……."

에리오의 동료들은 아무도 거짓말하지 않는다. 에리오가 포기하면 다음에는 자기네 중에서 누군가가 대신 아키라를 상대해야 한다. 그런 일은 없었으면 좋겠다. 그런 생각으로 에리오의 노력을 진심으로 칭찬하고 있었다.

◆

아키라는 다시 차 지붕에 올라갔다. 두 손에 LEO 복합총을 들고 자리를 잡아서 작전 시작을 기다리고 있다.

다른 차량은 아키라와 거리를 크게 벌린 상태다. 차량에 탑재한 무기가 아닌 탑승자가 싸우도록 설계된 대형 장갑차의 지붕 위나 벽을 변형해 만든 발판에서 아키라와 마찬가지로 각자 자리를 잡고 있었다.

그리고 쿠로사와에게서 아키라에게 통신이 왔다.

"아키라. 이제 시작하자. 준비는 됐나?"

"언제든 좋아. 시작하자."

"좋아, A 차량의 유인 장치를 가동한다! 작전 개시다!"

쿠로사와의 신호와 함께 아키라가 타고 있는 A 차량 내부에서 이상한 소리와 진동이 울려 퍼졌다. 차량에 탑재된 매우 강력한 유인 장치가 작동한 것이다.

몬스터를 부르는 유인 장치는 잘만 쓰면 도주할 때나 교전할 때 모두 유용해서, 평범하게 시장에서 헌터들을 상대로 팔리고 있다.

그러나 일정 이상의 성능, 효과 범위가 넓고 몬스터를 강력하게 유인하는 물건은 건국주의자들이 테러 목적으로 도시 근교에서 사용할 우려가 있어 구매와 사용에 제한을 두고 있다.

그리고 A 차량에 탑재된 유인 장치는 사용하려면 통기련의 허가가 필요할 정도로 강력한 물건이었다. 각 도시가 통기련에서 허가를 받고, 이를 대유통 관련 의뢰를 받은 헌터에게 대여하는 식으로 엄격한 사용 절차가 정해진 물건이다.

물론 쿠로사와도 갑자기 최대 출력으로 시작하지는 않는다. 하지만 너무 강력한 탓에 최소 출력으로도 시중에서 파는 유인 장치의 출력을 훌쩍 뛰어넘는다. 효과는 금방 나타났다.

아키라의 시야에 닿는 유적에서 몬스터들이 속속 등장한다. 게, 새우, 소라게를 모방한 듯 다리가 여럿 달린 전차. 몸길이가 10미터쯤 되는 개체들. 생물형 같기도 하고, 기계형 같기도 한 그 개체들이 단단한 장갑 위에 대포와 기관총, 미사일 포드 등을 달고 유적에서 속속들이 튀어나왔다.

아키라가 두 손에 든 LEO 복합총을 그 몬스터들에게 겨눈다.

『끙. 강해 보이네. 역시 사라 씨가 말했듯이 경치가 비슷해도 몬스터는 전혀 다르구나.』

언제나처럼 아키라 곁에 서 있는 알파가 자신의 힘을 과시하듯 미소를 짓는다.

『아키라. 그래서 내가 어느 정도 서포트할까? 강해 보인다면 무리하지 않아도 되는데?』

건국주의자 토벌전의 대부분을 자신의 서포트 없이 극복한 아키라에게 자신의 힘을 다시 한번 알리기 위해, 알파는 최고 수준의 서포트를 권하고 있었다.

『그러게. 그렇다면 최고 수준으로…… 해달라고 말하고 싶지만, 요구사항을 조금 추가해도 될까?』

『좋아. 뭐니?』

『몬스터가 약한 게 아니라 내가 강하다는 느낌으로 해줘. 그러면서 내 훈련에도 도움이 될 수 있도록 부탁할게.』

『알았어.』

성가신 요구를 했다고 생각한 아키라는 알파가 대수롭지 않게 대답하는 바람에 조금 놀랐다.

『너무 쉽게 받아들이는걸.』

알파가 의기양양하게 웃는다.

『당연하지. 쉬우니까.』

그래서 아키라도 알파는 원래 그런 존재임을 재인식했다. 마음을 바꾸고, 웃으며 대답한다.

『그런가. 그러면 부탁할게. 해보자!』

『그래. 시작하자!』

아키라는 이미 체감시간 조작을 시작했다. 입으로 말하면 10여 초가 걸리는 대화를 염화로 한순간에 끝낸 다음 목표물을 조준하고, 두 손에 든 총의 방아쇠를 당기자 LEO 복합총 2정에서 무수히 많은 C탄이 발사되었다.

총에 장착된 에너지 팩은 헌터 랭크 50 미만은 구매할 수 없는 대용량 사양이다. 거기서 대량의 에너지를 공급받아 위력을 비약적으로 키운 총탄은 대기 중에 미량으로 포함된 무색 안개로 인한 사거리 및 위력 감쇠 효과를 뚫고 날아간다. 그렇게 일직선으로 날아가 허공을 가르고 목표물에 명중했다.

강철보다 단단하고, 어지간한 철갑탄도 무사히 튕겨내는 조직으로 만들어진 몬스터의 무장이 피탄의 충격으로 파괴된다. 대포도, 기관총도, 미사일 포드도, 레이저건도, 그것들과 동등한 생체기관도, 원거리 공격에 속하는 모든 공격 수단이 알파가 계산한 위협도에 따라서 순서대로 부서져 나간다.

그런데도 표적의 무력화에는 이르지 못한다. 집게발 대신 기관총이 달린 갑각류는 그 무장이 갈기갈기 찢겨도 거대한 몸집에서 상상하기 어려운 속도로 전진한다. 다른 개체들도 여러 다리를 고속으로 움직이거나, 타이어와 무한궤도, 혹은 호버 기능으로 살짝 떠서 돌진한다. 그 견고하고 거대한 몸체에 의한 고속 몸통 박치기는 대형차를 전복시키고, 가옥을 무너뜨릴 정도의 위력을 발휘한다.

하지만 원거리 공격 수단을 상실하면서 그 위협도는 크게 낮아졌다. 접근하기 전에 화력으로 밀어붙이기만 하면 총격전을 벌이는 것보다 쉽게 격파할 수 있다.

아키라는 유적 바깥쪽을 빙 돌듯이 차를 몰며 계속해서 몬스터의 원거리 공격 수단을 없애려고 한다. 그리고 유인 장치를 유적이 있는 쪽으로 고정해 출몰한 몬스터가 먼저 자신을 공격하도록 유도한다.

이로써 아키라는 몸통으로 들이받으려는 몬스터 무리에게 쫓기면서 새로이 출현하는 개체의 대응에도 쫓기게 됐다.

두 손에 든 총을 연사하면서 차량 지붕 위를 뛰어다닌다. 적의 기관총 정도는 알아서 피하고, 차량이라면 대형 장갑차의 견고한 장갑을 믿는다. 그러나 대포나 미사일이 차량에 맞으면 그대로 전복되어 뒤따라오는 무리에게 깔릴 수 있으므로, 먼저 철저하게 적의 무장을 파괴한다.

포격이라도 차량에 직격하지 않는 것은 뒤로 미루기 때문에 아키라를 노리는 포탄과 미사일은 차량의 지붕 위를 그냥 지나간다.

맞지 않아도 옆을 지나갈 때의 풍압만으로도 사람을 날려버리는 수준을 넘어서 몸을 찢어 발기는 위력이 있지만, 아키라는 강화복의 접지 기능으로 차에서 떨어지는 것을 방지했다. 물체가 고속으로 공중을 돌파할 때 발생하는 충격파도 강화복의 포스 필드 아머(역장 장갑)로 단단히 방어하고 있다. 에너지 소비를 제외하고는 상처 하나 없이 멀쩡하다.

피하고, 비키고, 떨어뜨리고, 쏘고, 또 쏘고, 자꾸 쏜다. 적의 탄도를 간파하고 회피하면서 끊임없이 연사한다.

분당 수만 발의 발사 속도를 자랑하는 총이라도 그 소모를 견딜 총탄이 없으면 전장에서 활용하기 어렵다. 총탄을 왕창 준비해도 순식간에 총탄이 다 떨어져 둔기만도 못한 존재로 전락한다.

하지만 그 문제를, 아키라는 신기할 정도로 총탄이 많이 들어가는 확장탄창으로 해결했다. 지금까지 쏜 총탄은 일반적으로는 탄창이 차에서 흘러넘쳐야 할 정도다. 그런데도 연사의 기세는 꺾이지 않는다. 게다가 한 발 한 발이 보통탄과는 비교할 수 없을 정도로 위력이 강하다.

그 힘으로 아키라는 강력한 몬스터 무리를 혼자서 물리친다. 고랭크 헌터의 전투 능력을 유감없이 발휘하는 광경이 펼쳐졌다.

하지만 그래도 이 지역은 애초에 고랭크 헌터가 몬스터를 솎아 내기 의뢰를 담당하는 곳이다. 아키라 혼자 힘으로 쉽게 섬멸할 수는 없다.

차량의 이동을 방해하듯 나타나는 몬스터도 있다. 그쪽은 원거리 공격 수단만 무력화하지 않고, 확실히 격파해야 한다. 그만큼 다른 몬스터에 대한 처리가, 주로 뒤따라오는 무리에 대한 처리가 늦어진다. 그게 이어지면 언젠가는 따라잡혀서 차량에 치명적인 몸통 박치기가 명중할 것이다.

하지만 그렇게 되지 않는다. 아키라가 무리 쪽으로 시선을 돌린 것은 바로 그때였다. 무리가 옆에서 맹렬한 총격에 얻어맞는다. 다른 차량의 지원 사격이다.

강력한 총탄이 두꺼운 장갑을 뚫고 내부에 도달한다. 피탄의 충격으로 생체 기관이 파괴된다. 그렇게 죽은 개체 중 껍질 등을 생체 포스 필드 아머로 보호하던 몬스터는 몸의 강도가 현저하게 떨어지면서 이어지는 총탄에 맞아 산산이 부서졌다.

아키라가 총탄이 날아온 곳으로 시선을 돌렸다. 그 너머에 있던 사라는 아키라가 자기를 보는 것을 알아차리고 자신만만하게 웃었다.

아키라 역시 웃어서 반응했다. 그리고 시선을 돌려 전투를 속행했다.

아키라가 탄 A 차량 외의 다른 차량은 A 차량과 거리를 벌리고 나란히 달리며 아키라를 쫓는 몬스터를 옆에서 조준할 수 있는 위치를 유지했다.

사라가 엘레나와 함께 C 차량의 지붕에서 몬스터를 향해 총을 쏘고 있다. 자기 키를 훌쩍 뛰어넘는 대형 총에 의한 사격은 기대한 만큼의 위력으로 표적을 분쇄했다. 기분 좋게 웃으며 총을 계속 쏜다.

"위력이 좋아! 이 정도면 아키라의 발목을 잡지 않겠네!"

"그래! 아키라가 모처럼 초대해 주었으니까! 열심히 좋은 모습을 보여주자!"

팀의 협상가로서, 엘레나도 자신들이 초대받은 이유가 실력 평가에 따른 것이 아닌 아키라와의 친분 때문이며, 다시 말해 아키라의 신뢰를 얻는 수단으로써 히카루에게 이용당한 것쯤은 알고 있다.

그래도 아키라는 자신들의 동행을 기뻐해 주었다. 그렇다면 우리도 최선을 다하자. 엘레나는 그런 생각으로 히카루와 협상해 강력한 무기를 준비하고, 이번 의뢰에 임했다.

그런 보람이 있어서, 조달한 무기는 미르카케와 지방의 강력한 몬스터에도 잘 통했다. 엘레나와 사라는 신이 나서 더욱 매섭게 공격한다.

"사라! 이 정도론 아키라가 의지하는 선배 행세를 할 수 없어!"

"안대도! 화력 담당이 활약할 기회니까! 열심히 일해서, 아키라가 우리를 데려오길 잘했다고 생각하게 해야지!"

엘레나와 사라는 서로 웃고, 온 힘을 다해 싸워서, 아키라에게 자신들의 존재를 과시한다. 그 결과, 황야에 흩어진 수많은 몬스터 사체가 엘레나 팀의 활약을 증명하게 되었다.

D 차량에서는 시카라베가 동료인 파르가, 야마노베와 함께 싸우고 있다. 도란캄이 이번 작전을 위해 빌려준 장비는 헌터 랭크 40 정도에 불과한 시카라베 팀의 전력을 훨씬 끌어올렸다.

"성능이 좋아. 비싼 값은 하는걸."

시카라베가 중얼거리는 말을 듣고 파르가가 웃으며 입을 열었다.

"당연하지. 이 장비는 헌터 랭크 50 정도 되는 녀석이 쓰는 물건이잖아? 빌린 장비의 성능으로 잘난 척하는 애들을 비웃을 수 없을 정도야."

시카라베가 웃으며 되받아친다.

"무슨 소리야. 나도 딱히 장비 대여 자체엔 불만이 없어. 그런데 애들만 지나치게 우대하는 게 문제였지."

"말도 하기 나름이군. 뭐, 우리한테도 유리해진 건 잘된 일이야."

도란캄의 장비 대여 혜택을 누리면서, 시카라베 팀은 잡담을 나누며 싸우고 있었다.

도란캄 사무 파벌의 몰락은 도란캄의 각종 제도에도 큰 영향을 미쳤다. 고랭크 헌터들을 위한 대여 장비의 추가도 그중 하나다. 이전에는 헌터 랭크가 별로 높지 않은 신인들을 위한 장비만 잘 갖췄지만, 앞으로는 고참들을 위한 장비도 추가될 예정이다.

다만 그런 고성능 무기는 가격이 매우 비싸서 도란캄의 예산으로는 구매하기 어렵다. 젊은 신인 헌터들을 우대하는 차원이기는 했지만, 미즈하도 기령 등과 여러 차례 협상을 거듭한 끝에 종합 지원 시스템을 테스트 목적으로 겨우 구할 수 있었다. 도란캄의 정책 전환만으로는, 예산 문제가 있어서 값비싼 장비를 구매할 수 없다.

그 예산의 원천은 도란캄이 건국주의자 토벌전에서 받은 보수다. 그 총액은 약 200억 오럼. 그 전투에서 카츠야 팀이 전멸한 것을 생각하면 큰 적자, 큰 손실이다. 그래도 큰돈이긴 하다. 건국주의자의 보스를 격파한 공로를 인정받고, 자기 부탁으로 카츠야 팀을 죽게 한 우다지마의 배려도 있어 이 정도의 보수가 책정되었다.

이번에 사용하는 대형 장갑차도 그 돈으로 도란캄이 구매한 것이다. 그리고 그 장비와 차량으로 아키라의 의뢰에 참여하는 것은 도란캄과 아키라의 화해 협상의 결과이기도 하다. 즉, 해석에 따라서는 우다지마가 준 돈을 아키라를 위해 사용함으로써 도란캄의 입장을 확실하게 드러낸 셈이다.

이로써 그 돈은 우다지마와의 관계를 청산하는 위자료의 의미도 갖게 되었다. 그리고 도란캄은 우다지마파에서 손을 떼고 이나베파로 갈아탄다. 그렇게 되도록 히카루가 조정하고 있었다.

새로운 체제가 된 도란캄에서는 당분간 고참들의 발언력이 세진다. 하지만 시카라베를 비롯한 고참들도 카츠야의 죽음을 계기로 어찌 보면 정신을 차렸고, 신인들의 폭주를 막지 못하고 죽게 한 것에 미안한 마음도 있어서, 신인들을 냉대할 마음은 없었다.

조직의 이익이 아닌, 고참이든 신인이든 상관없이 소속 헌터 모두의 이익을 최우선으로 생각한다. 그런 방침으로 도란캄을 운영하자. 시카라베 일행은 그렇게 생각하고 있었다.

그리고 그 도란캄을 변화시킨 장본인에게 파르가가 시선을 돌린다.

"그나저나 우리가 현상수배급 토벌전에 고용했을 때, 저 녀석의 헌터 랭크는 20 정도였지? 그런데 지금은 50이라니. 어마어마한 녀석이군. 저런 녀석이 최전선까지 갈 수 있는 녀석일까?"

야마노베도 슬쩍 웃으며 말했다.

"그래. 그렇겠지. 예전에 그 녀석을 너무 많이 죽여서 자멸하는 타입이라고 말한 적이 있는데, 자멸은커녕 더 죽여서 의지를 관철할 줄이야. 저 녀석은 도시 간부에게 찍혀서 뒤에서 비밀 현상금이 걸렸다며? 그리고 자기를 공격한 놈들을 카츠야를 포함해서 다 죽였다고 하더군."

"그래, 알아. 종합수사국 직원들도 몇 명 죽였다지? 도시 쪽에서 없던 일로 처리했다고 하던데. 공표해서 아키라를 체포할 때의 피해를 생각한 조치인가? 무서워 죽겠군."

파르가가 그렇게 말하고 나서 시카라베에게 얼굴을 돌렸다.

"시카라베. 넌 저 녀석이 그런 녀석인 걸 알고 있었어? 탱크란튤라 토벌전에서 네가 저 녀석을 고용했고, 우리에게는 저 녀석이 억대급 헌터라고 설명하며 설득했지만, 네가 저 녀석을 고용하기로 한 건 네 직감이었지?"

"글쎄다."

정확하게는 그 직감을 확인하려고 아키라를 고용한 시카라베는 웃으며 대답을 피했다. 그리고 화제를 돌린다.

"파르가. 야마노베. 잡담은 그만해라. 이 의뢰는 아키라와 도란캄의 화해를 겸한 거라고. 우리가 똑바로 일하지 않으면 화해가 파기될지도 모를걸?"

"알았수다."

"알았다."

잡담을 마친 시카라베 팀은 화해 성립에 걸맞은 성과를 거두기 위해 몬스터 무리에 맹렬한 탄막을 뿌렸다.

B 차량에서는 에리오 팀이 필사적으로 싸우고 있었다. 대형 장갑차 지붕의 일부가 변형되어 만들어진 간이 방벽의 뒤와 차량 측면의 총안구를 통해 몬스터를 쏘고 있다.

종합지원 시스템은 에리오 일행을 적절하게 지원하고 있다. 위협도가 높은 몬스터를 집중적으로 조준해 공격하게 하고, 위험할 때는 숨어서 안전하고 효율적으로 싸울 수 있도록 했다.

게다가 에리오 팀은 기령에서 이전보다 더 강력한 장비를 받았다. 물론 엘레나 팀이나 시카라베 팀의 무장처럼 미르카케와 지방의 몬스터를 개인이 격파할 수준은 아니지만, 부대 단위로 운용하면 잘 싸울 수 있을 만큼의 고성능이다.

이 후한 지원의 이면에는 기령 측의 사정도 있었다. 도시 간부의 지원까지 받아 강화한 종합지원 시스템 부대가 단 한 명의 헌터에게 패배하는 사태에 대처한 것이다. 종합지원 시스템의 평가에 치명적인 악영향을 미칠 수 있는 이 사태를 어떻게든 만회해야 했다.

불행 중 다행으로 그 헌터는 흑랑 부대마저 철수한 대형 거인을 혼자서 해치울 정도의 실력자였다. 게다가 자사 제품의 강화복을 입었다. 기령은 거기서 해결책을 찾았다. 종합지원 시스템 부대를 그 헌터와 함께 전투에 투입해 활약하게 하자. 그리고 그 활약으로 종합지원 시스템의 평가를 덮어씌우기로 한 것이다.

그 무대는 히카루와의 협상을 통해 마련했다. 정확히 말하면 히카루가 판을 깔게 유도했다. 아키라가 다른 회사의 강화복을 선택하지 않고, 종합지원 시스템의 성능을 부정하지 말 것을 촉구하는 조건으로 50억 오럼 이상의 물품을 사실상 공짜로 제공하게 됐지만, 어떻게든 협상을 성사시켰다.

에리오 팀은 자세한 사정을 아무것도 모르지만, 기령으로부터 성과에 따른 거액의 보상을 약속받았고, 셰릴을 통해 활약을 기대하겠다는 말도 들었다.

얼마 전까지만 해도 슬럼의 꼬마에 불과했던 자신들이 기업에서 기대할 만큼 성장했다는 사실과 거액의 보상금에 낚여서, 에리오 팀은 이번 작전에 의기양양 참가하게 되었다.

하지만 그 고양감도 황야로 나간 순간 반감했다. 그리고 거대 몬스터가 자신들을 향해 돌격하는 모습을 본 순간, 그 고양감은 싹 사라졌다. 지금은 모두가 필사적으로 총을 쏘고 있다.

"히익! 또 이쪽으로 돌진하잖아!"

거대 몬스터가 자신들에게 돌진하는 박력 넘치는 광경을 보고 허둥대는 동료들을, 에리오가 큰 소리로 꾸짖는다.

"괜찮으니까 쏴! 눈을 감더라도 총을 겨눠! 그것만 하면 종합지원 시스템이 알아서 조준할 거야!"

어떻게든 응전하는 에리오 팀이지만, 이쪽만 일방적으로 총을 쏠 수 있는 것은 아니다. 몬스터도 총과 포로 공격한다. 아키라가 몬스터들의 원거리 공격을 막아내고 있지만, 모든 개체를 즉각 처리하기는 어렵기 때문이다.

적의 총탄이 차에 부딪히는 소리가 들린다. 근처에 떨어진 포탄이 터져서 차량이 들썩거린다. 그때마다 아이들의 비명이 울려 퍼진다.

"히익! 이번 건 너무 가깝잖아?!"

"안 맞았으니까 괜찮아!"

"맞으면?"

"이 차라면 조금은 맞아도 괜찮아! 주절대지 말고 갈겨! 빨리 죽이지 않으면 또 맞을 거야!"

징징대는 동료들에게 호통을 치고 격려하면서, 에리오도 필사적으로 싸우고 있었다.

아이들이 놀라움과 초조함, 두려움으로 전투 불능 상태에 빠지는 것을, 종합지원 시스템이 적절하게 방지한다. 두 손을 머리에 얹고 엎드리려고 해도 강화복을 움직여 총을 겨누게 하고, 눈을 감고 있어도 방아쇠를 당겨 공격의 고삐를 늦추지 못하게 한다.

기절했던 사람도 자기 몸이 멋대로 움직이는 바람에 정신을 차리고 다시 총을 쏘기 시작한다. 강력한 총탄을 온몸에 맞은 대형 갑각류가 다리가 떨어지면서 땅바닥에 나자빠졌다. 껍질에 뚫린 무수한 구멍에서 흘러나온 체액이 황야의 대지를 물들인다.

"해, 해냈어! 해치웠어! 해치웠다고!"

"그렇게만 해! 다음이 와! 가까이 붙이지 마!"

에리오 팀의 원래 실력으로는 도저히 해치울 수 없는 엄청난 몬스터를 잡았어도, 그것은 무리 중 한 마리에 불과하다. 안도하기에는 너무 이르다.

하지만 해치운 것은 사실이다. 그 성과는 에리오 팀의 초조함과 두려움을 희미하게나마 덜어내고, 아주 조금이나마 여유와 자신감을 만들어내고 있었다.

그대로 전투가 계속된다. 몬스터를 해치울 때마다 에리오 팀의 초조함과 두려움이 흐릿해진다. 그리고 차량 안에서 비명이 들리지 않을 때쯤, 에리오 팀은 충분한 여유를 얻게 되었다.

"의외로, 어떻게든 되는구나."

쉽게 이겼다고 말할 수 없는 상황이 계속되고 있지만, 현재로서는 사망자나 중상자가 발생하지 않았다. 거대 몬스터가 차 근처로 접근한 적도 없다. 에리오 팀은 상황에 잘 대처하고 있었다.

에리오가 동료들에게 웃으며 말했다.

"내가 뭐랬어? 괜찮다고 했잖아? 아키라 씨도 우리가 쓸모없으면 데려오지 않았을 거야. 있기만 해도 거추장스러울 테니까."

그 말을 들은 아이들도 조금 호들갑스럽게 웃으며 고개를 끄덕였다.

"그, 그렇지?"

아이들도 에리오의 말에 곧장 낙관적으로 변할 만큼 그 내용을 믿은 것은 아니다. 거기까지는 믿을 수 없었다.

하지만 비관이 날아갈 정도로는 믿었다. 그리고 이 기회에 다같이 기운을 낸다.

"좋아! 해보자! 해치울 거야!"

"그래! 왕창 벌자고!"

의욕이 생긴 동료들을 보며, 에리오도 목소리를 높인다.

"그래! 해보자! 우리도 할 수 있다는 걸 보여주자고!"

황야로 나가기 전의 고양된 기분을 조금 억지로 되찾은 에리오 팀은, 그 이후에도 최선을 다해 싸워나갔다.

제196화 흔히 있는 긴급 상황

아키라 일행이 몬스터를 줄이고 있는 곳은 동부에 얼마든지 존재하는 이름 없는 유적 중 하나다. 따로 명칭을 붙일 만큼 넓지도 않고, 이렇다 할 특징도 없다. 뭔가 목적이 있어서 갈 때는 지역명과 좌표의 조합, 혹은 임시 명칭으로 불릴 정도의 흔한 유적이다.

그리고 개별적인 명칭이 안 붙을 정도의 유적은 헌터들 사이에서 쓸모없는, 기본적으로 가치가 없는 장소다. 헌터들이 많이 찾을 만큼 수익성이 있는 유적이라면 그 장소를 가리키는 공통된 인식으로서 이름 정도는 붙기 때문이다.

숨아내기 의뢰 대상인 유적 안에는 많은 몬스터가 서식하고 있었다. 하지만 기본적으로 유적 밖으로 나가려 하지 않는 종류로, 유적에 접근하지 않으면 피해가 적다. 수송 경로를 유적에서 여유롭게 떨어진 위치에 두면 습격당할 일도 없다. 따라서 평상시에는 방치된다.

그런 이유도 있어 유적 내 몬스터들은 헌터들에게 토벌당할 기회가 극히 적은 상태가 유지되고 있었다. 그렇기 때문에 유적 내부에는 몬스터가 해당 환경에서 증식할 수 있는 한계치까지 늘어났다.

그래도 평소에는 함부로 접근하지 않기만 해도 문제가 없다. 하지만 대유통으로 도시 간 수송차량이 해당 지역을 통과하게 되면, 너무 거대한 물체가 고속으로 이동하는 영향으로 평소에는 밖으로 나가지 않던 몬스터들도 유적 내부에서 나오게 된다. 그러면 당연히 황야에 몬스터가 넘쳐나게 되고, 지역 유통에 큰 지장을 초래하게 된다.

이를 막기 위해 사전에 강력한 유인 장치를 사용해서라도 유적 안쪽에 있는 몬스터를 끌어내 퇴치하는 대규모 솎아내기 작업이 필요했다.

아키라 일행이 그 솎아내기 작업을 시작한 지 1시간이 지났다. 아키라, 엘레나 팀, 시카라베 팀, 에리오 팀 모두 쉴 새 없이 몬스터를 처치하고 있다.

그런 싸움 속에서 에리오 팀은 정보수집기의 망원 기능을 통해 자신들 앞쪽에서 홀로 싸우는 아키라의 모습을 보고 두려움과 부러움을 동시에 느끼고 있었다.

"그나저나 아키라 씨, 정말 대단하네요."

"그래. 저거 봐. 웃고 있잖아. 저 숫자를 상대로 여유가 있어. 얼마나 강한 거야?"

"저렇게 강한 녀석이 우리 뒷배라서 든든하지만, 수틀리면 저 힘에 날아가겠지. 보스가 필사적으로 매달리는 이유가 있어."

든든하면서도 무서운 아키라라는 존재에, 에리오 일행은 다양한 시선과 감정을 보내고 있었다.

에리오 팀은 아키라가 여유롭게 싸우고 있다고 생각했고, 아키라 자신도 현재 그렇게 싸우는 모습을 보이고 있지만, 사실은 필사적으로 싸우고 있었다.

무수한 표적에 무수한 총탄을 갈긴다. 쉴 새 없이 총을 쏘아댄다. 엄청난 장탄수를 자랑하는 확장탄창이라도 연사 속도가 빠른 총으로 쏘면 총탄이 금방 다 떨어진다. 게다가 C탄의 위력을 강화하려면 에너지를 많이 소모한다. 에너지 팩에 남은 에너지도 빠르게 줄어들고 있다.

지금의 아키라는 빈 탄창을 일일이 손으로 재장전할 여유가 없다. 하지만 문제는 없다.

빈 탄창과 에너지 팩이 LEO 복합총에서 자동으로 배출된다. 동시에 차량에 장착된 사출기에서 새로운 탄창과 에너지 팩이 사출된다. 그리고 아키라는 그것들을 향해 힘차게 총을 휘둘렀다. 탄창과 에너지 팩은 쏙 들어가듯 총에 장전되었다.

장탄수와 남은 에너지가 최대치로 돌아온 총으로 목표물을 조준한다. 발사된 총탄이 갑각류 껍질과 유사한 소재와 생체폭약으로 만들어진 무장을 파괴한다. 부서진 미사일 포드에서 소형 미사일이 튀어나와 주변에 흩뿌려지고, 폭발하면서 본체와 함께 주변 몬스터를 싹 날려버렸다. 가장 효과적인 사격 지점에 정밀 사격을 통한 최대 효율의 공격이다.

하지만 아키라는 속으로 얼굴을 찌푸렸다.

『어! 그렇게 많이?! 2미터나 어긋났다고?!』

아키라의 확장시야에는 방금 사격이 알파의 서포트 없이 이루어졌을 때의 탄도가 떴다. 게다가 실제 탄착 지점과의 오차까지 표시되어 있었다.

그 실망스러운 내용에 알파가 경고한다.

『아키라. 집중력이 떨어지고 있어. 훈련이라고 해도 방심하면 안 돼. 조심해.』

이것은 실전이지만, 아키라의 훈련이기도 하다. 몬스터가 약한 것이 아니라 아키라가 강하다. 그렇게 보여주기 위해 싸운다. 그러면서도 아키라의 훈련이 될 수 있도록 한다. 알파가 아키라의 요청에 응한 결과다.

『알았어. 나도 아직 멀었네!』

흔들리는 발판 위에서 멀리 떨어진 이동 표적을 곧바로, 정확하게, 연달아 사격한다. 그것이 얼마나 어려운 일인지는 아키라도 잘 안다.

그래도 최대한 오차를 없애야 한다. 자신의 움직임을, 알파의 서포트를 받아 완벽해진 움직임에 맞춰야 한다.

최고점에 달할 순 없다. 그것은 재능과 수련이 부족해 더 높은 영역을 인식하지 못하는 사람이 상황을 오인한 것에 불과하다.

그리고 자신은 오인하는 영역에도 도달하지 못했다. 더 강하게. 예전에는 상상조차 할 수 없었던 힘을 상상할 수 있도록. 더 강하게. 그 상상을 따라잡고, 추월할 수 있도록.

그 정도가 아니면 원하는 힘은 얻을 수 없다.

그런 마음으로, 아키라는 최선을 다하고 있었다.

쿠로사와는 후방에서 아키라를 유심히 관찰하고 있었다. 아키라는 부대의 주력이자 핵심이다. 부대 전체의 안전을 위해서라도 불편한 낌새가 보이면 즉시 철수시켜야 한다. 잘 살펴볼 필요가 있었다.

그리고 신음했다.

"이건…… 어느 쪽이지?"

전투 시작부터 아키라의 움직임은 전혀 흐트러짐이 없다. 쉽게 이긴다고는 할 수 없지만, 여유로운 표정으로 싸움을 계속하고 있다.

하지만 쿠로사와는 아키라의 표정에서 왠지 모를 긴장을, 억지로 웃는 듯한 인상을 느꼈다.

(초조함은 아니군. 속으로 겁을 낸 것이 아니다. 그렇다면 움직임이 흐트러질 터. 우리에게 좋은 모습을 보여주려고 너무 힘을 준 건가? 무리하는 거라면 당장 지원을 시작하고, 아키라를 더 물려야 하지만……)

아키라가 정말 여유가 있는 건지, 아니면 여유를 가장하고 있는 건지, 쿠로사와는 판단하지 못했다.

유적에서는 갑각류와 다각 기계를 합친 듯한 대형 몬스터들이 연이어 튀어나왔다. 아키라가 그것들과 싸우고 있을 때, 차량에 있던 유인 장치가 정지했다. 그리고 쿠로사와에게 통신 연락이 들어온다.

"아키라. 슬슬 유적 외곽을 한 바퀴 돌았다. 이쯤에서 한 번 휴식한다. 이쪽으로 돌아와라."

"알았어."

유도 장치가 멈춰도 증원이 멈출 뿐, 전투 중인 몬스터까지 물러나는 것은 아니다. 아키라는 자신의 차를 쿠로사와 일행이 있는 곳으로 돌리며 쫓아오는 적을 격파한다.

증원만 없다면 시야에 있는 적을 정리하는 것으로도 충분하다. 금방 정리되었다. 아키라가 크게 숨을 내쉰다.

『좋아. 이것으로 일단락이네.』

그리고 유적이 있는 쪽을 슬쩍 본다. 몬스터의 사체가 마치 유적을 빙 둘러싼 것처럼 대량으로 널브러져 있었다.

『이 정도면 충분히 일한 거 아니겠어?』

알파가 당당하게 웃는다.

『당연하지. 내가 서포트했거든?』

『그렇지…….』

마음에 걸리는 부분이 있지만, 아키라도 웃으며 대답했다.

대량의 몬스터 사체는 알파의 서포트를 한껏 활용한 성과다. 이것을 자기 힘이라고 자랑할 수는 없다.

하지만 이것이 자신의 힘이라고 알려야 한다. 대놓고 자랑하려고 들 수는 없지만, 겸손할 수는 없다. 이 힘을 스스로 부정해서는 안 된다.

다른 사람들이 자신을 쉽사리 습격하지 않도록, 똑같은 일을 되풀이하지 않도록, 아키라는 지금은 그래도 된다고 생각했다.

그 후, 아키라 일행은 무사히 안전한 곳으로 철수했다.

◆

아키라가 휴식 시간에 엘레나, 사라와 잡담을 나누고 있을 때 쿠로사와가 찾아왔다.

"아키라. 앞에서 혼자 싸운 느낌은 어땠지?"

"어떤 느낌이긴…… 본 느낌 그대로인데. 너도 봤을 거잖아?"

"그래. 봤지. 그래서 너 자신의 느낌은 어떻지? 여유가 있었나? 쉽게 이겼나? 아니면 사실은 무리한 건가?"

"아무리 그래도 여유롭게 이겼다곤 할 순 없지만, 나도 나름대로 잘 일한 것 같은데?"

명확한 대답을 스리슬쩍 피하는 아키라의 대답을 듣고, 쿠로사와는 우려를 조금 키웠다. 그리고 질문 내용을 바꾼다.

"그래, 잘 일했다. 제대로 보고 있었으니까. 다만 아키라는 싸움을 시작할 때부터 컨디션이 변하지 않았으니까. 조금 신경이 쓰였단 말이지."

별일 아니라는 듯이, 쿠로사와는 계속 말한다.

"보통은 피곤하거나 하면 조금씩 컨디션이 떨어지겠지? 그래프로 보면 서서히 내려가는 거다. 그 기울기를 보고, 저 녀석은 뒤로 보내는 게 낫다고 판단하는 셈이지."

아키라도 자기 힘만으로 싸웠다면 그렇게 되었을 것이다. 하지만 알파의 서포트 덕분에 아키라의 움직임은 흐트러지지 않았다.

"하지만 아키라의 경우는 그래프가 수평이다. 그런 녀석들은 대부분 갑자기 컨디션이 급격하게 떨어지지. 본인이 모르는 피로 때문이거나, 자기 컨디션을 다른 사람이 모르게 싸우는 습관이 몸에 배거나 해서 말이다."

쿠로사와가 아키라의 반응을 살피며 가벼운 느낌으로 말했다.

"그 전투는 네게 길바닥에 있는 작은 돌멩이를 걷어차는 정도로 쉬운 일이었다. 그래서 단순히 전혀 피곤하지 않은 거라면 상관없다. 다만, 의도적이든 무의식중에 했든 간에, 무리하는 것을 조금이라도 감추는 느낌이 든다면 그만둬라. 무리하지 않고, 시키지도 않는다. 나는 그런 계약으로 고용된 거니까."

딱히 무언가를 의심하는 것은 아니다. 그 점을 밝히듯 쿠로사와는 단호하게 말했다.

"똑똑히 말해서, 우리의 주력인 만큼 아키라는 여유롭게 싸워야 문제가 안 생기지. 네 여유가 곧 부대 전체의 마지막 안전선이기도 하니까."

자신의 진짜 실력을 알아내려는 듯한 쿠로사와를 조금 경계하던 아키라도, 그만큼 듣고서야 겨우 납득했다.

"다시 한번 물어보마. 아키라. 혼자 싸운 느낌은 어떻지? 여유롭나?"

"그래. 아직 여유가 있어. 조금 피곤해도 회복약을 쓰면 되고, 애초에 이것도 아직 안 썼으니까. 여유는 많아."

아키라는 그렇게 말하며 등에 있는 AF 레이저건을 가리켰다. 아까 전투에서는 아키라의 효율적인 훈련에 도움이 되지 않아 사용하지 않았을 뿐, 마음만 먹으면 언제든 사용할 수 있다. 지속적인 전투 능력이나 단순 화력 면에서도 아키라에게는 아직 여유가 있었다.

그 말을 듣고 쿠로사와도 납득했다. 아키라의 대답에서 무언가 숨기는 듯한 뉘앙스가 조금도 느껴지지 않았기 때문이다. 분명 진심에서 우러나온 말이라고 판단하고, 그렇다면 괜찮을 것으로 여겼다.

"그렇군. 그렇다면 다행이다. 무리하지 않는다고 해도 그 기준은 사람마다 다르니까 말이지. 팔이 하나 날아가도 생채기라고 말하는 사람도 있으니까."

"아니, 그건 어떻게 생각해도 중상일 텐데?"

"그런 말을 하는 사람도 있다는 뜻이야. 의체를 쓰는 사람 중에는 제법 있는데? 팔이 부러져도 새것으로 교체하면 된다는 생각인 거지. 그 감각을 생체인 녀석한테도 적용하지 말아 주면 좋겠지만."

쿠로사와는 그렇게 말하며 작게 한숨을 쉬었다.

"아키라도 그러지 마라. 들었거든? 재생 치료로 두 손을 고쳤다지? 또 잃어도 다시 치료하면 된다고 생각하진 않겠지?"

아키라가 질색한 표정을 지었다.

"생각 안 해. 모처럼 치료했잖아. 이 두 손은 소중히 다뤄야지."

"그렇다면 다행이군. 푹 쉬어라."

마지막 농담을 마치고, 쿠로사와는 자리를 떠났다.

그러자 엘레나가 웃으며 말했다.

"아키라. 쿠로사와 씨가 말했듯이 네 여유가 우리의 안전으로 이어지니까, 우리를 더 많이 의지해 줘."

사라도 웃으며 말을 잇는다.

"그래, 맞아. 혼자서 다 하려고 생각하지 않아도 돼. 모처럼 함께하는 거니까."

"뭐, 그런 거야. 사라가 활약할 기회를 조금 더 줘도 돼. 색적이나 정보 수집, 협상 등 다양한 기회가 있는 나와 달리 화력 담당은 이럴 때가 아니면 선배 행세를 할 기회가 없으니까."

"저기, 엘레나?"

엘레나에게 눈총을 주는 사라를 보고, 아키라가 슬쩍 웃었다.

"알겠어요. 지원은 언제든지 환영하니까 잘 부탁해요. 선배님."

"어쩔 수 없지. 알았어."

웃음을 참는 엘레나의 옆에서, 사라는 썩 나쁘지 않다는 듯이 웃었다.

그리고 엘레나도 왠지 모르게 무리하는 것처럼 보이던 아키라가 다른 사람을 의지하는 것을 부정하지 않고 받아들이는 것에 안심한 듯이 미소를 지었다.

아키라 일행이 쉬는 동안에도 쿠로사와의 지시에 따라 일하던 에리오 일행.

"휴식 시간이 아니었냐고……."

"투덜대지 마. 빨리 끝내고 쉬자고."

"알았어."

우선 A 차량과 B 차량의 화물을 교체한다. 휴식 후에는 아키라가 B 차량에 탑승해 싸우기 위해서다. 아키라는 알파의 서포트로 거의 무사했지만, 차량까지 무사할 수는 없었다. A 차량은 격렬한 포화를 뒤집어써서 크게 손상된 상태였다.

그 손상된 차체를 보고 소년들이 표정이 딱딱해졌다.

"우와. 이거 봐. 여기 꽤 움푹 파였어. 이거, 그 포스 필드 아머로는 버티지 못했다는 거지?"

"장갑 타일도 떨어졌어. 어지간한 포탄은 너끈하게 막을 정도로 튼튼한 거라고 들었는데……."

"어? 우리 다음엔 이 차에 타는 거야? 괜찮을까?"

"뭐, 멀쩡한 차로 우리가 돌격하는 것보단 낫지 않겠어. 무리는 시키지 않는다고 했고, 방어력이 불안한 차라면 그만큼 뒤로 물릴 거래."

화물 교체가 끝나면 소모된 탄약류를 재분배한다. 균등하게 분배하는 것이 아니라 쿠로사와가 부대의 효율성을 고려해 조정한다. 그러던 중 한 소년이 손에 든 확장탄창을 보고 탄성을 질렀다.

"이거, 싸울 때는 신경 쓸 겨를이 없었지만, 역시 이상하잖아? 아무리 쏴도 비지 않던데, 어떻게 된 거지?"

"확장탄창이면 원래 그런 거 아니야?"

"아니, 그렇다고 해도 한계가 있잖아. 무조건 이상하잖아."

"그건 뭐냐, 구시대의 기술이라고 하는 거잖아. 이건 고랭크 헌터들만 살 수 있는 고급품이라고 하니까."

"아하, 그런 건가. 그렇군."

이번에 준비된 탄약류는 아키라가 사서 산하 부대에 나눠주는 형식이다. 그 덕분에 에리오 팀도 평소라면 절대로 구할 수 없는 고성능 물품을 마음껏 사용할 수 있었다.

"그거 알아? 그거 하나에 500만 오럼 정도 한다던데?"

"500만?! 비싸! 어쩐지 성능이 엄청나더라."

놀란 소년 옆에서 또 다른 소년이 그 확장탄창을 보며 침을 꿀꺽 삼켰다.

"이거 하나가…… 500만인가……."

"야, 이상한 생각 하지 마. 이걸 슬쩍했다간 아키라 씨한테 죽을 걸? 500만 오럼을 훔친 거랑 똑같은 거니까?"

"아, 알았어. 탄창 하나에 500만이라면 대단하다고 생각했을 뿐이야."

그러자 다른 아이가 고개를 갸웃거린다.

"어라, 하나에 500만? 한 발에 500만 아니었던가?"

"야, 그게 말이 되냐. 한 발에 500만이면 이거 하나에 얼만데?"

"하긴 그렇지. 내가 잘못 알았나."

자신들이 운반하는 물건의 진짜 가격도 모른 채, 에리오 팀은 웃으며 작업했다.

◆

휴식을 마친 아키라 일행은 다시 솎아내기 작업을 시작한다. 먼저 휴식 전과 마찬가지로 유적 외곽을 한 바퀴 돌았다. 이미 한 번 끌어낸 뒤라 그런지, 두 번째로 돌 때는 몬스터도 드문드문 출현했다. 문제없이 격파했다.

그리고 세 번째로 돌려고 할 때쯤, 쿠로사와가 아키라에게 통신을 보냈다.

"아키라. 이제부터는 유인 장치의 출력을 높일 거다. 유적 내 몬스터 분포는 알 수 없지만, 안쪽으로 갈수록 강력한 패턴일 경우, 유인당하는 숫자는 적어도 개체의 질은 높아지겠지. 조심해라."

"알았어. 시작해 줘."

유인 장치의 출력이 올라가면 몬스터를 더 강하게 유인하게 된다. 잠시 후 차 지붕에서 경계하는 아키라 앞에 나타난 것은 몸길이가 20미터는 족히 될 듯한, 중무장한 가재를 닮은 몬스터였다.

두툼한 강화복을 입은 듯한 외골격. 여러 개 달린 거대한 집게발. 그 집게발에 달린 기관총과 대포, 미사일 포드. 인간의 무장을 가재에 무리하게 적응시키면 이렇게 된다는 실례와 같은 그 모습을 보고 아키라는 상당히 놀란 표정을 지었다.

『이만큼 동쪽에 오면 몬스터도 강화복을 입는 건가…….』

『강화복이 인간의 전매특허는 아니겠지. 아키라도 입고 있으니까 불평할 순 없어.』

『하긴. 해보자!』

아키라는 쓴웃음을 지은 다음, 마음을 바꿔 두 손의 총으로 거대 몬스터를 겨눴다.

첫 번째로 돌았을 때는 연이어 등장하는 수많은 몬스터에게 분산해서 쏘던 총탄을, 몸집은 거대하지만 단 한 마리의 적에게 집중해서 쏘아댄다. 장탄수가 엄청난 확장탄창과 놀라운 연사력을 자랑하는 총으로 인한 시너지 효과로 총탄의 해일을 적에게 몰아붙인다. 그 파도는 상대의 사격도 포격도 미사일도 모두 요격해 삼켜버리며, 아키라 일행이 탄 대형 장갑차를 뛰어넘는 거대 갑각류도 집어삼켜 날려버렸다.

『좋아. 전탄 명중. 잘 쉬어서 집중력도 돌아왔어. 완벽한걸.』

『내 서포트 없이도 잘 맞힌 건 대단하지만, 총탄을 너무 많이 쏜 건 감점 요인이야.』

『뭐, 그 부분은 쿠로사와의 요구대로 여유롭게 싸운 것으로 치자고. 적이 강해질 테니 조심하라는 말도 들었으니까, 여유롭게 해치우기 위한 거야.』

『그렇다고 칠게. 아키라, 다음이 올 거야. 방심하지 말고 정신 바짝 차려서 여유롭게 격파해 나가자.』

『알았어.』

새로운 상대는 팔이 여러 개 달린 거대 중장비 게였다. 아까의 가재처럼 강화복을 입은 듯한 외골격에 마치 의수를 추가한 것처럼 네 개의 집게발이 달렸다. 그리고 그 구조로 앞으로 돌진하긴 어렵지 않을까 하는 느낌을 쉽게 무시하고, 유적 안쪽에서 앞을 향해 고속으로 이동하며 다가온다.

새롭게 출현한 표적을 향해, 아키라는 여유로운 미소를 지으며 두 손에 총을 들었다.

몬스터는 기본적으로 클수록 강하다. 몸집이 크면 그 무게 때문에 움직임이 둔해지고, 피탄 면적이 넓어져 오히려 약해진다는 상식을, 구세계에서 유래한 불가사의한 민첩성과 견고함, 생명력으로 무시하기 때문이다.

첫 번째로 돌았을 때는 몸길이가 10미터 내외인 개체가 쳐들어왔는데, 이번 세 번째에서는 20미터 내외로 커졌다. 상대하는 몬스터의 힘은 겉으로 보이는 인상보다 훨씬 강해졌다.

그런데도 아키라는 첫 번째로 돌았을 때보다 우세하게 싸우고 있었다. 그 이유는 크게 두 가지다.

첫째, 한 번에 상대하는 적의 수가 적다. 첫 번째로 돌았을 때는 수많은 적을 상대해야 했고, 여기에 원거리 공격으로 다른 차량을 공격하지 못하도록 해야 하는 등 아키라의 부담이 컸다. 하지만 적이 한 마리 또는 소수에 불과하다면 그 부담이 크게 줄어든다.

둘째, 아키라는 탄약 소비를 최대한 억제하지 않았다.

아키라는 지금도 첫 번째와 마찬가지로 훈련하고 있다. 하지만 쿠로사와가 여유롭게 싸워 달라고 요청했고, 그것이 엘레나와 사라의 안전에도 크게 기여한다는 지적도 있었다. 따라서 자신이 하는 훈련의 질을 위해 엘레나와 사라의 위험을 키울 수는 없다는 생각으로 탄약 소모는 신경 쓰지 않기로 했다.

그만큼 향상된 화력은 더욱 강해진 몬스터에도 잘 통하고 있다. 게다가 엘레나 팀과 시카라베 팀의 강력한 화력 지원도 있다. 에리오 팀도 나름대로 애쓰고 있다.

그 덕분에 아키라는 쿠로사와의 요청대로 이번 세 번째를, 위험할 때는 알파의 서포트를 받는 것을 전제로 하면서도 어느 정도 여유롭게 싸울 수 있었다.

무사히 세 번째를 다 돈 다음, 다시 휴식을 취한 다음 네 번째, 유인 장치의 출력을 더 올려서 다섯 번째로 넘어갔다. 몬스터가 출현하는 빈도는 점점 줄어들었고, 몬스터의 몸길이는 20미터 전후에서 변하지 않았다. 다시 휴식을 취한 다음 여섯 번째로 돌 때는 몬스터가 한 마리도 출현하지 않았다.

일곱 번째로 돌기 전, 쿠로사와가 아키라에게 통신을 보냈다.

"아키라. 지금부터 유인 장치의 출력을 최대치로 올리겠다. 그래도 몬스터가 출현하지 않거나 드문드문 나타나면 이곳의 솎아내기 작업은 끝난 것으로 봐도 좋겠지. 안에 아직 더 있을지도 모르지만, 여기서 더 버틸 바에는 차라리 다른 곳에서 하는 게 나을 거다."

"그렇다면 오늘 일은 그걸로 끝인가?"

"그래. 방금 돌았을 때 출현한 몬스터가 없었으니 한 바퀴를 한가하게 더 돌고 끝날지도 모르지만, 유인 장치의 출력을 최대로 끌어올리는 거다. 예상치 못한 월척이 걸릴지도 모른다. 긴장을 늦추지 말도록."

"알았어."

"좋아. 시작하지."

유인 장치의 출력이 최대치인 상태로, 일곱 번째 토벌이 시작되었다.

토벌을 거듭할수록 전투가 쉬워지고, 지난번에는 몬스터가 아예 나타나지 않았다. 그래서 에리오 팀은 긴장이 많이 느슨해졌다.

"거의 다 끝났구나. 끝나고 보니 생각보다 쉬웠어."

"아직 다 끝나지 않았잖아. 긴장을 늦추지 마. 집에 도착할 때까지가 헌터 활동이라잖아?"

"그래도 말이야. 이미 끝난 거나 다름없잖아? 유물 수집일 때는 현금으로 바꿀 때까지가 헌터 활동이라고 하는데, 우리는 몬스터를 솎아내려고 왔으니까 말이야. 이제 돌아갈 일만 남았어. 돌아가는 길에 있는 몬스터는 껌이니까, 걱정할 필요 없다고."

"유물 수집인가. 맞다. 돌아가기 전에 저 유적에서 유물을 수집해 보는 건 어때? 몬스터를 이만큼 많이 줄였으니까. 지금이라면 쉬울 거야."

"좋은걸. 제안해 보자."

느슨한 분위기 속에서 잡담이 시작된다. 지적한 아이도 애초에 강하게 비난할 생각이 없어서, 느슨한 분위기에 휩쓸려 수다에 동참했다.

그리고 그 분위기에 휩쓸려 정말 긴장이 풀린 아이가 안심한 나머지 무심코 말했다.

"아키라 씨가 있으니까 또 무슨 일이 생길 줄 알았는데, 너무 걱정했나 봐."

그 순간, 차량 안에서 침묵이 흘렀다. 누구나 어렴풋이 생각했던 것을 분명하게 말로 표현하는 바람에 모두가 무심코 잡담을 멈춘 탓이었다.

그리고 모두가 침묵한 채 분위기가 이상해진 차량 안에서, 종합 지원 시스템의 경보음이 울려 퍼졌다. 강력한 몬스터의 접근을 알리는 경보다.

사전 경고를 건너뛰고 갑자기 울린 경보에 아이들이 허둥댄다.

"네가 그런 말을 하니까!"

"내 탓이야?!"

집에 도착할 때까지가 헌터 활동. 그 지적은 옳았다.

종합지원 시스템의 경보는 부대를 지휘하는 쿠로사와에게도 전해졌다.

"이건…… 크군."

종합지원 시스템은 각 차량의 색적 장치를 연동해 운용함으로써 4대분의 색적 장치를 능가하는 강력한 색적 능력을 보유하고 있다. 그리고 그 힘으로 유적 깊숙한 곳에서 고속으로 다가오는 거대한 존재를 포착했다.

대상과의 거리와 그 사이에 있는 건축물 때문에 정확한 형태까지는 알 수 없다. 하지만 대략적인 몸길이는 계산할 수 있다. 약 35미터. 지금까지 해치운 몬스터의 최대치를 가볍게 뛰어넘는 크기이며, 그만큼 강력한 개체임을 짐작할 수 있다.

아키라를 잠시 후퇴시키는 게 좋을까? 쿠로사와는 그렇게 생각했지만, 아키라가 먼저 행동에 나서면서 무의미해졌다. 쿠로사와의 시선 너머로 아키라가 차에서 뛰어내리고 있었다.

아키라는 알파의 서포트 덕분에 다른 일행보다 먼저 몬스터의 존재를 알아차렸다.

『아키라. 훈련을 중지할게.』

『알았어. 그렇게 강해?』

진지한 얼굴로 되묻는 아키라를 보고, 알파는 여유롭게 웃었다.

『그래. 두 손의 총이 아니라 등에 있는 물건을 사용하는 것이 좋을 정도론 말이야.』

『알았어. 드디어 이 녀석이 나설 차례가 왔군.』

위급한 상황과는 거리가 멀다. 그렇게 말하는 듯한 알파의 얼굴을 본 아키라도 얼굴이 밝아졌다. 두 손의 총을 집어넣고, 먼저 이동한 알파를 따라 차에서 뛰어내린다. 그리고 등에 있는 AF 레이저건을 작동시켰다.

입체적으로 접혀서 작아진 AF 레이저건이 펼쳐지고 조립되어 대포 모양으로 변했다. 아키라는 변형하면서 등에서 어깨를 통해 자기 앞으로 온 레이저건을 두 손으로 단단히 잡고 표적을 향해 사격 자세를 취했다.

그 포구가 겨누는 곳에는 기계화된 연체동물 같은, 어중간하게 문어를 모방한 다각전차처럼 기괴하게 생긴 대형 몬스터가 질주하고 있었다.

연체동물처럼 부드럽게 움직이는 다리는 금속과 고무의 질감을 띠고 있으며, 정면에 우스꽝스러운 대구경 대포가 달렸다. 아키라 일행이 타고 있는 대형 장갑차보다 거대한 몸체를 타이어나 무한궤도도 사용하지 않고 움직이고 있었다.

아키라는 눈에 보이지 않는 위치에 있는 몬스터의 모습을 알파의 서포트 덕분에 또렷하게 볼 수 있었다. 자신의 확장시야에 겹쳐서 표시되는 거대한 몸뚱이를 단단히 조준하자, AF 레이저건의 포구에서 빛이 흘러나오기 시작했다.

그때 쿠로사와가 통신을 보냈다.

"아키라. 해치울 수 있는 거겠지?"

"이 녀석의 위력이 설명서에 실린 그대로라면 말이야. 위험하니까 내 뒤에는 있지 마."

"알았다. 부탁하마."

그 대답에서 자신감과 여유를 느낀 쿠로사와는 아키라를 믿고 모든 것을 맡겼다.

그 짧은 대화 중에도 표적과의 거리는 빠르게 줄어들고 있었다. 아키라는 AF 레이저건을 발사할 절호의 순간을 놓치지 않기 위해 체감시간을 조작해 시간의 밀도를 더욱 높여 그 순간에 대비했다. 포구에서 흘러나오는 빛의 양은 그 내부가 이미 충분한 에너지를 저장했음을 알렸다. 이제 쏘기만 하면 된다.

그리고 그 순간이 온다. 유적의 건물을 부수며 나타난 연체 다각 기계에, 아키라가 AF 레이저건을 쏜다. 그리고 상대도 아키라가 미끼로 조금 떨어진 곳에 세운 대형 장갑차가 아닌 아키라를 향해 대형 포탄을 쐈다.

AF 레이저건 안에서 막대한 에너지를 공급받은 총탄이 붕괴되어 발광하는 입자로 변하고, 강한 지향성을 얻어 방출된다. 그 광선은 대기를 태우며 직진하고, 순식간에 목표물에 도착했다.

AF 레이저건은 방출 각도를 변경해 위력과 범위를 조절할 수 있다. 넓게 펼치면 넓은 범위의 표적을 공격할 수 있지만, 그만큼 위력은 떨어진다. 반대로 좁힐수록 위력은 세진다.

그리고 이번 일격은 알파의 서포트로 정밀하게 조정되었다.

빠르게 거리를 좁히는 표적을 대상으로, 역장 렌즈의 초점이 한 치의 오차도 없이 상대의 표면에 닿도록 조정함으로써 포구에서 방출된 입자가 한 점에 집중되어 그 위력을 증폭시킨다. 그 결과, 발사된 광선은 상대의 장갑을 손쉽게 관통했다.

그리고 표면 장갑을 돌파한 입자의 에너지가 그 안에 있는 생체 포스 필드 아머의 발생 세포를 파괴한다. 이로써 생체 포스 필드 아머의 강도가 세포 단위로 급격하게 감소하고, 광선 주변의 세포는 광선의 고출력 에너지를 견디지 못하고 기화되어 사라졌다.

직경 1mm 미만의 광선 주변이 넓게 사라지고, 수십 미터 길이의 거대한 몸뚱이를 관통하는 큰 구멍이 생긴다. 소멸을 면한 부분도 고출력 에너지에 불탔다. 거대한 몸집에 걸맞게 엄청난 생명력을 가진 대형 몬스터는 그보다 더 압도적인 위력을 지닌 일격에 순식간에 죽었다.

죽기 직전에 발사한 특대형 포탄도 조준이 어긋나 아키라의 옆을 지나갔다. 그리고 아키라의 뒤쪽 먼 곳에 떨어져 큰 폭발을 일으켰다.

후폭풍이 아키라의 등을 밀친다. 하지만 아키라는 뒤에서 일어난 폭발을 아랑곳하지 않고 AF 레이저건의 위력에 만족하며 웃었다.

『굉장한 위력이야. 확실히 이 위력이라면 그 거인도 쉽게 해치우겠는걸.』

알파가 다시 한번 강조하듯 덧붙인다.

『이 위력은 내 서포트가 있어서 가능했다는 사실을 잊지 마. 알았지?』

『안대도.』

예상치 못한 강적의 출현으로 마지막까지 여유롭게 싸우지는 못했지만, 아키라는 무사히 이번 솎아내기 작업을 끝마쳤다.

◆

쿠가마야마 시티로 돌아가는 길, 아키라 일행은 솎아내기 작업을 시작하기 전과 마찬가지로 차량 안에 모여 있었다. 히카루도 통신으로 참가하고 있다.

그 자리에서 아키라는 미소를 지으며 자기를 보는 엘레나와 사라에게, 뭐라고 하지도 않았는데 변명하고 있었다.

"아니, 아니거든요? 그건 나름대로 안전하게 싸운 거예요. 차에서 내린 것도, 차를 미끼로 쓰려고 그런 거고, 결국 미끼라는 걸 들키긴 했지만, 차에 남아서 같이 날아가는 것보단 안전했을 거예요."

무모한 짓을 한 것은 아니다. 아키라는 그 점을 강조해서 말하지만, 점점 강해지는 엘레나 일행의 시선에 열세를 느끼고, 쿠로사와를 슬쩍 봤다.

"아, 쿠로사와도 후퇴 지시를 내리지 않았으니까……."

지원 요청을 받은 쿠로사와는 부대의 지휘자로서 대답하기로 했다.

"결과론으로 들릴지 모르지만, 가장 알맞은 지시를 내렸다고 생각한다. 아키라를 후퇴시키고 다 같이 대응할 수도 있었지만, 그랬다간 다른 인원이 차량과 함께 날아갈 위험이 생겼겠지. 그때의 사망자 수를 생각하면, 최대 전력인 아키라 혼자 애쓰게 하는 것이 전체의 안전을 고려하면 옳다고 판단했다. 본인에게도 혼자 해치울 수 있다는 자신감이 있었던 것 같고, 실제로도 혼자서 해치웠으니 말이다."

동의를 표시하며 강하게 고개를 끄덕이는 아키라를 보고 엘레나와 사라도 태도를 바로잡았다. 사라가 가볍게 숨을 내쉬었다.

"뭐, 지휘관이 그렇게 말한다면 우리도 이러쿵저러쿵 따지지 않을게. 아키라도 안전하게 싸우려고 노력한 것 같았으니까."

"그래. 하지만 아키라. 안전하게 싸우려는 마음을 잊으면 안 돼. 알았지?"

"그래요. 물론이죠."

부대 행동인데도 혼자서 사태를 해결하려 한 아키라를 비난하는 이야기는 이것으로 끝났다. 하지만 쿠로사와가 이야기를 추가한다.

"굳이 쓴소리를 할 거라면, 그 대상은 아키라가 아니라 히카루 씨에게 해야겠군."

"저요?"

"그래. 우리는 그쪽에서 제시한 의뢰 내용을 바탕으로 움직이고 있는데, 그런 것이 나올 거라는 설명은 듣지 못했지. 확인해 보겠는데, 그쪽의 상정과 우리의 인식이 어긋난 건 아니겠지?"

"그래요. 그 옥팔로스는 미르카케와 시티의 담당 범위에서도 동쪽 끝 지역에 서식하는 몬스터일 겁니다. 이 서쪽 끝 지역에는 없을 테니, 우리에게도 돌발 사태가 맞습니다."

"하지만 그 사태가 발생한 이상, 예상치 못한 일로 끝내면 곤란하지. 우리는 목숨을 걸고 하는 일이니까."

쿠로사와는 굳이 히카루의 실수를 비난하는 듯한 태도를 보였다. 쿠로사와 히카루 사이에서 심상치 않은 분위기가 생기기 시작했다.

하지만 그쯤에서 쿠로사와는 태도를 크게 바꿨다.

"그것을 바탕으로 다시 비슷한 상황이 발생했을 때를 대비하고 싶군. 그리고 다음에는 아키라 한 사람에게 모든 것을 맡기지 말고, 부대 전체가 안전하게 대처할 수 있게끔 고성능 장비의 대여 등을 검토해 주면 좋겠다. 그렇게 해줄 수 있겠나?"

그것으로 히카루도 태도를 누그러뜨렸다. 실책에 대한 비난 자체가 목적이 아니라 더 많은 지원을 끌어내기 위한 구실이라면 그것은 단순히 쿠가마야마 시티와의 협상이다. 현장에서 그렇게 말하면 쿠로사와가 히카루에게 협상 재료를 준 것에 불과하다.

히카루가 봤을 때도 아키라의 부대를 더 지원하는 것은 아키라에게 더 많은 도움을 주는 일이다. 히카루는 쿠로사와의 부탁을 웃으며 수락했다.

"알겠습니다. 저도 윗선에 부탁해 볼게요."

"고맙군."

작전 내용에 관한 이야기는 그렇게 끝이 났다. 화제는 잡담으로 넘어갔다.

"뭐, 예상치 못한 상황도 있었지만 모두 무사해서 다행이네요. 그나저나⋯⋯."

쿠로사와가 아키라를 힐끗 쳐다본다.

"솔직히 말해서 아키라도 있으니, 무슨 일이 벌어질 줄 알았지. 이이다 상업구 유적 때도 그렇게 소란스러웠으니까."

"아니, 나한테 그런 말을 해도⋯⋯."

"너 때문이라고는 말 안 했다. 징크스 같은 거지. 무슨 일이든 일어날 때는 일어난다. 그럴 때, 신기하게도 그 자리에 꼭 있는 사람이 있다. 그런 의미다. 너도 자각하고 있지 않나?"

아니라고 단언할 수 없는 아키라는 입을 다물었다. 에리오는 무의식중에 고개를 깊게 끄덕였다.

"뭐, 어떻게 보면 너는 그 덕분에 긴급 상황에 대한 대비를 무의식중에 하고, 어떤 상황에서도 당황하지 않고 대처할 수 있으니까 죽지 않는 것일지도 모르지만 말이다."

엘레나 일행과 시카라베도 납득한 듯 고개를 끄덕인다. 아키라는 그것이 정확히는 알파 덕분이라는 것을 알지만, 말할 수 없기 때문에 입을 다물고 있었다.

그런 아키라의 옆에서 알파가 웃었다.

『확실히 아키라는 긴급 상황에 너무 익숙해진 것 같아. 아키라. 너무 익숙해졌다고 방심하면 안 되거든?』

『그러게 말이야.』

아키라는 씁쓸한 웃음을 억지로 참았다.

제197화 알아보기 쉬운 힘

아키라가 히카루에게 받은 솎아내기 의뢰는 한 번으로 끝나는 것이 아니다. 황야에서 몬스터가 충분히 줄어들 때까지 계속된다. 그렇다고 해서 매일 황야로 나가는 것은 아니다. 대원들의 컨디션 조절, 손상된 차량의 수리 및 정비, 소모된 탄약류 재조달 등을 겸한 며칠간의 휴가가 중간중간에 있다.

아키라는 그 쉬는 날에 셰릴의 거점을 방문했다.

유물 판매점의 점포로도 쓰이는 건물과 유물 창고, 이전보다 훨씬 늘어난 조직원들의 숙소 등, 셰릴의 거점도 규모가 제법 커졌다. 그리고 최근에는 거기에 커다란 격납고가 추가되었다.

그 격납고 안에 있는 것을 올려다보며, 아키라가 슬쩍 탄성을 내뱉는다.

"오, 정말 있네."

아키라를 맞이해 여기까지 안내한 셰릴도 같은 것을 올려다보며 미소를 지었다.

"아키라를 의심한 건 아니지만, 사실 저도 실물을 보기 전까지는 반신반의했어요."

"나도 마찬가지야. 히카루가 그런 거짓말을 해서 무슨 의미가 있을까 싶었지만, 실물을 보지 않고선 말이지."

그곳에는 요시오카 중공이 만든 검은색 인형병기인 흑랑이 서 있었다.

이 기체는 히카루가 아키라와 요시오카 중공의 갈등을 잘 마무리한 결과물이다. 요시오카 중공이 아키라에게 빌려준 것을, 아키라가 다시 셰릴에게 빌려주는 형식으로 이 자리에 배치되어 있다.

차원이 다른 무력으로 셰릴 패밀리를 후원하는 아키라지만, 헌터 활동이 있는 이상 거점에 항상 머물 수는 없다. 아키라가 아무리 강하다고 해도 현지에 없으면 그 억지력에는 한계가 있다.

이 기체는 아키라가 그 문제를 해결하기 위해 자신을 대신할 무력으로써 셰릴 패밀리에게 빌려준 것이다. 히카루는 이를 통해 아키라와 요시오카 중공의 화해를 실현했다.

요시오카 중공으로서는 아키라가 흑랑의 성능을 보증해 준 셈이다. 자신을 대신할 무력으로써 흑랑을 산하 조직에 빌려준 이상, 그 기체에는 자신과 동등한 전력이 있음을 설명해야 하기 때문이다.

흑랑 부대조차도 토벌을 포기한 대형 거인을 혼자서 해치운 헌터의 발언이라고 생각하면 다소 모순이 있는 내용이다. 하지만 그 모순점에 대해서는 요시오카 중공이 자기 회사에 유리한 방향으로 설명해 전파하면 된다. 아키라에게 불필요한 말을 하지 말라고 거래했기 때문에 설명 내용이 일치하지 않아 생길 문제는 없다.

아키라가 건국주의자 토벌전에서 크게 활약한 탓에 자사 제품에 큰 악평이 붙을 수 있다는 요시오카 중공의 우려는 이번 일로 불식되었다.

또한 요시오카 중공이 자사 제품의 평판을 떨어뜨리지 않기 위해서 대신 셰릴 패밀리를 필사적으로 보호하는 것은 아키라에게도 이득이다.

이 기체는 대포나 미사일 포드 등은 탑재하지 않았지만, 두 손의 총만으로도 슬럼에서는 과잉 전력이므로 아키라가 없는 동안에는 충분한 억지력이 된다. 게다가 종합지원 시스템을 빌린 에리오 팀이라는 전력이 있다. 이로써 셰릴 패밀리는 아키라가 없을 때도 슬럼에서 가장 큰 무력을 행사할 수 있는 조직이 되었다. 도시 직원일지라도 무력 행사를 조금은 주저할 정도로.

그리고 히카루로서는 아키라와 요시오카 중공에 모두 이득이 되는 협상을 마무리해 자신의 유능함을 양측에 보여준 셈이다. 그리고 이것은 또 다른 포석도 겸했다.

아키라와 셰릴이 올려다보는 검은 기체는 이렇듯 많은 사람의 다양한 사정으로 그곳에 있었다.

흑랑을 올려다보는 아키라와 셰릴의 뒤에는 셰릴 패밀리의 간부인 에리오, 아리시아, 나샤, 루시아가 서 있었다.

조직의 구성원이 대거 늘어난 탓에, 그룹을 총괄하는 간부들은 네 사람 말고도 꽤 많이 있었다. 대외적으로는 그들도 조직의 간부가 맞다.

하지만 보스인 셰릴 다음으로 지위가 높다는 의미에서 다른 사람들과 구분한다면 상급 간부로 부를 수 있는 사람은 이렇게 네 명이다.

빈자리는 있다. 희망자가 있으면 앉을 수 있다. 또한 간부 자격이 없을 만큼 무능한 것은 아니지만, 그렇다고 해서 네 사람이 탁월하게 뛰어난 능력으로 다른 사람을 밀어내고 그 자리에 오른 것도 아니다. 네 사람과 동등하거나 조금 못 미치는 정도의 능력이 있는 사람이라면 새로운 상급 간부가 될 수 있다. 그것은 이 조직의 구성원이라면 누구나 다 아는 사실이다.

그리고 상급 간부가 되면 조직에서 누리는 혜택이 극적으로 많아진다. 넓은 개인실도 주어진다. 호화로운 목욕도 가능해진다. 강력한 장비도 빌려준다.

돈도 벌 수 있다. 어중간한 헌터들이 황야에서 목숨을 걸어도 얻을 수 없는 큰돈이다. 그 돈으로 맛있는 것도 먹을 수 있다. 비싼 옷도 살 수 있다. 슬럼의 주민이라고는 믿기지 않을 정도로 호화롭게 살 수 있다.

그런데도 희망자가 없다. 조직 내부의 출세 경쟁은 상급 간부들 아래에서 멈춰 있었다.

그 사실에 에리오가 불만을 말한다.

"역시 간부가 네 명이면 너무 적어. 적어도 무력요원 간부가 두 명은 더 있으면 좋겠어."

아리시아도 작게 한숨을 쉬었다.

"무력요원 간부가 에리오밖에 없어서 그 솎아내기 작업에 매번 강제로 참가해야 하니까."

"그래. 하다못해 나 말고 다른 사람이 한 명 더 있으면 교대로 참가할 수 있을 텐데."

지금까지는 무사히 살아 돌아왔지만, 아리시아도 애인인 에리오가 황야라는 죽음의 땅으로 몇 번이나 가는 것이 싫었다. 게다가 솎아내기 작업에는 아키라도 참가하고, 평소에는 있을 수 없는 강력한 몬스터까지 출현했다고 하니 걱정이 커질 수밖에 없다. 그래서 아리시아도 사무 간부라는 자신의 지위를 이용해 상황을 개선하려고 노력해 보긴 했다.

"에리오. 간부 보수가 500만 오럼으론 부족했을까?"

솎아내기 작업 참가에 대한 보수로, 에리오는 조직에서 500만 오럼을 받았다. 다른 참가자들은 50만 오럼이다. 전투 면에서 에리오가 다른 아이들보다 10배나 일하지 않은 것은 분명한 사실이고, 에리오 자신도 이를 잘 알고 있다. 500만 오럼은 조직 간부의 명백한 특혜다.

하지만 에리오는 영 떨떠름한 표정이다.

"그 이야기를 하면서 간부가 되지 않겠냐고 몇 명 권유해 봤는데 말이야. 이놈이고 저놈이고 생각해 보겠다는 말만 하더라고."

"그랬구나……."

"돈에 낚이지 않는다는 의미에서 보면, 500만으론 부족한 거겠지. 그렇다고 보스한테 더 달라고 할 수도 없으니까."

"그렇지."

아리시아도 한숨을 쉬었다. 아리시아는 조직의 재무도 보는 만큼, 어림짐작으로 그렇게 말한 에리오보다 증액이 어렵다는 것을 잘 알았다.

셰릴 패밀리는 유물 판매점 등으로 떼돈을 벌고 있다. 하지만 그 돈은 조직의 돈이다. 그리고 조직의 돈은 어떻게 보면 아키라의 돈이다. 단돈 1 오럼도 낭비할 수 없다.

게다가 셰릴에게 사정을 설명하고 간부들의 보수를 올려준다고 해도, 늘어난 보수를 가장 먼저 받는 것은 간부인 자신들이다. 500만 오럼은 아리시아가 이런저런 사정을 고려해서 산출한 최대한의 금액이었다.

그러자 에리오가 별생각 없이 나샤와 루시아를 봤다.

"그래도 뭐, 너희가 없었다면 나랑 아리시아 둘만 있었을 테니까. 그렇게 생각하면 그나마 나은 편인가."

그 말에 나샤는 무심코 쓴웃음을 지었다.

"우리도 좋아서 간부가 된 건 아닌데 말이야."

나샤와 루시아는 예전에 루시아가 아키라의 지갑을 훔친 일로 아키라에게 죽을 뻔한 적이 있었다. 그 일 자체는 아키라에게 용서받았지만, 셰릴 패밀리는 아키라의 후원을 전제로 하는 조직이었기 때문에 조직 내에서 심하게 냉대받고 적대시당한 시기가 있었다.

그 상황을 개선하고자 나샤와 루시아는 조직 내에서 지위를 추구해 간부가 되었다. 간부 쟁탈전은 고사하고 서로 네가 하라고 떠넘기는 상황이었기 때문에, 두 사람이 간부가 된 것에 대한 반발은 적었다.

그 뒤로 무난하게 간부 일을 계속하는 것도 있어서, 두 사람에 대한 평가는 크게 달라졌다. 아키라를 상대로 말썽을 일으킨 전과도 이제는 그만큼 배짱이 있다는 식으로 좋게 해석하고 있었다.

조직 안에서는 나샤와 루시아가 간부로서 자기들 위에 있는 것이 마음에 들지 않는 자들도 있다. 하지만 그들에 대한 주위의 평가는 '그렇다면 네가 간부가 되어서 아키라를 상대해 보든지?' 였다. 조직 안에서 두 사람을 얕잡아보는 사람은 급격히 줄어들었다.

나샤가 푸념하듯 말하자, 루시아도 조금 떨떠름하게 웃는다.

"하지만 뭐, 우리는 너희랑 달리 대신해 달라고 말할 수 없지만."

"그래, 맞아. 그러니까 루시아. 이건 어쩔 수 없다고 생각하고 함께 노력하자."

나샤는 다른 사람을 잘 챙기는 구석이 있어서 조직원을 아우르는 역할도 잘하고 있다. 한편, 루시아는 간부로서 미묘한 부분도 많다. 농담하듯 밝게 웃는 나샤를 본 루시아는 자신이 친구에게 부담을 주고 있다는 생각이 들어서, 자신을 걱정해 주는 것이 고마우면서도 속으로 한숨을 쉬었다.

그때 셰릴과 잡담하던 아키라가 갑자기 뒤돌아보았다. 그리고 검은색 인형병기를 가리키며 에리오 일행에게 슬쩍 물었다.

"저기, 이 기체는 나를 대신하는 거라고 하던데, 이것과 나를 비교하면 누가 더 강해 보여?"

또 대답하기 어려운 질문을 한다. 에리오 일행은 모두 한결같이 그렇게 생각했다. 게다가 셰릴이 눈빛으로 대답을 재촉한다.

상대의 거짓말을 꿰뚫어 본다는 소문이 있는 아키라에게 어설픈 아첨은 역효과다. 하지만 정직하게 대답하면 기분을 상하게 할 우려가 있다. 그렇게 생각한 에리오 일행이 대답을 망설이는 가운데, 먼저 입을 연 것은 루시아였다.

"아키라 씨가 더 강한 건 알지만, 보고 고르라고 하면 저게 더 강해 보여요. 그게, 이렇게 크니까, 역시 인형병기는 누가 봐도 강해 보이거든요……."

루시아가 긴장하면서 아키라의 반응을 확인한다.

"그렇지?"

아키라는 루시아의 대답에 만족한 듯 웃으며 고개를 크게 끄덕였다. 그리고 다시 에리오 일행에게 등을 보였다.

루시아가 무심코 안도의 숨을 쉰다. 그러자 에리오와 아리시아가 가볍게 어깨를 토닥였다.

"루시아. 잘했어."

"고마워. 다음에도 이번처럼 잘 부탁해."

루시아가 질색한 얼굴로 도움을 청하듯 나샤를 바라본다. 그러자 나샤가 머리에 손을 얹었다.

"루시아. 우리 함께 노력하자."

소중한 친구가 격려하는 바람에, 루시아도 차마 싫다고 말할 수 없었다.

아키라가 셰릴과 함께 흑랑을 보며 생각한다.

(역시 알아보기 쉬운 힘이 필요해.)

지금의 자신은 이 검은 인형병기보다 강하다. 장비를 포함한 힘이지만, 싸워도 이길 수 있다. 아키라는 그렇게 생각한다.

하지만 지금의 자신이 흑랑보다 강해 보이냐고 묻는다면 아니라고 대답할 수 있다.

애초에 사람이 인형병기와 싸우는 것은 기본적으로 무모한 짓이다. 누가 더 강해 보이냐고 묻는다면 인형병기라고 대답하는 것이 당연하다. 아키라 역시 그렇게 생각했다.

하지만 실제로 싸우고 해치워서 자신이 더 강하다는 것을 보여주는 것은 의미가 없다. 유미나를 죽이고, 카츠야를 죽이고, 내가 더 강했다고 주장하는 식으로는 안 된다. 승리하기 이전에, 싸우지 못하게 하는 힘이, 상대가 사투를 피하게 하는 힘이, 누구에게나 쉽게 알아보는 힘이 필요했다.

그리고 그것에 적합한 것이 무엇인지, 아키라는 이미 알고 있었다. 헌터 랭크다.

(더. 더 올려야 해…….)

아키라는 힘을 추구한다. 어떻게 보면 세상에 흔한 헌터들처럼. 그리고 예전보다 더 비뚤어진 이유로.

그런 아키라를 보고 알파가 미소를 짓는다. 이유야 어떻든, 아키라가 자신의 서포트를 전제로 한 힘을 원하고, 추구하고, 긍정하는 것은 알파에게 매우 편리한 일이었다.

◆

흑랑 구경을 마친 아키라는 셰릴과 함께 거점 휴게실이 있는 곳으로 이동하고, 4인 테이블에서 마주 보고 앉아 잡담하면서 조직이야기를 들었다.

"셰릴. 그러고 보니 저 기체는 누가 조종해?"

"여러모로 고려하고 있지만, 당분간은 에리오가 조종할 예정이에요. 에리오는 파벌의 무력요원 간부고, 아무나 탈 수 있는 기체는 아니니까요."

요시오카 중공도 기체 정비에 관해서는 정비사를 파견해 주지만, 조종사까지 빌려주지는 않는다. 총과 총탄도 제공하지만 조준하고 쏘는 것은 알아서 해야 한다. 직접적인 살상 책임은 지지 않는다. 그 정도 감각은 셰릴도 이해할 수 있었다.

일단 요시오카 중공에 중개를 의뢰하는 형식으로 조종사를 소개받거나 이나베에게 도시 방위대 인원을 파견해 달라고 요청하는 방법도 있다. 하지만 셰릴은 만약의 사태가 발생했을 때 다른 세력의 사정에 휘둘리지 않기 위해서라도 우선은 조직원을 조종사로 삼는 방향으로 진행하고 싶었다.

"다음엔 파벌의 무력요원들을 시뮬레이터로 훈련시켜서 잘하는 사람이 있으면 맡기는 식일까요? 에리오네는 종합지원 시스템을 사용하고 있으니, 시스템에 조종 보조도 부탁할 수 있는지 기령에 알아보고 있어요."

일반인이 맨몸으로 흑랑에 탑승해 조종하면 관성 등에 의한 부하로 사망할 수 있다. 따라서 기본은 강화복을 착용한다. 그 점에서도 에리오 팀이 기령에서 종합지원 강화복을 빌린 것은 편리했다.

"자동조종으로도 어느 정도는 싸울 수 있다고 해요. 하지만 초보자가 아닌 이상은 역시 사람이 타고 조종하는 것이 효과적이고, 자동조종으로는 허수아비나 다름없다고 하더라고요."

셰릴은 그렇게 말한 뒤 가볍게 웃었다.

"우리가 저 기체에 바라는 역할은 허수아비가 맞고, 강력한 기체의 성능을 발휘해야 하는 상황이 생겨서는 안 되겠지만요."

"하긴 그러네."

덤벼드는 적을 죽이려고 있는 것이 아닌, 애초에 공격하지 못하도록 막는 인형병기다. 아키라도 동의한다며 웃으며 대답했다.

에리오와 간부들은 셰릴의 지시에 따라 두 사람의 옆 테이블에 앉았다. 셰릴이라면 격납고에서 인형병기를 다 보고 나서 아키라를 자기 방으로 데려갈 테니까 자신들은 일하러 돌아가면 될 줄 알았다. 그렇게 생각하니 이상하지만, 뭔가 화제가 생기면 말을 걸 것 같아서 별로 신경 쓰지 않고 그 자리에 있었다.

그 에리오 일행의 생각이 틀린 것은 아니었지만, 본질은 근본적으로 달랐다. 셰릴이 에리오 일행을 가까이 둔 것은 지금의 셰릴이 아키라와 단둘이 있는 것을 불편하게 느꼈기 때문이다.

셰릴 자신은 유미나가 죽은 간접적인 원인을, 아키라가 유미나를 죽여야만 했던 원인을, 아주 조금이나마 제공해 버렸다. 아키라가 그 사실을 알면 어떻게 될지. 그 두려움이 셰릴을 위축시키고 있었다.

셰릴은 환담을 이어가면서 아키라의 낌새를 살폈다. 적대나 혐오의 감정은 전혀 느껴지지 않는다. 몰라서 그럴까? 아니면 이미 알면서 신경 쓰지 않는 걸까? 알아도 문제가 없을까? 웃는 얼굴

아래에서 필사적으로 고민한다.

그리고 평범하게 웃는 아키라를 보고, 셰릴은 여기서 한 발짝 더 파고들기로 했다. 자세를 바로잡고 진지한 얼굴로 아키라에게 말한다.

"도란캄 부대의 일로 도와드리지 못해 죄송합니다."

갑자기 그런 말을 듣고 의아한 표정을 짓는 아키라에게, 셰릴이 설명을 덧붙인다.

"도란캄 사무 파벌은 주로 카츠야와 미즈하가 주축이지만, 저와도 친분이 있었어요. 아키라에게 적대시하지 말라고 강하게 부탁했으면 막을 수 있었을지도 모른다고 생각해서요."

"아, 그거 말인가. 신경 쓰지 마. 그건 걔네가 건국주의자들에게 속아서 그런 거니까. 게다가 속은 녀석들을 무작정 탓하기에는 좀 그렇고, 뭐, 그 자리에 있던 모두가 여러모로 운이 나빴던 상황이었어. 적어도 셰릴의 잘못은 아니야."

"그렇군요……. 그렇게 말씀해 주셔서 고마워요."

셰릴은 작게 안도의 숨을 내쉬며 아키라에게 웃고 머리를 숙였다.

셰릴이 말한 도란캄의 부대에는 유미나도 포함되어 있었다. 하지만 셰릴은 차마 아키라 앞에서 유미나라는 구체적인 이름을 입 밖으로 꺼낼 수 없었다. 애매모호하게 뭉뚱그려서 말하는 것이 한계였다.

유미나의 자세한 사정을, 정확한 내용을, 그 용서를 비는 말을, 셰릴은 입 밖으로 꺼내지 않았다. 그래도 아키라에게 자기 잘못이 아니라는 말을 듣고 셰릴은 마음이 한결 편해졌다.

하지만 그때 비올라가 나타났다.

"아키라. 저번에는 미안했어."

사과하면서도 언제나 그렇듯 고약한 미소를 짓는 비올라에게, 아키라도 마땅한 표정을 지어 주었다.

"내가 히카루의 신원을 알아봐 달라고 부탁하긴 했는데, 왜 그렇게 큰 소동이 벌어진 거야?"

"그건 이나베에게 아키라가 그만큼 중요한 인물이기 때문이야. 그리고 깊이 생각해 보면 그건 일종의 경고를 겸한 걸지도 몰라."

"경고?"

"그래. 아키라를 상대로 사기를 치려는 자는 이렇게 된다고, 이나베가 의도적으로 호들갑스럽게 알리려고 한 거지."

"아, 그렇게 생각할 수도 있나."

납득한 듯 가볍게 고개를 끄덕이는 아키라를, 비올라는 언제나처럼 미소를 지으며 지켜보고 있었다. 그리고 자리에 앉아 아키라와 셰릴을 보다가 아무렇지도 않다는 듯이 말했다.

"그나저나 유미나는 참 안됐어."

셰릴이 한순간 경직한다. 그리고 동요를 숨긴 채 비올라를 바라본다.

자신이 과민하게 반응한 것뿐이지, 이 이야기에 특별한 의미는 없는지. 자신이 유미나의 죽음의 원흉이라는 사실을 알고 있다는 것을 암묵적으로 알려준 건지. 굳이 아키라 앞에서 이런 말을 꺼낸 이상, 뭔가 협박하려는 건지. 아니면 자신의 반응에서 무언가를 알아내려고 하는 건지. 셰릴은 그것을 알아내려고 노력했다.

하지만 알 수 없었다. 아무리 의심해도 진위는 알 수 없고, 어설프게 확인하려고 했다가는 긁어 부스럼만 만든다. 상대는 그런 인물이다. 고민해도 의심만 될 뿐, 셰릴은 비올라의 속셈을 전혀 알 수 없었다.

그건 아키라 역시 마찬가지다. 하지만 반응은 크게 달랐다. 잠시 비올라를 뚫어지게 보다가 조용히 자리에서 일어나 LEO 복합총을 비올라에게 들이댔다.

"너야?"

매우 짧고, 구체적이지 않은 질문. 하지만 그 물음은 단정에 가까웠다.

천하의 비올라도 표정을 굳혔다. 식은땀을 흘리며 평소처럼 대답하려고 했다.

"잠깐, 갑자기 그러면 무슨 말인지 모르겠⋯⋯."

아키라가 진지한 표정으로 총구를 비올라의 이마에 댔다. 그래서 비올라의 말이 중간에 끊겼다. 비올라의 얼굴에 흐르는 식은땀이 점점 더 많아진다.

"거짓말을 하면 죽인다. 대답하지 않으면 죽인다. 상관없는 말을 하면 죽인다. 예, 아니오로 대답해. 넌 유미나의 일에 뭔가 관여한 거야?"

가만히 자신을 바라보는 아키라에게서 눈을 돌리지 않고, 비올라는 분명하게 대답한다.

"아니야. 나는 무관해."

『알파…….』

『거짓말은 안 했어.』

알파가 그렇게 말한다면 그런 거라고, 아키라는 비올라의 대답을 믿었다.

"그래. 의심해서 미안해. 유미나와는, 이런저런 일이 조금 많아서. 사과할게."

그렇게 사과하면서도 아키라는 총을 내려놓지 않았다. 비올라에게 총구를 들이댄 채로 말한다.

"다음엔 오해라도 죽인다."

오해를 부르는 짓은 하지 말라고. 그렇게 단단히 못을 박고, 아키라는 마침내 총을 내려놓았다. 그리고 크게 숨을 내쉰다.

"셰릴."

"네, 넵!"

셰릴은 너무 당황한 나머지 조금 이상한 목소리로 대답했다.

소란을 피운 것과 자신을 억제하지 못한 자기혐오에 아키라는 살짝 맥이 빠졌다.

"소란을 피워서 미안해. 나는 집에 가서 머리를 식힐게. 잘 있어."

아키라는 그렇게 말하고 혼자서 자리를 떠났다.

평소라면 셰릴도 아키라를 거점 밖까지 배웅했을 것이다. 하지만 지금은 의자에서 일어나지도 못했다.

유미나의 일과 연루되었다는 의심만 받고도 비올라는 죽을 뻔했다. 그렇다면 간접적인 원인이라고는 해도 연루된 자신은 어떨까. 솟구치는 불안과 공포를, 셰릴은 필사적으로 견디고 있었다.

비올라는 거의 죽을 뻔했지만, 그래도 죽지 않은 시점에서 상황은 비올라가 예상한 범주에 속한다.

비올라는 셰릴이 유미나가 죽은 간접적인 원인임을 안다. 그리고 아키라 앞에서 유미나의 죽음을 이야기하는 것이 위험하다는 것도 안다.

그것을 알면서도 유미나가 안됐다고, 자칫하면 자신도 그 일에 연루됐다는 오해를 살 수 있는 말을 한 것은 비올라가 자신의 본능을 억누르지 못했기 때문이다.

건국주의자 토벌전을 마친 후 아키라의 행동은, 해석하기에 따라서는 평범하다.

자신을 공격한 도란캄에 대해서는 보복에 나서지 않고 화해했다. 게다가 지금까지는 기본적으로 혼자서 헌터 활동을 했지만, 지금은 자신을 정점으로 하는 부대를 편성해 의뢰에 응하고 있다. 게다가 도시에서 파견한 담당자의 요청에 순순히 따르는 모습까지 보였다.

비올라에게는 그것이 현재 상황에 만족한 헌터의 평범한 변화로 보였다.

이전에는 출세를 꿈꾸며 과격한 행동을 했지만, 그 꿈을 이루면서 안정을 찾았고, 그 이후로는 방어적인 태도를 보이는 사람. 좋게 말하면 자기 주제를 알게 된 사람. 나쁘게 말하면 성공의 대가로 과거의 열정을 잃은 유능하면서도 평범한 사람.

아키라는 건국주의자 토벌전 성공으로 그렇게 평범한 사람으로 전락한 것이 아닐까. 비올라는 그렇게 의심했다.

과거의 아키라는 재미있었다. 시지마의 거점에 그 조직원의 시체를 끌고 침입하고, 슬럼 조직의 대규모 항쟁에서는 인형병기로 서로 죽이는 현장에 난입해 혼자서 쌍방에 싸움을 걸기도 했다.

도시 직원이라도 죽이고, 도시 간부들과도 적대하고, 적대하는 간부의 편에 선 헌터들도 죽여서 자기 신조를 밀어붙인다. 그 과정에서 아무리 큰 소란이 일어나도 아랑곳하지 않고 돌진한다. 그것이 아키라였다.

그런데 지금은 도시의 요청에 따라 자신의 헌터 팀을 구성하고, 도시에서 알선한 의뢰에 열중하는 모습이다. 성공한 헌터의 흔한 사례와 똑같아진 것이다.

아키라라는 화약은 이미 숨이 죽은 걸까? 사소한 일에도 불이 붙어서 폭발할 것 같은, 예전의 아키라는 사라진 걸까? 비올라는 이를 확인하고자 아키라 앞에서 유미나의 죽음을 이야기했다.

그리고 아키라의 반응은 좋은 의미로 비올라의 기대에 부응했다. 아키라는 지금도 의심만 되면 죽일 기세로 총을 겨누는 위험한 인물이고, 조금만 자극을 주면 폭발할 수 있는 위험한 존재였다. 그것을 확인할 수 있었기에 비올라는 속으로 기뻐했다. 고양과 환희가 뒤섞인 긴장감 속에서 웃음을 꾹꾹 눌러 참았다.

또한 비올라에게는 이 자리에서 죽지 않을 자신도 있었다.

원리는 알 수 없지만, 아키라에게는 사람이 하는 거짓말을 알아채는 기술이 있다. 그리고 자신이 유미나가 죽은 일에 연루되어 있을지도 모른다고 의심되면 반드시 그 기술로 확인한다.

자신은 유미나가 죽은 일과 정말 무관하다. 그리고 정말 무관하다고 판단하면 아키라의 성격상 자신을 쏘지 않는다.

비올라는 그것까지 예측했고, 그 예측대로 총에 맞지 않았다.

돌아가는 아키라의 모습을 뒤에서 보며, 비올라는 생각한다.

양대 조직의 항쟁은 아키라의 개입으로 더욱 흥미진진해졌다. 도시 간부들의 권력 다툼도, 건국주의자 토벌전 역시 아키라라는 폭탄이 개입되지 않았다면 아마 더 규모가 작은 싸움으로 끝났을 것이다.

자신은 이미 슬럼 조직의 항쟁을 요란하게 키우는 정도로는 만족할 수 없게 되었다. 이 폭탄을 어디에 어떻게 배치하면 자신의 본능이 만족할 만큼의 소란을 일으킬 수 있을까? 그러려면 무엇이 필요하고, 무엇을 해야 할까?

떠오르는 음모를 고민하며, 비올라는 희미하게 웃었다.

에리오 일행은 거점을 떠나는 아키라를 긴장하며 지켜보고 있었다. 그대로 아키라의 모습이 휴게실에서 사라지고, 돌아오지 않는 것을 확인하듯 몇 초 뒤에야 일제히 크게 안도의 한숨을 쉰다.

그때 다른 아이들이 다가온다.

"야, 무슨 일이 있었어?"

휴게실을 겸한 공간은 출입금지 구역이 아니다. 아키라가 있으니까 모두가 자발적으로 사용을 자제했을 뿐, 간이 조금 큰 아이들은 멀리서 일행의 동태를 살피고 있었다. 에리오와 동등한 간부

자리를 노리는 자들이다.

아키라는 조직원들에게 두려움의 대상이지만, 사실 너무 무서워할 필요는 없는 게 아닐까? 그들은 그렇게 생각하고 있었다.

딱히 조직을 후원해 주는 대신 횡포를 부리는 것도 아니다. 엉뚱한 이유로 조직원을 폭행하는 것도 아니고, 거부하는 여자에게 손대는 것도 아니다.

살인을 서슴지 않지만, 아키라가 셰릴 패밀리 내에서 죽인 사람은 이전에 있었던 배신자들뿐이다. 아키라에게 대든 에리오도, 아키라의 지갑을 훔친 루시아도 결국 죽지 않고 간부를 하고 있다.

그렇다면 간부를 해도 괜찮지 않을까? 아키라를 화나게 하지 않도록 조금만 조심하면 되지 않을까? 그것만으로도 조직의 간부가 되어서 돈도 권력도 손에 넣을 수 있지 않을까?

그런 생각이 조금씩 커지고, 마침내 오늘 상황을 지켜봐서 괜찮을 것 같으면 간부가 되어야겠다고 생각했다.

그렇듯 나쁘게 말하면 정신머리가 해이해진 아이들 앞에서, 아키라는 비올라에게 총을 겨눴다. 위협이 아니라 죽이려는 의도였다는 것을, 멀리서 지켜보던 자들도 잘 알 수 있었다. 아키라에게서는 그만한 살기가 드러났다.

결국 죽이지는 않았다. 하지만 그래서 괜찮다는 생각은 조금도 할 수 없었다. 휴게실에서 나가는 아키라에게서 무심코 눈을 돌리고 가만히 숨어 있다가, 아키라가 완전히 떠난 뒤에야 에리오에게 사정을 물어보았다.

사정을 물어봐도, 에리오도 자세한 사정은 모른다. 옆 테이블에 있어서 알 수 있는 사실만 말할 수 있었다. 즉, 아키라가 비올라에게 총을 겨누고, 그것도 상대 탓으로 돌리고 돌아갔다는 설명밖에 할 수 없었다.

"정말이야? 겨우 그런 일로 죽일 뻔한 거야?"

놀라움과 두려움에 표정을 굳힌 동료들에게, 에리오가 일단은 아키라를 옹호한다.

"그야, 뭐, 비올라한테는 전과가 있잖아."

"아니, 그렇다고 해서 보통 그런 사소한 일로 의심하고 죽이려고 하겠어? 아니잖아?"

아리시아도 한마디 해본다.

"하, 하지만, 그냥 오해인 것 같아서 금방 풀렸는걸……."

"애초에 금방 풀릴 정도의 오해로 죽이려고 하지 말라고. 오해해도 어쩔 수 없는 이야기였다면 그나마 이해는 가지만……."

에리오도, 아리시아도, 옳은 말이라고 생각했다. 그리고 그런 생각을 드러내는 에리오와 아리시아의 태도는, 말을 건 아이들에게 간부니까 아키라를 나쁘게 말할 수 없는 것처럼 보였다.

나샤가 작게 한숨을 쉬었다.

나샤는 그들이 나쁘게 말하면 아키라를 얕봐서 간부가 되려고 하며, 그 간부인 자신들도 얕본다는 것을 깨달았다.

나샤는 그래도 괜찮다고 생각했다. 아키라를 너무 두려워하지 않는 것은 좋은 일이고, 어떤 이유에서든 간부가 늘어나면 자신들의 부담이 줄어들기 때문이다.

그리고 그 안이함이 사라진 것을 감지해서 그들이 더는 간부가 될 생각이 없다는 것을 이해한 나샤는 다른 방향으로 이용하기로 했다.

나샤가 그들을 향해 웃었다.

"뭐, 무슨 말인진 알겠어. 우리도 힘들어. 그러니까 도와주면 좋 겠는데."

"아, 아니, 그건……."

간부가 되어 함께 아키라를 상대해 줘라. 함께 언제 죽을지 모 르는 처지가 되자. 그런 소리를 들은 거나 다름없는 그들은 일제 히 나샤에게서 눈을 돌렸다. 그리고 뒤로 물러나 서둘러 자리를 떠났다.

에리오가 쓴웃음을 지었다.

"얕보이는 것보다 나은 건 알지만……."

아리시아도, 나샤도, 루시아도 비슷하게 쓴웃음을 지었다. 힘든 일이 있었지만, 고생을 함께한 자들의 사이는 조금 더 돈독해졌 다.

제198화 출입 허가가 안 나는 헌터

아키라 일행의 몬스터 솎아내기 작업은 순조롭게 진행되고 있었다. 첫날의 난이도에 맞춰 전력을 증강하고, 안전을 최우선으로 하는 쿠로사와가 부대를 지휘해 미르카케와 지방의 강력한 몬스터들을 사상자 없이 격파하고 있었다.

남는 힘으로 유물 수집도 하고 있다. 싹쓸이로 주워 담는 듯한 효율로 값비싼 유물을 수집하고 있었다.

아키라 일행이 솎아내기 작업을 담당하는 지역은, 쿠가마야마 시티의 헌터들은 몬스터가 너무 강해서, 미르카케와 시티의 헌터들은 유물이 너무 싸다는 이유로 서로가 기피하는 곳이다.

즉, 아키라 일행이 솎아내기 작업을 마친 곳은 쿠가마야마 시티의 헌터들에게는 값비싼 유물이 있고 몬스터의 위협이 거의 없는, 최고의 돈벌이 장소인 셈이다. 아키라 일행은 솎아내기 작업에 참여할 수 있는 실력은 없지만 작업이 끝난 뒤의 유물 수집 정도는 가능한 인원을 부대에 합류시킴으로써 값비싼 유물을 대량으로 확보할 수 있었다.

추가 인원은 셰릴 패밀리의 무력요원과 데일, 레빈, 콜베 등 셰릴과 친분이 있는 헌터, 그리고 도란캄 사람들이다. 주축인 아키라를 중심으로 엘레나 팀과 시카라베 팀 아래에 배치되는 형태다.

이는 헌터 랭크가 낮을 때는 혼자 혹은 소수로 활동하던 헌터가 어느 정도 헌터 랭크가 올라갈 무렵, 도시 등에서 헌터 팀을 결성하거나 팀 규모를 확대할 것을 추천받을 때 하는 일과 비슷하다.

헌터라는 무력을 조직이라는 질서 있는 집단으로 만들어 관리하는 것은 도시에 큰 이점이 있다. 물론 헌터의 조직화를 유도함으로써 조직화 전력과 적대할 우려가 커진다는 단점도 있다. 하지만 그것은 대규모로 무질서하게 난동을 부리는 강력한 전투원을 제압하는 수고에 비하면 장점이 더 크다.

그런 이유도 있어서 혼자 활동하는 헌터가 고랭크가 될 경우, 도시가 헌터 팀 결성을 추천하는 경우가 많다. 이번에도 히카루가 아키라를 상대로 한 것과 마찬가지였다.

아키라가 성공한 헌터의 평범한 사례가 되려고 한다는 비올라의 착각도 그런 이유에서 비롯된 측면이 강하다. 즉, 도시 측에서 봤을 때는 그만큼 히카루가 아키라에게 잘 대응하고 있었다는 뜻이기도 하다.

히카루는 정기 보고서를 쓰면서 웃었다.

"진짜 순조롭네. 역시 나야."

자화자찬임을 알면서도, 자찬해도 되는 성과라고 히카루는 만족스럽게 고개를 끄덕였다.

하지만 그 만족감도 계속되면 점차 익숙해진다. 아키라의 팀이라면, 아니 아키라라면 더 어려운 지역의 솎아내기 작업을 맡겨도 되지 않을까. 아키라는 그 옥팔로스도 쉽게 해치웠다. 그러니 괜찮겠지. 자신감과 의욕이 넘치는 히카루는 더 큰 성과를 찾으며 그렇게 생각했다.

그리고 먼저 아키라에게 그 뜻을 전했다. 아키라의 대답은 애매모호했다.

"나는 상관없지만, 실제로 어떻게 할지는 쿠로사와한테 물어봐. 그 부분은 쿠로사와한테 맡기고 있어."

"그래? 하지만 아키라의 팀이니까 아키라가 정해야 한다고 봐."

"그렇긴 하지만, 이번에는 부대로 움직이는 거잖아. 부대 전체의 안전을 생각해서 적절하게 판단하는 일은 내가 할 수 없어. 그래서 안전을 최우선으로 생각하는 쿠로사와한테 판단을 부탁하는 거야. 나 혼자라면 내가 결정하고, 위험할 때는 나 혼자 죽는다고 생각하면 되지만."

부대에는 엘레나와 사라도 있다. 아키라는 안전에 대한 판단 기준에서 타협할 생각이 없었다. 히카루도 그것을 알아차리고 이 자리에서 설득을 포기했다.

"그래? 알았어. 그렇다면 내가 쿠로사와 씨에게 말해 볼게."

"그래. 부탁할게. 끊어."

다음은 쿠로사와에게 연락을 취한다. 쿠로사와의 대답은 분명했다.

"안 된다. 거절한다."

"하지만 지금까지의 전과에서 판단해 보면, 부대의 전력은 충분히 강해서 담당 지역을 변경할 여력이 있다고 생각합니다."

"그 여력은 긴급상황에 대응하기 위해 설정한 안전선이다. 그 여력을 항상 사용할 정도로 어려운 장소에서는 긴급 상황이 발생했을 때 대처할 수 없게 된다. 담당 지역의 대폭적인 변경은 허용할 수 없다. 지금도 담당 범위를 조금씩 동쪽으로 옮기고 있을 텐데? 그게 한계다."

아키라와 달리 명백하게 거부 의사를 드러내는 쿠로사와에게, 히카루는 속으로 얼굴을 찡그렸다. 그래도 계속해서 이야기해 본다.

"하지만 최종적인 결정자는 팀의 리더인 아키라입니다. 아키라는 담당 지역 변경에 관해서, 그래도 괜찮다고 했는데……."

"그래. 최종 결정권은 아키라에게 있지. 나도 그 사실에는 이견이 없다."

"그렇다면……."

"하지만 담당 지역을 변경한다면 나는 빠지겠다. 나는 전력이 아니라 부대의 안전을 보장하는 지휘관으로 고용된 거다. 그것이 불가능한 상황에서 계속할 생각은 없다. 미안하군."

히카루가 속으로 조바심을 낸다. 쿠로사와가 그만두면 아키라는 그만큼 위험하다고 판단해 솎아내기 의뢰 자체를 거절할 수도 있기 때문이다.

"그 뭐냐, 아키라는 입으로는 괜찮다고 가볍게 말하지만, 속으로는 더 어려운 지역에서 솎아내기 작업을 할 의욕이 충만하고, 그것을 말리고 싶어서 이런 말을 꺼냈다면 내가 아키라를 설득해 주마. 그건 내가 할 일이니까."

히카루가 얼굴을 찡그렸다. 히카루가 하고 싶었던 것은 그 반대다. 그리고 쿠로사와도 그 사실을 알면서도 자꾸 그러면 아키라에게 이르겠다고 협박을 겸해서 말한 것이고, 히카루도 그 정도는 이해할 수 있었다.

"아뇨. 그렇게까지 하실 필요는 없습니다. 아키라 씨에겐 쿠로사와 씨가 난색을 드러내서 불가능하다고 말씀드리겠습니다."

"알겠습니다. 그렇다면 저는 이만. 앞으로도 잘 부탁합니다."

히카루가 물러서자 쿠로사와는 말투를 고치고 통신을 끊었다.

조금 피곤한 표정으로 히카루가 한숨을 쉬었다. 그리고 웃으며 마음을 다잡았다.

"뭐, 어쩔 수 없지. 헌터 경력도 길고, 아키라와는 달리 만만하지 않겠지?"

협상 능력이 부족한 헌터는 드물지 않다. 특히 처음부터 무력이 뛰어났던 사람일수록 그런 경향이 있다. 강하면 어지간한 일을 힘으로 해결할 수 있어서 협상 능력을 연마할 기회가 줄어들기 때문이다.

불공정한 계약으로 유도하는 사기꾼 같은 자들도 이를 눈치챈 상대가 폭력을 행사할 수 있다는 점을 고려해 변명할 수 있는 정도로만 사기를 치는 경우가 많아, 속더라도 치명적인 상황에 빠지는 경우는 드물다. 협상 능력이 떨어지는 것은 큰 문제가 되지 않는다.

그러나 그것도 소위 평범한 헌터의 범주에 속하는 이야기다. 황야에서 목숨을 건 성과로 고랭크 헌터가 되면 그때까지 협상 능력을 제대로 갈고닦았는지가 시험대에 오른다. 고랭크 헌터들은 도시나 기업 등 무력으로 위협하기 어려운 상대들과 협상해야 한다.

게다가 담당자는 협상에 능한 사람들뿐이다. 협상 능력이 부족하면 좋은 대접을 받지 못한다.

그리고 아키라 역시 어떻게 보면 그 협상 능력이 부족해서 히카루에게 잘 이용당하고 있다. 본인에게도 이익이 많은 상황이지만, 그 이익은 아키라 자신의 협상 능력으로 얻은 것이 아니다. 그 이익을 통해 아키라의 신뢰를 얻고자 하는 히카루의 편의에 따라 잘 움직이고 있는 것에는 변함이 없다.

반면 협상 능력을 확실히 연마한 쿠로사와는 상대가 도시더라도 유연하게 대응한다. 안전을 위해 눈앞의 큰 이익을 쉽게 포기하는 쿠로사와의 방침은 목숨을 걸고 황야를 누비는 헌터들에게 불만을 사기 쉽다. 그 불만이 사투로 발전하지 않도록 사전에 수차례에 걸쳐 치밀하게 진행된 협상은 쿠로사와의 협상 능력을 충분히 끌어올렸다.

"사람을 잘못 골랐나 봐. 아키라 씨와 쿠로사와 씨, 합쳐서 반으로 나누면 딱 좋을 것 같았는데……."

무리, 무식, 무모를 사랑하는 키바야시가 좋아할 정도로 무모한 아키라. 반대로 안전에 너무 집착하는 쿠로사와. 이 두 사람을 합치면 딱 좋은 느낌의 부대 행동이 가능해지지 않을까. 안전을 중시하면서도 아키라가 팀 리더인 만큼 어느 정도의 위험은 감수하고 활약할 수 있지 않을까. 히카루는 그렇게 생각했었다.

그리고 아키라는 기대치보다 더 잘했다. 혼자서 옥팔로스를 격파하는 활약도 보여주었다.

하지만 부대 전체로는 기대에 미치지 못했다. 물론 큰 성과를 거둔 것은 사실이다. 하지만 아키라가 이끄는 부대라는 점을 고려하면 소극적으로 보일 수도 있는 내용이다. 물론 부대가 쿠로사와의 지휘 아래 움직이고 있는 이상 당연한 결과이긴 하다.

하지만 히카루는 아키라의 부대라면 더 많이 활약할 수 있다고 생각했다. 그리고 그 이유를 말한다.

"아키라가 부대의 안전을 그토록 중시할 줄은 몰랐어. 조금은 예상이 빗나갔는걸."

그토록 무모한 짓을 하는 사람이다. 헌터로서 수없이 죽음과 죽음 사이를 누비고, 그것을 극복하고 성공한 탓에 위험에 대한 감각이 마비됐다. 그렇다면 그 감각을 무의식중에 다른 사람에게도 적용해 부대 전체가 무모하게 돌진할 우려가 있다. 히카루는 그렇게 생각했다.

하지만 실제로 아키라는 자신의 무모함에 부대를 끌어들이지 않고, 반대로 부대가 무모해지지 않도록 신경을 쓰고 있다. 안전 최우선이 신조인 쿠로사와의 지휘를 긍정하고, 자신이 부대의 주축으로 앞에 서서 부대 전체를 지키는 것처럼 행동하고 있었다.

그만큼 동료를 아낀다고 긍정적으로 평가할 수도 있다. 하지만 히카루에게는 나쁘게 말하면 부대가 아키라의 발목을 잡아 더 큰 성과를 방해하는 것처럼 느껴졌다.

"그랭크 헌터들의 전례를 따라 아키라에게 대규모 팀을 만들도록 한 것은 실수였나 봐. 지금이라도 아키라 혼자 행동하게 하는 것이 좋을까? 음……."

사실 현재도 순조롭게 성과를 내고 있다. 그것을 실수라고 보는 것은 욕심일까? 하지만 현재에 만족해서는 더 큰 성과를 기대할 수 없다. 어떻게 해야 할까? 히카루는 앞으로의 대응을 고민하고 있었다.

그때 키바야시가 다가왔다.

"어이. 어때? 아키라 담당은? 순조로워?"

"순조로워요. 너무 순조로워서 아쉬울 정도예요."

자신의 상황을 캐러 왔다고 판단한 히카루는 금방 태도를 바로잡고 미소를 지으며 대답했다.

"그렇다면 다행이군. 그 녀석은 다루기 힘드니까 말이야. 힘들면 도와주려고 했는데."

"걱정하지 마세요. 저 혼자서도 괜찮아요. 아, 인사가 늦었네요. 비록 이나베 구획장님이 지시한 거긴 하지만, 키바야시 씨의 담당 헌터를 가로채는 모양새가 되어서 죄송합니다."

이나베의 지시에 따라 하는 일이다. 아무리 키바야시라 해도 이 일에 대해 불평할 수는 없다. 히카루는 암묵적으로 그렇게 말하며 조금 당당하게 미소를 지었다.

나쁘게 말하면, 히카루는 상사이기도 한 키바야시에게 약간 잘난 척하는 태도를 보인 것이다. 그것은 약간의 앙갚음이었다.

이 나이에 광역경영부에 배치된, 장래가 유망하며 자타가 공인하는 인재. 그것이 자신이다. 히카루에게는 그 자부심이 있다. 그리고 그 자부심에 걸맞은 성과를 냈다고 생각한다.

그리고 그 자신의 실력을 인정하지 않으려는 키바야시에게, 히카루는 불만이 있었다. 실력이 부족하다는 말을 직접 들은 것은 아니다. 하지만 자신을 대하는 태도를 보면 알 수 있다고 생각했다.

키바야시가 보유한 권한의 원천은 자신이 제공한 도박에서 승리해 성장한 헌터들과의 연줄이다. 그 연줄을 유지하기 위해서도, 이를 바탕으로 수익을 창출하기 위해서도 정기적이고 세밀한 연락은 필수적이다.

하지만 키바야시에게도 일상적인 업무가 있고, 새로운 도전자를 찾는 데도 시간을 할애하고 있다. 이미 도박에서 이긴 사람들에게 많은 시간을 할애할 여유가 없다.

그래서 키바야시는 자신이 담당하는 헌터 중 관심이 식은 헌터의 대응을 광역경영부 직원에게 맡겼다.

그 일을 맡은 사람은 당연히 고랭크 헌터와 연줄이 생긴다. 그 연줄을 잘 활용하면 큰 이익을 얻을 수 있다. 게다가 키바야시의 관심이 식은 사람, 다시 말해 과거의 무리, 무식, 무모를 자제하게 된 사람이기 때문에 비교적 다루기 쉬운 면도 있다. 많은 직원이 키바야시에게 다음에는 자기한테 맡겨 달라고 부탁하는 경우가 많았다.

히카루도 그랬다. 나에게는 그런 중요한 일을 맡길 수 있을 만큼의 실력이 있다. 그래서 당연히 나에게 맡겨야 한다고 진심으로 생각했다.

하지만 키바야시는 히카루의 부탁을 가볍게 흘려넘겼다. 상대도 안 해주는 태도였다. 그래서 히카루의 불만은 쌓여만 갔다.

그러던 중 이나베에 의해 아키라 담당으로 임명되었다. 상사인 키바야시를 제치고 도시 간부가 직접 아키라 담당을 맡겨서, 히카루는 아주 기뻤다.

역시 나는 그만큼 뛰어난 사람이다. 그걸 모르는, 아니 인정하지 못하는 키바야시에게 문제가 있는 것이다. 그렇게 생각하며 기분이 좋아진 히카루는 키바야시 앞에서 그 마음을 억누르지 못하고, 쌓여 있던 불만도 더해져 조금 의기양양한 미소를 짓고 있었다.

한편 히카루의 표정을 본 키바야시는 그 속마음을 정확히 읽고 오히려 기분이 좋아졌다.

"뭐, 신경 쓰지 마. 나도 바빴으니까 마침 잘됐지. 아키라는 다루기 힘든 녀석이라 걱정했는데, 그렇게 순조롭나? 굉장한걸. 이나베가 직접 지목할 만하군. 정말 대단하네."

"가, 감사합니다……."

예상치 못한 키바야시의 태도에 히카루는 오히려 당황했다. 그리고 키바야시는 히카루의 태도를 아랑곳하지 않고, 자신이 바쁜 이유를 가벼운 잡담처럼 이야기했다.

현재 우다지마는 이나베가 츠바키하라 방면 담당자가 된 탓에 이나베와의 권력 다툼에서 열세를 면치 못하고 있다. 가능하다면 이나베의 일을 방해해 역전을 꾀하고 싶지만, 그럴 수는 없다. 츠바키하라 방면의 일은 야나기사와와의 이권이기도 하다. 야나기사와를 방해했다간 우다지마는 순식간에 파멸한다.

따라서 우다지마는 다른 수단으로 역전을 꾀할 수밖에 없는데,

그러기 위해서는 츠바키 관리구역에서 흘러나오는 유물의 이권을 넘어서는 성과가 필요하다. 하지만 현재 쿠가마야마 시티에는 그만한 성과를 낼 만한 일이 없다. 원래대로라면 여기서 체크메이트다.

하지만 우다지마는 포기하지 않고 도박에 나섰다. 쿠즈스하라 시가지 유적의 제2심부 공략에 총력을 기울이기 시작한 것이다.

경험상 쿠즈스하라 시가지 유적은 깊이 들어갈수록 값비싼 유물을 얻을 수 있다. 제2심부 공략이 진행되어 후방 연락선이 그 너머까지 뻗어나가면 츠바키와의 거래로 얻는 유물보다 더 비싼 유물을 대량으로 입수할 가능성이 있다. 그렇게 되면 츠바키의 유물을 취급하는 이나베의 이권은 상대적으로 낮아진다.

또한 후방 연락선 연장은 야나기사와가 열심히 추진하고 있는 일이다. 이것에 협력하면 야나기사와에게도 대가를 기대할 수 있다. 야나기사와의 안건이기 때문에 이나베가 방해할 우려도 없다.

게다가 제2심부 공략이 유적 중심부를 자극해 무슨 일이 생기면, 예를 들어 제2심부의 몬스터가 제1심부에 넘쳐나는 등의 사태가 발생하면 츠바키와의 거래가 중단될 가능성도 있다. 그렇게 되면 이나베의 이권이 지닌 영향력도 현저히 떨어질 것이다.

물론 모든 것은 도박이다. 그렇게 된다는 보장은 하나도 없다. 그래도 아무것도 하지 않는 것보다는 낫다. 서서히 궁지에 몰리는 것보다는 훨씬 가능성이 있다. 그렇게 생각한 우다지마는 온갖 수단을 총동원했다.

제2심부 공략을 진행하려면 전력이 필요하다. 제2심부는 인형 병기 부대가 철수할 정도로 난이도가 높아 쿠가마야마 시티의 헌터로는 상대도 안 된다. 더 동쪽에서 활동하는 강력한 헌터들을 불러들일 필요가 있다.

　그리고 마침 지금은 대유통 시즌이다. 이 기회를 놓치지 않고 동쪽 지역에서 강력한 헌터들을 불러들이기 위해 우다지마는 도시 간부로서 왕성하게 활동하고 있었다.

　키바야시는 이나베와 우다지마의 권력 다툼에 관심이 없다. 하지만 야나기사와가 추진하는 제2심부 공략 사업의 일환으로, 연고가 있는 고랭크 헌터들에게 연락을 취해 쿠가마야마 시티에 와 줄 수 있는지 물어보고, 그들을 받아들일 준비를 하는 등 바쁜 나날을 보내고 있었다.

　쿠가마야마 시티는 넓은 동부의 중간쯤에 있다. 비교적 가까운 곳에 많은 유적이 있고, 난이도도 다양해 초보부터 헌터 랭크 40대 실력자까지 다양한 헌터들이 활동 거점으로 삼고 있는 도시다.

　헌터들이 더 동쪽 도시로 활동 거점을 옮기는 기준은 헌터 랭크 50. 이 지역에서의 수입이 부족해지면 고랭크 헌터의 반열에 오를 수 있다. 그런 의미에서 헌터 활동의 작은 등용문 같은 도시이기도 하며, 출세를 꿈꾸는 자들이 각지에서 모여든다.

　하지만 그렇게 다소 의미가 있는 도시도 이미 그 관문을 통과한 자들에게는 자기 실력에 맞지 않는 곳, 동부에 흔한 중견 통치기업 중 하나에 불과하다. 부른다고 해서 무조건 오는 것이 아니다.

제안을 받아들여 쿠가마야마 시티로 돌아와도 그 실력을 발휘할 수 있는 곳은 쿠즈스하라 시가지 유적 중심부밖에 없기 때문이다.

그래도 키바야시는 어떻게든 협상했다. 제2심부는 유물 수집 장소로서 가치가 미지수지만, 몬스터 처치 보수만으로도 돈을 많이 벌 수 있다. 쿠가마야마 시티는 츠바키와의 거래로 돈을 쓸어 담고 있기에 대금 지급을 걱정할 필요가 전혀 없다. 동쪽 지역에서 사용하는 전차와 인형병기 운용도 정비소 등을 준비하고 있으니까 문제없다. 그렇게 말하며 설득했다. 그리고 설득한 보람이 있어서 헌터 팀 몇 개를 모집하는 데 성공했다.

모집이 끝나도 키바야시의 일은 계속된다. 그들을 멀리서 쿠가마야마 시티까지 직접 찾아오게 해야 한다.

먼 도시에서 쿠가마야마 시티로 이동하려면 도시 간 수송차량을 이용하는 것이 가장 좋은 방법이다. 하지만 요금이 비싸다. 특히 동쪽 도시까지 연결하는 노선의 요금은 그 지역에 서식하는 터무니없이 강한 몬스터의 공격을 방어하는 비용도 포함되어서 몹시 비싸다. 대유통의 지원을 받아도 너무 비싸다.

게다가 키바야시의 제안에 응한 헌터들은 키바야시가 제공한 무리, 무식, 무모를 돌파한 실력자들인 만큼, 대부분 팀의 주축을 이루고 있다. 그 팀의 주축만 쿠가마야마 시티에 가면 남은 사람들이 전력 부족으로 고생하기 때문에 대부분 팀 전체가 함께 이동하게 된다. 당연히 사람이 많아지면 요금도 올라간다. 게다가 탱크나 인형병기 등의 운송비도 들어간다.

그것을 합치면 아무리 자기들 사정으로 부른다고 해도 쿠가마야마 시티에서 전부 부담할 수 없는 금액이 된다. 키바야시는 이 것도 어떻게든 조정해야 한다. 그리고 그것을 히카루에게 푸념하 듯 이야기한다.

"그래서 말이지? 나는 그 녀석들의 주력에게 도시 간 수송차량 호위를 맡기고, 그 보상으로 나머지 녀석들의 차비를 상쇄하는 식 으로 어떻게든 조정하고 있는데, 그래도 불평은 나온단 말이지. 그 불평을 달래도, 차량 측의 사정으로 호위 요원 자리가 없거나 하는 경우가 있잖아? 조정이 진짜 힘들어."

"그, 그렇군요. 고생이 많습니다."

히카루는 당황하면서도 키바야시가 하는 이야기를 듣고 있었 다. 기분이 좋아 보이는 키바야시의 태도가 마음에 걸리지만, 내 용 자체는 매우 유익했다. 자신이라면 어떻게 할지 생각하면서 흥 미롭게 귀를 기울이고 있었다.

그런 히카루의 반응을 몰래 확인하면서, 키바야시는 속내를 드 러내지 않고 말을 잇는다.

"그래, 진짜 고생이 많아. 차량 호위 요원을 팀 단위로 배치하는 데, 조정하는 게 진짜 힘들다고. 팀의 최소 전력도 확보해야 하는 데, 인원을 늘리면 그만큼 객실을 확보해야 하니까……."

그리고 지친 표정으로 말하던 키바야시가 갑자기 정신을 차린 듯 말을 끊었다.

"어이쿠, 너무 오래 얘기했네. 방해해서 미안해."

"아뇨, 아주 도움이 되는 이야기였어요."

"아키라 담당, 힘내라. 아, 내가 도와줄 일이 있으면 언제든 말해. 잘 지내라고."

키바야시는 그렇게 말하고 히카루의 곁을 떠났다. 자신의 뒷모습을 조금 의아한 눈으로 바라보는 히카루에게 속내를 조금도 드러내지 않고 웃고 있었다.

키바야시와의 대화를 마치고 업무에 복귀한 히카루는 앞으로 아키라를 어떻게 할지 다시 한번 생각했다. 그러다 방금 들은 이야기에 자극받은 한 가지 생각이 떠올랐다.

"아, 그런 방법도 있구나. 할 수 있을까?"

떠오른 아이디어를 면밀하게 검토한다. 그 아이디어의 실현 가능성과 유효성을 검토한다. 그리고 의기양양하게 웃었다.

"이거면 할 수 있어. 역시 나야. 좋아! 바로 해보자!"

히카루는 자신이 떠올린 좋은 아이디어를, 자신이 생각한 계획을 기분 좋게 추진한다.

그 생각에 들뜬 히카루는 그 정보가 나온 곳이 키바야시라는 사실을 대수롭지 않게 생각하고, 오히려 키바야시의 부주의 정도로 생각하며 전혀 신경 쓰지 않았다.

◆

집에서 목욕 중인 아키라에게, 히카루가 연락했다. 방에 있는 정보단말로 통신이 들어온 거지만, 알파를 통해 아무렇지도 않게 받는다.

『아키라. 잠깐 상담하고 싶다고 할까, 부탁할 게 있는데…….』

히카루의 부탁이란, 아키라 혼자 도시 간 수송차량 호위에 참여해 달라는 것이었다.

도시 간 수송차량 호위 의뢰를 받는 헌터는 키바야시가 말한 최소 전력 등의 사정도 있어 기본적으로 팀으로 호위에 참여한다.

하지만 꼭 팀으로 받아야 한다는 법은 없다. 건국주의자 토벌전에서 혼자 싸우고 살아남은 아키라라면, 차량 경비대에서도 그 실적을 근거로 아키라 개인의 참가를 인정할 수 있다. 히카루는 그렇게 생각하고 우선 아키라에게 먼저 제안해 보기로 했다.

그 내용을 들은 아키라는 조금 의아한 표정을 지었다.

"딱히 싫다는 말은 아니지만, 부대는 어떻게 할 거야?"

『아키라가 빠지는 동안엔 휴식하는 것으로 간주해서 솎아내기 작업을 중단해도 좋고, 의뢰 자체를 끝내도 괜찮을 것 같아.』

"즉, 솎아내기 작업 의뢰가 끝날 즈음이니까 다음에는 도시 간 수송차량 호위를 해달라는 게 아니라, 솎아내기 작업 의뢰보다 호위 의뢰를 우선하겠다는 건가. 내가 거절하면 솎아내기 작업 의뢰가 계속된다고 생각해도 될까?"

아키라도 혼자라면 급작스러운 일정 변경을 크게 신경 쓰지 않는다. 하지만 지금은 부대로 일정을 짜고 있다. 그중에는 엘레나와 사라도 있다. 갑작스럽게 일정을 변경하면 불편을 끼칠 것 같아 히카루의 부탁에 소극적인 태도를 보이고 있었다.

이를 눈치챈 히카루가 잘 말한다.

『솎아내기 작업 의뢰도 조만간 끝날 게 확실해. 그러니 너무 신경 쓸 필요는 없을 것 같아. 그리고 작업 장소를 덜 어려운 곳으로 변경해서 계속하는 수도 있어. 아키라 없이 얼마나 싸울 수 있는지 한번 확인해 보는 것도 나쁘지 않을 거야. 지휘는 쿠로사와 씨가 할 테니까 괜찮을 거고.』

"음…… 하긴, 그거라면 괜찮을까?"

『그렇지? 게다가 이나베 씨도 나한테 아키라를 부탁한다고 했고, 도시 간 수송차량 호위는 헌터 랭크 상승에도 효과적이니까 맡아주면 좋겠는걸.』

히카루는 이나베의 지시로 아키라를 담당하게 되었다. 따라서 이나베가 아키라를 부탁했다는 말은 거짓이 아니다. 그리고 도시 간 수송차량 호위가 헌터 랭크를 올리기 쉬운 것도 사실이다. 하지만 그 두 이야기는 관련이 없다. 히카루가 그렇게 말할 뿐이다.

그리고 아키라는 헌터 랭크 문제로 이나베와 협력관계이므로, 히카루가 생각한 도시 간 수송차량 호위 의뢰를 이나베의 지시라고 해석했다.

"알았어. 할게."

『그래야지. 그러면 그 방향으로 진행할게.』

히카루가 기분 좋게 이야기를 이어간다. 잘됐다는 생각에 가볍게 말한다.

『아, 또 뭔가 번거로운 협상이 생기면 말해. 전처럼 잘 해결해줄게.』

"아무리 그래도 그런 일이 금방 생기진 않아."

『정말? 사양하지 않아도 되는데?』

"괜찮아. 억지로 떠올려 봐도, 욕실 리모델링을 어떻게 할지 고민하는 것밖에 없어."

셰릴의 거점에서 고급 입욕을 체험하는 바람에 아키라는 자기 집의 저렴한 욕실에는 만족할 수 없게 되어 오래전부터 욕실 개조를 생각하고 있었다. 건국주의자 토벌전 이전과 달리 지금은 예산이 넉넉하게 있다. 주택 임대업자에게 연락해 그 사실을 알렸다.

그러자 업자는 욕실 리모델링이 아닌 이사를 권했다.

욕실에 그 많은 설비를 추가하려면 욕실 리모델링을 넘어서 집을 개축할 필요가 있다. 게다가 현재 집은 헌터 랭크 30대를 위한 집이다. 헌터 랭크 50인 고랭크 헌터가 살 집이 아니다. 집 설비에 불만이 있다면, 지금 당신에게 맞는 주거지로 이사하는 것을 고려하길 바란다.

업자 측에서 그런 식으로 설득하는 바람에, 아키라는 고민에 빠졌다.

"아니, 무슨 말인지는 알겠는데, 지금 집도 욕실 말고는 불만이 없고, 이사하는 것도 귀찮고, 어떻게 해야 할지 몰라서."

『그랬구나. 나는 임대업자의 의견에 찬성해. 아키라는 대단한 헌터이고, 엄청나게 돈을 벌고 있으니까. 당연히 그 소득에 걸맞은 집이 있어야지. 욕실 외의 설비도 좋아질 테니까, 좋은 기회가 아닐까?』

"끙. 하지만……."

시원찮은 아키라의 대답을 들은 히카루가 앞서 한 말을 쉽게 뒤집는다.

『하지만 뭐, 가장 중요한 건 아키라의 마음이야. 돈을 많이 버니까. 아키라가 원하는 대로 하면 돼. 업자와의 협상이 귀찮으면 내가 맡을게.』

"그래도 돼?"

『물론이지. 그리고 리모델링 공사 중에는 집이 시끄러울 거야. 도시 간 수송차량 호위를 하면 그동안 집이 빌 테니까 괜찮지 않을까? 돌아왔을 때 호화 욕실로 바뀌면 즐거울걸.』

"오오! 그건 좋네. 그렇게 할까?"

『알았어. 그러면 그것도 같이 알아볼게.』

히카루와 이야기를 마친 아키라는 왠지 모르게 욕실 안을 둘러보았다. 밋밋한 욕실 풍경이 리모델링 후의 기대감 때문인지 평소보다 더 싸구려로 보였다.

"이 욕실도 예전의 싸구려 숙소의 욕실에 비하면 엄청나게 호화로운데, 나도 진짜 욕심이 많아졌어. 리모델링 후가 기대되는걸."

그렇게 말하며 왠지 모르게 만족스러운 웃음을 짓는 아키라에게, 오늘도 함께 목욕 중인 알파가 넌지시 말한다.

『외양만이라도 좋다면 지금 당장 바꿀 수 있는데?』

아키라의 눈에 들어오는 풍경이 알파에 의해 확장 처리되었다. 임대업자에게 받은 자료에도 있던 호화로운 욕실이 아키라 앞에 펼쳐진다.

"편리하네. 까놓고 말해서 호화롭게 보이기만 원한다면 이걸로도 된다는 건가. 이것만으론 목욕물을 바꿀 수는 없지만."

아키라가 욕조에 있는 물을 떠본다. 확장시야에 비친 화려한 욕실 풍경 속에서도 목욕물의 느낌은 달라지지 않는다.

그런 아키라를 보고, 알파는 의미심장한 미소를 지었다.

『역시 아키라에겐 촉감이 중요하구나.』

"뭐, 세릴의 거점에 있는 욕실을 썼을 때도 실제로 들어가 보고서야 차이를 느꼈으니까……."

아키라는 도중에 알파가 무슨 뜻으로 말했는지를 눈치채고 말을 멈췄다.

손을 뻗으면 닿을 거리에 있는데 시각적 존재여서 만질 수 없는 알몸 미녀는, 정교한 의수 덕분에 일시적으로 자신을 만질 수 있었던 소년을 놀리듯 웃고 있었다.

◆

아키라에게 도시 간 수송차량 호위 의뢰를 수락하게 한 히카루는 곧바로 그 절차를 밟으려고 차량 측과 협상하기 시작했다.

히카루의 예상대로 최소 전력에는 별다른 문제가 없었다. 하지만 여기서 다른 지적이 들어왔다. 아키라는 쿠가마야마 시티의 방벽 출입 허가가 없다는 점이었다.

도시 간 수송차량 내부는 도시 방벽 안과 동일한 치안 유지 태세를 갖추고 있다. 그래서 방벽 출입 허가가 안 난 사람을 호위 요원으로 삼을 수 없다.

그리고 해당 헌터는 방벽 출입 허가가 없다. 그쪽의 주선으로 호위에 참가하는 이상, 최소한 의뢰가 시작되기 전까지는 쿠가마야마 시티에서 방벽 출입 허가를 받아야 한다.

차량 측에서 그렇게 요청받은 히카루는 기한 내로 허가를 받아 내겠다고 대답하고, 그대로 계약을 체결했다.

이제 아키라의 중위 구획 출입 신청만 하면 된다. 도시 간부들과도 친분이 있는 고랭크 헌터에게 허가가 안 떨어질 리가 없다. 간단하다. 히카루는 그렇게 생각했지만, 거기서 문제가 생겼다. 출입 허가가 나지 않은 것이다.

처음에 히카루는 아키라를 대신해 신청서를 제출했다. 하지만 기각된다. 안 되는 이유조차 밝히지 않는다.

다음에는 추천인에 자신의 이름을 추가해 신청했다. 또다시 기각된다. '방위상의 이유'라는 간단한 설명만 덧붙여졌다.

히카루는 초조해지기 시작한다. 다시 신청해서 처리된다고 해도 바로 허가가 떨어지는 것은 아니다. 빨라야 다음 날, 늦어도 일주일은 걸릴 것이다. 이대로 가다가는 호위 의뢰 시작에 늦어질 우려가 생겼다.

이는 도시 간 수송차량 방위에 구멍이 뚫린다는 의미이기도 하다. 도시 방벽 안에 있는 것과 같은 수준의 치안 유지 태세에 구멍을 뚫는 것이다. 이 시점에서 히카루의 경력에 무시할 수 없는 흠집이 생긴다.

그뿐만이 아니다. 아키라에게도 이미 호위 의뢰를 준비해 달라고 부탁했다. 그토록 호언장담하고 자기 사정으로 일정을 변경하게 한 일이 무산된다면, 어렵게 쌓은 아키라와의 신뢰에도 흠집이 생긴다.

(내가 추천인이 되어도 안 된다는 게 무슨 소리야……? 나는 광역경영부 직원이잖아? 그 시점에서 보통은 통과되지 않겠어? 어떻게든 하지 않으면…… 지금 당장 경비과에 연락해서 아키라의 출입 허가가 안 되는 사정을 듣고, 허가를 내주도록 조율하고…… 안 돼! 늦을 거야!)

광역경영부 직원이 추천인이 되어도 허가가 나지 않는 것을 보면, 꽤 복잡한 사정이 있다는 것 정도는 히카루도 쉽게 짐작할 수 있었다. 이를 해결하는 데 필요한 시간이 어느 정도일지 생각해 보면 대충 계산해도 호위 의뢰 개시 기한을 넘긴다.

히카루가 얼굴을 찌푸리며 고민했다. 그리고 결심했다.

"어쩔 수 없지. 이렇게 강압적인 수단은 쓰고 싶지 않았지만……."

1년 단위로 갱신하는 일반 출입 허가는 경비과 소관이지만, 며칠이나 몇 주 정도의 임시 출입 허가라면 광역경영부의 권한으로 발급할 수 있다. 히카루는 그쪽으로 방향을 틀었다.

물론 권한상 가능할 뿐이다. 경비과의 승인을 거치지 않은 사람을 방벽 안에 들여보내는 것이므로 기본적으로 권장하지 않는다. 악용하면 방벽 내 치안 유지에 문제가 생길 수 있어서 경비과가 항의할 정도로 바람직하지 않은 행위다. 상황에 따라서는 경비과에서 직권남용을 각오하고 막으러 오기도 한다.

그런데도 히카루는 강행했다. 이 일로 경비과에서 다소 눈총을 사더라도 도시 간 수송차량 호위 의뢰를 망치는 것보다는 낫다고 생각했다. 그렇게 생각하고 신속하게 처리를 마쳤다.

"이제 됐어. 이나베 구획장의 이름까지 거론한 건 좀 과했을까? 하지만 이 정도면 경비과에서도 묵인 정도는 해주겠지."

찜찜하지만, 간부의 지시니까 어쩔 수 없다. 그런 인상을 주려고. 그리고 별다른 이유 없이 경비과가 개입할 경우를 대비해 히카루는 이나베의 이름으로 아키라에게 중위 구획에 대한 임시 출입 허가를 내주었다.

아키라에게 임시 출입을 허가한 것은 경비과에도 자동으로 전달된다. 히카루는 일상 업무를 처리하면서 잠시 상황을 살피고 있었다.

도시 간 수송차량 호위 의뢰를 위한 것이지 아키라를 장기간 방벽 안에 들여보내는 것은 아니다. 그렇게 기재했으니 괜찮을 것이다. 문제가 생기면 경비과에서 연락이 올 것이다. 히카루는 그렇게 생각했다. 그리고 그날 업무를 마치고도 연락이 오지 않자, 역시 괜찮다고 생각하며 마음을 놓았다.

히카루가 아키라에게 임시 출입 허가를 내준 것은, 이나베의 이름을 사용했다는 이유로 이나베 본인에게도 전달되었다.

그리고 그 연락을 받은 이나베는 잠시 고민한 끝에 사태를 관망하기로 했다.

제199화 히카루의 계산 착오

도시 간 수송차량 호위 의뢰의 날이 왔다. 준비를 마친 아키라는 쿠가마 빌딩 1층 로비에서 히카루를 기다리고 있었다.

아키라는 이번 의뢰를 위해 개조를 마친 LEO 복합총 2정을 추가로 구매했다. 총 4정의 LEO 복합총과 AF 레이저건은 케이스에 수납된 상태로 아키라의 발밑에 놓여 있다.

다음에는 중위 구획으로 들어간다. 방벽 안쪽에서도 강화복 정도는 입을 수 있지만, 총을 들고 진입하는 것은 허용되지 않는다. 엄밀히 말하면 아키라에게는 그 허가가 내려지지 않았다.

오늘도 로비에는 헌터가 많았다. 하지만 아키라는 예전처럼 주목받지 못했다. 쿠즈스하라 시가지 유적 제2심부 공략을 위해 쿠가마야마 시티가 다른 도시에서 강력한 헌터 팀을 여럿 초청하면서 고랭크 헌터들이 드물지 않게 되었기 때문이다.

아키라는 자신이 주목받지 못한다는 사실에 조금은 허탈하면서도 안심했다.

『다른 도시에서도 고랭크 헌터가 많이 온다는 이야기를 들었는데, 사실인가 보네.』

언제나 그렇듯 아키라의 옆에서는 알파가 웃고 있었다.

『그런 것 같아. 지금은 대유통 시즌이야. 아키라가 호위하는 도시 간 수송차량을 이용해 멀리서 찾아온 것 같아.』

그렇게 말하며 알파가 바라본 방향으로 아키라도 시선을 돌렸다. 그곳에는 수영복 같은 강화복 위에 어떻게 생각해도 앞을 여밀 수 없는 디자인의 재킷을 입은 헌터가 있었다.

『저 특이한 구세계풍 무장을 보면 꽤 동쪽에서 온 헌터인가?』

『그래. 어쩌면 저 장비도 구세계풍이 아니라 구세계 제품일지도 몰라.』

『구세계 제품이라니. 그렇게 대단한 장비를 가진 녀석이라면 실력도 대단하겠지. 그런 녀석들이 여기 많이 왔구나. 나 따위는 눈에 띄지 않을 수밖에 없겠어.』

건국주의자 토벌전에서 맹활약한 아키라는 일시적이지만 쿠가마야마 시티 헌터들의 정점에 섰다. 하지만 그것도 잠시. 동쪽의 헌터들이 유입되면서 지금은 쿠가마야마 시티에서 강한 축에 속하는 정도가 되었다.

자신은 아직 멀었다. 그렇게 생각하며 아키라는 동부의 넓이를 새삼스럽게 느끼고 있었다.

때마침 히카루가 찾아온다.

"아키라. 기다렸어? 이쪽이야."

아키라는 그대로 히카루를 따라서 방벽 안쪽으로 이어지는 통로로 갔다. 도중에 히카루가 방금 본 헌터에 대한 이야기를 꺼냈다.

"아까 엄청난 차림을 한 헌터가 있었는데, 아마 동쪽에서 활동하는 사람이겠지?"

"그렇겠지. 허세 목적으로 저렇게 차려입는 헌터도 있다고 하는데, 저건 허세가 아닌 것 같으니 성능도 대단하겠지."

황당할 정도로 강력한 구시대 장비 중에는 디자인도 황당한 것이 있다. 그래서 아무런 사전 정보 없이 보면 강력한 몬스터가 무리를 지어 서식하는 위험한 황야에 권총과 수영복만으로 돌격하는 것처럼 보이기도 한다.

그리고 구시대의 장비는 그런 행위를 안전하게, 그리고 제정신으로 할 수 있을 만큼의 성능을 가지고 있다. 현대식 제품이라도 고랭크 헌터용 제품은 대부분 구세계에서 유래한 기술로 제조되어 동등한 성능을 가진 것이 많다.

그래서 겉모습만 구시대풍인 싸구려 장비를 허세 목적으로 사용하는 이들도 있다. 인간을 상대로 한 허세에 불과하다고 가볍게 여기는 사람도 있지만, 적의 강도를 시각적 정보로 파악하는 몬스터에도 유효한 경우가 많아 그 위장 효과는 무시할 수 없는 점도 있었다.

그리고 지금의 아키라는 허세용 장비인지 진짜인지 정도는 알아챌 수 있었다.

"히카루. 저런 고랭크 헌터들은 이미 쿠가마야마 시티에 많이 온 거야?"

"그래. 이제 쿠즈스하라 시가지 유적 공략에도 탄력이 붙을 테니 잘된 일이야. 뭐, 그렇다고 해서 저런 차림을 한 사람들이 늘어나는 건 조금 문제일지도 모르지만."

히카루는 그렇게 대답한 후 아키라를 향해 농담하듯 웃었다.

"아키라도 고성능 장비를 살 수 있게 되면 저런 차림을 하게 되는 거야?"

"아니, 아무리 그래도 그건 좀…… 같은 성능에 평범한 디자인인 제품을 살 거야."

"그렇다면 엄청나게 싸고 성능이 같은 물건이 있다면?"

"성능을 보고 생각해야지……."

"아하하, 역시 헌터답네."

즐겁게 웃는 히카루에게, 아키라는 쓴웃음을 지었다.

수영복이든 메이드 옷이든 버니걸 의상이든, 그것을 입고 싸우면 몬스터를 물리칠 수 있고, 안전하게 죽지 않고 싸울 수 있다면 입는다. 헌터란 그런 존재다.

겉모습과 자신의 목숨 중 무엇을 택할 것인가. 그 선택을 그르치는 자는 황야에서 살 수 없다. 이른바 구세계풍의, 디자인이 특이한 장비가 헌터들에게 받아들여지는 것도 그런 배경이 있기 때문이다.

가볍게 잡담을 나누며 이동하는 동안 아키라는 하위 구획과 중위 구획의 경계를 돌파했다. 하위 구획 쪽에 있는 경비원과는 다른 무장을 한 사람이 지키고 있는 통로를 지나 조금 더 나아가자, 히카루가 아키라 앞에 나와서 자랑스럽게 웃었다.

"아키라. 중위 구획에 온 것을 환영해."

아키라 앞에는 방벽 안쪽의 광경이 펼쳐져 있다. 도시의 안과 밖. 치안, 경제, 질서가 단절된 두 세계. 이를 분단하는 거대한 벽. 언젠가 고개를 들어서 쳐다보고 경외심마저 느꼈던 벽 너머,

언젠가는 그 너머로 가자고 꿈꿨던 곳에, 아키라가 도착했다.

중위 구획에 들어선 아키라는 히카루가 준비한 차를 타고 도시 간 수송차량 승강장으로 향했다. 아키라는 운전석 없는 자율주행 차량 안에서 중위 구획의 광경을 바라보고 있었다.

그리고 아키라의 맞은편에 앉은 히카루는 왠지 모르게 실망한 표정을 짓고 있었다.

쿠가마 빌딩을 통해 중위 구획에 들어선 사람이 처음 보는 것은 방벽 밖과는 비교할 수 없을 정도로 세련된 거리 풍경이다. 그것 은 치밀하게 계산된 풍경이며, 이곳이 방벽 밖과는 근본적으로 다 른 곳임을 강하게 과시하는 것이다.

중위 구획에 처음 들어선 사람들은 대부분 방벽 밖과는 딴판인 그 광경 앞에서 놀라고, 감탄하고, 움츠러들고, 긴장했다. 자신은 이런 곳에 발을 들여놓는 존재가 됐다며 자부심마저 느끼는 사람 도 있었다.

그리고 히카루는 아키라에게도 그런 반응을 기대했다. 자신이 사는 곳이 얼마나 멋진 곳인지를 자랑하고 싶었다.

하지만 아키라의 반응은 기대에 못 미쳤다. 물론 전혀 반응이 없는 것은 아니다. 하지만 조금 특이한 곳에 왔다는 정도의 가벼 운 반응이어서, 히카루의 기대를 만족시키진 못했다.

히카루는 그 점을 아쉬워하면서도 웃는 얼굴로, 그러나 조금은 속마음을 내비친 기색으로 아키라에게 말했다.

"조금 김새는걸. 중위 구획의 풍경은 아키라에게 기대에 못 미쳤어?"

"응? 아니, 그렇지 않아. 역시 방벽 안은 밖과 다르다는 느낌은 들었고, 이렇게 운전석 없는 차도 밖에서 본 적이 없었으니까."

"그래?"

그 정도의 대답으로는 히카루가 만족할 수 없다. 중위 구획은 하위 구획과 다르게 대단하다고 인정해 주기를 하는 마음이 사라지지 않아서, 뭔가 없을까 생각했다. 그리고 방벽 안팎에서 크게 다른 사실을 가볍게 농담하듯 호들갑스럽게 말했다.

"방벽 안과 밖은 경치만 다른 게 아니야. 놀랍게도! 중위 구획에서는! 길에서 사람이 살해당하면 범인을 반드시 체포해서 동기를 조사하고, 재판을 받게 해서, 그 죄질에 따라 감옥에 넣어! 굉장하지?"

"오오! 그건 진짜 굉장하네! 역시 방벽 안쪽은 다르구나!"

아키라가 너무 호들갑스럽게 놀라는 바람에 히카루도 조금 놀랐다. 하지만 맞장구를 치려고 과장되게 반응하는 것이 아님을 쉽게 알아차렸다. 원하던 반응이어서 일단은 만족한다.

(이런 일로 이토록 놀랄 줄이야……. 역시 방벽 밖 치안은 최악이구나).

그래서 아키라가 이렇게까지 놀란 걸까? 히카루는 그렇게 생각하며 자신이 이토록 안전하고 좋은 곳에 살고 있다는 사실에 다시 한번 감사했다.

방벽 안에 있는 도시 간 수송차량 승강장은 화물선처럼 거대한 차량을 수용하기 위해 항구와 같은 구조다. 주변에는 화물을 실은 대형 차량도 보인다. 그 차량의 타이어는 아키라의 키를 훌쩍 넘을 정도로 크다.

그리고 승강장에 정차한 도시 간 수송차량은 그 대형차를 소형차로 착각하게 할 정도로 거대했다. 승강장에 도착한 아키라는 보는 사람의 원근감을 잃게 할 정도의 크기에 놀라움을 금하지 못했다.

"진짜 크네⋯⋯! 이렇게나 큰 거였어?"

다시 놀라는 아키라의 모습을 보고 히카루가 즐겁게 웃는다.

"그야 도시 간 수송차량이니까. 그리고 이 기간테스Ⅲ는 쩨게르트 시티까지 가는 초장거리 이동용이야, 그만큼 큰 거지."

"와. 하긴, 이렇게 큰 차가 황야를 달리면 당연히 몬스터도 많이 몰려들겠지. 미리 숫자를 줄여야 할 만도 해."

"그런 셈이야. 자, 들어가자."

승강장에서 계단을 통해 기간테스Ⅲ에 탑승한 아키라와 히카루는 그대로 아키라가 묵을 객실로 향했다.

방은 아키라 혼자 쓰기에 너무 넓다. 욕실도 있다. 창문은 없지만, 벽에는 입체시에 대응하는 대형 디스플레이 장치가 있다. 그곳에 바깥 풍경을 띄워 감상할 수도 있다.

기간테스Ⅲ는 차량 안에 도시 방벽 안과 같은 치안 유지 태세를 갖춘 만큼 주요 고객층도 방벽 안에 사는 부유층이다. 고급 호텔의 스위트룸 수준은 아니지만, 사치에 익숙한 손님이 불만을 느끼지 않을 정도로는 호화롭다.

영 차분하지 못한 기색으로 실내를 둘러보는 아키라를 보며, 히카루는 조금 재미있다는 듯이 웃었다.

"자, 아키라. 나는 이만 돌아갈게. 무슨 일 있으면 바로 연락해. 난 쿠가마야마 시티에 있겠지만, 최대한 지원할 거야. 힘내. 큰 성과를 기대할게."

"그래. 좋은 기회를 날리지 않도록 힘낼게."

아키라와 히카루가 서로 웃는다. 그리고 히카루는 만족스러운 얼굴로 기분 좋게 방을 나갔다.

실내를 둘러보던 아키라가 욕실을 발견했다.

"오오, 욕실도 대단한데."

『아키라의 집 욕실도, 돌아가면 이것 못지않은 수준이 되었을 거야. 기대해 보자.』

"그렇지. 음, 기대되는걸."

아키라는 알파의 말을 듣고 집에 있는 욕실을 떠올리며 기분 좋게 웃었다.

모든 것이 순조롭게 진행되고 있다. 그렇게 생각하며 기분 좋은 얼굴로 통로를 이동하던 히카루가 갑자기 의아한 표정을 지었다.

(키바야시에게 통신? 그것도 비밀 회선으로? 뭐지?)

이상하게 여기면서도, 히카루는 그 회선을 켰다. 음성을 외부로 내보내지 않는 방식으로 말한다.

『키바야시 씨. 비밀 회선까지 사용할 일이 생겼나요?』

『그게, 사실은 아키라 때문에 할 이야기가 있거든.』

『아키라 때문에? 순조로운데요. 사실 아키라에게 도시 간 수송 차량 호위 의뢰를 맡겨서 방금 막 호위 대상인 기간테스Ⅲ에 보낸 상태예요. 쩨게르트 시티까지 가는 길은 험난하지만, 아키라라면 큰 성과를 거둘 수 있을 거예요.』

자기가 아끼는 헌터의 담당을 빼앗겼으니, 어떤 식으로든 염탐하려는 거겠지. 그렇게 생각한 히카루는 키바야시가 낄 틈이 없다는 것처럼 기분 좋게 대답했다.

하지만 그때 예상치 못한 반응이 돌아왔다.

『그래……? 조금 늦었나…….』

어딘지 모르게 무겁고 심각해 보이는 키바야시의 목소리를 듣고 히카루도 금세 얼굴에서 웃음을 지웠다. 어리둥절해하며 되묻는다.

『저기, 무슨 뜻이죠?』

『나도 책임을 느끼고 있어. 너는 자신감이 넘치는 면이 있으니까. 조금만 부추기면 아키라를 도시 간 수송차량 경비에 참가시키는 식으로 유쾌한 일을 추진할 거라고 생각했을 뿐이야. 상황을 이 지경으로 만들 생각은 전혀 없었다고.』

아키라에게 이번 호위 의뢰를 맡긴다. 그것은 히카루 자신이 생각한 것이지만, 실제로는 키바야시가 자극해서 그런 것이다. 그때 키바야시가 히카루에게 도시 간 수송차량 호위 이야기를 꺼낸 것도 그 때문이었다.

그 사실을 깨달은 히카루는 처음에 한 방 먹었다고 생각했다. 하지만 곧 다시 생각했다. 아키라가 이번 호위 의뢰를 받으면 자신에게 어떤 불이익이 있을까. 히카루는 생각해 봤지만, 아무것도 떠오르지 않았다.

그래도 불길한 예감은 점점 커져만 갔다.

『저기, 무슨 말을 하고 싶은 거죠?』

『지금부터 설명하지.』

비밀 회선으로 키바야시가 자료를 전송한다. 거기에는 아키라의 정보가 키바야시의 추측을 포함하여 실려 있었다. 그리고 그 내용을 본 히카루는 할 말을 잃었다.

추정 누적 살인 건수, 200명~1000명. 쿠가마야마 시티 정보부 조사. 히카루의 감각으로는 살인마라고 불러도 무방한 그 숫자를 보고 얼굴을 찡그렸다.

(뭐야, 이 숫자는…… 어? 1000명? 무슨 소리야?)

추정치의 최소치와 최대치가 800명이나 차이가 나는 것은 도시 정보부에서도 정확한 숫자를 파악하지 못한다는 뜻이다. 그리고 아키라라는 인물이라면 최대 추정치에 도달할 수 있다는 의미이기도 하다. 히카루도 그 정도는 이해할 수 있다.

그리고 아키라와 한 대화가 생각난다. 중위 구획에서는 사람이 죽으면 범인이 반드시 잡힌다는 말에 아키라가 놀란 것은 방벽 밖에서 사람을 많이 죽였기 때문이었다. 그런 생각에 히카루는 무심코 떨었다. 하지만 어떻게든 침착함을 유지한다.

(진정해. 이것은 단순히 방벽 밖 치안이 그만큼 막장이라는 뜻이야. 냉정하게 생각해 보면 놀랄 일도 아니야.)

아키라는 슬럼 출신으로, 지금도 슬럼의 조직과 접점이 있는 헌터다. 살인 등 치안이 최악인 곳에서 죽지 않는 강자로 지냈다면 그 정도는 될 것이다. 게다가 어차피 방벽 밖에서의 살인이다. 깊이 신경 쓸 일이 아니다.

히카루는 그렇게 자기 자신을 단단히 타일러 침착해지려고 했다. 그리고 기침했다.

피해자 중 3명은 종합수사국 직원. 자료에는 그렇게 실려 있었다.

(잠깐만! 아키라, 도시 직원도 죽였어?!)

정보부의 기재 사항에는 아키라가 종합수사국 직원 3명을 죽였다는 내용만 있었다. 추가로 키바야시의 조사에 의해 그 3명은 우다지마의 지시로 셰릴 패밀리의 보스인 셰릴을 죽이려고 했으나, 그 자리에 있던 아키라에 의해 살해당했다고 적혀 있었다.

히카루의 표정이 어두워진다. 아키라가 아무리 사람을 많이 죽였다고 해도, 도시 직원을 해칠 수는 없을 것이다. 그렇게 무의식 중에 생각했던 것이 무너졌기 때문이다.

(키바야시가 말한 유쾌한 일이, 이렇게 위험한 인물을 도시 간 수송차량에 태우는 거였어?! 그걸 나한테 시키려고 했다고?! 자기가 하는 게 아니라!?)

히카루가 분노를 드러낸다. 실제로 그런 짓을 저지른 만큼 그 분노는 강렬했다.

하지만 그때 등골이 오싹해진다. 상황을 이 지경으로 만들 생각은 전혀 없었다. 키바야시는 그렇게 말했다. 즉, 더 나쁜 상황이 있다. 그 사실을 깨달은 히카루는 분노를 잊고 조심조심 자료를 마저 읽다가 더욱 큰 소리로 기침했다.

아키라가 이나베와 손을 잡고 우다지마 살해를 계획하고 있다는 내용이 있었다.

(이게 무슨 소리야?!)

이 부분은 명확한 증거가 없고, 어디까지나 키바야시의 예상에 불과하다고 적혀 있었다. 그러나 그 근거는 확실히 실려 있었다.

아키라는 적에게 자비를 베풀지 않는다. 슬럼에서는 적대 조직의 사람을 모조리 죽였다. 양대 조직의 대규모 항쟁에서도 인형병기들이 서로 싸우는 와중에 혼자서 양쪽을 공격했다. 자신이 후원하는 조직을 공격한 자는 종합수사국 직원이라 할지라도 죽였다.

그런 아키라가 건국주의자 토벌전에서 자신을 공격한 도란캄은 건드리지 않고 화해까지 갔다. 그 이유는 무엇일까? 죽여야 할 우선순위가 더 높은 사람이 있기 때문이다. 그렇다면 그것은 누구인가. 도란캄이 아키라를 공격하도록 지시한 우다지마다. 그렇다면 현재 상황에서 아키라가 우다지마를 죽일 수 있는 가장 좋은 방법은 무엇일까? 이나베와 손을 잡고 헌터 랭크를 올리는 것이다.

유력한 도시 간부 파벌 수장의 압력과 고랭크 헌터의 압력. 이를 합쳐서 우다지마를 실각시켜 방벽 밖으로 내쫓는다. 그리고 죽인다. 그것이 최선이라고 아키라는 판단했다. 자신이라면 그렇게 결론을 내리겠다. 키바야시는 그렇게 썼다.

『넌 모르겠지만, 아키라는 헌터 랭크 조정 의뢰도 강제라면 싫어할 정도로 헌터 랭크에 관심이 없었다고. 그런 아키라가 요즘 들어 열심히 헌터 랭크를 올리고 있지. 분명 무언가 속사정이 있을 거야. 나는 그렇게 생각하고 조사하고 있었단 말이지.』

도시가 탄약비를 부담하는 의뢰는 보수가 줄어드는 대신 헌터 랭크가 올라가기 쉽다. 아키라는 슈아내기 작업 의뢰에서도, 이번 기간테스Ⅲ 호위 의뢰에서도 탄약비를 도시 부담으로 설정했다. 앞뒤가 맞아떨어진다. 히카루는 그렇게 생각하며 몸을 슬슬 떨었다.

그리고 히카루는 또 크게 기침했다. 기간테스Ⅲ의 승객 명부에 우다지마의 이름이 있었던 것이다.

『우다지마는 쩨게르트 시티의 헌터들을 모집하려고 하는 거겠지. 도시 간부가 직접 찾아가는 거다. 큰 효과를 기대할 수 있을 거야.』

동부에서는 황야를 배회하는 몬스터 때문에 다른 도시로 이동하기 힘들다. 즉, 그 정도의 수고를 들여 직접 찾아가는 것은 큰 성의로 여겨진다. 모집 성공률도 그만큼 높아진다.

『하지만 그게 화근이 됐지. 아키라와 같은 차량에 타게 될 줄이야. 아키라가 우연히 우다지마와 마주치면 어떻게 될지. 알겠지?』

그 정도는 히카루도 쉽게 상상할 수 있었다.

『뭐, 말은 그렇게 해도 도시 간부의 암살은 일반적으로 불가능해. 우다지마에게도 경호원이 있고, 가는 길에는 안전한 방 안에 있을 거야. 죽일 기회는 없어.』

그것도 맞는 말이다. 그렇게 생각한 히카루는 조금 안도했다.

『하지만 아키라니까 말이지. 이유는 몰라도 그 녀석은 큰 소란에 휘말리기 쉽다고. 즉, 예상하지 못한 사태에서, 예상하지 못한 기회가 잘 생긴다는 거지. 안심할 순 없어.』

작은 안심이 사라진 히카루의 얼굴이 더 큰 초조함으로 일그러졌다.

『내 이야기는 다 했다. 상황이 이 지경이 된 책임을 느낀 만큼의 정보는 제공했다고. 나머지는 너에게 달렸어. 내가 말하긴 뭐하지만…… 힘내라.』

키바야시와의 통신은 그렇게 끊겼다.

히카루는 그대로 한동안 멍하니 서 있었다. 하지만 정신을 차리고는 왔던 길을 필사적으로 전력 질주했다. 그리고 아키라의 방으로 돌아왔을 때, 아키라는 마침 방 밖으로 나가려는 참이었다.

전력 질주한 탓에 숨이 가쁜 히카루에게, 아키라가 의아한 표정을 짓는다.

"히카루? 돌아가는 거 아니었어?"

"아……아키라…… 어딜, 가려는…… 거야……?"

"잠깐 식당이나 구경하러 가려고 했는데…….."

"그, 그래……? 일단 방으로 돌아가지 않을래?"

히카루는 온 힘을 다해 아키라를 밀었지만, 강화복을 입은 상대를 맨몸인 사람의 힘으로 밀어도 원래라면 1밀리미터도 움직일 수 없다. 하지만 히카루의 기백에 눌린 아키라가 뒷걸음질하는 바람에 히카루는 아키라를 방 안으로 돌려보내는 데 성공했다.

아키라가 의아한 표정으로 히카루에게 묻는다.

"그래서, 무슨 일이야? 이제 곧 기간테스Ⅲ가 출발할 시간이잖아? 이제 밖으로 나가야……."

"아, 그거 말인데…… 나도 같이 가기로 했어."

"어?"

"그 왜, 역시 가까이서 지원하는 게 효과적이잖아? 원거리면 여러모로 좀 그렇겠지?"

"그래? 뭐, 난 괜찮지만……."

"그런 이유로 나도 이 방을 사용할게. 그리고 나도 사정이 있어서, 미안하지만 되도록 방에서 나오지 말아 줄 수 있겠어? 여러 가지 사정이 있어. 미안해."

아키라는 어색하게 웃는 히카루를 조금 이상하게 여겼지만, 크게 신경 쓰지 않았다.

"알았어."

"고마워. 그래 주면 좋겠어."

히카루가 무심코 안도해서 숨을 내쉰다. 그 때문에 아키라도 미심쩍게 보지만, 히카루는 그런 것까지 신경 쓸 여유가 없었다.

(이 호위 의뢰는 내가 아키라를 통제해서 반드시 무사히 끝낼 거야!)

아키라가 소란을 피우면 자신의 출세길이 사라진다. 우다지마를 죽이기라도 했다간 그 책임을 지고 출세길을 넘어서 목숨도 사라질 수 있다. 그러니 반드시 어떻게든 잘 처리해야 한다.

(나는 할 수 있어! 해낼 거야! 해내자!)

히카루는 그렇게 결심했다.

기간테스Ⅲ의 차내에 출발 신호가 울려 퍼진다. 그리고 거대한 도시 간 수송차량이 천천히 움직이기 시작한다.

쿠가마야마 시티의 방벽 일부가 열린다. 기간테스Ⅲ는 그곳을 통과해 황야로 나가 목적지를 향해 속도를 높인다.

출발 전부터 파란을 예고하는 아키라와 히카루의 기간테스Ⅲ 호위 의뢰가 시작됐다.

제200화 동쪽 영역

아키라와 히카루를 태운 도시 간 수송차량 기간테스Ⅲ가 대량의 먼지를 일으키며 황야를 질주한다. 지면에 널린 장애물을 날려버리고, 뭉개고, 부수고, 무시하며 거침없이 전진한다.

몇 미터는 족히 되는 건물 잔해나 거대 몬스터의 찌꺼기도 기간테스Ⅲ의 터무니없는 크기에 비하면 조약돌에 불과하다. 차체 아래쪽에 대량으로 있어도 그 진로를 방해할 수는 없다.

차체의 포스 필드 아머는 매우 강력해, 어지간한 포격도 가볍게 튕겨낸다. 지붕에 탑재한 초대형 대포는 하늘을 날아다니는 대형 몬스터도 떨어뜨린다. 최대 탑승 인원은 소규모 도시를 능가하며, 그 인원을 수용할 수 있는 각종 시설도 구비하고 있다.

이동식 요새라고 해도 무방한 초대형 황야 사양 차량. 그것이 도시 간 수송차량이며, 아키라 일행이 타고 있는 기간테스Ⅲ다.

그 호위 의뢰를 받은 아키라는 지금 차량 안에 있는 방에서 경비 시간이 오기를 기다리고 있었다.

별생각 없이 히카루를 본다. 히카루는 아무도 없는 공간을 향해 살갑게 웃으며 소리 없이 입을 움직이고 있었다.

언뜻 보면 허공에 대고 말하는 수상한 인물이다. 하지만 지금의 아키라는 히카루가 확장현실 기능을 이용해 누군가와 대화하고

있다는 것 정도는 알 수 있다. 그래도 익숙해지지 않으면 이상한
광경으로 느껴졌다.

『저기, 알파. 나도 알파와 대화할 때는 저런 느낌이야?』

『나랑 둘만 있을 때는 그래. 평상시에는 잘 숨기니까 걱정하지
마. 뭐, 처음엔 이상하게 보는 사람도 많았지만.』

『그렇게 눈에 띄었나…….』

즐겁게 웃는 알파의 옆에서, 아키라는 쓴웃음을 참았다.

그때 차량 경비대에서 통신 요청이 들어왔다. 이를 수락하자 아
키라의 확장시야에 히카루가 나타났다. 조금 놀라서 방에 있는 히
카루를 보니 방과 확장시야 속 히카루가 모두 즐거운 미소를 지었
다.

『잘 연결됐네. 아키라. 이번 의뢰가 끝날 때까지 내가 아키라의
오퍼레이터가 될 거야. 경비대 측과의 협상도 전부 내가 할 테니
까 맡겨만 줘.』

방에 있는 히카루의 목소리는 들리지 않는다. 하지만 통신을 통
해서는 잘 들린다. 아키라는 그 기묘한 감각을 신기하게 여기며
자신도 통신을 통해 대답한다.

『알았어. 그런데 히카루한테는 어떤 식으로 보이는 거야?』

『나한테는 아키라의 목소리만 들려. 영상도 보내주면 볼 수 있
게 돼.』

『어어, 어떻게 하면 돼?』

『정보수집기 시스템에 착용자의 영상을 생성하는 기능이 없어?
나도 비슷한 방식으로 하고 있는데.』

『알파. 할 수 있겠어?』

『해둘게.』

『이제 보여. 아, 하는 김에 정보수집기 연동도 해줄래? 그래야 아키라의 오퍼레이터 일이 더 쉬워질 테니까.』

『그쪽도 해둘게.』

히카루의 정보단말과 아키라의 정보수집기가 연동되었다. 히카루가 기쁜 듯이 웃는다.

『고마워. 이러면 편해질 거야.』

이제 아키라의 행동을 정확하게 파악할 수 있게 되었다. 그만큼 아키라를 제어하기 쉬워질 것이다. 히카루는 그렇게 생각했다.

사실 그 연동 데이터는 알파에 의해 검열, 변조된 데이터다. 히카루가 아키라의 행동을 진짜로 정확하게 파악할 수는 없다. 방금 아키라와 알파가 한 대화도 히카루에게는 들리지 않았다.

"자, 곧바로 오퍼레이터의 일을 해볼까. 연락하겠습니다. 아키라. 시간이 됐어. 준비해."

"알았어."

무장한 아키라를 방에서 내보내야 한다. 괜한 걱정이길 바라지만, 우다지마와 우연히 마주칠지도 모른다. 그런 불안이 있지만, 히카루는 허세일지라도 단단히 웃었다. 아키라 역시 평범하게 웃으며 화답했다.

아키라가 준비를 마친다. 총 4정의 LEO 복합총 중 2정은 허리춤에, 나머지 2정은 두 다리에 장착했다. 등에는 AF 레이저건을 접힌 상태로 장착했다. 또한 서포트 암으로는 확장탄창과 에너지

팩 등을 담은 백팩을 들었다. 완전히 특대급 화력을 보유한 고랭
크 헌터의 모습이다.

히카루는 아키라의 모습을 보고도 마음이 든든해지지 않았다.
취급 주의 위험물. 혹은 충격 엄금 폭발물. 히카루에게는 그 화력
이 더 커진 것으로만 보였다.

"좋아. 이제 다녀올게."

"어, 그래. 잘 부탁해."

아키라가 방을 나간다. 히카루는 잠시 그냥 보내려고 했지만,
충동적으로 뛰어서 아키라를 따라갔다.

"나, 나도 최대한 같이 갈게! 오퍼레이터니까!"

"그, 그래?"

오퍼레이터가 하는 일이 원래 그런 거던가? 아키라는 의문이 들
었지만, 히카루의 기백에 눌려 묻지 않았다.

그대로 아키라는 위험물에서 눈을 떼기 무서운 히카루와 함께
차량 옥상으로 향했다. 옥상으로 통하는 출입구까지, 그리고 아키
라가 옥상으로 나가는 마지막 순간까지 히카루는 마치 유적 속을
지나가는 것처럼 옆에서 주변을 경계하며 긴장하고 있었다.

도시 간 수송차량은 기본적으로 직육면체에 가까운 모양을 하
고 있다. 단순한 형태일수록 포스 필드 아머의 효율을 높이기 쉽
기 때문이다.

그래서 기간테스Ⅲ의 지붕도 탑재된 대포를 제외하고는 아무것
도 없이 평평한 상태이다. 바람을 막는 것이 거의 없고, 건물만 한

높이와 차량의 속도 때문에 지붕 위에는 항상 강풍이 분다. 보통 사람이라면 서 있기는커녕 바람에 밀려 공중으로 날아간다.

하지만 아키라에게는 문제가 없다. 강화복의 힘으로 멀쩡하게 서 있다. 배치된 다른 헌터들도 마찬가지다. 그 정도는 이 도시 간 수송차량 호위 의뢰를 받기 위한 최소 조건도 안 된다.

차량을 공격하는 몬스터를 여기서 요격하는 것이 아키라의 임무다. 하지만 현시점에서는 한가했다.

기본적인 색적은 기간테스Ⅲ의 경비대가 차량에 탑재된 매우 강력한 색적 장치로 한다. 적이 공격하면 연락이 온다. 아키라가 할 필요는 없다.

또한, 사전에 이동 경로상의 몬스터의 숫자를 미리 줄였기에 적의 공격 자체가 거의 없다.

간혹가다가 원거리 몬스터에게 공격당하기도 하지만, 그것도 소수의 인원으로 대응할 수 있는 정도다. 드물게 차량 벽에 달라붙으려는 녀석도 있지만, 대부분 실패하고 치여 죽는다. 극히 드물게 성공해도 헌터의 총에 맞아 떨어져 마찬가지로 치여 죽는다.

넓은 지붕에는 헌터들이 드문드문 배치되어 있다. 그래도 충분히 대응할 여유가 있다. 아키라는 지붕 가장자리에서 황야를 바라보며 한가롭게 시간을 보내고 있었다.

『한가하네…….』

알파가 웃으며 말했다.

『전체 여정에서 보면 아직 쿠가마야마 시티에서 크게 벗어나지 않았으니까. 원래 이런 거겠지.』

『몬스터를 애써 줄인 보람이 있구나. 뭐, 호위하는 거니까 한가하면 좋지만…….』

『그러면 공부라도 하면서 무료함을 달랠까?』

『그것도 좋지만, 히카루에게 딴짓한다고 혼나지 않을까? 저쪽은 정보수집기를 연동해서 이쪽 상황을 알 수 있잖아?』

『저쪽에 보내는 데이터는 내가 조정하고 있으니까 괜찮아. 히카루는 성실하게 묵묵히 서 있는 아키라를 지켜보라고 하자.』

그렇게 말하며 즐겁게 웃는 알파를 보고, 아키라도 슬쩍 웃었다. 알파의 서포트를 통해서 일하는 척 위장하는 거지만, 그건 어떻게 보면 아키라가 옛날부터 항상 하던 일이었다.

『뭐, 나는 알파의 서포트를 포함한 실력으로 여기까지 온 거니까. 이미 늦었나. 부탁할게.』

아키라의 확장시야에 각종 교재가 나타난다. 알파의 옷차림도 교사 느낌으로 바뀌고, 손에는 교편이 나타났다.

그것을 본 아키라는 예전 광경을 떠올린다.

『알파. 벗지는 마.』

『입히는 게 좋아?』·

『벗지 마.』

『하는 수 없네. 알았어.』

기간테스Ⅲ의 지붕 위에서 알파의 수업이 시작됐다. 그 뒤로 아키라는 야간 근무조와의 교대 시간까지 수업을 들었다.

차량 안으로 돌아오니 출입구에서 히카루가 기다리고 있었다.

"아키라. 고생했어."

아키라는 옥상에 갔을 때보다 훨씬 차분해진 히카루와 함께 방으로 돌아갔다.

◆

아키라를 옥상으로 보내고 방으로 돌아오고 얼마 후, 시간이 충분히 흐른 덕분인지 히카루는 많이 차분해졌다.

차분해진 머리로 키바야시의 이야기를 다시 한번 꼼꼼히 살펴본다. 그러자 당황했을 때는 떠오르지 않았던 여러 가지가 떠올랐다.

키바야시의 이야기는 사실과 추측으로 구성되어 있었다. 사실은 사실로 인정할 수밖에 없다. 짧은 시간에 나름대로 잘 조사했다. 하지만 추측은 추측에 불과하다. 사실이라는 보장은 없다.

도시 간 수송차량 호위 이야기를 꺼내서 생각을 유도했던 것처럼, 이 이야기도 일종의 유도가 아닐까? 그러려고 그럴싸한 추측을 한 것이 아닐까? 히카루는 그런 생각이 들기 시작했다.

(아키라가 내가 생각했던 것보다 더 위험한 인물이었다는 사실은 인정할 수밖에 없어. 하지만 우다지마 씨의 암살까지 생각한다는 추측은 너무 심한 거 아닐까? 만에 하나 암살을 생각했다고 하더라도, 이 상황에서는 무리일 거야. 너무 심각하게 생각했어.)

키바야시의 추측으로는 아키라는 우다지마를 실각시킨 다음에 죽이려고 하는 것 같다. 즉, 도시 간부를 살해하는 일에는 신중하다는 뜻이다.

이나베라는 든든한 뒷배가 있어도 도시 간부 살해는 덮을 수 없다. 종합수사국 직원을 죽인 것과는 차원이 다르다. 즉, 아키라도 쿠가마야마 시티 자체를 적으로 만들 수는 없다. 그래서 우선 우다지마를 실각시켜 도시 간부라는 지위를 없애려고 한다.

그리고 애초에 아키라는 우다지마가 이 차량에 타고 있다는 사실조차 모르고 있을 가능성이 크다.

이런 점들을 종합적으로 판단하면 키바야시가 한 말에는 어폐가 있다. 히카루는 그렇게 결론을 내렸다.

"내가 너무 걱정한 것 같아. 뭐, 만약을 대비해서 조심하긴 해야지."

히카루가 정보단말을 조작한다. 그리고 아키라의 헌터 오피스 개인 페이지, 의뢰 이력 부분에 기간테스Ⅲ 호위 의뢰 내용을 추가했다. 즉, 아키라가 이 차량에 탔다는 사실을 덧붙였다.

"이제 됐어."

키바야시의 추측이 맞다면 우다지마도 아키라의 동향 정도는 감시하고 있을 것이다. 이제 저쪽도 아키라가 같은 차량에 탄 사실을 알 것이다. 아키라와 마주치지 않게끔 조심할 것이다.

이로써 문제는 사라졌다. 이제 아키라가 다른 헌터와 다투지 않도록 자신이 조심하면 된다. 그렇게 생각하며 히카루는 안도의 한숨을 쉬었다.

그 뒤로는 일상적인 업무를 계속한다. 갑자기 아키라를 따라가기로 하는 바람에 일정 변경과 같은 조정도 해야 했다. 다소 번거로웠지만, 히카루는 빠르게 일을 마무리하고 아키라를 제시간에 데리러 갔다.

◆

 방으로 돌아온 아키라와 히카루는 룸서비스로 식사를 시켜 같이 저녁을 먹었다. 부유층을 대상으로 하는 요리의 맛에 놀라는 아키라를 보고 히카루는 재미있다는 듯이 웃었다.
 "아키라. 오늘은 간단했던 것 같지만 이제부터가 진짜 시작이거든? 내일부터는 본격적으로 동쪽 영역으로 들어가니까."
 "알았어. 힘낼게."
 "기대할게."
 식사를 마친 후 아키라, 히카루 순으로 목욕하고 그대로 잠자리에 들었다. 기간테스Ⅲ 호위 의뢰의 첫날은 히카루에게 다소 파란이 있었지만, 무사히 끝났다.

◆

 기간테스Ⅲ 호위 의뢰 2일째. 아키라가 다시 차량 지붕에서 경비를 서고 있다.
 밤새도록 달린 차량은 이미 동쪽 영역으로 진입한 상태였다. 통기련이 지배하는 동부의 동쪽 끝, 미개척 영역과의 경계인 최전선은 아직 멀었다. 그래도 쿠가마야마 시티 주변과는 근본적으로 다른 곳이다. 차량 지붕 위에서 풍경을 보는 아키라는 그것을 한눈에 느낄 수 있었다.

"알파. 저 하늘에 커다란 섬이 떠 있는데, 저건 진짜야?"

『응. 진짜야. 적어도 내가 아키라의 시야에 표시하고 있는 것은 아니야.』

"그렇다면 섬 아래에서 뻗은 고층 빌딩 같은 건물도 진짜인가…… 저런 게 정말 저기 있는 거야……?"

아키라가 알파를 힐끗 본다.

알파의 모습은 자신의 확장시야에 그렇게 출력된 것이다. 아키라도 그 사실을 안다. 하지만 아무리 눈에 힘을 주고 봐도 정말 있는 것처럼 보인다. 한편, 저 멀리 하늘에서 눈을 의심케 하는 광경, 공중에 떠 있는 섬과 건축물은 확실히 그곳에 존재한다.

진짜로 눈에 보여도 그것이 실재한다는 증거가 되지 않는 현실에, 아키라는 무심코 복잡한 표정을 지었다.

"내 눈을 믿을 수 없어질 것 같아."

『아키라. 세상은 눈에 보이는 것만이 진실이 아니야.』

"그 말은 분명 다른 의미일걸."

그때 히카루가 연락했다. 아키라의 확장시야에 히카루가 나타나면서, 시야에 있지만 실제로는 없는 사람이 하나 더 늘어났다.

『아키라. 몬스터의 습격이야. 차량 대열의 전방에서 자이언트 버그 무리가 접근 중. 큰 것들은 차량의 대포와 선두 차량의 부대가 처리하겠지만, 작은 것들은 아키라가 있는 데까지 올 거야. 대략적인 요격 위치는 경비대에서 항시 지정할 테니까, 그것에 맞춰 움직여 줘.』

"알았어."

쿠가마야마 시티를 떠날 때는 한 대밖에 없었던 기간테스Ⅲ는 밤사이 다른 도시 간 수송차량과 합류하고, 지금은 대열을 만들어 이동하고 있었다.

몬스터 무리 사이를 뚫고 나가는 만큼 선두 차량이 가장 위험하고, 후방 차량일수록 안전하다. 하지만 최후방 차량은 뒤에서 쫓아오는 몬스터를 요격하는 역할이므로 가장 안전한 위치는 맨 뒤에서 두 번째 차량이다.

강력한 몬스터를 많이 처치할수록 헌터가 받는 보수는 늘어난다. 따라서 보수와 위험도는 비례한다. 그리고 해당 위치의 위험도와 배치되는 헌터의 실력도 비례한다.

즉, 맨 뒤에서 두 번째 칸에 배치된 헌터는 호위 의뢰에 참가한 헌터 중 실력으로 봐서 최하위권에 속하는 헌터들이다.

아키라가 배치된 위치는 그 뒤에서 두 번째 차량인 2호차다. 그 의미를 파악한 히카루가 조금 도발적으로 말한다.

『아키라. 거기 배치된 게 불만이야?』

『불평할 마음은 없어. 헌터 랭크 50은 여기서 초보 같은 거 아니야?』

『그렇긴 해. 하지만 아키라는 단순히 초보 취급을 받아서 거기에 배치된 건 아니야. 아키라가 1인 팀이라서 그렇기도 해.』

헌터 배치는 팀 단위로 이루어진다. 따라서 팀 전력이 배치를 판단하는 기준이 된다. 한 명으로 구성된 신생팀이 2호차에 배치된 것은 당연한 결과였다.

『하지만 나는 아키라가 더 어려운 장소에서도 잘 싸울 수 있다고 생각해. 그러니 아키라, 마음껏 활약해서 경비대에 보여줘. 배치는 유동적으로 이루어지니까 아키라가 활약만 하면 금방 돈을 더 벌 수 있는 곳으로 재배치될 거야.』

히카루가 아키라에게 도시 간 수송차량 호위 의뢰를 받게 한 가장 큰 이유는 이거다. 이런 시스템이라면 아키라의 실력이 허락하는 한 최대한의 성과를 올릴 수 있다.

또한, 솎아내기 작업과 같은 원정 의뢰라면 귀환을 고려해 안전선을 넉넉하게 설정해야 하지만, 도시 간 수송차량 호위 의뢰라면 만일의 경우 즉각 차량 안으로 대피할 수 있다.

게다가 아키라 팀에서 이 의뢰를 받을 수 있는 실력자는 아키라 혼자다. 아키라의 행동을 제한하는 잉여 인원은 참가할 수 없다.

히카루는 이를 실현하고자 훨씬 강력한 몬스터가 서식하는 동쪽 영역, 그 동쪽의 쩨게르트 시티까지 가는 기간테스Ⅲ의 호위 의뢰를 일부러 선택했다.

그래야 안전하고 효율적으로 최대의 성과를 낼 수 있기 때문이다. 이제 아키라가 활약하는 일만 남았다. 히카루가 그렇게 생각하고 기운을 낸다.

『아키라. 무리하라는 말은 안 할게. 하지만 자기 실력이 이런 게 아니라고 조금이라도 생각한다면, 그만큼의 활약을 보여줘.』

조금 도발적으로 말하는 히카루에게, 아키라 역시 비슷한 투로 받아친다.

『탄약을 다 쓸 정도로 마음껏 싸워도 좋다는 뜻이지? 그렇게 말했다간 탄약값으로 큰 적자를 봐도 모르는데?』

『그래. 탄약이 다 떨어질 정도로 활약한다면 얼마든지 바라는 바야.』

『좋아. 언질을 받았어. 기대하라고.』

『기대할게.』

히카루는 웃는 얼굴로 그렇게 말하고 아키라의 확장시야에서 사라졌다.

아키라가 알파를 보고 웃는다.

『알파. 그렇다고 하네. 마음껏 해보자.』

『그래. 채산을 생각하지 말라고 했으니까. 기대에 부응해 주자.』

알파도 즐겁게 웃으며 대답했다.

차량 대열의 전방에서 쇄도하는 거대한 벌레 무리는 이미 아키라의 눈에 직접 보이는 데까지 접근했다.

무리의 위치는 경비대에서 보내온 부감 시점의 광역 지도에서도 확인할 수 있다. 그곳에 표시된 적과의 거리를 보고, 아키라는 의아한 표정을 지으며 멀리 있는 거대 곤충들과 지도상의 위치를 비교했다.

"어라? 아직 꽤 멀잖아?"

아키라가 멀리 있는 몬스터를 주시하자 정보수집기가 대상을 확대 표시한다. 멀리 있는 대상이 잘 보이게 됐지만, 아키라에게는 작은 벌레를 확대해서 표시한 것처럼 보였다.

『너무 커서 거리감을 파악할 수 없을 뿐이야. 하늘을 날고 주변에 비교할 대상이 없으니까. 크기를 알아보기 쉽게 익숙한 비교 대상을 추가할까?』

확대 표시된 몬스터 바로 옆에 알파의 모습이 추가로 나타난다. 익숙한 대상과 비교한 덕분에 적의 크기를 파악한 아키라는 무심코 얼굴을 찡그렸다.

거대한 벌레의 몸길이에 비해 작은 머리에 달린 작은 눈. 그 크기가 이미 알파의 몸보다 컸다.

모양은 손톱만 하게 작은 곤충과 비슷하지만, 그 몸길이는 마치 섬처럼 거대하다. 그것들이 무리를 지어 날아다니고 있었다.

"너무 크잖아⋯⋯. 저건 뭐야?"

『자이언트 버그 중에서도 둥지급으로 불리는 몬스터야. 이름의 유래는, 눈에 보이는 그대로야.』

"아무리 그래도 저거랑 싸우는 건 무리라고⋯⋯."

『괜찮아. 히카루도 아키라가 싸우는 건 작은 것들이라고 했잖아. 시작할게.』

차량 지붕에 탑재된 특대형 대포가 움직이기 시작하고, 차량 대열 전방에 있는 몬스터 무리를 향해 조준을 맞춘다.

도시 간 수송차량이라는 막대한 질량을 질주하게 하려면 당연히 그만한 에너지가 필요하다. 그 엄청난 에너지가 목표물을 격파하기 위해 대포에 채워진다. 충전하는 동안 대포에서 뿜어져 나오는 강렬한 빛은 보는 이에게 그 위력을 잘 말해준다.

그리고 모든 차량의 모든 대포가 광선이라고 부르기에는 너무 굵은 에너지 줄기를, 대기를 뒤흔들며 일제히 방출했다.

하늘을 불태우는 일격이 거대한 곤충형 몬스터들을 관통한다. 격렬한 빛으로 목표물의 단단한 껍질에 큰 구멍을 뚫고 내부를 증발, 소각, 녹여버린다. 공중에 떠 있는 섬처럼 거대한 몸집에 걸맞은 생명력을 가진 생명체의 숨통을 그 위력으로 끊었다.

둥지급 자이언트 버그들이 차량 대열의 공격에 차례로 떨어진다. 너무 거대한 탓에 아키라에게는 몹시 느릿느릿 떨어지는 것처럼 보였다.

하지만 몬스터 측도 끝나지 않는다. 떨어지는 거대한 벌레에서 그곳을 둥지로 삼는 다른 곤충들이 셀 수 없이 대량으로 출현했다. 게다가 날면서 성장하는 것처럼 거대해져 최대 80미터 정도의 개체가 무리를 지어 차량 대열을 향해 고속으로 달려든다.

그 무리에 맞서 선두 차량인 10호차 헌터들이 응전한다. 도시 간 수송차량 지붕의 넓은 공간을 활용해 배치된 전차와 인형병기들이 각자의 무기로 사격한다. 무수한 곤충이 순식간에 가루가 되어 날아간다.

여기에 동쪽 영역에서 활동하는 고랭크 헌터들이 그 랭크에 걸맞은 무장을 갖추고 요격에 가담한다. 앞서 쿠가마야마 시티 부근에 출현한 현상수배급 몬스터 정도는 모조리 간단히 죽일 수 있는 화력으로 자이언트 버그들을 차례로 격파해 나간다.

하지만 자이언트 버그들 역시 그냥 맞고 떨어지기만 하는 표적이 아니다. 공기에 닿으면 딱딱하게 굳는 체액을 고속으로 연사한다. 그것이 마치 확장탄창을 이용한 연사처럼 헌터들을 덮친다. 그것만이 아니라 생체기능으로 생성한 미사일 같은 것을 발사하고, 나아가 레이저건 같은 것까지 쏘아댄다.

　차량 대열의 선두 부근에서 벌어지는 고랭크 헌터들과 몬스터들의 격전. 그것은 이곳이 동쪽 영역임을 알리기에 충분했다.

　그 격전을 보고, 아키라는 반쯤 넋이 나갔다.

　"대단하네……. 저게 동쪽 헌터의 힘인가. 엄청나다고 할까, 이쯤 되면 사는 세상이 다른 느낌이야."

　『실제로 다른 세상이라고 생각하는 게 좋을 거야. 동쪽 지역은 다른 지역보다 훨씬 더 첨단 기술의 영향을 많이 받으니까. 그 영향 아래에서 탄생한 생태계는 비정상적이야. 그런 데서 헌터 활동을 하는 이상, 저 정도의 힘은 놀랄 것도 아니야.』

　"그렇구나. 나도 꽤 강해졌다고 생각했는데, 저것들과 비교하면 애송이인가."

　나는 이미 제법 강해졌다고 무의식중에 자만한 것을 지적받은 것 같아서, 아키라는 자조를 섞어 쓴웃음을 지었다.

　그런 아키라를 보고 알파가 웃으며 말한다.

　『아키라도 머지않아 저 정도는 될 건데?』

　"그게 무슨…… 간단한 일처럼 말하네."

　『그래. 간단해. 확실히 저쪽 헌터들은 아키라보다 훨씬 강해. 하지만 그 정도의 차이는 나와 처음 만났을 때의 아키라와 지금의 아키라의 차이에 비하면 별거 아니지?』

　그 말을 들은 아키라는 허를 찔린 듯한 표정을 지었다. 그리고 듣고 보니 그 말이 맞다는 것을 이해한다.

　슬럼 뒷골목의 아이가, 무력했던 자가, 이 단기간에 도시 간 수송차량 호위 의뢰를 받을 수 있을 정도로 성장했다. 10호차 헌터들은 정말 강하다. 하지만 여기서 10호차까지의 거리는 슬럼 뒷골목에서 여기까지 오는 길과 비교하면 훨씬 짧다. 아키라도 그렇게 생각할 수 있었다.

"맞아……. 그렇다면 머지않아 저기까지 갈 수 있도록 노력해 볼까!"

아키라는 그렇게 말하며 두 손에 LEO 복합총을 들고 자세를 취했다.

『그러면 돼. 해보자!』

아키라 일행의 차량 주변에도 자이언트 버그 무리가 다가온다. 크기는 승용차 정도. 선두 차량의 헌터들에게 조무래기라고 무시당하고, 후속 차량의 헌터들에게도 우선 격파 대상에서 제외될 정도로 약한 개체에 불과하다.

하지만 쿠가마야마 시티의 헌터들에게는 한 마리라도 죽음을 각오해야 할 정도로 강하다. 게다가 숫자도 많다. 아키라의 정보 수집기가 생성한 주변 지도는 이미 소형 자이언트 버그의 반응으로 가득했다.

하지만 아키라는 조금도 허둥대지 않았다. 주변 벌레들을 향해 두 손에 든 총을 쏜다. 탄이 떨어질 때까지 연사를 멈추지 않을 기세로 엄청난 양의 C탄을 표적에 퍼부었다.

에너지를 충분히 공급받아 위력이 비약적으로 증가한 C탄은 표적의 외골격을 관통해 내부를 파괴한다. 즉사한 벌레들이 황야와 차량 지붕에 연이어 떨어졌다.

벌레들도 아키라를 공격한다. 공중을 날아다니며 사격하고, 돌격한다. 아키라는 그것을 피하고, 비키고, 걷어차고, 계속해서 쏜다.

아키라의 기간테스Ⅲ 호위 의뢰가 본격적으로 시작됐다.

◆

히카루는 정보수집기의 연동 기능을 써서 아키라의 전투 모습을 주관 시점으로 보고 있었다. 하지만 너무도 생생한 광경에 금방 안색이 나빠졌다.

"아, 안 돼. 무리. 멀미하겠어."

그리고 화면을 부감 시점으로 전환했다.

아키라는 차량 대열의 선두 부근에서 상식을 벗어나는 전투가 벌어지는 것을 보고 자신이 자만했다고 느꼈다. 하지만 일반인인 히카루에게는 아키라의 전투도 상식을 벗어난 것이었다.

강화복의 힘과 체감시간 조작을 이용한 아키라의 고속 전투. 히카루가 그런 아키라의 시점으로 봐도, 눈에 들어오는 것이 너무 빨리, 어지럽게 변해서 뭐가 뭔지 알 수 없다. 아무것도 모르는 채로 똑같은 것을 보면 전투 영상으로 인식할 수 없을지도 모른다. 히카루가 그렇게 생각할 정도로 아키라의 전투는 너무 빨랐다.

그래도 부감 시점인 주변 지도 시점으로 전환하면 히카루도 아키라의 움직임을 눈으로 좇을 수 있다. 하지만 여전히 빠르다. 도시 간 수송차량의 넓은 지붕 위를 민첩하게 움직이고 있다.

지붕 위에 숨을 곳은 없다. 멈추면 자이언트 버그의 사격 같은 공격을 정면에서 뒤집어쓴다. 아키라는 적의 공격을 피하려고 빠르고 불규칙하게 이동한다. 또한 두 손에 든 총을 쉴 새 없이 쏘아대며 주변에 있는 적을 차례로 격파하고 있었다.

이미 아키라의 주변에는 자이언트 버그의 사체가 대량으로 널렸다. 그 위에 추가로 해치운 사체가 쌓여 산을 이룬다. 그리고 그 산도 아키라가 해치운 적의 일부에 지나지 않는다. 지붕 위가 아닌 황야에 떨어진 벌레들도 대량으로 있기 때문이다.

히카루는 아키라의 전투를 보고 다시 한번 놀란다.

히카루도 아키라의 힘을 알고 있었다고 생각했다. 그래서 아키라에게 도시 간 수송차량 호위 의뢰를 맡긴 것이다.

하지만 이렇게까지 강할 줄은 몰랐다. 지금까지 히카루가 생각했던 아키라의 힘은 솎아내기 작업 의뢰를 지휘하던 쿠로사와의, 부대 전체를 조망하고 평가하는 시점을 부분적으로만 보고 해석한 것에 불과했다. 즉, 아키라의 실력을 정확히 파악한 것은 아니었다.

"이렇게 강할 줄이야……. 키바야시가 좋아할 만도 해."

정확히 말하면, 키바야시는 아키라가 강해서 좋아하는 것이 아니다. 키바야시는 아키라의 실력이 아니라 무리, 무식, 무모의 화신 같은 아키라의 말과 행동을 좋아하는 것이다.

그래도 지금 아키라의 전투는 키바야시가 본다면 폭소할 만한 내용이니까, 히카루의 의견도 딱히 틀리진 않았다.

그리고 히카루는 아키라의 힘을 진심으로 칭찬하면서도 딱딱한 표정을 지었다.

"이런 걸 통제해야만 하는 거야……? 키바야시의 발언력이 셀 만도 해."

터무니없이 강력한 몬스터와 싸우는 고랭크 헌터의 무력은 그 몬스터만큼, 아니 그 이상으로 터무니없이 강하다. 그런 자가 그 무력으로 난동을 부리면 그 피해는 엄청나게 커진다.

그 헌터들을 통제하는 것도 도시 직원들의 중요한 일이다. 섣불리 힘으로 억누르려고 하다가 반발을 사서 피해를 키우면 의미가 없다. 당근과 채찍을 적절히 섞은 유연한 협상을 통해 대처해야 한다. 그 힘을 도시의 이익으로 만들기 위해.

그런 점에서 키바야시는 쿠가마야마 시티에서 좋은 성공 사례다. 적어도 본인의 악평을 상쇄하고도 남을 만큼의 이익을 도시에 가져다주고 있다. 그것 때문에 이것저것 저질러도 묵인될 정도다.

히카루도 그런 성공 사례가 되고자 하는 사람이다. 하지만 아키라의 실력을 목격하고 조금은 좌절할 뻔했다.

어쨌든 히카루는 이토록 강하고 도시 직원 살해 전과가 있는 자를 방벽 안과 마찬가지로 치안이 엄격하게 유지되는 도시 간 수송 차량에 태워버렸다. 아키라가 소란을 피우면 그 책임이 히카루도 깔아뭉갠다.

"키바야시가 그 책임을 회피하려고 나를 꼬드긴 건 아니겠지?"

우다지마 암살은 지나친 생각이라고 넘어갔지만, 그렇다고 해서 아키라가 안전한 존재가 된 것은 아니다. 작은 충격에도 폭발

할 수 있는 위험물을, 적어도 이 호위 의뢰가 끝날 때까지 안정시
켜야 한다. 그 생각에 히카루는 땅이 꺼지라 한숨을 쉬었다.

"포기하고 싶어……. 아니야. 하는 거야! 난 할 수 있어! 이런
데서 꺾이지 않아!"

히카루는 고개를 세게 흔들어 불안을 날려버렸다.

아키라에게 도시 간 수송차량 호위 의뢰를 줘서 큰 성과를 거둔
다. 그 계획은 아키라의 실력이라면 쉽게 풀려야 했다. 하지만 아
키라 자신의 위험성 때문에 키바야시가 좋아하는 어려운 도박으
로 변했다.

그리고 그 도박은 이미 시작됐다. 그렇다면 이겨야 한다. 적은
위험이 큰 위험으로 바뀌었지만, 큰 성과를 거둔다는 점은 여전하
다. 히카루는 광역경영부 소속이어도 말단 직원에 불과하다. 도박
에서 승리하면 그 지위도 크게 올라간다.

"해낼 거야!"

그 생각으로 자신을 독려하고, 히카루는 힘차게 웃었다.

제201화 자이언트 버그

자이언트 버그 사체가 잔뜩 널브러진 지붕 위에 아키라가 사체를 더 쌓는다. 도시 간 수송차량 지붕 위를 고속으로 질주하며 두 손에 든 총을 쉴 새 없이 쏘아댄다.

앞을 보면서 좌우를 쏜다. 옆을 보면서 위를 쏜다. 전부 명중한다. 우연이 아니다. 체감시간을 조작함으로써 느려진 시간 속에서 정확히 조준하고 맞추고 있다.

이미 아키라는 눈으로 보고 적을 조준하지 않는다. 자신의 두 눈, 총에 달린 조준기, 정보수집기, 이 모든 것으로 적을 조준하고 있었다. 지금의 아키라라면 적이 바로 뒤에 있어도, 심지어 눈을 감고 있어도 제대로 조준하고 쏠 수 있다.

게다가 알파의 서포트를 받는 아키라의 사격은, 두 손에 총을 들고 서로 다른 방향을 향해 연사하고 있는데도 모든 탄환이 놀라운 정확도로 적의 약점을 찌르고 있다.

그리고 발사되는 C탄의 위력도 알파에 의해 적절히 조정되고 있다. 에너지를 낭비하지 않으면서도 표적을 확실하게 죽일 수 있는 위력으로 자이언트 버그들을 효율적으로 죽이고 있다.

유린. 아키라 혼자서 그렇게 표현해도 무방한 상황을, 승용차만큼 거대한 비행 벌레 무리를 상대로 만들고 있었다.

물론 아키라 자신은 그 우세만큼 여유가 있는 것은 아니다. 이 우세는 알파의 서포트 덕분이다. 자기 힘이 아니다. 그것을 이해하면서도 자기 힘만으로 똑같이 할 수 있도록, 단련을 겸해 필사적으로 싸우고 있었다.

『그나저나 너무 많은걸! 이미 많이 죽였을 텐데? 그런데도 주변 벌레가 줄어들기는커녕 더 많아지지 않았어?』

알파가 대수롭지 않게 대답한다.

『실제로 늘어났어, 50% 정도.』

『역시나!』

LEO 복합총에서 빈 탄창과 에너지 팩이 배출된다. 물론 둘 다 여러 개 장착하고 있어서 계속해서 사격할 수 있다. 그대로 계속 쏘아대며 무수한 자이언트 버그를 격파한다.

하지만 이대로는 오래 버틸 수 없다. 아키라를 공격하는 적의 무리는 지금도 늘어나고 있다. 사격을 멈추면 적의 압력에 짓눌릴 수밖에 없다.

하지만 아키라는 전혀 허둥대지 않는다. 일부가 기계화된 백팩을 원격으로 조작한다. 그러자 내용물 분사 장치가 장착된 백팩에서 새로운 탄창과 에너지 팩이 공중으로 사출되었다.

그리고 공중에 뜬 탄창과 에너지 팩을 총으로 때리듯 휘두르며 재장전을 완료한다. 두 손이 바빠도 이렇게 하면 빠른 탄창 교체가 가능하다.

아키라도 여유가 있다면 그냥 손으로 교체한다. 하지만 지금은 이 곡예가 필요할 정도로 바빴다.

확장시야에 표시된 주변 지도를 통해 차량 경비대에서 다시 이동 지시가 내려왔다. 아키라는 지시대로 차량 앞쪽으로 이동했다. 그곳에서 지금까지 차량 앞쪽을 담당했던 헌터 팀과 서로 널찍한 거리를 두고 마주쳤다.

주변 지도에는 다른 헌터들의 위치도 표시된다. 그들은 차량의 비교적 뒤쪽, 아키라와 멀리 떨어진 위치로 재배치되었다.

『이 근처에 있는 헌터가 나 혼자 남았어. 어쩐지 바쁘더라.』

『헌터 배치는 팀 단위의 전력 평가를 통해 이뤄진다고 하니까, 그게 원인이겠지.』

『좋게 생각하면 내 전과가 잘 평가받고 있다는 건가.』

실제로 아키라의 전력은 같은 2호차에 배치된 다른 헌터들의 팀 전력을 혼자서 능가하고 있다. 경비대도 이를 확인하고 아키라를 다른 팀과 떨어진 차량 앞쪽에 재배치했다.

『그래도 너무 많아. 이 배치라면 잘못 쏠 걱정도 없으니까, 한꺼번에 숫자를 줄이자. 아키라, AF 레이저건을 사용해.』

『알았어.』

등에 있던 AF 레이저건이 전개되면서 앞으로 나아간다. 아키라는 두 손에 든 총을 서포트 암에 주고 완전히 전개된 AF 레이저건을 잡아서 자세를 잡은 뒤 자이언트 버그 무리를 쓸었다. 이전에 옥팔로스를 해치웠을 때와는 달리 발사각을 최대로 넓혀 날린 눈부신 섬광이 자이언트 버그들이 있는 허공을 불태운다.

그러나 벌레들은 한 마리도 죽지 않았다. 범위를 넓힌 만큼 위력은 크게 떨어졌다. 거대한 벌레의 외골격을 태우고 내부도 어느 정도 태웠지만, 표적의 생명력을 재로 만들기에는 위력이 부족했다.

물론 의도한 것이다. 얼핏 멀쩡해 보이는 벌레들이 하나둘씩 추락하거나 차량에서 떨어져 아키라의 주변에서 사라진다. 이곳은 고속으로 이동하는 도시 간 수송차량 위다. 비행 능력에 지장을 줄 정도의 손상만 입히면 충분히 적을 무력화할 수 있다.

주변 지도의 반응을 봐도 아키라 근처에 있는 자이언트 버그는 크게 줄었다. 그 위력에 아키라가 웃는다.

『위력이 좋아. 이게 한 발에 얼마더라?』

『500만 오럼이야.』

『원래 가격이……?』

『할인 후 가격이.』

『비싸!』

아키라 주변의 자이언트 버그가 확 줄긴 했지만, 이는 일시적인 현상이다. 줄어든 숫자는 2호차 전체에서 일부에 불과하며, 전체 차량 대열에서 보면 오차 수준에 불과하다. 금방 추가될 것이다.

AF 레이저건은 연사할 수 없으니 LEO 복합총으로 바꿔서 대응한다.

『아키라. 다음에 쏠 수 있게 되면 바로 쏠 거야.』

『알았어. 그나저나 이대로 가면 탄약값이 엄청나게 나올 거 같은데.』

『괜찮아. 돈은 우리가 내는 게 아니야. 히카루도 탄약이 다 떨어지게 해도 된다고 말했으니까.』

그렇게 말하며 알파는 의미심장하게 웃었다. 아키라도 그 의도를 짐작하고 웃었다.

탄이 다 떨어져도 된다는 것은 농담처럼 비싼 AF 레이저건의 탄을 다 써도 된다는 뜻이다. 언질은 받았다. 사양할 필요는 없다.

『하긴 그러네. 이게 바로 탄약비 의뢰주 부담의 힘이라고 또 말해 볼까!』

두 손에 든 총이 각각 엄청난 연사 속도와 비싼 확장탄창의 대용량을 활용해 총탄을 쏘아댄다. 그 호쾌한 사격으로 벌레들이 다가오기 전에 격파한다.

하지만 벌레들도 움츠러들지 않고 아키라에게 다가와 공격한다.

생체 발사 기관에서 체액을 굳힌 것을 총탄처럼 발사한다. 그 위력은 강철도 쉽게 관통할 정도로 강하다. 끈끈한 액체도 발사한다. 맞으면 상대의 움직임을 봉쇄한다. 바닥에 묻은 것을 밟아도 마찬가지다. 쇠도 녹이는 용해액도 뿌려댄다. 포스 필드 아머로 방어할 수 있지만, 장시간 묻으면 도시 간 수송차량의 장갑도 손상시킨다.

게다가 그 공격의 지원을 받거나 혹은 그 공격을 맞으면서 벌레 같은 통솔력으로 자신의 손상을 아랑곳하지 않고 돌격한다. 웬만한 포격도 막는 몸으로 부딪히거나, 자동차를 넘어서 전차조차 물어뜯는 강력한 이빨로 물어 죽이려고 든다.

벌레들의 가혹한 공격은 도시 간 수송차량들이 고랭크 헌터를 호위로 고용해야만 이유다.

그리고 아키라는 그 고랭크 헌터다. 자이언트 버그들의 맹공을 피하고, 막고, 반격해 격파한다.

강화복의 기능으로 공중을 발로 차며 이동하고, 입체적인 움직임으로 적의 사격을 피한다. 지붕에 묻은 끈적끈적한 액체도 그 위를 지날 때는 포스 필드 아머의 발판을 생성해 직접 밟지 않도록 한다. 피할 수 없을 정도로 광범위하게 뿌려지는 용해액은, 몸은 강화복의 포스 필드 아머로, 머리는 포스 필드 실드(역장 방벽)로 막은 다음 몸을 크게 흔들어 털어낸다.

돌격하는 벌레들은 걷어차서 날린다. 장갑차만큼 단단한 외골격을 부수는 발차기로 힘차게 날려버리고, 덤으로 다른 벌레들과 충돌시킨다. 그 와중에도 사격은 멈추지 않는다. 무수한 벌레 무리를 그보다 훨씬 많은 총탄을 쏘아 떨어뜨리고, 구멍투성이로 만들고, 부숴버린다.

그리고 여전히 줄어들지 않는 벌레들에게 다시 AF 레이저건을 사용한다. 섬광이 벌레들을 집어삼켜서 태운다. 잔탄 사정은 여유롭다. 몇 번이고 반복한다.

그만큼 많은 자이언트 버그를 해치우면 당연히 아키라의 주변은 금방 벌레 사체로 가득 찬다. 그것을 한꺼번에 걷어차서 사체의 산을 황야에 떨어뜨리고, 아키라는 계속해서 싸웠다.

◆

아키라의 전투가 엄청나서, 히카루는 기뻐하기는커녕 살짝 떨고 있었다. 그때 아키라가 통신으로 연락한다.

『히카루. 잠깐 괜찮아?』

"뭐, 뭔데?"

『방에 있지? 여분의 백팩을 가져다줘.』

"어?! 내가?! 저기, 나는 지붕에 못 나가는데?!"

그 지옥 같은 곳에 여분의 탄약을 가져다 달라는 말을 듣고, 히카루는 무심코 언성을 높였다.

『아니, 아무리 그래도 옥상까지 오라고 하지는 않아. 출입구 쪽에 두면 돼.』

"그, 그래……? 알았어."

『부탁할게.』

아키라와의 통신이 끊긴 후, 히카루는 한숨을 푹 쉬었다.

가기 싫다. 그런 데는 얼씬도 하기 싫다. 그렇게 생각하면서도 어쩔 수 없다는 것을 알았다.

아키라에게 가지러 오라고 할 수는 없는 노릇이다. 그동안 차량 방위에 구멍이 뚫린다. 자신이 지붕에 접근하기 싫다는 이유로 아키라를 철수시킬 수도 없다. 총탄이 다 떨어졌다면 철수해도 문제없겠지만, 총탄은 아직 있다. 경비대에 부탁할 수도 없는 노릇이다. 팀의 소모품 운반 작업은 팀에서 해야 할 일이기 때문이다.

히카루는 비전투원이지만 아키라 팀의 일원으로 등록되어 있다. 애초에 그것을 핑계로 기간테스Ⅲ에 조금 무리하게 탑승한 것이다. 안 그러면 무임 승차다. 따라서 팀의 일원으로서 일해야 한다.

"싫어……."

히카루는 정말 싫은 표정을 지으며 자신이 준비한 탄약류가 잔뜩 담긴 백팩을 운반하고자 준비하기 시작했다.

지붕 출입구는 널찍한 이중문 구조다. 차량 내부 쪽 문은 벽에, 지붕 쪽 문은 천장에 있다. 둘 다 매우 견고하다.

그리고 그 견고함은 기압 차이로 인한 돌풍 등을 막기 위한 것이 아니라 몬스터를 차량 안으로 들여보내지 않기 위한 것이다. 그 의미를 잘 아는 히카루는 두려움에 떨며 출입구 안으로 들어갔다.

중앙에 백팩을 놓은 히카루가 얼떨결에 위를 쳐다본다. 문 하나를 사이에 두고 건너편은 지옥이다. 그 생각에 몸을 살짝 떤 히카루는 곧바로 차량 안으로 들어가 문을 닫았다.

"아키라. 가져다 놨어."

『알았어. 고마워.』

히카루가 천장 쪽 문을 원격으로 열었다.

『이제 됐어. 닫아. 교환한 백팩은 챙겨서 가져가 줘. 덕분에 살았어.』

히카루가 천장 쪽 문을 원격으로 닫는다. 차량 측에서도 내부를 확인해서, 몬스터가 있으면 닫을 수 없게 한다. 안전은 보장되었다. 히카루는 안도해서 숨을 내쉬며 차량 안쪽 문을 열었다. 그리고 작은 비명을 지른다.

"히익……!"

천장 쪽 문은 아주 잠깐만 열었다. 그런데도 출입구 안에는 분명한 전투의 흔적이 있었다. 구체적으로는 자이언트 버그의 다리 일부가 굴러다니고, 바닥에 정체불명의 액체가 고였다. 아키라가 두고 간 백팩은 그 근처에 있었다.

히카루는 조심스럽게 출입구 안으로 들어가 이상한 액체에 오염되지 않았는지 확인한 다음 백팩을 집었다. 그리고 흠칫거리며 차량 안으로 걸어갔다.

그때 히카루의 발밑에서 소리가 났다. 아주 조금이지만 자이언트 버그의 용해액을 밟았기 때문이다. 히카루의 얼굴이 공포로 일그러졌다.

"방금 칙 소리가 났어!"

히카루는 울상을 지으며 서둘러 차량 안으로 뛰어갔다.

◆

탄약류 보충을 마친 아키라가 다시 기운을 낸다.

『좋아. 이걸로 아직 더 싸울 수 있겠어.』

알파도 여느 때처럼 웃는다.

『그래. 이런 느낌으로 계속하자.』

그러나 모처럼 북돋은 기운이 조금 허무해졌다. 덤벼드는 자이언트 버그가 갑자기 줄어든 것이다.

『……? 뭔가 갑자기 공격이 뚝 끊겼네. 어떻게 된 거야?』

주변 지도를 확인해도 아키라의 주변에는 자이언트 버그의 반응이 없다. 하지만 범위를 넓히면 여전히 대량의 자이언트 버그가 있음을 알 수 있다. 즉, 주변 벌레들은 아키라를 공격하는 것만 멈춘 것이다.

『보아하니 자이언트 버그의 페로몬 농도가 너무 짙어진 것 같아.』

회복약을 대량으로 복용하며 의아한 표정을 짓는 아키라에게, 알파가 상황을 설명한다.

자이언트 버그의 사체에서는 동족을 부르는 페로몬이 방출된다. 그래서 죽이면 죽일수록 벌레가 추가로 온다. 게다가 페로몬의 농도가 짙어질수록 더 강력한 개체를 불러들인다.

하지만 농도가 일정 임계치를 넘으면 약한 개체는 반대로 접근하지 않는다. 페로몬의 농도로 적의 위협을 인식하고, 증원하러 가도 헛수고라고 판단하는 것이다.

이러한 특성 때문에 아키라는 2호차를 공격하던 자이언트 버그 대부분을 혼자 상대해야 했다. 그런데도 이기는 바람에 아키라 주변의 페로몬 농도가 임계치를 넘어선 것이다.

『그렇구나. 하지만 그런 건 바람에 날아가지 않아?』

『물론 바람에 날아가면 페로몬의 농도는 떨어질 거야. 하지만 발생원 부근이 여전히 가장 짙겠지?』

아키라가 주변을 둘러본다. 자이언트 버그의 사체가 여기저기 널브러져 있다. 지붕 위의 강풍에 휩쓸려도 이렇게 많은 발생원이 있으면 주변 농도가 다른 곳보다 높을 수밖에 없다.

『하긴. 그렇다면 일단 시체를 황야로 날려버릴까?』

아키라가 그렇게 생각하고 행동에 옮기려고 했을 때, 주변 지도를 통해 경비대에서 이동 지시가 내려온다. 그 이동 장소는 3호차 지붕이었다.

알파가 기분 좋게 웃는다.

『아키라. 선두 차량에 한 대만큼 접근했어. 가자.』

『그래..』

10호차는 아직 멀리 있다. 그곳에 있는 헌터들과의 실력 격차도 아직 멀다.

하지만 아키라는 확실하게, 착실하게, 다가가고 있었다.

3호차가 2호차가 일시적으로 연결하기 위해 차간 거리를 좁힌다. 아키라는 충분히 가까워질 때까지 기다리지 않고 차량 앞쪽에서 뛰어내려 3호차 지붕으로 이동했다.

아키라에게 3호차 이동 지시가 내려진 것은 히카루에게도 전해졌다.

차량 안에 있는 사람이 다른 차량으로 이동하는 것은 보안상의 문제 등으로 인해 기본적으로 금지한다. 이제는 자신이 아키라 근처로 백팩을 가져갈 수 없게 됐다. 히카루가 그렇게 생각하며 안도했을 때, 차량 경비대에서 통지가 왔다. 차량 이동 허가가 떨어졌음을 알리는 통지다.

히카루는 어깨를 축 늘어뜨리고 한숨을 쉬었다.

아키라와 교대하는 형태로 3호차에서 2호차로 배치가 변경된 헌터 팀은 연결 통로를 통해 차량을 이동해 2호차의 지붕으로 나갔다.

"뭐야? 적이 없잖아?"

"이상한걸. 우리를 이쪽으로 돌릴 정도로 상황이 안 좋았던 거 아니야?"

"아니, 사체가 이렇게 많이 있잖아. 아마 이곳을 담당하던 큰 팀이 철수한 거겠지. 아니면 싸우다 같이 죽었나?"

"철수했든 싸우다 죽었든 이렇게 많이 잡았잖아. 2호차 녀석들 치고는 잘했어. 잘 싸웠다고 칭찬해 주자고."

대규모 팀이 아닌 혼자서. 철수나 전사가 아닌 승리. 추가로 3호차 재배치. 그런 사람이 있을 줄은 모르고, 헌터들은 일을 시작했다.

◆

전장을 3호차 지붕으로 옮긴 아키라의 전투가 계속된다. 적은 자이언트 버그 무리다. 그 점은 변함없다. 다만 2호차에서는 승용차만 했던 벌레들이 3호차에서는 버스만 한 크기로 변했다.

몬스터는 클수록 강하다. 그 기본 원칙에 따라 강력한 벌레들을 상대로, 아키라는 두 손에 든 LEO 복합총을 쏘아댄다. 연속으로 발사된 C탄이 자이언트 버그의 견고한 외골격을 관통해 내부를 파고들어 즉사시켰다.

하지만 아키라는 표정이 딱딱해진다.

『역시 단단하네!』

상대하는 자이언트 버그는 강력해졌지만, 아키라도 해치울 수 있다. 하지만 한 마리를 해치우는 데 들어가는 탄환이 확 늘어났다.

『아키라. 다시 AF 레이저건을 사용해.』

『알았어!』

적의 공격을 누비듯 피하며 AF 레이저건으로 교체한다. 그리고 적 무리를 힘차게 휩쓸었다.

이번에는 발사 각도를 좁혀 섬광이 아닌 광선을 발사했다. 벌레들이 마치 거대한 빛의 칼날을 휘두른 것처럼 동강이 나서 불에 탄 단면을 드러내며 죽어갔다.

일부 벌레는 절단 부위가 작아서 살아남았다. 하지만 곧 LEO 복합총으로 바꿔서 쏴 죽인다. 부상 때문에 생체 포스 필드 아머의 강도가 약해진 거대 벌레는 장갑에 구멍이 뚫리는 것을 넘어서 가루가 되어 즉사했다.

그때 다수의 벌레가 맞는 것을 각오하고 아키라에게 돌격한다. 세 마리를 요격하고 네 번째 벌레의 몸통 박치기를 피했지만, 그 다음에는 피할 수 없었다.

그러나 아키라는 적의 공격에 맞지 않는다. 오히려 온 힘을 다해 정면에서 걷어찼다.

현재 아키라의 강화복은 웬만한 인형병기를 가볍게 뛰어넘는 힘을 낼 수 있다. 그 신체 능력에서 나온 발차기의 위력은 고속으로 이동하는 거대한 질량을 압도했다.

발차기의 충격으로 거대 벌레가 날아가 버린다. 전차 장갑만큼

이나 견고한 외골격이 산산이 부서진다. 그런데도 죽지 않는 것은 몬스터의 비정상적인 생명력 덕분이다.

하지만 그 생명력도 이어지는 사격을 견딜 만큼 강하지 않았다. 방금 일격으로 이미 약해진 탓에 무수한 C탄을 맞은 벌레는 가루가 되어 날아가 버렸다.

하지만 그 벌레도 결국 무리의 한 마리에 불과하다. 자이언트 버그의 맹공은 멈추지 않는다. 아키라는 한숨 돌릴 틈도 없이 계속해서 싸운다.

『해치우긴 하는데, 빡세네!』

『어머, 그렇게 힘들면 슬슬 철수할래?』

조금 긴장된 표정을 짓던 아키라는 놀리는 알파를 보고 일부러 여유롭게 웃었다.

『농담하지 마. 이제부터야!』

힘든 건 사실이다. 하지만 알파는 평소처럼 웃고 있다. 그렇다면 이 정도는 힘든 싸움도 아니다. 그렇게 자기 자신을 다독이며, 아키라는 다시 기운을 낸다.

그리고 알파도 이에 화답하듯 웃었다.

『그러면 돼. 힘내자.』

『그래!』

힘내서 적을 도륙한다. 사체 더미라는 전과를 쌓는다. 그것이 더 많은 적을 불러들여 힘든 전투를 더욱 힘들게 만든다.

그래도 아키라는 전진한다. 극도로 시달린 온몸이 비명을 지르고 있다. 그 몸을 강한 의지로 윽박지르고, 회복약으로 달래며 산

더미 같은 적들을 처치하며 앞으로 나아간다.

3호차에서 가장 쉬운 차량 후미에서 시작된 아키라의 전투는 이미 차량 중앙 부근을 넘어 앞쪽에 가까워지고 있었다.

히카루는 예비 백팩과 함께 3호차 식당에서 대기하고 있었다. 그리고 아키라에게 다시 탄약류를 보충해 달라는 부탁을 받고, 칭얼대면서도 예비 백팩을 운반했다.

원래 예정에서는 아키라 혼자 타서 탄약 보급을 위해 차량 안에 있는 자기 방으로 돌아갈 필요가 있었다. 그 점을 생각하면 히카루는 동행자로서 제 역할을 잘하고 있다.

하지만 원래라면 히카루도 그걸 고려해서 전투 요원은 아니더라도 동행자 한 명 정도는 아키라에게 붙여야 했다. 그랬으면 이렇게 무서운 일을 겪는 일이 없었을 것이다.

동료에게 발목을 잡히지 않게 하려고 도시 간 수송차량 호위 의뢰는 아키라 한 명에게만 시킨다. 그렇게 생각한 것이 역효과를 불렀다.

히카루가 한숨을 쉰다.

"나도 참, 마무리가 너무 허술해……."

그리고 지붕과의 출입구인 차량 안쪽 문을 열었다.

히카루의 표정이 딱딱해진다. 안에는 자이언트 버그의 눈알과 이빨이 굴러다니고 있었다. 눈알은 히카루의 머리보다 크고, 이빨은 히카루의 팔보다 굵고 길다.

여기도 나중에 청소가 이루어지지만, 그것은 전투가 끝난 후의 일이다. 그때까지는 몬스터의 일부가 굴러다니더라도 무해하다면 방치된다.

이런 것들은 백팩을 교환하고 천장 쪽 문을 닫은 다음에 본다. 무의식중에 그렇게 생각했던 만큼 히카루의 놀라움은 더 컸다.

가슴에 손을 얹고 숨을 가다듬는다. 그리고 일부러 힘껏 소리를 낸다.

"아아! 진짜!"

히카루는 억지로 기운을 내서 백팩을 출입구 중앙으로 옮겼다.

◆

탄약류 보충을 마친 아키라가 계속해서 싸운다.

자이언트 버그들은 강적이지만, 아키라도 탄약이 풍족하게 있다. 그 탄약의 힘으로, 아키라는 거대한 벌레 무리를 상대로 우세하지는 않아도 열세라고는 할 수 없는 상황을 유지하고 있었다.

히카루가 이번 호위 의뢰를 위해 준비한 탄약. 즉, 쿠가마야마 시티와 쩨게르트 시티를 왕복할 수 있는 탄약을 이 전투에서 다 써버릴 기세로 갈긴다. 무제한에 가까운 탄약의 힘으로 자신의 전선을 밀어붙인다.

사체로 산을 만들고, 그 산을 부숴서 길을 넓힌다. 전진하고, 다시 산을 만들고, 그 산을 부수고, 또 전진한다. 이런 반복으로 아키라는 마침내 3호차 선두에 도달했고, 2호차 때는 승용차만 했던 자이언트 버그의 몸길이가 이제 대형 2층 버스만 하게 커졌다.

아무리 그래도 이번에는 여기서 끝이겠지. 4호차로 이동하라는 지시는 아마 없을 것이다. 아키라는 그렇게 생각했다.

아키라가 싸우는 동안 차량 대열은 격추되어 지상에 떨어진 무수한 둥지급 자이언트 버그들을 차량 대열의 순서를 반대로 하면서 크게 우회해 지나가고 있었다. 그리고 적 무리 사이를 뚫고 나아가는 것이 아니라, 무리를 떨쳐내듯 황야를 나아갔다.

적 증원 발생원은 둥지급 자이언트 버그다. 그곳에서 멀어지니 적의 증원 규모도 줄어들었다. 아키라의 주변에서도 벌레가 계속 줄어들고 있었다.

『많이 줄었네. 이제 남은 녀석들만 처치하면 끝인가?』

『그런 것 같아. 하지만 줄어들었다고 방심하면 안 돼.』

『그래. 나도 알아.』

숫자가 줄었다고는 해도 격이 다른 적이다. 그것을 알파의 서포트와 대량의 탄약에 의존해 해치우고 있을 뿐이다. 방심할 수는 없다.

그리고 방심만 안 하면 승패도 뒤집히지 않는다. 얼마 지나지 않아 아키라는 나머지 자이언트 버그를 전부 해치웠다.

그러자 기다렸다는 듯이 히카루가 통신으로 연락했다.

『아키라. 한숨 돌리게 된 것 같은데, 어떤 느낌이야?』

"어떤 느낌이라고 해도 말이지. 네 말대로 한숨을 돌릴 수 있게 된 느낌이야."

『많이 피곤해? 다치진 않았어? 이제 한계가 온 느낌이야?』

무언가를 탐색하는 듯이 말하는 히카루를, 아키라는 조금 의아하게 생각했다.

"피로와 부상은 회복약으로 보충할 수 있는 정도야. 한계는 남은 탄환에 달렸어. 아직 남았지?"

『그, 그래. 예비 백팩이 하나 더 있어.』

"그래서, 뭘 묻고 싶은 거야?"

그 질문에 히카루가 잠시 머뭇거리다가 대답한다.

『아, 사실 경비대에서 4호차 지원 요청이 왔어. 그래서 거절하더라도 아키라가 이미 한계라는 이유를 대면 무난하게 넘어갈 것 같거든.』

"그런 거였어? 그건 적당히 말해도 상관없지만, 거절하려고?"

가벼운 마음으로 그렇게 말한 아키라의 대답을 들은 히카루는 놀란 투로 대답했다.

『어? 4호차에서 지원 요청이 왔다는 건, 거기의 헌터 팀이 지원을 요청할 정도로 고전하고 있다는 뜻이잖아? 즉, 자칫 잘못하면 5호차만큼 강한 몬스터의 공격을 받고 있다는 뜻인데? 아무리 그래도 무리 아니야? 아키라, 자신 있어?』

그렇게 말하면 아키라도 고민한다. 하지만 일부러 독단으로 정하지 않는다.

『알파. 괜찮을까?』

자기 힘으로 이 자리에 있는 것이 아니다. 알파의 서포트에 의지해 이 자리에 있다. 그렇다면 자신이 있는지 없는지, 더 할 수 있는지 없는지를 결정하는 것은 내가 아니다. 아키라는 그것을 잘 알고 있었다.

알파가 조금 도발적인 태도로 대답한다.

『아키라에게 달렸어.』

『알았어.』

아키라가 히카루에게 대답한다.

"위험해지면 차량 안으로 도망칠 자신은 있어. 그러니 지원하러 가도 되는데? 아직 탄약도 다 떨어지지 않았으니까."

자신의 노력으로 어떻게든 된다면 한다. 아키라는 그렇게 하기로 결심했다. 그래도 자신이 있다고 자신만만하게 대답하긴 조금 그랬다. 그래서 그 부분을 조금 가미해서 히카루에게 대답했다.

"뭐, 가지 말라고 하면 안 가. 그 판단은 히카루에게 맡길게. 오퍼레이터잖아?"

그렇게 말하자 히카루도 고민에 빠졌다.

히카루도 아키라를 사지로 몰아넣기 싫다. 이나베가 아키라를 맡긴 이상, 아키라가 죽으면 그 책임을 져야 하기 때문이다.

그래도 5호차 수준으로 강한 몬스터를 이길 수 있다면 가도 좋겠다는 생각이 든다. 그 정도의 성과를 무턱대고 버리기는 아깝다.

그 위험과 성과 사이에서, 히카루는 고민에 빠졌다. 그리고 결심했다.

『알았어. 그렇다면 가줘.』

이미 자신은 큰 위험을 감수하고 있다. 그렇다면 최대한의 성과를 얻자. 그런 생각으로 히카루는 도박에 나섰다.

『하지만 무리일 것 같으면 고집부리지 말고 바로 도망쳐. 그게 조건이야.』

"알아. 나도 죽긴 싫어. 위험해지면 도망칠게. 그러면 예비 백팩을 가져다줘. 가장 좋은 상태로 가고 싶으니까."

『알았어. 금방 가져갈게.』

히카루와의 통신은 그렇게 한 차례 끊겼다. 아키라는 옥상 출입구로 가서 히카루를 기다렸다. 히카루는 금방 왔다.

"기다렸지? 잊지 마. 이게 마지막이야."

히카루는 그렇게 말하며 아키라에게 예비 백팩을 건넸다.

"정말이지. 설마 정말로 다 쓸 줄은 몰랐어. 이것도 여유 있게 준비한 건데?"

"탄약이 다 떨어질 정도로 싸워도 된다고 했잖아? 그런 소리를 하는 바람에 탄약값으로 적자를 볼 것 같아?"

"무슨 소리야. 그래도 흑자로 만드는 게 내 실력이야."

아키라와 히카루는 그렇게 말하며 기분 좋게 웃었다. 그리고 히카루가 다시 태도를 바꾼다.

"아키라. 조심해. 그리고 힘내."

"그래. 기대하라고."

아키라는 그렇게 말하고 지붕으로 돌아갔다.

그 아키라를 배웅한 히카루가 웃으며 말한다.

"그래. 기대하게 해줘."

그리고 히카루도 차량 안으로 돌아갔다.

◆

　지원 요청을 받아들인 아키라는 지붕 앞쪽에서 3호차가 4호차
에 접근하는 것을 기다리고 있었다. 이미 준비는 끝났다. 충분히
가까워졌을 때 뛰어넘기만 하면 된다.

　정보수집기의 망원 기능으로 접근하는 차량의 지붕 위를 보니 4
호차를 공격하는 자이언트 버그의 모습을 확인할 수 있었다. 숫자
는 고작 6마리. 하지만 아키라가 표정을 구길 만큼 위협적인 존재
가 있었다.

　"너무 크잖아!"

　4호차를 공격하는 것은 몸길이가 40미터가 넘는 거대 벌레들이
었다.

제202화 고랭크 헌터들

4호차에서 지원을 요청하는 사태가 벌어진 것은 이 차량을 호위하던 헌터들의 실력이 부족해서가 아니다. 오히려 그 반대로, 헌터들의 실력이 너무 좋았기 때문이었다.

4호차 경비는 10호차 경비에도 참가한 대규모 헌터 팀이 통째로 맡았다. 그리고 헌터 랭크 40~50대의 하위 팀에게 경비를 맡겼다.

하위 팀이라고 해서 약한 것은 아니다. 팀에서 강력한 장비를 받았고, 4호차 경비에 참가할 만큼의 실력도 갖췄다. 대량의 자이언트 버그를 격파하는 등 충분한 성과를 내고 있었다.

하지만 그 과도한 성과가 이번 사태의 발단이 되었다. 단기간에 대량으로 처치한 자이언트 버그 사체에서 방출된 고농도 페로몬이 바람의 방향과 같은 이유로 훨씬 강한 자이언트 버그를 부른 것이다.

헌터 랭크 40대치고는 실력이 좋은 이들도 그보다 급이 높은 자이언트 버그를 상대하기에는 역부족이었다. 차량 안으로 후퇴할 수밖에 없었다.

그만큼 팀 전체의 전력이 약해진 상태에서 남은 헌터 랭크 50대들은 필사적으로 싸우며 전선을 유지했다. 하지만 불리한 상황이긴 해서, 조금씩 밀리기 시작했다. 그리고 마침내 경비대에 지원을 요청해야 할 만큼 상황이 나빠졌다.

고농도 페로몬을 발생시킨다는 점에서는 아키라도 2호차에서 비슷한 상황을 겪었다.

하지만 아키라의 전력이 처음에 낮게 평가된 탓에 2호차에는 아키라를 제외하고도 충분한 전력이 있었다. 게다가 아키라와 교대로 3호차 헌터들도 왔기 때문에 설령 고농도 페로몬으로 인해 3호차로 자이언트 버그가 유인되었다고 해도 큰 문제는 발생하지 않는다. 애초에 그렇게 되지 않도록 차와 차 사이의 거리도 조정하고 있었다.

그런 점을 포함해서 4호차 사태는 헌터 측의 실수를 비난하기 어려운, 운이 나쁜 사건이었다.

4호차 경비를 맡은 하위 팀의 리더인 두 남자는 거대 벌레들을 상대하며 험악한 표정을 짓고 있었다. 헌터 랭크는 둘 다 60. 틀림없는 고랭크 헌터다.

그들에게 동료에게서 연락이 온다.

『미안해! 실수했어! 난 이제 물러날게!』

"그래! 무리하지 마! 출입구를 방어해! 그것도 힘들면 차에 들어가!"

『미안해! 이탈한다!』

한 남자가 한숨을 푹 쉬었다.

"이제 전방엔 우리 둘밖에 없나! 못 해 먹겠군!"

다른 한 남자가 가볍게 웃는다.

"넌 헌터 랭크 50 정도인 녀석들의 서포트는 재미없다고, 못 해 먹겠다고 했잖아. 그랬는데 이만큼 날뛸 상황이 된 거니까, 소원 성취한 거 아니야?"

"그건 그냥 해본 소리지!"

두 사람이 그렇게 이야기하는 동안에도 자이언트 버그들의 치열한 공격은 계속되고 있었다.

거대한 벌레가 생체 발사 기관에서 딱딱해지는 체액을 뿜는다. 소형 자이언트 버그도 하던 공격이지만, 발사되는 탄환의 크기가 총탄에서 포탄으로 바뀌었다. 위력도 한층 강해졌다.

게다가 외골격 일부를 열고 생체 미사일을 발사한다. 포격만큼 빠르지는 않지만, 표적을 정확하게 추적해 확실하게 죽이려고 든다.

이것만으로도 웬만한 헌터 팀 정도는 순식간에 전멸할 화력이다. 하지만 이 화력은 한 마리 분량이다. 그리고 지금 4호차를 공격하는 상급 벌레들은 6마리. 게다가 벌레다운 통솔력으로 겁도 없이 덤벼든다. 거센 공격의 폭풍이 4호차 지붕 위에 지옥도를 연출했다.

두 사람은 그 지옥 속에서 푸념을 섞어 잡담할 정도의 실력자다. 그들이 없었다면 전선은 이미 무너졌을 것이다.

팀은 퇴로가 되는 출입구를 간이 방벽으로 덮어 방어하는 후방 인원과 그 바깥에서 싸우는 전방 인원으로 나뉜다. 전방 인원의 활약은 눈부셔서 처음에는 15마리나 되던 거대 벌레들을 6마리로 줄이는 데 성공했다. 그리고 두 사람은 그 성과에 크게 기여했다.

하지만 그만한 실력자들도 이 상황을 뒤집을 수는 없었다. 적의 맹공에 전방에 있던 다른 동료들은 조금씩 이탈했고, 결국 둘만 남았다. 상황은 그만큼 심각했다.

"진지하게 말해서, 그렇게 빡세면 철수할까? 전선 요원이 이만큼 줄었잖아. 철수할 이유는 되겠지."

이 팀이 차량 안으로 철수해도 도시 간 수송차량은 매우 강력한 포스 필드 아머로 보호받고 있다. 차량이 금방 파괴되는 것은 아니다.

물론 방어할 사람이 없어지는 거니까 피해는 발생한다. 장갑에 구멍이 뚫리는 대파 상태는 아니더라도 수리가 필요한 파손 부위는 훨씬 늘어난다. 그리고 몬스터를 장기간 방치하면 결국에는 차체가 파괴될 수밖에 없다. 헌터들은 그런 피해를 막기 위해 고용된 것이다.

이를 고려하면 현재 상황에서 철수해도 치명적인 문제는 생기지 않는다. 그렇게 판단해서 한 제안이었다.

그 말을 들은 남자는 약간 망설였지만, 제안을 받아들이지 않았다.

"아니, 이미 늦었다고 해도 시간이 다 될 때까지 발악하고 싶어. 아, 네가 힘들면 철수해도 돼."

"무슨 소리야. 너를 걱정해서 그런 거라고."

두 사람은 씩 웃고 전투를 속행한다. 목적의 완수를 승리라고 한다면 그들은 이미 패배한 셈이다. 하지만 참패가 아니라 아쉬운 패배 정도로는 막고 싶다. 그렇듯 다소 오기가 생긴 생각으로, 두 사람은 각자의 무기를 벌레들에게 겨눴다.

그때, 벌레 한 마리가 원거리에서 레이저건을 맞았다. 명중 지점의 외골격이 날아가 속살이 훤히 드러난다. 그러나 치명상을 입지는 않았다.

두 사람이 무심코 레이저건이 날아온 곳을 바라본다. 그곳에는 4호차 지붕 끝에서 AF 레이저건을 들고 있는 아키라가 있었다.

"지원하러 온 헌터인가. 잠깐만, 저쪽에서 왔다는 건 3호차의 헌터인가? 어이어이, 만용이든 자살 지원자든 너무 심하지 않아?"

"아니, 거리에 따른 위력 감쇠가 심한 곳인데 저기서 쏴서 이 정도 위력이야. 꽤 좋은 물건을 쓰는군. 뭔가 사정이 있어서 저쪽에 배치됐거나, 1호차에서 우리처럼 서포트 역할을 하던 녀석이 급하게 이쪽으로 배치된 거 아닐까?"

"아하, 그런 건가?"

레이저건에 맞은 자이언트 버그가 아키라를 향해 대량의 생체 미사일을 발사한다. 나아가 공격 우선순위를 두 사람에서 아키라로 바꾸고 그 자리에서 이탈했다.

"뭐, 어찌 됐든 미끼 정도는 해주겠지."

"그래. 지원 나온 헌터에게 도움받았다고 혼날까?"

"무슨 소리야. 이렇게 한심한 시점에서 그 정도 일로 혼날 걱정은 해도 소용없어."

"하긴 그렇지!"

두 사람은 쓴웃음을 짓고, 이어서 힘차게 웃었다. 그리고 한 마리 줄어든 벌레들에게 지금까지와 다름없이 온 힘을 다해 맞섰다.

◆

변칙적이긴 해도 드디어 2호차에서 4호차에 도달한 아키라는 사격이 끝난 AF 레이저건을 든 채 험악한 표정을 지었다.

『직격했는데 저것밖에 안 되나?』

방출 각도를 크게 넓힌 면 공격으로도 승용차 크기의 자이언트 버그는 불살라 버렸다. 방출 각도를 좁힌 후 빠르게 긋는 선 공격으로도 버스 크기의 개체라면 썰듯이 격파할 수 있었다.

이번에는 그 면이나 선이 아닌, 최대 위력인 점 공격이다. 옥팔로스를 해치웠을 때처럼 저 커다란 몸뚱이를 관통할 수 있을 것이다. 만에 하나 관통은 불가능하더라도 격파 자체는 가능할 것이다. 5호차 몬스터 수준으로 강할지는 몰라도 이 한 방에 견딜 정도는 아닐 것이다. 그렇게 생각했던 만큼 아키라의 놀라움은 컸다.

『알파. 생각보다 강한데. 어떻게 할까?』

히카루에게는 큰소리를 펑펑 쳤지만, AF 레이저건을 사용해도 해치울 수 없는 이상 이 자리에서 철수하는 것도 어쩔 수 없다. 아키라는 반쯤 그렇게 생각하고 있었다.

그러나 알파는 대수롭지 않게 대답한다.

『역시 거리가 너무 멀었나 봐. 하지만 방금 사격으로 감쇠 정도를 파악했어. 아키라. 거리를 좁히자.』

『그렇게 하면 해결이 돼?』

『그래. 자이언트 버그의 분비물 때문에 상당히 강력한 감쇠 효과가 발생하고 있지만, 광범위하고 얇게 퍼지니까 가까이 가면 무시할 수 있을 정도로 영향을 줄일 수 있어.』

무색 안개는 각종 정보 전달을 방해해 통신과 색적에 큰 지장을 초래하는 것 말고도 사격의 사거리와 위력 등에도 악영향을 미친다. 그리고 자이언트 버그는 비슷한 효과를 가진 분비물을 방출할 수 있다. 그래서 AF 레이저건의 위력이 급감한 것이다. 알파는 그 원리를 간단히 설명했다.

그 말을 듣고 일단 납득한 아키라는 문득 생각했다.

『하지만 아까 그 무식하게 큰 자이언트 버그는 차량의 레이저건으로 해치웠잖아? 멀리서 쏘면 위력이 떨어지지 않을까?』

『그래. 그래서 도시 간 수송차량이 아니고서는 탑재할 수 없는 특대형 대포가 필요한 거지.』

그래서 아키라도 납득했다.

또한 차량에 탑재한 대포는 위력 특화이기 때문에 출력의 하한선이 매우 높아 차량 주변의 몬스터를 공격하는 데는 사용할 수 없다. 사용했다간 차량이 통째로 날아갈 위험이 있다.

그렇다면 소형 대포를 대량으로 설치하면 되지 않겠느냐는 대안은 상황에 대한 유연성이나 가성비 측면에서 폐기되었다. 헌터라는 무력은 통제만 가능하다면 매우 유용한 전력으로써 오늘날에도 동부에서 활용되고 있다.

『아키라. 상대도 움직였어. 가자.』

『알았어.』

AF 레이저건에서 LEO 복합총으로 바꾼 아키라는 자신이 있는 곳으로 다가오는 자이언트 버그를 향해 달려간다. 그리고 두 손에 든 총을 다가오는 생체 미사일 무리에 연사했다.

총탄에 맞은 미사일이 차례로 폭발하며 대기를 뒤흔들어 거칠게 휘몰아친다. 감쇠되어도 주변으로 전해지는 충격이 그 위력을 말해준다.

아키라는 그것들을 전부 요격해야 한다. 포격에 비해 속도는 느리지만, 그만큼 유도 성능이 좋다. 우연히 빗나가길 기대할 수는 없다.

게다가 일부 미사일은 지붕에 떨어지지 않고 착지해 다리를 뻗어 지붕 위를 질주하고, 여기저기 널브러진 자이언트 버그의 사체 사이로 몸을 숨기며 민첩하게 다가온다.

게다가 미사일의 단단함은 2호차에서 싸웠던 벌레들을 능가하는 수준이었다. 조금 맞히는 정도로는 궤도가 어긋나는 효과밖에 없고, 게다가 그 뛰어난 유도성으로 궤도를 수정하며 쇄도한다. 두 손에 든 총을 하늘과 앞을 향해 쉴 새 없이 갈겨야 한다.

그리고 미사일을 쏘는 아키라의 빈틈을 노리듯 자이언트 버그가 조준한 포격이 거듭 날아온다. 맞을 수는 없다. 필사적으로 피한다. 허공을 가르는 거대 포탄이 아키라 근처에 있는 사체도 관통해서 분쇄한다.

계속해서 쏘고, 피하고, 달린다. 상대가 압도적으로 유리한 거리를 좁혀야 한다. 그 거리는 강화복의 신체 능력으로 달리면 금방 도착할 정도로 짧다. 하지만 원래라면 짧아야 할 거리가 길고 멀다.

　너무 치열한 적의 공격에 대처하기 위한 극도의 체감시간 조작이, 느리게 흐르는 시간 속에서 아키라의 움직임을 무디게 만들고 있었다.

　『한 마리로 이 정도야?! 그렇다면 5마리가 있는 저쪽은 어떻게 되는 거지?!』

　『고생하는 것 같지만, 애써서 어떻게든 버티는 것 같아.』

　『애쓰면 어떻게든 되는 거야?! 이 공격이 5마리 분량인데?!』

　『그럴 실력만 있으면 돼. 실제로 잘 버티고 있어. 게다가⋯⋯.』

　『게다가?』

　『10호차 전투에 비하면 아직은 편하잖아?』

　『하긴⋯⋯!』

　머지않아 그 장소에 도달할 거라면, 지금 여기서, 이 정도의 장소에서 꾸물댈 수 없다. 아키라는 그런 생각으로 자신을 다그치며 다시 힘을 냈다. 그리고 굼뜬 움직임밖에 보이지 않는 몸에 그 의지를 억지로 주입해 가속한다.

　『그러면 돼.』

　무한한 연마를 견딜 육체가 있어도 그 고통과 고난을 견디지 못하고 타협하면, 타협한 수준의 힘밖에 얻을 수 없다. 강해지려면 그에 걸맞은 의지가 필요하다. 그 의지의 힘을 보여준 아키라를 보며, 알파는 만족스럽게 미소를 지었다.

계속해서 쏜다. 공중에서도, 전방에서도, 압살할 듯이 다가오는 생체 미사일 무리를, 두 손에 든 총으로 쏘고, 또 쏴서 격파한다. 방대한 총탄으로 친 탄막 해일로 무릎 꿇린다.

계속해서 피한다. 여기저기 널브러진 사체를 여파만으로 분쇄하는 포격을, 알파의 서포트로 탄도를 완전히 간파하고 회피한다. 연이어 발사되는 포탄이 허공을 가르고 사체를 꿰뚫지만, 아키라에게는 맞지 않는다.

계속해서 달린다. 강화복의 경이로운 신체 능력으로 다리를 움직인다. 도시 간 수송차량의 견고한 지붕을 무너뜨릴 기세로 가속한다. 공중으로 뛰어올라 허공에 생성한 포스 필드 아머 발판을 발로 차고, 공중을 달리며 전진한다. 뒤에서 불어오는 폭풍, 그 바람의 방향이 체감상으로는 역방향으로 느껴질 만큼 빠르게 전진한다.

그 속도가 느리게 느껴질 정도로 시간이 천천히 흐르는 세계에서, 아키라는 격전을 벌인다. 그리고 거대 벌레까지의 길고도 짧은 여정을 마침내 돌파했다.

『아키라! 해치우자!』

『그래!』

생체 미사일 무리를 격추하고 포격의 사각으로 파고든 아키라가 자이언트 버그에 육박한다. 알파의 서포트로 등에 달린 AF 레이저건이 아직 전개되지 않은 상태에서 포격 에너지 충전을 시작하는, 안전 기준에서 벗어난 동작을 시작한다. 준비는 다 끝났다.

그리고 아키라는 두 손에서 LEO 복합총을 놓을 수 있는 찰나의 틈을 놓치지 않고, 절묘한 타이밍에 전개된 AF 레이저건으로 바꿔서 사격 자세를 취했다.

"날아가라!"

AF 레이저건의 총구에서 원거리 최대 위력이 아닌 근거리 최대 위력을 발휘하는 형태로 에너지가 뿜어져 나왔다. 그것은 거대한 빛의 기둥이 되어 전장 40미터가 넘는 자이언트 버그를 관통했다.

거대 벌레의 몸통에 아키라의 키를 가볍게 뛰어넘는 큰 구멍이 뚫린다. 소멸을 피한 부분도 구멍 바깥쪽은 불에 타서 약해지고, 거센 폭풍을 견디지 못해 부서진다. 그리고 크게 손상된 몸이 붕괴하면서 떨어졌다.

헌터 랭크가 60인 헌터들도 고전하는 상급 자이언트 버그. 그중 한 마리를, 아키라가 격파했다.

차량 지붕에 떨어진 거대한 사체 뒤에 몸을 숨긴 아키라가 숨을 내쉰다.

"좋아. 어떻게든 이겼어."

『수고했어. 천천히 쉬자.』

알파는 그렇게 말하며 아키라의 건투를 웃으며 칭찬했다. 그 말을 들은 아키라는 의아한 표정을 지었다.

"아직 끝나지 않았잖아?"

자기 채점으로는 아주 잘 싸운 거지만, 고작해야 무리 중 한 마리를 해치웠을 뿐이다. 자이언트 버그와의 전투 자체가 끝난 것은 아니다. 의아해하는 아키라에게 알파가 말한다.

『그래. 하지만 금방 끝날 거야.』

그렇게 말하며 알파는 다른 자이언트 버그들을 손으로 가리켰다. 아키라도 그쪽을 바라본다.

다음 순간, 4호차의 나머지 자이언트 버그들을 여러 발의 레이저가 남김없이 관통했다.

◆

아키라가 자이언트 버그 한 마리를 가져간 덕분에 6 대 2에서 5 대 2가 된 헌터들은 이어진 노력으로 4 대 2까지 상황을 개선했다.

하지만 그게 끝이었다.

"시간이 다 됐나……."

아직 건재한 벌레들 앞에서, 두 헌터는 투지를 상실한 듯 멈춰서 한숨을 쉬었다.

자이언트 버그들은 그 기회를 놓치지 않고 두 사람에게 달려들었다. 하지만 이미 늦었다. 고출력 레이저에 꿰뚫려서 모두 한 방에 즉사했다.

그 레이저를 쏜 것은 두 사람의 상사, 멜시아라는 헌터였다. 지금까지 차량 대열 선두에서 싸웠던 무력으로 아키라와 두 사람이 그토록 힘들어하던 자이언트 버그들을 너무나도 쉽사리 격파했다. 그리고 공중에서의 포격을 마치고 두 사람 앞으로 내려온다. 이를 본 두 사람은 반사적으로 자세를 바로잡았다.

상위 팀을 번거롭게 하기 전에 마무리하고 싶었던 두 사람의 소원. 비록 불가능하다는 것을 알고 있었지만, 결국 멜시아의 도착이라는 시간 초과로 막을 내렸다.

멜시아가 두 사람에게 미소를 지으며 묻는다.

"피해 상황은?"

"중상자 다수. 당분간 입원해야 합니다. 의뢰 기간 내로 전선 복귀는 불가능할 것 같습니다."

"사망자는?"

"현재로서는 없습니다. 차량 안에 대피시킨 인원의 상태가 나빠졌다는 보고는 없었습니다."

긴장한 표정을 지은 두 사람 앞에서 멜시아가 작게 한숨을 쉬었다. 그것으로 두 사람의 긴장감은 더욱 커지지만, 멜시아는 태도를 누그러뜨렸다.

"뭐, 죽은 사람이 없다면 아슬아슬하게 합격으로 쳐줄게. 그건 그렇고, 경비대에서 지원을 요청하기 전에 우리한테 먼저 요청할 순 없었어?"

"죄송합니다. 잘못 판단했습니다. 아직 지원 요청을 하기에는 이르다고 생각했는데, 경비대에서 우리가 인식하는 것보다 더 고전한다고 판단했는지 먼저 지원군을 파견했습니다."

"그래. 다음부터는 그런 부분도 고려해서 빨리 대응해. 다른 곳에서 지원 헌터를 받으면 팀 평판에도 영향을 미치니까."

"넵!"

"그러면 여기는 맡길게."

멜시아가 그렇게 말하고 떠난다. 멜시아로부터 합격 평가를 받아 자리를 부지한 두 사람은 안심하고 한숨을 쉬었다.

그토록 힘들게 해치운 자이언트 버그들이 한순간에 모두 격파당했다. 그 사실에, 아키라는 놀라움을 감추지 못했다.

"대단해……. 네 마리를 전부 순식간에……."

『10호차에서 일을 마친 헌터들이 다른 차량을 지원하기 시작했어. 이제 끝이야.』

지금은 아직 7호차에서 9호차의 자이언트 버그를 퇴치하는 중이지만, 10호차 헌터들이라면 오래 걸리지 않을 것이다. 그리고 멜시아는 같은 헌터 팀의 지원을 우선해서 단독으로 한발 먼저 4호차에 왔다.

"저걸 10호차 헌터들이 해치운 거구나. 나는 한 마리 잡는데도 진짜 고생했는데, 역시 강하네. 장비도 엄청나고, 저건 얼마나 할까?"

『적어도 푼돈으로는 살 수 없는 금액이겠지.』

그런 건 말하지 않아도 안다. 아키라는 잠시 그렇게 생각했지만, 곧바로 푼돈의 의미를 깨달았다. 기업 화폐로는 100억이 있어도 푼돈이다. 예전에 알파가 그렇게 말한 적이 있었다.

즉, 저만한 장비를 사려면 최소 100억 오럼이 넘는 돈, 혹은 그에 상응하는 콜론을 쓸 필요가 있다는 뜻이다. 아키라는 그렇게 이해했다.

"내 장비 따위는 푼돈으로 살 수 있는 물건이란 건가. 고생하는 게 당연하네."

저만한 장비를 구하려면 얼마나 많은 돈이 필요할까. 매우 강력한 장비를 구매할 때는 헌터 랭크 제한도 있다. 얼마나 올려야 할까. 둘 다 부족한 자신에게, 아키라는 슬쩍 한숨을 쉬었다.

그런 아키라에게 알파가 웃으며 대수롭지 않게 말한다.

『아키라도 비슷한 수준의 장비를 사면 돼. 머지않아 말이야.』

그 말을 듣고 아키라도 의식을 바꿨다. 괜히 침울해하지 않고 웃는다.

"그래. 애써서 어떻게든 해볼까."

『그래요. 어떻게든 해보자.』

지금까지도 그렇게 했다. 앞으로도 그렇게 할 것이다. 근거가 없는 낙관론이지만, 무의미하게 침울해지는 것보다는 훨씬 낫다. 아키라는 그렇게 생각하며 웃었다.

그런 아키라에게 멜시아가 다가온다.

"네가 지원을 나온 헌터지? 한심한 우리 식구들이 폐를 끼쳐서 미안해. 나는 멜시아. 너는?"

"나는……."

아키라는 평범하게 대답하려고 했다. 하지만 그때 히카루가 허둥지둥 끼어든다.

『아키라! 조용히 있어! 말하지 마! 제발! 괜한 소리는 하지 마!』

『히카루?』

『제발! 조용히 있어! 협상은 내가 할 거니까 아무 말도 하지 마!』

상당히 필사적인 히카루의 태도에, 아키라는 살짝 당황했다. 멜시아도 아키라의 그 낌새를 알아차렸다.

"무슨 일 있어?"

"아, 미안하지만, 내 오퍼레이터가 사적인 대화를 하지 말라고 무진장 따지고 있어서. 그러니까 입을 다물게."

멜시아가 재미있다는 듯이 웃는다.

"사정이 있나 보네?"

"…………."

있냐 없냐를 따진다면, 자신은 필시 사정이 있는 인간이리라. 아키라는 그렇게 생각하고 입을 다물었다. 그리고 그것은 아키라의 표정을 통해 멜시아에게도 전해졌다.

"그래? 그렇다면 지금 내 말을 듣고 있는 네 오퍼레이터를 포함해서, 필요한 말만 할게. 나머지는 우리가 알아서 처리할 테니까 괜찮아. 고마웠어. 푹 쉬길 바랄게. 잘 있어."

더 도와줄 필요는 없다. 아키라와 히카루에게 그렇게 말하고, 멜시아는 그 자리를 떠났다.

아키라의 확장시야 속에서 히카루가 노골적으로 안도하듯 한숨을 쉬었다.

"히카루. 무슨 일이야?"

『간단히 설명하자면, 저 사람은 엄청나게 강력한 헌터 팀 사람이고, 게다가 거기서 엄청나게 잘난 사람이야.』

멜시아는 드래곤 리버라고 하는 유명한 대규모 헌터 팀의 2인자다. 무력에 특화된 대장을 대신해 실질적으로 팀을 운영하고 있다. 헌터 랭크는 75로, 개인으로 웬만한 도시를 위협할 수 있는 실력이 있다.

그것을 아는 히카루와 달리 그런 것도 모르는 아키라는 가볍게 말한다.

"그래서?"

『아키라가 그런 사람과 이야기하면 내가 너무 당황스러워.』

"그, 그래?"

진짜 잘난 사람에게 실수하지 마라. 불쾌하게 하는 말은 절대로 하지 마라. 무슨 말을 하면 안 되는지 모른다면 그냥 조용히 있어라. 아키라가 뭔가 사고를 치면 내 책임이 된다.

히카루가 그걸 말하고 싶은 것 정도는 아키라도 알 수 있었다. 하지만 그것을 이해하기 위해 다시 물어봐야 하는 시점에서 히카루의 우려는 지당했다. 히카루가 한 차례 심호흡해서 마음을 차분히 가라앉히고, 아키라에게 미소를 짓는다.

『아키라. 고생했어. 엄청난 활약이었어. 정말 기대에 부응해 주었구나.』

"뭐, 기대하라고 했으니까 말이지."

『다른 것도 기대해도 돼? 소란을 일으키지 않기라든가, 소란을 일으키지 않는다든가, 소란을 일으키지 않는 걸.』

아키라가 무심코 쓴웃음을 짓는다.

"나도 딱히 좋아서 소란을 일으키는 건 아닌데 말이야. 히카루는 내 오퍼레이터잖아? 어떻게 좀 해줘."

『알았어. 나한테 맡겨.』

"기대해도 될까?"

『그래. 기대해 줘.』

아키라가 가볍게 말하자 히카루도 가볍게 대꾸했다. 하지만 히카루는 이걸로 아키라를 제어하기 쉬워졌다고 생각하며 흐뭇하게 웃고 있었다.

그리고 알파도 그런 히카루를 보고 웃고 있었다.

그리고 얼마 후, 차량 대열을 습격하던 자이언트 버그 무리는 헌터들의 노력으로 전멸했다.

◆

아키라는 차량 내 욕실에서 오늘 하루의 피로를 풀고 있다. 목욕물의 성분까지 고급스러운 입욕이 격전으로 몸과 마음이 지친 아키라를 달래준다. 아키라는 조금 칠칠하지 못한 소리까지 내며 행복한 한때를 만끽하고 있었다.

"개운해. 아, 이젠 틀렸어. 이젠 싸구려 욕실로 돌아갈 수 없어."

평소보다 더 심하게 목욕물에 영혼이 녹아든 아키라를 보며, 함께 욕조에 몸을 담근 알파가 미소를 지었다.

『이번 의뢰 기간에 집 욕실을 개조하기로 해서 다행이네.』

"그래. 이것에 익숙해진 다음에 돌아간 집이 싸구려 욕실이라면 매일 욕실을 쓰러 셰릴네를 찾아갔을지도 몰라. 위험할 뻔했어."

익숙한 생활 수준이란 올리기는 쉬워도 내리기는 어려운 법이다. 슬럼 뒷골목에서 살았던 까닭에 좁은 욕조에 들어가는 것만으로도 기뻐하던 아키라는 그 시절에 비하면 너무 사치스러운 생활에 익숙해진 탓에 흔적도 없이 사라져 버렸다.

휴양이자 힐링, 그리고 오락으로서 목욕을 마친 아키라는 기분 좋게 방으로 돌아왔다. 그리고 준비된 잠옷을 겸한 실내복 차림으로 반쯤 일상이 된 몸풀기 체조를 시작했다.

티셔츠와 사각팬티 바람에 가까운 차림으로 꼼꼼하게 몸을 푼다. 다양한 자세를 취하며 몸의 가동 범위를 조금씩 넓혀 나간다.

그리고 한 발로 서서 다른 쪽 다리를 천장을 향해 뻗어 두 다리를 거의 일직선으로 만들고 균형을 잡고 있을 때, 방에 있던 히카루가 말을 건넨다.

"몸이 진짜 유연하네."

"그래, 대단하지? 나도 옛날에는 몸이 엄청 뻣뻣했는데, 겨우 이만큼 부드러워졌어."

"와, 대단한걸."

그 말에 기분이 좋아진 아키라는 조금 의기양양한 얼굴로 자기 몸의 유연성을 과시하는 듯한 포즈를 취했다.

"오, 대단해, 대단해."

"그렇지?"

왠지 자랑스러운 눈치인 아키라가, 히카루에게는 무척 어리게 보였다. 대규모 자이언트 버그 무리를 상대로 그 정도의 성과를 거둔 고랭크 헌터로는 도저히 보이지 않았다.

하지만 히카루는 그 고랭크 헌터와 눈앞의 아이, 무엇이 진짜 아키라일지 생각하지는 않는다. 둘 다 틀림없이 진짜 아키라다. 중요한 것은 어느 쪽을 중시하는지다. 히카루는 그렇게 생각하며, 현재로서는 고랭크 헌터의 모습을 중시하고 있었다.

그리고 고랭크 헌터인 아키라에 대한 분석으로 넘어간다.

"아키라. 이걸 같이 봐 줄래?"

히카루는 그렇게 말하며 벽에 있는 대형 디스플레이 장치를 가리켰다. 그곳에 차량 지붕에서 자이언트 버그들과 격전을 벌이는 아키라의 주관 시점 영상이 나타났다.

아키라가 히카루와 함께 자신의 전투 영상을 되짚어 본다. 그 영상은 히카루가 그냥 봐도, 아키라 자신도 체감시간 조작을 하지 않은 지금 상태에서는 너무 빨라서 뭐가 뭔지 알 수 없다. 그래서 느린 속도로 재생했다.

그래도 히카루에게는 상식을 초월하는 내용일 뿐이다.

"아키라. 이건 어떻게 봐도 시야 밖에 있는 적을 쏘고 있고, 뒤에서 오는 공격을 피하고 있지? 어떻게 하는 거야?"

"정보수집기로 적의 위치 같은 걸 파악하고 있어."

"그건 나도 알겠는데, 그 색적의 결과를 어떻게 아는 거야? 아키라의 시야에는 잡히지 않지?"

색적 결과가 시야에 뜬다면 히카루도 이해할 수 있다. 하지만 아키라의 시야에 그럴싸한 것은 보이지 않았다.

"그건 뭐랄까, 그냥 그런 느낌이 든다고 해야 하나……."

이미 그것을 감각적으로 수행하는 아키라는 구체적인 방법을 물어도 스스로 잘 설명하지 못해서 대충 말할 수밖에 없었다. 하지만 히카루는 그 말을 듣고 납득했다.

"아하, 아키라는 확장감각도 사용할 수 있구나. 하긴, 아키라 정도면 당연하겠지……."

"아, 응. 그거야 그거. 그런 느낌이야."

아키라는 그 정도는 당연히 아는 것처럼 굴면서 알파에게 도움을 청한다.

『알파. 확장감각이 뭐야?』

『오감 이외의 감각, 인공적인 육감을 말하는 거야.』

육감은 동부에서 신비학적인 의미가 아니라, 인위적으로 추가한 인공 감각기관 등으로 확장한 감각의 속칭으로 사용되고 있다.

원래는 정보수집기를 감각기관으로 사용하는 의체 사용자가 자주 하는 말이었다. 하지만 기술의 발달로 생체로도 비슷한 것이 가능해지면서 그 기술의 속칭으로 퍼졌다.

확장감각의 혜택은 다양하다. 가시광 영역을 자외선과 적외선으로 넓히면 어둠 속에서도 볼 수 있다. 시야를 360도로 넓히면 뒤돌아보지 않고도 바로 뒤를 볼 수 있다.

그리고 오감 강화에만 그치지 않는다. 멀리 떨어진 열원과 그 온도를 인식하는 열감. 사물의 움직임을 인식하는 동감. 공간의 입체 구조를 인식하는 공간감. 자기장의 강약이나 방향 등을 인지하는 자각. 이처럼 오감과는 근본적으로 다른 감각, 육감을 얻을 수 있다.

물론 이러한 확장감각은 인공 감각기관을 추가한다고 해서 금방 생기는 것은 아니다. 본래 인간에게 없는 감각기관의 정보를 바탕으로 뇌의 기능에 새로운 지각 처리를 구성하는 것이다. 획득

난이도는 팔이나 다리를 늘리는 것과는 차원이 다르다. 최악의 경우, 뇌가 미지의 감각을 감당하지 못해 미칠 수도 있다.

그래서 그 위험성을 최대한 낮추기 위해, 확장감각의 기본 훈련에서는 새로운 감각에 조금씩 익숙해지는 방법을 택한다.

그리고 '그냥 그런 느낌이 든다' 라는 표현은 추가한 확장감각에 아직 익숙하지 않아 새로 얻은 감각을 언어로 잘 표현하지 못하거나, 확장감각이 없는 사람에게 자기 감각을 설명할 때 자주 쓰이는 말이었다.

그 설명을 듣고, 아키라는 히카루의 반응을 이해했다.

『아하, 그래서 히카루는 내가 확장감각을 사용하고 있다고 착각한 거구나.』

『착각이 아니야.』

『어?』

알파가 히카루 앞에 섰다. 그리고 자신을, 정확히는 자기 몸으로 가린 히카루를 가리켰다.

『아키라. 여기 히카루가 있는 걸 알겠지?』

아키라는 알파의 의도를 몰라 의아한 표정을 지었지만, 그 얼굴이 놀라움으로 물들었다.

『…………알겠어. 어어?』

"아키라. 무슨 일 있어?"

"아니, 아무것도 아니야."

잠시 아키라를 본 히카루가 다시 벽에 설치된 화면을 본다. 그 히카루의 움직임도 확장시야 속 알파에게 가려져 있다. 즉, 의식하는 시야에서는 절대로 보이지 않는다. 하지만 아키라는 히카루의 모습을 선명하게 인식하고 있었다.

『알파. 이게 어떻게 된 거야?』

『아키라는 이미 확장감각을 쓰고 있는 거야. 무의식중에 말이지. 시각만으로도 세 가지를 인식하고 있어. 눈으로 본 것과 정보수집기로 파악한 것, 그리고 내 서포트에 따른 것. 이렇게 세 가지를.』

아키라는 그것들이 통합된 것을 자신의 시각으로 인식하고 있다. 한편으로 그것들을 개별적으로도 인식하고 있다. 그래서 통합된 시각 속에서 가려진 상태인 히카루를 눈으로 보지 않고도 알수 있는 것이다.

『그리고 시각만이 아니야. 나는 정보수집기의 정보를 아키라를 통해 취득하고 있어. 그 과정에서 아키라도 그 정보를 얻는 거고. 색적 정보나 정보를 분석한 결과가 아니라 정보 자체를 말이지. 아키라는 그 정보를 바탕으로 한 확장감각 훈련을 수행하고 있었던 거야.』

건국주의자 토벌전에서 알파의 서포트를 상실한 아키라가 그만큼 싸울 수 있었던 이유 중 하나도 무의식중에 발동한 확장감각이다.

알파와의 연결이 끊겼다고 해도 아키라가 구영역 접속자라는 사실은 변하지 않는다. 아키라는 그 힘으로 정보수집기에서 정보를 획득하고, 그 정보를 바탕으로 한 확장감각으로 의식 속 현실의 해상도를 무의식중에 끌어올렸다.

물론 그것만으로 죽지 않은 것은 아니다. 그것은 아키라가 죽을 힘을 다해 얻은 승리의 아주 작은 일부분에 불과하다. 하지만 정보수집기를 입수한 뒤로 계속한 그 단련이 없었다면 아키라는 죽었을 것이다.

　『무의식중에 하던 것을 괜히 의식해서 하려고 하면 오히려 잘되지 않는 일도 있어. 그래서 지금까지는 말하지 않았던 거야. 하지만 이만큼 다룰 수 있게 됐다면 이제 괜찮겠지.』

　『그렇구나. 나도 모르는 사이에 그런 게 가능해진 건가. 히카루가 놀랄 만도 해.』

　아키라는 그렇게 이해하고 넘어갔다.

　하지만 사실 그 정도는 히카루가 놀란 이유의 10퍼센트도 되지 않는다. 확장감각으로 해결할 수 있는 이야기라면, 그게 된다고 다른 사람도 아키라처럼 싸울 수 있다면, 히카루도 놀라지 않는다.

　보통 사람은 움직이지 않는 표적을 침착하게 조준하고 쏴도 맞히기 어렵다. 아키라는 그것을 고속 전투 중에, 여러 개의 움직이는 표적을 향해, 적의 공격을 피하면서, 한 번 실패하면 죽을 수도 있는 상황에서, 정밀 사격에 가깝게 정확한 사격을 연사로 성공시키고 있다.

　히카루는 그 사실에 놀란 것이다.

　강해진 대가로 일반인의 감각과 멀어지는 아키라는 그대로 히카루와 함께 오늘 있었던 전투를 돌이켜 보았다.

히카루가 목욕물에 몸을 담그고 하루의 피로를 풀고 있다. 광역 경영부 소속으로서 나름대로 고소득자인 히카루에게도 이 목욕 체험은 만족스러웠다. 하지만 오늘 있었던 일을 떠올리며 피곤한 한숨을 쉰다.

"정말 숨 막히는 하루였어. 키바야시는 저런 헌터들을 몇 명, 많게는 수십 명이나 관리하는 거야? 이러니까 권한이 막강할 수밖에 없지."

그리고 일부러 의기양양하게 웃었다.

"뭐, 나도 아키라를 이만큼 잘 통제하고 있으니까. 실력만 따지면 키바야시에게 밀리지 않아. 이런 식으로 하다 보면 이나베 씨도 내 실력을 인정해 줄 거야. 잘해보자."

고위험 고수익인 이 안건도 아키라만 잘 통제할 수 있다면 문제없다. 나라면 할 수 있다. 히카루는 다시 한번 그렇게 생각하며 기운을 북돋아 의욕을 키웠다.

호화로운 목욕으로 기력을 보충한 히카루가 방으로 돌아왔을 때 아키라는 이미 잠들어 있었다. 별생각 없이 잠든 얼굴을 본다.

"이렇게 보면 아키라도 평범하구나. 잘 자. 아키라."

히카루도 자기 침대에 눕는다. 편안한 잠기운에 몸을 맡겨 눈을 감고, 금방 잠이 들었다.

아키라와 히카루를 태운 기간테스Ⅲ는 두 사람이 잠든 사이에도 동쪽으로, 더 동쪽으로 나아간다. 목적지인 쩨게르트 시티는 얼마 남지 않았다.

제203화 쩨게르트 시티

다음 날 이른 아침, 어제 일찍 잠들었기도 해서 날이 밝기도 전에 잠에서 깬 아키라는 기왕이면 일출을 보자고 기간테스Ⅲ의 옥상에 올라갔다.

바람이 세차게 부는 데다가 밤중에 지붕 위라는 위험천만한 장소다. 보통은 일출을 감상하기 위해 가는 곳이 아니다. 하지만 그곳에서 격전을 벌인 아키라에게는 적만 없다면 평지와 별반 다르지 않다. 문제없이 일출을 즐길 수 있다.

하지만 히카루에게는 큰 문제다.

"아키라! 놓지 마?! 절대로 놓으면 안 돼?!"

"알았대도."

아키라는 히카루를 꼭 껴안고 있다. 히카루도 아키라를 꼭 껴안고 있다. 그 광경은 마치 연인끼리 하는 포옹처럼 보인다.

하지만 조금 황당해하는 아키라의 표정과 이 자리에 대한 공포로 딱딱해진 히카루의 얼굴은 두 사람이 그런 사이가 아님을 분명히 알려주고 있었다.

"그렇게 무서우면 돌아가는 게 낫지 않겠어?"

"뭐가 어때서?! 나도 보고 싶다고!"

원래 아키라는 혼자 갈 생각이었다. 하지만 준비하던 중에 잠에서 깬 히카루가 자기도 가겠다고 한 것이다.

"일출은 방에 있는 화면으로 보면 된다고 했는데."

"그런 거로는 시시하다고, 아키라가 말했잖아?! 그렇게 다르다고 하면 나도 직접 보고 확인해야지!"

히카루의 말투가 조금 거친 것은 공포를 잊기 위함이다. 그 정도는 아키라도 알았다.

"알았어, 알았대도. 알았으니까 진정해. 내가 꽉 잡고 있으니까 괜찮다고."

히카루를 진정시키기 위해 아키라는 히카루를 조금 더 세게 끌어안았다. 그러자 히카루도 입을 다물었다.

"오, 슬슬 시작하겠는걸."

아키라가 기분 좋게 하늘과 땅의 경계로 시선을 돌린다. 히카루도 이 자리에 있는 구실에 맞추기 위해 일단 그쪽을 바라보았다.

히카루는 일출을 보고 싶어서 아키라와 동행한 것이 아니다. 아키라에게서 눈을 떼지 않으려고 같이 있는 것이다.

몬스터가 없다고 해도, 옥상에는 경비를 서는 헌터들이 나름대로 있다. 불필요한 접촉이 생기는 것을 피하기 위해서, 그리고 다툼이 생기는 것을 막기 위해서, 히카루는 아키라를 가까이서 감시하고 싶었다.

그러기 위해 날아갈 것 같은 바람이 부는 지붕에 함께 올라가는 공포 체험도 했다. 부끄러워할 여유도 없이 아키라를 필사적으로 끌어안고 있었다.

지금은 차량 주변에 몬스터가 없다. 그걸 확인하고 나서 지붕에 올라갔지만, 그래도 무서운 것은 무서운 법이다. 아키라가 일출을 보고 만족하면 바로 방으로 돌려보내자. 히카루는 그렇게 생각하며 동트기 전의 지평선을 바라보고 있었다.

그리고 하늘이 하얘지고 해가 뜬다. 지평선 너머로 퍼지는 빛이 멀리 보이는 폐허의 틈새로 밤의 어둠을 가르고, 나아가 밤 자체를 지워버린다. 황야에 태양이 모습을 드러내는 그 광경은, 비록 그 빛에 드러나는 것이 옛 영광의 잔재라 할지라도, 구세계 시절이나 지금이나 변함없이 사람의 마음을 흔들고 매료하는 무언가가 있었다.

일부러 지붕에 올라온 보람이 있었다. 그렇게 생각하며 일출을 바라보던 아키라가 히카루의 반응을 느꼈다. 히카루는 이 자리에 있는 공포도 잊고 일출을 바라보고 있었다. 아키라는 조금 의외로 여겨졌지만, 그 감동에 찬물을 끼얹지 않으려고 히카루를 껴안은 채로 조용히 있었다.

어느덧 태양이 지평선에서 멀어져 평범한 아침 풍경으로 바뀐다. 일출의 감동은 여기까지다.

좋은 것을 보았다. 그렇게 생각하며 여운에 젖은 히카루는 조금은 뿌듯한 얼굴로 자신을 바라보는 아키라를 발견한다. 그러자 히카루는 갑자기 부끄러워졌다. 얼굴이 조금 빨개진 채로, 얼버무리듯 입을 열었다.

"그, 그래. 나쁘지 않았어. 정말로 방에서 영상으로 보는 것보다는 좋았네."

"그렇지?"

"이제 볼 것은 다 봤으니 돌아가야지! 아키라, 어서, 가자!"

"그래. 알았대도."

이 자리를 무서워하는 기색은 히카루에게서 더 느껴지지 않았다. 하지만 날이 밝았다고는 해도 여전히 바람이 세차게 불고 있다. 아키라는 히카루를 꼭 껴안고 함께 차량 안으로 돌아갔다.

히카루는 무작정 분위기를 무마하려고 했다. 지붕 위에 있다는 두려움은 아키라가 단단히 안아준 덕분에 흐릿해졌다. 일출의 감동도 가라앉았다. 그런 히카루에게 남은 것은 또래 남자에게 껴안긴 부끄러움이다.

히카루는 도저히 부끄러움을 금방 잊지 못해서, 방으로 돌아와서도 한동안 얼굴이 빨갰다.

◆

아키라가 다시 차량 지붕에서 경비를 서고 있다. 어제 하루로 탄약을 대부분 소모했지만, 내용물을 다 쓰기 전에 백팩을 교체한 덕분에 나머지를 긁어모아서 경비에 참가할 수 있었다.

지붕 끝에서 황야를 바라보고 있자니 적의 반응이 나타난다. 이상하게 굵고 짧은 대포 몸통에 팔다리가 달린 메뚜기 같은, 기계형인지 생물형인지 모르는 몬스터다.

그 메뚜기 대포가 3미터가 넘는 포구에서 거대한 탄환을 발사한다. 힘차게 발사된 포탄은 기간테스Ⅲ의 벽에 명중해 큰 폭발을 일으켰다. 하지만 강력한 포스 필드 아머로 보호받는 차체는 그 정도에 흔들리지 않았다.

그러자 이번에는 그 거대한 몸에서 자란 다리를 이용해 뛰어올라 차량의 지붕으로 이동하려 했다. 하지만 그때 아키라가 쏜 총격을 뒤집어쓰고 공중에서 산산조각이 나며 떨어져 나갔다.

아키라는 조금 이상하게 여겼다.

"음. 이 정도면 어제 싸웠던 벌레가 더 강하네."

몬스터는 동쪽으로 갈수록 강해진다. 차량은 자신이 자는 동안에도 멈추지 않고 동쪽으로 나아가고 있었다. 어제 그 정도면 오늘은 얼마나 강할까? 그렇게 생각하며 경계하고 있던 아키라는 예상외로 적이 약해서 조금 당혹스러웠다.

알파가 평범하게 대답한다.

『이 근처는 이미 도시 근교니까, 도시에 위협이 되는 몬스터는 퇴치된 거겠지.』

"그런 건가……."

그 말을 들은 아키라는 납득하면서 방금 해치운 몬스터의 힘에 놀랐다.

아키라는 헌터가 되기 전에 슬럼을 습격한 몬스터를 권총으로 겨우 해치운 적이 있었다. 그것은 도시에서 위협으로 여기지 않아 도시 주변에서 서식해도 가만히 두는 잔챙이었다.

그런 식으로 잔챙이 취급을 받는 몬스터가 여기서는 이토록 강하다. 그리고 저게 잔챙이라면 박멸의 대상이자 위협으로 여기는 몬스터는 얼마나 강할까. 아키라는 그렇게 생각하며, 잔챙이 몬스터를 해치운 것만으로 실망한 자신의 오만함을 깨닫고 마음을 다잡았다.

"동쪽으로 많이 왔네. 그래도 아직 최전선이 아니지? 세상은 참 넓구나."

『그래. 작은 것을 해치운 정도로는 방심하지 말자.』

"그래……."

의미심장하게 웃는 알파에게, 아키라는 쓴웃음을 지었다.

잠시 후, 히카루가 통신으로 연락했다.

『아키라. 경비는 끝났어. 빨리 돌아와. 차량이 쩨게르트 시티에 들어가기 전에 차량 안으로 돌아가지 않으면 정말 귀찮은 일이 생기니까 부탁할게.』

"알았어. 금방 갈게."

아키라가 지붕 출입구로 향하면서 차량 전방을 바라본다. 저 멀리에는 기간테스Ⅲ의 목적지, 거대 돔으로 덮인 도시가 보였다.

◆

쩨게르트 시티는 도시 전체가 거대한 돔으로 덮여 있다. 돔의 지상부는 쿠가마야마 시티에서도 채택하고 있는 방벽 구조로, 그 위에 얇은 뼈대와 투명한 정다면체 판을 조합한 반구형 지붕이 달렸다. 쿠가마야마 시티의 하위 구획처럼 방벽 바깥 부분은 없다. 모든 것이 돔 안에 있는 도시다.

거대한 방벽의 일부가 열려 도시 간 수송차량 대열을 받아들인다. 아키라 일행이 탄 기간테스Ⅲ도 그 안으로 들어가 거인용 시설 같은 거대한 승강장에 정차했다.

차량 안에서 히카루가 아키라에게 미소를 짓는다.

"쩨게르트 시티에 도착. 이것으로 이번 호위 의뢰도 절반은 끝났어. 아키라. 우선 여기까지 오느라 고생했어."

"뭘 그런 걸 가지고. 이제 절반이구나. 이런 느낌이라면 문제없겠지? 남은 탄환에 달렸지만."

"안심해. 단단히 보충할 거야. 아키라는 돌아오는 길에도 활약해 줘야 하니까."

아키라는 왕복분 탄약을 가는 길에 다 써버렸다. 돌아오는 길에 아키라를 차량의 손님으로 만들지 않기 위해, 그리고 무엇보다 이번에는 자신이 보급 역할을 하지 않아도 되도록, 히카루는 단단히 준비할 생각이었다.

"내일 밤에 출발할 거야. 그때까지는 자유시간인데, 미안하지만 아키라는 방에 있어. 사실 지금 아키라를 쩨게르트 시티에 들여보내는 데는 조금 문제가 있거든. 차량 안에 있는 동안은 괜찮지만."

기본적으로 방벽 안에 대한 출입 허가는 어느 한 도시에서 받으면 교류가 전혀 없는 도시나 적대적인 도시가 아니라면 다른 도시에서도 통용된다.

하지만 아키라는 쿠가마야마 시티에서 임시 허가를 취득했다. 그 임시 허가를 쿠가마야마 시티 측이 쩨게르트 시티에서도 통용될 수 있다고 자의적으로 판단했다간 권한 남용으로 간주되어 도시 간 분쟁으로 발전할 수 있다.

그런 오해를 막기 위해서라도, 미안하지만 차량 밖으로 나가는
건 참아 달라. 히카루는 그렇게 말하며 아키라를 설득했다.

　아키라가 곤란한 표정을 지었다.

　"끙……. 그랬어……? 어떻게든 안 될까?"

　"절대로 불가능하다고 말하진 않겠지만, 단순히 관광하고 싶은
거라면 포기해 줘."

　실제로 아키라가 쩨게르트 시티에 들어가는 것은 히카루의 말
처럼 어렵지 않다.

　쿠가마야마 시티는 방벽 안에 들어가는 것이 다른 도시보다 까
다로운 편이다. 방벽 바깥에 하위 구획이라는 도시가 있으니까 출
입 허가가 나지 않으면 거기서 자면 된다고 여기기 때문이다.

　한편, 쩨게르트 시티에는 방벽 밖에 시가지가 없다. 도시를 방
문한 헌터에게 방벽 안에 들어가는 것을 허락하지 않고 강력한 몬
스터가 배회하는 방벽 밖에서 야영하라고 할 수도 없는 노릇이므
로, 아주 악질적인 인물이 아니라면 간단한 신청 절차로 들어갈
수 있었다.

　히카루도 그 정도는 안다. 하지만 아키라를 차량 안에 머물게
하려고 일부러 모른 척했다. 사전 신청도 하지 않았다.

　원래는 관광하러 간다고 해서 승차가 늦어지는 사태를 막기 위
해서였다. 하지만 지금은 아키라와 다른 사람의 접촉을 억제해 다
툼이 생기지 않기 위함이다. 그래서 히카루는 관광 정도의 이유로
아키라를 차량 밖으로 내보낼 생각이 전혀 없었다.

　하지만 아키라는 관광하려고 차량 밖에 나가려는 게 아니었다.

"관광은 아니고, 바이크를 사고 싶은데."

"바이크?"

"그래. 이 정도 동쪽 도시라면 훨씬 성능이 좋은 게 있을 것 같아서."

강화복과 총기 같은 장비의 구매는 기령 등과의 계약에 묶여 있지만, 차나 바이크는 대상에서 제외되어 있다. 그리고 바이크는 건국주의자 토벌전에서 잃었다.

이만한 동쪽 도시에 다시 올 기회는 당분간 없을 것이다. 무력 증강을 위해서도, 미래를 위해서도, 이 기회를 놓치지 말고 동쪽에서 활약하는 강력한 헌터들이 쓰는 고성능 바이크를 여기서 사고 싶다.

히카루 덕분에 강화복과 총기 등을 사실상 공짜로 구해서 예산은 있다. 이 도시의 헌터를 위한 물건이라면 매우 비싸겠지만, 그래도 바이크 한 대 정도는 살 수 있을 것 같다. 아키라는 그렇게 설명했다.

"아, 그런 거였구나."

그렇게 말하면 히카루도 고민이 된다. 단순한 관광이라면 트집을 잡아서 막겠지만, 아키라의 장비 조달을 방해하면 큰 문제다. 이나베도 화낼 것이다.

"아, 맞다. 나는 못 나가도 히카루는 괜찮겠지? 내 담당이니까 대신 사 주면 안 될까?"

히카루는 더 고민한다. 현실적인 대안이고, 거절할 명분도 없다. 하지만 자신이 아키라를 대신해 차량 밖으로 나가면 그동안 아키라의 곁을 떠나게 된다.

히카루는 되도록 아키라에게서 눈을 떼고 싶지 않았다. 어제 아키라에게 멜시아가 찾아왔을 때도 진짜 위험했다고 생각했다. 우다지마 암살도 괜한 걱정이라는 보장이 없다. 전투 중처럼 자신이 곁에 있을 수 없는 상황이 아니라면 아키라를 곁에서 직접 감시하고 싶었다.

"아니야. 그런 거라면 아키라도 나랑 같이 가는 게 좋겠어. 간단한 시승도 해보는 게 좋을 것 같고. 아키라가 쩨게르트 시티에 들어갈 수 있게 지금부터 조정해 볼게."

"오? 그래? 미안해. 그래 주면 고맙지."

"괜찮아. 나는 아키라 담당이니까. 그 정도는 할 거야."

기뻐하는 아키라에게 히카루는 웃으며 답했다.

그 후, 히카루가 쩨게르트 시티와 조정을 마쳤다. 내친김에 판매점 방문 예약도 하고, 내일 함께 가게에 가기로 했다.

다음 날, 아키라는 곧장 히카루와 함께 바이크를 사러 차량 밖으로 나갔다. 그리고 쩨게르트 시티를 자율주행차의 대면식 좌석을 타고 이동했다.

도중에 아키라는 차량 밖의 풍경을 보고 감탄사를 내뱉었다.

"오, 대단하네."

한편 히카루는 못마땅한 기색이다.

"그래? 이 정도 거리 풍경이면 아키라도 쿠가마야마 시티에서 본 적이 있잖아?"

"그런가? 하지만 쿠가마야마 시티에는 저런 게 날아다니지 않았잖아?"

돔 안에서는 날개도 없이 하늘을 나는 자동차가 오가고 있다. 눈에 보이지 않는 도로를 달리는 것이 아니라 비행하고 있다. 예전에 미하조노 시가지 유적에서 본 비행 컨테이너와 같은 자동조종 수송기도 날아다녔다.

"그리고 저기, 하늘도 보이는 커다란 돔이 있는데, 저거 엄청나게 강력한 포스 필드 아머로 보호하는 거지? 역시 그렇게 큰 벌레가 하늘을 날아다니는 곳에는 저런 게 필요하겠네."

도시를 완전히 덮고 있는 거대한 돔의 천장은 그 안에 들어선 고층 빌딩의 옥상에서 올려다봐도 아직 거리가 있을 정도로 높다. 그만큼 넓은 공간 덕분에 돔 내부에서 답답한 느낌이 전혀 들지 않는다.

미래 도시. 구세계의 도시. 방벽 안쪽. 자동차는 하늘을 날아다니고, 건물도 멋지고, 거대한 돔도 있을 것 같다. 대충 그런 느낌이다. 슬럼의 뒷골목에서 지내던 시절. 아직 지식이 부족했던 아키라가 어렴풋이 상상했던 멋진 도시의 모습. 그 상상과 비슷한 쩨게르트 시티 내부의 광경에 아키라는 조금 흥분한 기색이 역력했다.

그리고 히카루는 점점 더 언짢아졌다. 그래도 쿠가마야마 시티의 직원으로서, 아키라의 담당자로서 그것을 겉으로 드러낼 수는 없다고 생각하며 열심히 평정심을 유지했다. 하지만 속마음이 살짝 드러나 조금 어색하게 웃고 있었다.

그리고 아키라가 그것을 알아차린다.

『알파. 히카루가 언짢아 보이는데, 내가 무슨 이상한 소리라도 했어?』

『쩨게르트 시티의 길거리 풍경을 본 아키라의 반응을, 쿠가마야마 시티의 중위 구획을 보여줬을 때도 보고 싶었던 거겠지.』

『아하, 그런 건가. 아니, 그렇게 말해도 말이지…….』

『아무튼 관광이 목적이 아니니까, 바깥 구경은 그만두는 게 어떨까?』

『그, 그래.』

차창에 얼굴을 대고 밖을 보던 아키라가 자세를 바로잡는다. 그러자 맞은편에 앉아 있는 히카루와 눈이 마주쳤다.

"저기, 잘 생각해 보니 쿠가마야마 시티의 중위 구획도 여기 못지않은 곳이었던 것 같은데?"

"고마워. 그렇게 말해주니 기뻐."

생각할 필요도 없이 아첨이다. 히카루는 그렇게 생각하면서도 아키라가 비위를 맞춰 주려고 하는 것이 나쁘지 않다고 생각해서, 일단은 애써 살갑게 웃었다.

그런 히카루의 미소를 본 아키라는 입을 다물고, 풍경을 즐기는 일 없이 천천히 시선을 바깥으로 돌렸다.

◆

가게에 도착한 아키라와 히카루를 가게 직원이 맞이한다. 바이크를 사러 왔다는 사실은 예약 시점에서 전달했다. 그대로 매장 내 바이크 전시장으로 안내받는다.

헌터를 대상으로 하는 차량을 다루는 이 가게는 대형 실내 전시장 같은 구조다. 그리고 전시된 상품은 자동차나 바이크만이 아니다. 전차와 인형병기도 같이 있었다.

이는 쩨게르트 시티 인근에서 활동하는 헌터들에게 비슷한 취급을 받는 제품임을 의미한다. 권총을 드는 감각으로 전차를 타는 것은 아니지만, 그 느낌에 많이 근접한 것은 확실했다.

그런 곳의 바이크라면 성능도 엄청날 것이다. 아키라는 그렇게 생각하고 기대했다. 그리고 아키라에게 추천하는 바이크가 전시된 곳에 도착했다.

"아키라 님의 예산이 30억에서 40억 오럼 정도라고 들었습니다. 이것들이 그 예산대에서 우리 가게가 추천하는 제품입니다. 순서대로 설명해 드리겠습니다. 먼저 이 제품을……"

직원이 하는 설명을 흥미롭게 듣는 아키라의 옆에서, 히카루는 자신들 앞에 놓인 8대의 바이크를 바라보며 생각했다.

(바이크 한 대에 최소 30억 오럼……. 곰곰이 생각해 보니 엄청나네. 이게 고랭크 헌터야……?)

부자처럼 살지만 않으면 평생 놀면서 먹고살 수 있는 돈. 돈만 보고 사는 것을 멈출 수 있는 돈. 30억 오럼은 일반인에게 그만한 돈이다.

한편, 고랭크 헌터에게는 장비 조달 한 번으로 사라지는 돈에 불과하다. 큰돈이긴 하지만, 그 가치는 전혀 다르다.

취직하고, 혹은 창업해서 동등한 돈을 벌 만큼 성공하려면 얼마나 많은 운과 재능이 필요할까? 목숨을 걸어야 한다는 점을 제외하면 헌터로 출세하는 것이 그만큼 벌 확률이 더 높지 않을까? 히카루는 문득 그렇게 생각했다.

(이러니 매년 그렇게 많이 죽어 나가는데도 헌터가 되는 사람이 줄어들지 않는 거네.)

그렇게 생각하면서도 히카루는 또 다른 것을 알고 있었다. 헌터 활동이라는 금맥에서 가장 많은 돈을 버는 사람은 몬스터를 처치하거나 유물을 수집하는 헌터들이 아니다. 그 헌터들에게 도구를 파는 자들이다. 예를 들면 지금 눈앞에 있는 사람처럼.

일반인의 평생 수입을 훌쩍 뛰어넘는 가격의 바이크를, 그만큼 돈을 버는 헌터들에게 팔아치운다. 그렇게 해서 기업은 오늘도 돈을 벌고 있었다.

아키라는 직원에게 8대 분량의 설명을 들었다.

"어때요? 모두 추천하는 제품입니다."

"저기요, 조금 이상한 질문일지도 모르겠는데요."

"네, 궁금한 점이 있으시면 얼마든지 물어보시죠."

"이게 다 바이크죠?"

"네, 바이크입니다."

"바이크 모양의 소형 비행기가 아니고요?"

추천받은 바이크 8대 중 4대는 바퀴가 없었다. 직원도 아키라가 한 질문의 의미를 이해했다.

"엄밀히 따지면 비행 바이크입니다. 하지만 저희 가게에서는 그것도 포함해서 바이크로 취급하고 있습니다. 또한 2륜 설계 제품이라도 이 가격대면 대부분 비행 기능이 포함되고, 주행보다 비행을 주 기능으로 하는 차종이 많죠. 그런 점에서도 굳이 바퀴의 유무를 중요하게 고려할 필요는 없다고 봅니다."

"아, 그런 거군요."

아키라도 납득은 했지만, 가볍게 고개를 갸웃거렸다.

『알파. 어때?』

『설명한 내용에는 문제가 없어.』

『그, 그래?』

『추천받은 바이크 중에는 아키라 마음에 드는 게 없어?』

『그 정도는 아닌데 말이야. 바이크를 사러 왔는데 바이크 모양의 소형 비행기를 추천받으면 왠지 찜찜하다고 할까…….』

바퀴가 달린 차종도 아키라에게는 지상도 달릴 수 있는 소형 비행기 느낌이 강했다. 간이 날개까지 달린 것도 있었다.

『그래도 사지 않을 수는 없을 거야. 고성능 바이크를 살 좋은 기회라는 사실에는 변함이 없고, 비행 기능으로 3차원적 움직임이 가능하면 전투에도 유용하거든.』

지상을 달릴 거라면 타이어가 달린 바퀴의 에너지 효율이 더 좋다. 하지만 그 점이 문제가 될 정도로 장거리 이동을 한다면 차를 쓰는 게 더 낫다. 바이크 구매가 주목적이라면 그 부분은 무시해도 된다. 알파는 이렇게 덧붙였다.

『그런가. 그렇다면 여기서 고를까. 음.』

미묘하게 마음이 내키지 않지만 어쩔 수 없다. 아키라는 그런 생각으로 전시된 바이크에 시선을 돌렸다.

아키라와 알파가 무슨 이야기를 나눴는지 직원은 알 수 없다. 하지만 직원도 헌터를 상대로 오래 장사했다. 아키라가 꺼림칙하게 여기는 이유 정도는 금방 짐작한다. 그래서 지금까지 여러 번 써먹었던 해결 방법을 택한다.

"일단 비행이 아닌 주행 특화 제품도 있습니다. 그리고 입체적 이동도 가능하죠. 한번 시승해 보시겠습니까?"

"어, 그런 게 있나요?"

"있습니다. 하지만 조금 특수하죠. 그래서 추천하진 않지만, 그렇게까지 바퀴 주행에 집착한 제품을 한번 체험해 보시는 것도 좋을 것 같으니까요."

"아, 그러면 부탁합니다."

"알겠습니다. 바로 준비하겠습니다."

점원은 정중하게 머리를 숙이고 바로 준비하기 시작했다.

점포의 실내 시승장은 인형병기 시승도 가능할 정도로 넓다. 그래도 30억 원이 넘는 바이크의 성능을 완전히 확인하기에는 너무 좁지만, 간단하게 시승하는 데는 문제가 없다.

그곳으로 안내받은 아키라는 운전 감각의 차이를 체험하고자 먼저 바퀴가 없는 비행 바이크를 타보기로 했다.

바이크에 올라타 시동을 걸자 차체가 살짝 공중에 뜬다. 하지만 흔들리지 않고 불안정한 느낌은 전혀 없다. 총을 쏠 때 든든한 발판으로 삼을 수 있는 안정감이 있다.

그대로 바이크를 더 높이 띄워 본다. 2륜 타이어로는 불가능한 수직 이동에 아키라가 감탄한다.

다음은 실내 시승장 안을 전후상하좌우로 날았다. 이 가격대의 비행 바이크답게 주행 보조 기능도 매우 우수해 생전 처음 비행 바이크를 타는 아키라도 별문제 없이 운전할 수 있었다.

10분 정도 시승을 마친 아키라가 직원과 히카루가 있는 곳으로 돌아왔다.

"어떻습니까? 비행 바이크치고는 무난하게 나온 제품이지만, 무난한 선택은 눈에 띄는 실패와도 무관하다는 뜻입니다. 특수한 부분도 없고, 모든 면에서 고른 성능을 가지고 있다는 점에서도 개인적으로는 유별난 기능을 내세우는 제품들보다 낫다고 생각합니다. 운전하기도 편하고요."

"그러네요. 확실히 편하게 운전할 수 있었어요. 다만, 역시 바이크를 운전한다는 느낌은 들지 않으니까, 그 부분은 익숙해질 필요가 있을 것 같네요."

"그야 뭐, 비행 바이크니까요. 흔히 말하는 바이크를 운전하는 느낌과는 많이 다르겠죠. 그러면 이번에는 이걸 타보시죠."

직원은 그렇게 말하고 하얀색 대형 바이크를 손으로 가리켰다.

"실피드 A3. 바퀴에서 포스 필드 아머로 발판을 생성해 공중 비행이 아니라 공중 주행이 가능한 제품입니다. 아까 설명한 대로 특이한 제품이지만, 이건 비행 바이크가 아니라 진짜 바이크입니다."

아키라가 보기에도 진짜 바이크였다. 하얀색 차체에 장착된 커다란 타이어 바퀴가 지상 주행이 가능한 소형 비행기의 보조 기능으로 달린 바퀴와 달리, 이것은 바퀴로 이동하는 기계임을 알기 쉽게 과시하고 있었다.

실피드 A3를 시승한 아키라는 먼저 일반 바닥을 달렸다. 문제없다. 대형 바이크인데도 민첩하고 정밀한 움직임을 보여준다. 하지만 그 정도는 이전에도 충분히 가능했던 일이다. 놀라지 않아도 된다.

그리고 다음은 공중 주행에 들어간다. 그것은 아키라를 놀라게, 정확히 말하면 당황하게 하기 충분했다.

"으헉!"

바이크 바퀴가 포스 필드 아머로 공중으로 이어지는 경사길 발판을 생성한다. 그리고 그 위를 달려 차체를 올리고, 그대로 공중을 계속 달린다.

자기가 달릴 발판을 스스로 생성하고, 지면이라는 평면을 바퀴로 달리는 기능을 억지로 공중에도 적용한 그 움직임은 진짜로 비행이 아닌 주행이었다.

아키라는 바이크로 수직 벽을 달린 경험이 있지만, 그것도 각도가 다를 뿐 평면을 달리는 것에 불과하다. 그것이 입체적으로 바뀌고, 게다가 운전 감각은 평면을 달리는 바이크 그대로, 그 위에 생성하는 발판의 조정으로 거동을 바꾸는 운전은 처음부터 하늘을 나는 것을 전제로 한 비행 바이크 운전과는 완전 딴판이었다.

그래도 어떻게든 전복은 피하고 다시 바닥으로 돌아온다. 그리고 가볍게 숨을 내쉬었다.

"그렇구나. 특이하다는 소리를 들을 만도 해."

이 정도면 비행 바이크가 더 낫다. 아키라가 그렇게 생각하며 시승을 그만두려고 하자 알파가 가볍게 말한다.

『아키라. 내가 대신 운전할게.』

『응? 어.』

『우선은 수직으로 올라갈게.』

그 말을 들은 아키라는 예전에 바이크로 건물 측면을 타고 올라갔을 때처럼 보이지 않는 벽을 수직으로 올라가는 동작을 상상했다.

하지만 바이크는 차체를 수평으로 유지한 채 위로 올라간다. 두 바퀴로 나선형 언덕을 오르는 것처럼 차체를 돌리며 수직으로 올라갔다.

"으헉……?!"

『크게 회전할게. 아키라. 떨어지지 마.』

이미 회전하고 있잖아. 아키라는 그렇게 생각했지만, 이번에는 바이크가 앞바퀴를 축으로 삼아서 회전한다. 바퀴 둘레 전체에 포스 필드 아머 발판을 생성해 앞바퀴를 그 자리에 고정한 것이다. 그리고 20바퀴 정도 돌자, 이번에는 뒷바퀴를 축으로 회전하기 시작했다.

예상치 못한 움직임에 아키라가 당황하는 사이, 바이크는 움직임을 또 바꾼다. 이번에는 투명한 구체의 안쪽을 달리는 것처럼 종횡무진 돌았다.

『알파?! 뭐 하는 거야?!』

『뭐긴, 바이크 시승이야.』

『이게?!』

아키라가 불평하는 동안 바이크는 투명한 구체의 바깥쪽을 달리고 있었다. 그리고 구체 위에 멈추더니 수직으로 떨어진다. 발판으로 삼고 있던 포스 필드 아머를 알파가 치운 것이다.

그러나 그대로 바닥에 충돌하지 않고 그 전에 감속하여 착지한다. 바이크의 제어 시스템이 바퀴에서 약한 포스 필드 아머를 생성해 그 마찰로 낙하 속도를 떨어뜨린 것이다.

아키라가 크게 숨을 내쉰다.

『알파. 뭔지는 잘 모르겠지만, 이제 만족했어?』

『그래, 만족했어. 아키라. 이걸 사자.』

『어어…….』

아키라는 무심코 싫은 표정을 지었지만, 거부권이 없다는 듯이 알파가 미소를 짓는 것을 보더니 작게 한숨을 쉬며 포기했다.

그때 직원이 다가온다. 직원은 방금 본 아키라의 운전을 이상하게 생각하지 않았다. 실피드 A3의 매우 까다로운 공중 주행 기능을 다루지 못하고, 나아가 바이크의 자세 제어가 이상하게 작동한 탓에 무모한 운전을 한 것으로 여겼다.

"어떻습니까? 체험해 보신 것처럼 공중 주행이 까다로운 제품이고, 특수한 부분의 성능은 뛰어나지만, 역시 추천할 수 없는 제품입니다. 지상 주행만으로 쓰기에는 가성비가 나쁘니까, 저로서는 비행 바이크를 추천하죠."

이 바이크를 타보고 비행 바이크로 바꾸지 않은 사람은 없다. 이 비인기 바이크는 그런 이유로 제조사에 반품하지 않고 보관하고 있다. 이번에도 도움이 되었다. 직원은 그렇게 생각하며 속으로 흐뭇한 미소를 지었다.

하지만 그때 아키라가 말했다.

"아뇨, 이걸 살게요."

"⋯⋯⋯⋯어?!"

점원은 무심코 접객 태도를 잊은 듯한 반응을 보였다. 히카루도 덩달아 놀랐다.

아키라도 그 마음을 알지만, 얼버무리듯 웃으며 밀어붙인다.

"난 이렇게 특이한 걸 좋아해요."

새빨간 거짓말이다. 하지만 알파를 변명거리로 삼을 수 없는 아키라는 그런 말로 우길 수밖에 없었다.

"그, 그렇습니까? 그, 그러면 이제 옵션 상품을 설명하겠습니다. 우선⋯⋯."

직원은 다시 마음을 가다듬고 접객을 계속한다. 아무리 특이한 제품이라도, 시승해 본 손님이 사겠다고 말한 이상 안 팔 이유는 없었다.

◆

아키라와 히카루는 바이크를 구매하고 기간테스Ⅲ로 돌아가고 있었다. 바이크에 옵션을 장착하기도 하다 보니 이미 해가 넘어갈 무렵이 다 됐다. 바이크가 두 사람이 탄 차의 뒤를 자동 운전으로 따라오고 있었다.

히카루가 무인 주행 중인 바이크를 보고 넌지시 말한다.

"아키라, 저렇게 특이한 걸 좋아해?"

"뭐, 그렇지."

아니지만, 부정할 수도 없는 아키라는 그렇게 대답했다.

"그래? 그렇다면 앞으로 아키라의 장비를 조달할 때는 그런 부분을 고려하는 게 좋을까?"

"아니, 그건 그만둬."

"그래?"

"그래? 신경 쓰지 않아도 돼. 저렇게 특이한 건 좋아하지만, 다른 특이한 건 좋아하지 않아."

"흐응. 알았어. 나는 잘 모르겠지만, 아키라 나름대로 따지는 부분이 있는 거구나."

"그래, 맞아. 그런 느낌이야."

그런 건 아키라 자신도 모른다. 알파만 안다.

『알파. 정말 저걸로 괜찮은 거지?』

알파가 자신만만하게 웃는다.

『괜찮아. 지금까지도 괜찮았잖아?』

『그래…… 그랬지.』

알파가 괜찮다고 한다. 언제나 그랬던 것처럼. 지금까지 그랬던 것처럼. 아키라는 그 말을 근거로 삼아 일단은 납득하기로 했다.

바이크를 판매한 직원은 아키라를 떠올렸다.

아키라가 바이크에 장착한 옵션은 직원도 대부분 이상하게 여기지 않았다.

총기 등의 장비를 장착할 수 있는 확장 암과 물자를 싣기 위한 고정장치. 용량이 더 크고, 총기나 강화복 등에 에너지를 공급할 수 있는 대형 에너지 탱크 교체. 차체에 달 수 있는 대형 범용 확장탄창 추가. 이 정도는 헌터들이 자주 선택하는 옵션이다.

하지만 바이크에는 딱 하나, 직원이 이 바이크를 선택하는 고객에게 필수라며 반쯤 농담 삼아 추천한 무장이 추가되었다.

"특이한 바이크에 특이한 무장이라. 보아하니 본인도 어지간히 특이한 인간이군."

동부에는 몬스터 사냥용 총이 넘쳐나는데도, 굳이 칼이나 격투기로 몬스터에게 도전하는 자들이 있다. 그런 별종 중에는 죽지 않을 정도로 실력이 뛰어나서 죽지 않는 사람도 있다.

무난한 선택을 거부하는 별종들은 그만큼 특이하다. 그게 잘 먹힐 수도 있다. 좌절할 수도 있다. 더 특이해질 수도 있다.

그 소년은 얼마나 별종인 걸까? 직원은 문득 그렇게 생각했다.

제204화 사카시타 중공

쿠즈스하라 시가지 유적의 츠바키하라 방면은 쿠가마야마 시티 방위대가 철저하게 봉쇄 중이다. 고성능 색적 장치를 곳곳에 설치하고 대규모 병력을 상시 배치하는 엄중한 경계 태세는 봉쇄선 외부를 향한 것이자, 이 출입금지 구역에 침입하려는 헌터 등에 대처하는 것이다.

후방 연락선 주변이라면 아직 주의, 경고, 구속으로 충분하다. 그러나 더 진입하면 경고 없이 즉각 처분한다.

일단 죽인다. 침입자의 신원 조사 등은 시신의 원형이 남았을 때 하면 된다. 그렇듯 침입 차단을 최우선으로 하는 매우 엄격한 경비 태세를 갖추고 있다.

그리고 이 처분은 쿠가마야마 시티가 제2심부 공략을 위해 멀리 동쪽에서 불러들인 고랭크 헌터들에게도 적용된다.

폐건물로 위장한 방벽 안에 있는 구세계 도시, 오랫동안 감춰져 있던 츠바키의 관리구역은 건국주의자 토벌전을 통해 그 존재가 많은 사람에게 널리 알려지게 되었다.

구세계의 도시. 그곳에 있는 옛 지혜의 가치는 헤아릴 수 없다. 쿠가마야마 시티에서 출입금지 구역으로 지정했지만, 도시를 개인적으로 위협할 수 있는 고랭크 헌터들에게는 그 억지력이 너무 약하다.

돈, 지위, 명성, 이권, 호기심. 모두 크게 만족할 수 있는 구세계의 영역이다. 동부의 중견 통치기업 정도는 적이 되더라도 갈 만한 가치가 있다.

그런 고랭크 헌터들을 막으려면 당연히 그들을 죽일 수 있을 정도의 무력이 필요하다. 쿠가마야마 시티는 그곳에 도시 방위 수준의 무력을 갖추기 위해 최전선용 인형병기를 새로 구매하는 등 방위대 전력 증강에 힘쓰고 있었다.

물론 막대한 비용이 든다. 도시의 본래 방위 예산을 가볍게 넘어서는 수준이며, 보통 같으면 그대로 도시가 파산할 정도다.

하지만 그 비용 문제는 쿠가마야마 시티와 츠바키의 거래, 엄밀히 말하면 야나기사와와 츠바키의 거래 덕분에 완전히 해결할 수 있었다.

소요된 비용은 츠바키하라 방면의 경비 비용으로써 츠바키에게 오럼으로 청구되고, 츠바키는 그 대금을 마련하기 위해 오럼을 받고 유물을 도시에 팔며, 그렇게 얻은 오럼으로 경비 비용을 지불하기 때문이다.

그리고 도시는 츠바키로부터 값비싼 유물을 대량으로 얻어내기 위해 경비 비용을 최대한 올리려고 안간힘을 쓴다. 이는 곧 경비의 질을 끌어올리고 봉쇄의 강도를 비약적으로 높였다.

그 결과 방위대의 전력은 증강되었고, 도시 경제는 눈에 띄게 풍족해졌다. 그리고 그 핵심인 야나기사와의 권력도 한층 더 견고하고 강대해졌다.

후방 연락선의 S09 출입구는 그 야나기사와가 들어가지 말라고 말한 출입금지 구역으로 이어지는 곳이다. 엄중하게 봉쇄 중이다.

그곳에 대형 장갑차 한 대가 진입했다. 당연히 경비대가 제지한다.

그러나 일단 차를 세운 경비대원들은 다음에 들어온 연락을 받고 놀란 표정을 지은 뒤, 허둥대는 기색으로 출입구 봉쇄를 풀고 차를 통과시켰다. 그것은 그 차의 탑승자들이 야나기사와는 비교도 할 수 없는 권력의 소유자임을 알려줬다.

떠나는 차를 경비대원 한 명이 눈으로 좇는다. 그 차의 외벽에는 통기련을 구성하는 5대 기업 중 하나인 사카시타 중공의 회사 마크가 붙어 있었다.

봉쇄를 통과한 차량이 제1심부를 이동한다. 차량 안에는 무장한 사카시타 중공의 부대와 강화복을 입은 야나기사와, 그리고 혼자 신사복 차림인 남자, 마츠바라가 있었다.

그 마츠바라가 야나기사와에게 묻는다.

"여기는 이제 그녀의 관리구역이지?"

"응? 그런데? 내가 그녀로부터 이 주변 경비를 맡았거든."

츠바키의 관리구역은 건국주의자 토벌전으로 폐건물 방벽을 넘어 훨씬 넓어졌다. 지금은 츠바키하라 방면의 넓은 범위가 츠바키의 관리구역이다.

"그렇다면 이미 안전하다고 봐도 될까?"

"아니, 설마. 무진장 위험하다고."

야나기사와는 웃으며 가볍게 대답했다. 불성실한 태도를 본 마츠바라가 얼굴을 살짝 찌푸린다.

"자네가? 아니면 우리가?"

"물론 둘 다야."

"그렇군."

그러자 마츠바라의 경호원으로 동행하고 있는 부대원이 말한다.

"마츠바라 씨. 진행 방향에 대형 몬스터가 있습니다. 몸길이는 50미터 정도. 아마 적성일 겁니다. 어떻게 할까요?"

마츠바라가 시선으로 야나기사와에게 확인을 구하고, 가볍게 고개를 끄덕이는 것을 본 다음 지시를 내린다.

"격파해라."

"알겠습니다."

차량 벽이 바깥쪽으로 열려 발판이 되고, 부대원 중 한 명이 그곳에서 차량 밖으로 나간다. 그리고 건물보다 더 큰 몬스터를 향해 총을 쏘았다.

이 대형 몬스터는 티오르의 단말이었던 거인이 몰락한 모습이다. 티오르가 죽으면서 폭주하고, 인간의 형태를 유지해야 하는 족쇄가 사라진 상태에서 변이를 거듭한 결과, 이미 인간의 형체가 조금도 남지 않은 괴물로 변했다.

그리고 다른 몬스터를 포함해 적으로 간주되는 모든 것을 포식하고 흡수해 재료로 삼아 몸길이가 50미터가 넘을 정도로 거대해졌다.

　기본적으로 몬스터는 클수록 강하다. 그런 의미에서 이 개체는 도시 간 수송차량에서 아키라를 공격한 자이언트 버그보다 더 강한 존재다. 이런 개체가 쿠즈스하라 시가지 유적 제1심부에 있다는 것 자체가 이상하다. 그렇게 생각할 정도로, 이 몬스터는 이 자리에 어울리지 않게 강력한 몬스터다.

　하지만 그렇게 강력한 몬스터도 사카시타 중공 부대에 있어선 하찮은 상대일 뿐이다. 5대 기업의 힘을 과시하는 듯 강력한 사격에 순식간에 가루가 된다.

　야나기사와는 그것을 보고 기분 좋게 웃었다.

　"대단하네! 역시 대단해!"

　마츠바라는 야나기사와의 사탕발림을 무시했다. 그리고 다시 한번 확인한다.

　"해치운 뒤에 할 말은 아니지만, 이래도 되는 건가? 저건 그녀가 이 근처 경비용으로 풀어놓은 개체가 아닌가?"

　"괜찮아. 저 개체는 그녀가 예전에 건국주의자 토벌전에서 미끼 대용으로 쓴 녀석이야. 볼일은 이미 끝났는데, 직접 치우기 귀찮아서 방치한 거지. 나도 몇 마리 잡았는데도 불평하지 않더라고."

　이 일대는 츠바키의 관리구역이지만, 츠바키는 이 일대를 진지하게 관리할 의지가 없다. 폐건물 방벽 안에 있는 자신의 도시와 다른 지역과의 완충지대가 되면 충분하다고 여긴다.

　진정으로 관리할 의지가 있다면 이렇게 황폐한 상태로 두지 않는다. 신속하게 재건했을 것이다. 경관을 해치는 기형 몬스터가 배회하는 것도 방치하지 않는다. 배제하고 멀쩡한 경비 기계를 배치할 것이다.

그리고 이곳이 츠바키에게 그만큼 중요도가 낮은 곳이기에 츠바키는 자신의 관리구역 안에 쿠가마야마 시티의 방위대가 배치되는 것을 허용하고 있다. 아마도. 야나기사와는 그것을 간단히 설명했다.

"그렇군."

마츠바라는 가볍게 대답하면서도 내심 야나기사와에 대한 경계를 키우고 있었다.

(통치계 관리인격을 상대로 그만한 사정을 파악할 만큼 교류에 성공한 건가……. 과연, 대단한 수완이군.)

츠바키와의 거래를 성사시킬 만도 하다. 마츠바라는 그렇게 생각하며 야나기사와의 실력을 인정하면서도 위험하다고 여겼다.

"우리는 이제부터 그녀와 협상할 텐데…… 주의할 점이 있다면 알고 싶군."

"주의할 점? 음…… 없어!"

"없을 리가 있나."

"아니, 그게 말이지. 츠바키와 직접 만나는 건 굉장히 위험하니까 절대로 안 하는 게 좋다고 충고했는데도 그걸 무시하고 만나러 가려고 하는 시점에서 주의할 점을 물어봐도 말이야."

"미안하지만 우리도 사정이 있어서 말일세. 주의할 점이 없다면 협상 요령이라도 알려줬으면 좋겠군. 자네는 직접 만나는 것조차도 그토록 위험한 그녀와 협상을 성공시켰지? 어떻게 한 건가?"

가볍게 말을 건네는 태도로 탐색하는 마츠바라에게, 야나기사와는 매우 즐겁게 웃었다.

"듣고 싶어? 좋아! 그녀와 협상할 때는 먼저 대멸탄두를 날렸어. 다음에는 거리를 좁혀서 격투전으로……."

"됐다. 도움이 안 된다는 건 알겠군."

살짝 황당해하는 표정을 짓는 마츠바라에게, 야나기사와는 자랑 토크가 끊겨서 아쉽다는 표정을 지었다가 다시 밝은 얼굴로 돌아왔다.

"뭐, 나도 이번 건은 츠바키에게 열심히 부탁했어. 그래서 살아서 그녀를 만나게 할 수 있을 것 같아. 아마도. 하지만 그 이상은 불가능해. 살아서 돌아갈 수 있을지는 츠바키의 기분과 당신들의 협상 능력에 달렸어."

"그것참 고맙군."

마츠바라는 다소 황당한 기색으로 대답하면서도, 상대가 통치계 관리인격인 만큼 협상에 있어서는 그 시점에서 비범한 협상 능력이 필요하다는 것 정도는 이해하고 있었다. 보통은 만나기도 어렵고, 이 봉쇄에 침입을 시도한 자들처럼 경고 없이 죽을 뿐이기 때문이다.

"뭐, 죽기 싫은 마음은 잘 알아. 마음이 바뀐 걸로 하고 지금 당장 돌아가도 될걸? 괜찮아! 그야 약속을 펑크 내면 츠바키도 화낼 테지만, 그 부분은 갑작스러운 복통이나 발열 등등으로 핑계를 대서 내가 잘 얼버무릴 테니까."

"마음만 받아두지."

"그래? 사양하지 않아도 되는데."

다시 몬스터와 맞닥뜨린다. 이번에는 몸길이가 60미터쯤 되는 개체다. 그 개체도 무사히 격파하고 차량은 앞으로 나아갔다.

츠바키가 쿠가마야마 시티에 제공하는 유물은 기본적으로 폐품이다. 이전에 아키라가 츠바키하라 빌딩 내 창고에서 보았던 대량의 유물을 조금씩 배출하는 것에 불과하다.

그리고 츠바키는 아키라처럼 쿠가마야마 시티의 사람들을 건물 내 창고에 넣을 생각이 없다. 그리고 쿠가마야마 시티까지 운반할 생각도 없다.

그래서 유물 전달은 츠바키의 도시를 둘러싸고 있는 폐건물로 위장한 방벽에 새로 지은 창고에서 이루어지고 있다. 그 작업에는 사람이 개입하지 않는다. 자율 기계가 츠바키하라 빌딩의 창고에서 유물을 그곳까지 운반하고, 쿠가마야마 시티의 자동조종 운반기가 그곳에서 쿠즈스하라 시가지 유적의 전선 기지로 운반한다.

이 무인 영역이 츠바키와의 협상 장소다. 사람이 없는 이곳이 방문자가 무사히 돌아가 다시 무인으로 돌아갈지, 아니면 다른 이유로 다시 무인이 될지는 앞으로 있을 협상에 달렸다.

사카시타 중공의 협상자로 이 자리에 온 마츠바라도, 경호원으로 동행한 부대원들도 긴장한 기색이 역력하다. 희미하게 웃는 얼굴인 야나기사와도 약간의 긴장감을 채 감추지 못한다.

부대장이 마츠바라에게 말한다.

"예정된 시간까지 5분 남았습니다. 마츠바라 씨. 이런 말씀을 드리긴 뭐하지만, 저희가 나설 필요가 없도록 신중한 협상을 부탁드립니다."

"나도 안다. 최선을 다하지."

부대원들은 마츠바라를 둘러싸듯 배치되어 주변을 경계하고 있다. 각자가 장착한 고성능 정보수집기에는 자신들 말고 다른 반응이 전혀 없다.

"1분 남았습니다. 주변에 반응 없음. 마츠바라 씨. 대상자가 예정 시각에 나타나지 않으면 비상 상황으로 판단합니다. 그 경우의 행동 지침을 미리 지시해 주십시오."

마츠바라가 야나기사와를 바라본다. 야나기사와는 츠바키가 오지 않아도 난 모르는 일이다. 내 탓이 아니라는 의미로 가볍게 고개를 저었다. 그 의도를 이해한 마츠바라가 판단한다.

"예정 시각이 지나도 상황 변화가 없다면 한 시간을 대기한다. 설령 의도적으로 늦었다고 해도 그 정도의 무례는 우리가 허용해야 하겠지."

"알겠습니다."

시간이 흘러간다. 상황의 변화는 없다.

"예정 시각까지 30초 남았습니다. 앞으로 10초. 9, 8, 7……."

10초밖에 안 남았는데도 츠바키는 모습을 드러내지 않는다. 대원들은 이제 츠바키가 오지 않을 것이라고, 적어도 제시간에는 나타나지 않을 것으로 생각했다. 하지만 그 예상은 빗나갔다.

"4, 3, 2, 1, 0……?!"

예정 시각과 한 치의 오차도 없이 츠바키가 모습을 드러냈다.

그것도 대원들의 원 안쪽, 마츠바라의 바로 앞에.

그 엄청난 사태에 대원들은 깜짝 놀랐다.

(이럴 수가?! 왜 거기에?! 설마 이미 그곳에 있었고, 위장 기능으로 숨어 있었나?! 말도 안 돼?! 이 거리잖아?! 아무리 그래도 완벽하게 숨을 순…….)

부대에 지급되는 정보수집기의 정확도는 뛰어나다. 소리로, 빛으로, 열로, 진동으로 적을 탐지하고 기류의 미세한 흐트러짐도 감지해 은신한 상대의 존재를 간파한다. 그 정보수집기의 성능을 잘 아는 만큼 부대원들의 놀라움은 컸다.

하지만 아무도 츠바키에게 반사적으로 총을 겨누는 행동은 하지 않는다. 그 순간부터 전투가 시작되고 츠바키와의 협상이 결렬될 것을 알기 때문이다. 긴장한 채로 상황을 지켜본다.

츠바키가 무표정한 얼굴로 조용히 묻는다.

"협상은 누가 하는 거죠?"

"저입니다. 마츠바라라고 합니다. 사카시타 중공의 사람입니다. 먼저 츠바키 님께서 저희와의 협상 자리에 와주신 것에 감사의 말씀을……."

마츠바라는 긴장하면서도 맡은 일을 다하고자 웃으며 협상에 임하려고 했다.

하지만 츠바키는 이를 무시하고 말한다.

"그렇다면 다른 건 필요 없군요."

그 말을 듣자마자 야나기사와는 그 자리에서 있는 힘껏 이탈했다. 강화복의 출력을 한계까지 끌어올려 필사적으로, 거의 반사적으로 그 자리에서 도망쳤다.

다음 순간, 사카시타 중공의 부대원들이 산산조각이 났다. 강한 장비도, 연약한 육체도 그 공격 앞에서는 큰 차이가 없었다. 생체는 피와 살을, 의체와 사이보그는 부품을 주변에 흩뿌리며 모두 즉사했다.

협상을 맡은 마츠바라는 무사했다. 츠바키가 손가락 하나 까닥하지 않고 만들어낸 끔찍한 광경을 목격하면서도 마츠바라는 떨거나 겁먹은 기색 하나 보이지 않았다. 하지만 그 뺨에서는 식은 땀이 흐르고 있다. 그리고 약간의 분노가 묻어나는 날카로운 눈빛을 츠바키에게 보냈다.

"그들은 제 경호원입니다만……."

그 분노와 불평도, 츠바키는 무시했다.

"협상 내용을, 간단하게 말해요."

지금 당장 할 수 없다면, 너도 필요 없다. 마츠바라는 츠바키의 짤막한 말에서 그 의도를 정확히 파악했다. 협상을 속행하고자 말을 잇는다.

"그렇다면 간단히 말씀드리겠습니다. 저희는 당신과의 재계약을 원합니다. 우선 이전 계약의 불이행에 관해서……."

마츠바라는 부대원들을 살해당한 감정을 억누르며 침착하게 이야기했다. 그동안 츠바키는 한 마디도 말하지 않았고, 표정도 변하지 않았다.

"지난번 협상에서 50년 가까이 지났고, 상황도 변했습니다. 계약 내용을 준수하는 것도 서로 어려워졌다는 것을 인지하고 있습니다. 현 상황에 맞는 계약을 다시 체결하는 것이 서로에게 이익이 된다고 생각합니다. 어떠십니까?"

마츠바라가 츠바키의 반응을 살폈다. 돌아온 반응은 단순한 거절을 넘어섰다.

"이야기는 끝났군요. 그렇다면 당신도 필요 없습니다."

"잠깐만?!"

마츠바라의 목 아래가 부대원들과 마찬가지로 날아간다. 남은 머리는 아래로 떨어져 바닥에 나뒹굴었다.

그 머리를 싸한 눈으로 보는 츠바키 앞에 야나기사와가 돌아온다. 그리고 참혹한 현장을 보고 너스레를 떨었다.

"아니, 저기, 좀. 그 뭐야, 자비를 베풀어도 되지 않겠어?"

츠바키가 차가운 눈빛을 보내는 대상을 머리에서 야나기사와로 옮긴다. 그리고 말한다.

"경고합니다. 내 기분을 상하게 하는 자를 더 데려오면, 당신도 그 대상이 될 건데요?"

상대의 목숨에 가치를 느끼지 않는 눈빛을 보고, 야나기사와는 일부러 익살을 떨었다.

"아~ 미안해. 나한테도 입장이 있어서. 아니, 이래 보여도 그만두는 게 좋다고 말리긴 했거든?"

"모릅니다. 그건 당신 사정이에요."

"네, 조심하겠습니다."

"철저한 반성과 재발 방지를 위한 노력을 촉구합니다. 이만 가보죠."

그렇게 말하고 츠바키는 사라졌다. 바닥에 깔린 피 웅덩이에 무언가가 지나간 듯한 파문이 전해진다. 그러나 그 발에는 피가 묻지 않았고, 그 뒤로 피의 발자국이 이어지지도 않았다.

츠바키는 떠났다. 그렇게 판단한 야나기사와는 숨을 크게 내쉰다. 그리고 일부러 익살을 그만두고 진지한 표정을 지었다.

(거참…… 이래서 통치계는…….)

야나기사와가 마츠바라의 머리를 줍고 그 자리를 떠난다. 츠바키 같은 존재와 협상하고 거래를 성사시키는 것이 얼마나 대단한 위업인지. 그것을 알기 쉽게 보여주는 광경을 남기고, 이곳은 다시 무인 영역으로 돌아갔다.

◆

쿠가마야마 시티를 안과 밖으로 나누는 거대한 방벽, 그 안쪽은 다시 두 개의 구역으로 나뉜다. 중위 구획과 상위 구획이다.

방벽 안에 사는 부유한 자들이라고 해도 중위 구획에 사는 사람들은 결국 일반인이다. 단순히 방벽 안에 살고 있다는 의미로 잘 사는 사람들에 불과하다.

하지만 상위 구획에 사는 사람들은 다르다. 그곳에 사는 사람들은 도시 안에서 진정한 의미로 부유층이며, 도시에 군림하는 권력자들이다.

하위 구획 사람들이 언젠가 방벽 안으로 들어가길 원하듯, 중위 구획 사람들이 언젠가 들어가길 원하는 도시 내 최상위권. 상위 구획이란 바로 그런 영역이다.

하지만 현재 쿠가마야마 시티의 상위 구획에는 그런 권력자들도 쉽게 들어가지 못하는 더 높은 영역이 탄생했다.

도시의 상위 구획에는 특별 대여 구획이라는 곳이 있다. 다른 도시의 중요 기관 등을 수용하기 위해 일종의 치외법권이 적용되며, 쿠가마야마 시티의 지휘하에 있지 않은 군대의 주둔까지 허용되는 곳이다. 그리고 지금은 그 전체를 사카시타 중공에서 빌리고 있었다.

야나기사와조차도 무단으로 들어가면 죽어도 항의할 수 없는 5대 기업의 영역. 그중에서도 특히 경비가 삼엄한 한 방에 사카시타 중공의 중역인 스가도메라는 남자가 머물고 있었다.

그는 마츠바라에게 츠바키와의 협상을 지시한 인물이다. 스가도메는 그 결과 보고를 기다리고 있었다.

그 스가도메의 방에 야나기사와가 보고하러 나타났다.

야나기사와는 원통형 케이스를 들고 있었다. 그리고 스가도메가 앉아 있는 조금 큰 책상 앞에 가서 케이스를 책상 위에 올려놓았다.

"자세한 보고서는 나중에 제출할 예정이었으나, 본인에게 직접 보고를 듣고 싶다고 하셔서 이렇게 찾아뵙게 되었습니다. 시간이 나실까요?"

"들어와서 물어볼 일은 아니지. 시작해라."

"그렇다면 시작하죠."

야나기사와가 케이스를 열었다. 그 안에는 마츠바라의 머리가 들어 있었다. 눈을 감은 채 움직이지 않는다.

스가도메가 손가락으로 책상을 가볍게 두드렸다. 그러자 마츠바라가 눈을 떴다. 그리고 스가도메를 확인하더니 피곤한 얼굴로 한숨을 쉬었다.

마츠바라의 몸은 생체지만, 머리에 의체 사용자 수준의 생명 유지 기능을 추가했다. 그래서 목 아래가 날아간 것만으로는 치명상에 이르지 않았고, 야나기사와가 차로 데려가 응급처치를 한 덕분에 살아남을 수 있었다.

그래도 중상이다. 아직 치료도 끝나지 않은 자신에게 빨리 보고하라고 하는 상사에게 슬쩍 불평한다.

"보고를 빨리 듣고 싶은 건 이해하지만, 아직 머리만 있는 저를 데려오게 할 정도로 급한 겁니까?"

당연한 불평에, 스가도메는 간결하게 대답한다.

"급하다."

"그러시군요……."

마츠바라가 다시 한번 한숨을 쉰다. 그리고 다시 정신을 바짝 차려서 진지하게 보고하기 시작했다.

"……그런고로 협상의 실마리를 잡기 이전의 문제입니다. 안타깝게도 재계약은 몹시 어려울 것 같습니다."

"경호원을 붙인 탓인가?"

"아닙니다. 그녀는 그들을 죽임으로써 이번 일에 대한 자신의 태도를 밝힌 것 같습니다. 저를 살려서 보낸 것도 의도한 거겠죠. 그리고 제게 경호원이 없었다면, 그녀는 저를 죽여 그 의사를 표명했을 겁니다. 그들은 저를 살려 보낸다는 임무를 잘 수행했습니다."

"그렇군. 그 공로에는 충분히 보답하지."

전투 요원이라면 상황에 따라서는 죽는 것도 일이다. 그런 의미에서 스가도메는 자사 인원들의 손실을 용인한다.

그러나 그들의 목숨을 헛되이 소비할 생각은 추호도 없다. 그들의 죽음에는 의미가 있었다. 그것을 자사의 번영으로 증명한다. 스가도메는 사카시타 중공의 중역으로서 다시 한번 그렇게 다짐하며 그들을 위한 추모를 대신했다.

그리고 시선을 야나기사와에게로 옮긴다.

"하지만 들으면 들을수록 용케 그녀와 거래를 성사시켰군. 역시 지금이라도 우리 회사에서 일하지 않겠나? 마땅한 자리를 마련해 줄 텐데?"

동부에 이름을 떨치는 5대 기업에서, 그것도 직책을 보장하는 권유다. 보통 사람 같으면 미친 듯이 기뻐하며 받아들일 것이다. 하지만 야나기사와는 살갑게 웃으며 고개를 저었다.

"높이 평가해 주셔서 감사합니다. 하지만 마음만 받겠습니다."

"타츠모리, 츠키사다, 혹은 센바 언저리에서 영입하러 왔나?"

"아뇨, 그렇진 않습니다."

스가도메는 야나기사와를 가만히 보며 속내를 가늠한다. 하지만 야나기사와는 웃으며 회피한다.

"그래, 억지로 강요할 일은 아니지. 마음이 바뀌거든 언제든 말해라."

"감사합니다."

야나기사와는 공손하게 머리를 숙였다.

야나기사와가 퇴실한 뒤, 마츠바라가 복잡한 얼굴로 스가도메에게 묻는다.

"괜찮습니까? 저도 그가 우리 회사에 초대할 만큼 유능한 인물임은 부정하지 않습니다. 하지만 저 남자는 위험할 텐데요?"

저만한 실력이 있으면서 쿠가마야마 시티라는 동부의 일개 중견 통치기업에 집착하는 것을 보면 틀림없이 뭔가 내막이 있다. 그 밖에도 여러 가지 배경이 있는 인물이라는 사실은 이미 조사했다. 경력에도 조작된 흔적이 있다.

마츠바라는 그런 인물을 사카시타 중공 내부로 끌어들이는 것은 위험하다고 생각했다.

스가도메는 담담하게 대답했다.

"유능하고 안전한 사람 따위는 본 적이 없다. 구시대의 지혜와 같다. 그 위험성을 이해하고 적절하게 운용하는 수밖에 없지. 발전하려면 그것이 필요하다. 그러지 못하면 망할 뿐이다."

"망한다고요?"

"그렇다."

스가도메의 표정에 진지함이 더해지고 눈빛도 매서워진다. 동부를 지배하는 통기련. 그 주요 구성원인 5대 기업의 일각, 사카시타 중공. 그곳의 중역으로서 동부를 책임지는 자의 의지가 드러났다.

"발전을 멈춰선 안 된다. 진보를 주저해선 안 된다. 그 저항을 멈추면 우리는 과거가 될 것이다. 구세계에 패배하고 스러져간 문명의 잔해로 전락하고, 그 일부가 될 것이다."

구세계의 역사는 옛 번영의 잔재를 긁어모아 재건한 문명과 그 멸망의 반복이다. 그 재구축을 반복한 끝에 지금의 동부가 있다.

하지만 그 재구축은 이번이 마지막이다. 우리는 멸망하지 않는다. 그 의지를 담아 스가도메는 말한다.

"승리해야만 한다. 과거에 의해 멸망하지 않기 위해서. 무슨 수를 써서라도."

그 선언을 마친 스가도메는 분위기를 풀었다.

"그러기 위해서라면 어느 정도의 위험은 감수할 수 있다. 그것뿐이다."

자신보다 위에 있는 자가 섬길 만한 존재임을 다시 한번 깨달은 마츠바라는 스가도메에게 경의를 표하며, 비록 머리만 남은 상태였지만 표정만으로 자세를 바로잡았다.

"실례했습니다. 불필요한 진언이었습니다."

"뭐, 상관없다. 부하가 고개만 끄덕이는 무능력자면 곤란해. 무슨 일이 생기면 언제든 말해라."

"그렇다면 한 가지만 말씀드리겠습니다."

"뭐야?"

"보고도 끝났으니, 제 치료를 속행할 수 있도록 조속히 준비해 주셨으면 합니다."

"아차."

스가도메는 즉시 그 준비를 진행하게 했다.

마츠바라도 퇴실했다. 정확히는 다시 케이스에 넣어 운반된 다음에 스가도메에게 연락이 들어왔다. 쩨게르트 시티를 출발하는 기간테스Ⅲ의 운행 일정이 크게 지연될 것이라는 내용이었다.

"이로 인해 우리 회사의 운송 계획에도 차질이 생길 겁니다. 어떻게 할까요? 차량 측에서는 일주일 정도의 연기를 희망하고 있습니다. 서두를 필요가 없다면 괜찮을 것 같습니다."

지연 사유는 자이언트 버그의 습격으로 호위 헌터들이 대거 이탈했기 때문이다. 현재의 전력으로 출발하는 것은 위험하다. 이동 경로를 재검토하거나 추가 병력 조달 등을 위한 시간이 필요하다. 그렇듯 정당한 사유로 요청한 것이기에 차량 측도, 그 요청을 들은 사카시타 중공 측도 연기 승인은 당연히 통과될 줄 알았다.

하지만 스가도메는 곧장 대답하지 않았다.

"조금만 기다려라. 지금 생각해 보지."

스가도메의 확장시야에 수많은 자료와 보고서가 나타난다. 스가도메는 그것들을 보고 고민한 후 결단을 내렸다.

"안 된다. 예정대로 출발시켜라."

"그, 그건 아무래도 어렵지 않을까요. 부족한 전력으로 출발시키면 현장의 반발이 심할 것이고, 안전한 수송에도 지장이……."

"추가 전력은 우리가 책임지고 준비한다. 차량 운행 측이 고개를 끄덕일 전력을 상정하고, 그 5배를 조달해라. 초과해도 좋다. 현지에서 조달할 수 있는 헌터로 부족하면 인근의 우리 군에 요청해라."

예상하지 못한 지시를 듣고 놀란 상대에게, 스가도메는 말을 잇는다.

"채산은 고려하지 않아도 된다. 이동 경로를 변경해서 도착이 늦어져도 상관없다. 출발 날짜, 시간만 엄수하게 해."

"아, 알겠습니다. 저기…… 왜 그렇게까지 해서 예정대로 출발하는 것을 고집하는 겁니까?"

"운행 측에서 같은 질문을 하면 우리 회사가 관리하는 대유통이기 때문이라고 대답해라. 충분한 전력을 확보한 상태에서 출발한다고 대내외로 알려라. 시간이 없다고 했지? 빨리 해라."

"네! 곧바로 하겠습니다!"

지시를 마무리한 스가도메가 다시 확장시야 속 보고서로 시선을 돌렸다. 거기에는 기간테스Ⅲ의 이동 경로와 자이언트 버그가 습격한 장소, 그리고 돌아가는 길의 이동 경로 후보가 다수 실려 있었다.

(둥지급 자이언트 버그의 영향으로 돌아가는 길에는 A 루트를 사용할 수 없다. 이것이 우연이 아니라면 다음에는 이쪽을 통과한다고 가정할 텐데…….)

그걸 전제로 생각하기에는 확률이 너무 낮다. 하지만 쓸데없는 걱정으로 치부하기에는 너무 높다. 그렇게 여기고, 스가도메는 복잡한 표정을 지었다.

◆

    기간테스Ⅲ를 포함한 도시 간 수송차량들이 쩨게르트 시티에 도착한 후, 차량 대열 전체의 지휘실을 겸한 회의실에서는 각 차량 책임자와 대유통 관계자가 참석한 회의가 계속되고 있었다. 회의 내용은 앞으로의 운행을 어떻게 할지에 관한 것이었다.

    "각 차량의 차체 피해는 어떻지?"

    "포스 필드 아머 덕분에 경미하다. 다만 에너지 소비량은 엄청났지만. 조난 때와 맞먹는 양을 썼던데?"

    도시 간 수송차량은 모종의 비상 사태로 황야에 정차할 수밖에 없는 상황이 되더라도 그 자리에서 한 달 정도는 구조를 기다릴 수 있을 만큼의 에너지를 확보하고 있다. 즉, 정상적인 운행이라면 에너지 비축량을 걱정할 필요가 없다. 나중에 비싼 에너지 비용으로 골머리를 앓기만 하면 된다.

    하지만 이번만큼은 에너지 비축량을 걱정해야 했다. 그만큼 격전이었다.

    "그렇군. 그쪽은 문제없겠어. 그렇다면 헌터들은?"

    "힘듭니다. 전체 팀의 40%가 탈락했습니다. 나머지 팀들도 전력이 감소했다고 보고하고 있습니다."

    헌터 팀의 40%가 전선에서 이탈했다고 해도, 감당할 수 없을 만큼 적이 강할 때는 차량으로 도망칠 수 있어서 사망자는 그다지 많지 않다.

    그러나 중상자는 팀으로서 전투를 속행하기 어려울 정도로 많이 나왔다. 사이보그도 많지만, 머리만 남은 상태로 살아남는다 해도 몸통을 교체해서 바로 싸울 수 있는 사람은 많지 않다.

"그렇군…… 뭐, 그렇게 큰 무리가 습격했으니까. 한심하다고 할 수는 없겠지. 애초에 그런 곳에서 둥지급 자이언트 버그가 무리를 지어 출현하는 일은 있을 수 없다. 어떻게 된 거지? 그런 징후를 조사하는 것도 솎아내기 의뢰에서 처리하는 일 아닌가?"

"그런 보고는 없었다. 어떤 이유로 놓쳤든 간에 이 자리에서 추측해도 소용없지. 지금은 운이 나빴다고 할 수밖에 없어. 그보다 우리는 다음을 생각해야 한다. 어떻게 할까?"

"어떻게 할지를 물어봐도…… 호위 전력이 부족한 이상, 출발을 연기할 수밖에 없겠지."

"그렇지. 창피한 건 사실이지만, 부족한 전력으로 황야로 나갈 수는 없는 노릇이야."

"그렇죠. 그렇다면 얼마나 연기할지를 결정해서 상부에 보고합시다."

그리고 이 회의에서는 출발을 일주일 연기하기로 정했다. 엄밀히 말하면 이 자리에 있는 사람들에게는 그것을 결정할 권한이 없다. 결정자는 대유통 관리 부서다. 그쪽에 요청하고 승인을 받아야 한다.

그래도 이런 상황인 만큼 모두가 통과될 줄 알았다. 최악의 경우 출발이 하루 정도 당겨지는 수준이고, 연기 자체는 인정받을 것으로 생각했다.

그러나 스가도메의 지시로 출발 연기는 반려되었다. 이 소식이

전해진 회의실에서는 노성이 울려 퍼졌다.

"사카시타 중공에서 출발 일시의 엄수를 요청했다고? 웃기지 마! 그딴 걸 인정할까 보냐!"

"지금 전력으로 또다시 그만한 자이언트 버그 무리에 공격받으면 어쩔 건가! 다음엔 질 거야!"

"승무원에게 자살 같은 강행군을 강요할 수는 없다! 충분한 전력이 준비될 때까지 출발은 절대로 거부한다!"

각 차량의 책임자들은 차량의 안전을 책임지고 있다. 그 책임감으로 상대가 사카시타 중공이라도 절대로 물러서지 않겠다는 패기를 보였다.

대유통 측 사람이 황급히 다른 사람들을 달랜다.

"진정하세요. 전력은 사카시타 중공에서 책임지고 준비하겠다고 했습니다. 그걸 전제로 요청하는 겁니다."

"뭐라고?"

받은 자료를 각자가 확인한다. 정말 그랬다. 게다가 추가 전력의 규모는 일주일 연기해서 완전하게 준비하려고 한 전력을 크게 초과하고 있었다. 차량 책임자들이 당황한 표정을 짓는다.

"정말로 이 정도라면 전력 면에선 문제가 없다. 그런데 왜 이렇게까지 지원하지? 솔직히 말해서 도무지 믿기지 않는 규모인데……."

"사카시타 중공의 관리하에 진행하는 대유통이기 때문이라고 들었습니다. 뭐, 대유통의 원활한 실행은 사카시타 중공의 힘을 다른 5대 기업에 보여주는 의미도 있습니다. 예상할 수 없는 사태에 대처하지 못하는 것은 아슬아슬하게 참을 수 있지만, 예상할 수 있는 사태에 대처하지 못하면 사카시타 중공으로서도 문제인 거겠죠."

"사카시타 중공의 체면을 지키기 위해서인가?"

출발한 다음에 예상하지 못한 상황이 발생해 도착이 늦어지는 것은 상관없다. 예상할 수 없는 상황은 언제나 대처하기 어려운 법이기 때문이다. 하지만 예정대로 출발하지 못하는 것은 문제다. 예상할 수 있는 사태에도 대처하지 못할 만큼 사카시타 중공의 힘이 약하다는 뜻이다.

사카시타 중공은 자사의 경제권 통치도 멀쩡하게 할 수 없다. 그것은 지배 지역의 몬스터에 대처하지 못하는 것에서도 알 수 있다. 그런 식으로 다른 5대 기업에서 판단하게 둘 수 없는 만큼, 대유통의 지연은 인정할 수 없다. 그것이 사카시타 중공의 판단일 것이다.

사카시타 중공은 5대 기업이다. 그만한 힘이 있는 만큼 강경하고, 오만하다. 하지만 외부에서 그것을 용인할 만큼의 힘과 그릇을 과시하지 않으면 오히려 망할 뿐이다.

대유통의 원활한 실행이 사카시타 중공의 지배 체제를 지탱한다. 나아가 통기련 체제의 유지로 이어진다. 그 점을 고려하면 이 정도의 비용은 낼 것이다.

회의 참석자들은 그렇게 생각하고 사카시타 중공의 결정에 나름대로 납득했다.

"그래서? 어떻게 하지?"

"어떻게 하긴…… 차체 손상이 경미하고 전력도 충분한 이상, 예정대로 출발할 수밖에 없잖아. 물론 출발하기 전에 전력이 다 모여야 하겠지만."

"그렇지. 그렇다면 그 전제로 이동 경로를 선정해 볼까. 우선 A 루트는 사용할 수 없다. 둥지급 자이언트 버그의 사체가 그만큼 널렸어. 이미 그 일대에는 자이언트 버그의 대규모 둥지가 형성됐겠지."

"그렇다면 B 루트도 안 돼. 둥지의 영향이 어디까지 퍼질지는 모르지만, B 루트는 너무 가까워."

"그렇다면 C 루트나 D 루트인데, 도시 간 수송차량 대열이 지나가기에 C 루트는 너무 좁아."

"하지만 D 루트는 반대로 너무 넓다. 그 넓이로는 공중만이 아니라 지상에서도 몬스터를 대량으로 끌어들일걸? 게다가 C 루트와 D 루트는 모두 예비 경로라서, 몬스터를 충분히 솎아내지 못했을 텐데……."

도시 간 수송차량의 안전성을 높이기 위한 회의는 이후에도 계속 이어졌다.

제205화 시로

아키라와 히카루는 바이크를 사고 기간테스Ⅲ의 승강장으로 돌아왔다. 이미 해가 지고 있었다. 승강장에서는 심야 출발에 늦지 않게끔 지금도 화물 등의 운반 작업이 이루어지고 있었다.

도시 간 수송차량의 거대한 격납고에 인형병기들이 대열을 짜고 탑승하고 있었다. 중무장 강화복 착용자 등 일반 출입구로는 들어갈 수 없는 사람들도 여기를 통해 차량 안으로 들어간다.

바이크를 구매한 아키라 일행도 여기서 들어간다. 바이크를 방에 가지고 들어갈 수는 없다. 격납고 안에 히카루가 준비한 주차 장소에 댄다.

"좋아. 아키라, 이제 방으로 돌아가자."

"그래, 먼저 가. 나는 바이크를 조정하고 갈게."

"그러면 나도 남을래."

아키라에게서 눈을 떼고 싶지 않은 히카루는 얼굴에 웃음을 띠고 말했다. 아키라가 의아한 표정을 짓는다.

"저기, 남지 않아도 되는데?"

"괜찮아. 나는 아키라 담당이니까."

"그런가."

아키라가 살짝 웃었다. 그리고 바이크를 조정하기 시작했다.

알파가 바이크의 제어장치를 장악하는 동안, 아키라는 바이크의 사용감을 확인한다.

바이크를 강화복의 연장선에 있는 존재로 여기고, 확장 암을 움직이거나 차체를 1밀리미터씩 움직이거나 해서 이전 바이크와의 차이를 감각적으로 파악한다.

바이크의 색적 장치와 강화복의 정보수집기를 연동해 두 장비로 세계를 인식한다. 두 장치에서 획득한 정보를 구영역 접속자의 힘으로 뇌로 보내 의식 속 세계의 해상도를 키우는 것을 지원한다.

바이크의 포스 필드 아머 발생 장치를 가동해 이전 바이크에 없던 기능을 정보단말 등을 통하지 않고 자신의 의지만으로 직접 사용할 수 있도록, 자기 몸에 적응시킨다.

이 바이크 구매에 들어간 비용은 옵션을 포함해 약 38억 오럼이다. 아키라는 자신의 새로운 무기, 새로운 힘을 온전히 사용할 수 있도록 성실하게 바이크 조정 훈련을 한다.

다만 히카루의 눈에는 대단한 일을 하는 것처럼 보이지 않는다. 바이크와 확장 암이 미묘하게 움직이고, 약한 포스 필드 아머가 생겼다 사라졌다 할 뿐이다. 구경해도 재미있지 않다. 빨리 끝나면 좋겠다. 히카루는 그런 생각을 하며 주변을 둘러보았다.

그때 격납고 출입구에서 중무장한 집단이 들어왔다. 중장강화복을 장비한 사람도 포함해서 디자인적으로 통일성이 느껴지는 장비를 착용하고 있어 헌터 팀보다는 군대의 특수부대 같은 분위기를 풍기고 있었다.

거기서 딱 두 명만 평범한 복장을 한 사람이 있었다. 양복 정장 차림의 남자와 후드티를 입은 소년이다. 소년은 즐거운 기색으로 주위를 둘러보고 있다.

히카루는 이 자리에서 조금 어색해 보이는 두 사람을 슬쩍 쳐다 봤지만, 금방 흥미를 잃고 아키라에게 시선을 돌렸다.

한가해 보이는 히카루와 바이크 훈련 중인 아키라. 그 옆을 소년 일행이 지나간다.

짧게 스쳐 지나가는 동안, 소년은 아키라와 히카루를 보고 있었 다.

최대한 자연스럽게 아키라 일행을 보는 후드 소년, 시로에게 옆 에 있는 하머스가 말을 건넨다.

"시로. 무슨 일이지?"

"응? 아니, 아무 일도 없어."

"아무것도 아니라면 남을 빤히 보지 마라. 말썽의 씨앗을 늘리 지 마."

힐끗 보기만 했는데도 시선을 정확하게 파악당했다. 그 사실에 시로는 내심 긴장하면서도 웃으며 흔쾌히 대답한다.

"아아, 그러셔. 조심하겠습니다. 쿠가마야마 시티의 제복을 입 은 사람이 있어서 조금 신경이 쓰였을 뿐이야. 한동안은 신세를 질 곳이잖아?"

"네가 쿠가마야마 시티에 간다는 건 그들에게 알리지 않았다. 우리의 얼굴을 알아보는 낌새도 없었다. 관계는 없겠지. 확인은 내가 하겠다. 됐으니까 자꾸 두리번거리지 마라."

"너무 그렇게 말하지 마. 오랜만의 외출이고, 더군다나 다른 도시 원정인데? 관광 기분 정도는 맛보게 해줘도 되지 않겠어?"

"직무상 외출 제한이 있는 것은 당연하다. 관광 기분을 느끼고 싶으면 VR 관광이라도 해서 마음껏 즐겨라."

동부에는 구세계 시대에 그 뛰어난 기술로 탄생한 관광 명소가 많다. 하늘을 나는 섬 위에 세워진 장엄한 건축물 등도 인기가 많다.

하지만 그런 곳을 실제로 관광할 수 있는 사람은 동부의 부유층 중에서도 극소수에 불과하다. 그런 곳이 아니더라도 방벽 밖에는 몬스터가 돌아다니고, 인근 도시로 이동하는 것조차 힘든 동부에서 관광이란 돈이 어마어마하게 드는 오락이다.

그 오락을 가상현실에서나마 비교적 저렴하게 즐길 수 있는 VR 관광은 견고하고 거대한 방 내부의 생활에서 답답함을 느끼는 자들에게 큰 인기를 끌었다.

하지만 시로는 그게 아니라는 것처럼 노골적으로 고개를 가로 저었다.

"아니야, 그게 아니라고. 그런 건 우리에게 관광 엽서 속 풍경과 다를 바 없어. 정보량이 달라, 정보량이. 아니, 관광 엽서를 무시하는 건 아니거든? 종이의 촉감이나 정취가 있어 좋단 말이지. 쉽게 말해서, VR 관광이란 결국은 조악한 이미지 데이터처럼 무미건조한 거야."

"그 부분은 기기의 감도를 높여서 대응하면 되겠지."

"감도를 높이는 데도 한계가 있고, 그렇게 해도 우리한테는 부족하다는 얘기야. 의체 사용자가 감각기관을 VR 전용으로 교체하는 정도라면 다르겠지만, 그래도 기기에 한계가 있으니까."

"그런가? 요즘 장비는 저가 보급형 제품도 꽤 고성능이라고 들었는데……."

"아니, 현실과는 하늘과 땅 차이야. 뭐, 우리한테 그렇다는 말이지만."

시로가 의기양양하게 이야기한다.

"그리고 그렇게까지 대응하는 건 위험하다고. 그건 오감 장악과 같은 거잖아. 아, 혹시 야한 것에 낚여서 대응 기기를 넣으려고 생각하는 사람은 없겠지? 추천하지 않아. 정상적인 업체라도 사고가 날 수 있고, 위험한 곳에 연결하면 순식간에 정신을 잃고 그대로 골로 갈 수 있으니까. 충분한 안전과 현실 못지않은 고감각을 동시에 얻고 싶다면 확장감각으로 오감을 한 세트 더 얻어 그쪽의 예비 오감으로 즐길 정도의 진성 변태가 되어야……."

끝없이 이야기할 것 같은 시로를 보고, 하머스가 귀찮은 표정을 지었다.

"아, 이제 입을 다물어."

"네~입."

시로는 기분 좋게 웃으며 입을 다물었다.

이것으로 히카루를 본 것을 어물쩍 넘어갈 수 있었다. 그렇게 생각하며 속으로 웃고 있었다.

◆

　예상치 못한 대규모 자이언트 버그의 습격 때문에 전력이 부족해지고, 추가 전력을 마련하고자 출발을 연기하려던 도시 간 수송 차량 대열은 사카시타 중공에서 전력을 제공받아 예정일에 쩨게르트 시티를 출발했다.

　그 대열에서 황야를 달리는 기간테스Ⅲ의 지붕 위에는 중무장한 인형병기 4대가 배치되어 있다. 쩨게르트 시티의 헌터들도 사용하는 기체다. 아키라가 쿠가마야마 시티에서 본 인형병기와는 차원이 다른 성능을 지녔다.

　일출을 보려고 옥상에 올라간 아키라는 기체를 올려다보며 가볍게 감탄사를 내뱉었다.

　"오, 강해 보여."

　아키라의 몸에 달라붙고, 껴안긴 채로, 히카루도 넌지시 동의했다.

　"저건 쩨게르트 시티에서 파는 기체니까. 야지마 중철의 백토나 요시오카 중공의 흑랑과는 가격도 성능도 차원이 달라."

　"그렇겠지. 그나저나 히카루, 굳이 힘들게 따라오지 않아도 되는데?"

　두 번째라서 지난번보다는 익숙해졌지만, 히카루도 지붕에 올라가는 것은 여전히 무섭다. 무리하고 있다는 것을 아키라도 잘 알 수 있었다.

　히카루가 얼굴을 살짝 붉히고 소리친다.

"괜찮아! 나도 일출을 보고 싶었어!"

"아, 알았어."

히카루가 아키라를 따라온 것은 지난번과 마찬가지로 아키라에게서 눈을 떼지 않기 위해서다. 그래도 지난번보다는 그 이유가 차지하는 비율이 낮아졌다.

또한 아키라는 히카루에게 바람을 막기 위해 바이크의 포스 필드 아머를 이용하자고 제안했었다. 하지만 어떻게 바이크로 지붕에 올라갈 수 있느냐는 질문에 기간테스Ⅲ의 측면을 바이크로 달려서 올라간다고 대답해 거절당했다. 그 결과, 아키라와 히카루는 이번에도 얼핏 보면 연인처럼 서로를 껴안고 있었다.

이윽고 해가 뜬다. 히카루는 일부러 지붕에 올라간 보람이 느껴지는 광경을 해가 지평선에서 멀어질 때까지 천천히 즐겼다. 두 번째라서 여유가 생긴 만큼, 한동안 그대로 여운에 젖고 싶어질 정도였다.

하지만 이를 방해하는 사람이 나타났다. 시로다.

"안녕. 너희도 일출 보러 왔어?"

시로는 하머스와 함께 지붕에 올라왔다. 둘 다 평범한 옷을 입은 것처럼 보인다. 하지만 강풍이 몰아치는 지붕 위를 아무렇지도 않게 걷는 것으로 보아, 평범한 옷을 가장한 강화복을 입었거나 그에 상응하는 신체 능력을 보유한 자들임을 알 수 있다.

그런 자들이 굳이 다가온 사실에, 히카루가 시로 일행을 경계한다. 한편으로는 역시 따라오길 잘했다고 생각하며 상대에게 들리지 않게끔 아키라에게 지시한다.

『아키라. 내가 대응할 거니까 조용히 있어. 뭘 물어봐도 업무 중 사적인 대화는 엄금이라고 대답해 줘.』

『알았어.』

히카루는 아키라에게 신신당부한 뒤, 일부러 작은 경계심을 드러낸 얼굴로 시로를 봤다.

"그런데요? 무슨 일이죠?"

"아니, 나도 일출을 보러 왔어. 역시 자기 눈으로 봐야지. 이 녀석은 방 창문으로 보면 되지 않냐고 했거든? 뭘 모르는 거잖아? 애초에 그건 창문이 아니야. 창문 같은 화면이야. 거기에 비친 일출을 봐도 정보량이 부족하다고. 정보량이. 안 그래?"

시로는 하머스에게 불평하면서 히카루에게 동의를 구했다.

히카루는 시로의 말을 미묘하게 이해할 수 없다고 생각하면서도, 아키라처럼 영상은 시시하다는 뜻으로 해석했다. 살짝 웃으며 동의를 표한다.

"그러네요. 역시 진짜를 봐야 느낌이 살죠."

"맞아, 그거야. 일부러 지붕에 올라와서 볼 가치가 있다고. 너도 그렇게 생각하지?"

시로는 그렇게 말하며 아키라에게도 동의를 구했다.

아키라도 동의하지만, 대답은 히카루의 지시에 따랐다.

"미안하지만, 업무 중 사적인 대화는 엄금이라고 지시받았어."

"업무 중? 데이트 중이 아니고? 그렇게 껴안고 있으면서?"

맞는 말이라고 여기면서도, 아키라는 사적인 대화는 엄금이라는 지시에 따라 침묵으로 대응했다.

맞는 말이라고 여기면서도, 히카루는 잘 대응할 말이 떠오르지 않고, 또한 조금 의식하는 바람에 얼굴을 살짝 붉히며 입을 다물었다.

그러자 하머스가 지친 얼굴로 끼어들었다.

"시로. 일출은 다 봤다. 이만 돌아가겠다. 일이든 데이트 중이든 방해하지 마라. 자, 가자."

"어? 조금만 더……."

"자기 다리로 걸을 수 있을 때 돌아가라."

자꾸 칭얼대면 네 다리를 분지르고 질질 끌어서 데려가겠다. 그런 의미로 협박하는 하머스에게, 시로는 순순히 항복했다.

"아, 알았다고요. 잘 있어."

시로는 마지막까지 장난치는 분위기를 내며 하머스와 함께 그 자리를 떠났다.

아키라가 조금 괴이쩍은 표정을 짓는다.

"저건 뭐 하는 녀석이야?"

"글쎄. 아키라처럼 일출을 보려고 지붕에 올라오는 열성 관광객……일까?"

"관광객인가……. 흐음."

별로 납득할 수 없었던 아키라는 일단 이런 때면 물어보는 상대에게 물어본다.

『알파. 어떻게 생각해?』

『신경 쓰지 않는 게 좋아.』

『그래? 알았어.』

별로 신경이 쓰이지 않았던 아키라는 알파가 그렇게 말해서 신경을 끄기로 했다.

그 아키라에게, 히카루가 얼굴이 조금 빨개져서 재촉한다.

"아키라…… 저기…… 나도 슬슬 내려가고 싶은데……."

데이트 중이라는 말에 의식해 버렸는데, 지붕 위에서는 아키라에게 껴안긴 채로 있어야 한다. 평상심을 유지하기 위해서라도 서둘러 방으로 돌아갈 필요가 있었다.

"응? 아, 돌아갈까?"

아키라 일행이 차량 안으로 돌아간다. 전혀 의식하지 않는 아키라는 히카루가 바람에 날아가지 않도록 뺨을 살짝 붉게 물들인 히카루를 마지막까지 꼭 껴안고 있었다.

◆

자신의 연금 장소이기도 한 호화롭고 튼튼한 방으로 돌아온 시로는 식사하면서 아키라 일행을 생각하고 있었다.

(어느 쪽이지? 둘 다? 사실은 내가 착각한 거고, 둘 다 아닌가?)

웬만한 고급 레스토랑을 가볍게 뛰어넘을 정도로 맛있는 요리를 먹으며 기분 좋게 웃고 있지만, 혀는 이미 그 맛에 익숙해져 있다. 그 맛에 현혹되지 않고, 웃는 얼굴은 연기라는 것을 자신에게 드러내듯 냉정하게 생각한다.

(격납고의 반응은 내 착각이었을까? 구영역 대응 정보단말을 가지고 있어서 잘못 인식한 것일까? 아니, 내가 그런 실수를 할 리

가 없어……. 하지만 만약 아니라면, 착각이 아니라면, 들렸을 거야……. 그렇다면 조금이라도 반응해도 될 텐데…….)

시로의 확장시야에 도시 간 수송차량 탑승자 명단이 표시된다. 아키라와 히카루의 이름도 있다.

(쿠가마야마 시티의 도시 직원과 현지 헌터인가? 차량 호위 의뢰를 받았네.)

같은 차량에 탄 것이 우연일지 아닐지. 생각해 봐도 답이 나오지 않는다.

(쿠가마야마 시티가 어떤 식으로든 내 정보를 파악해서 몰래 접촉을 시도했다면 역이용할 수 있을 줄 알았는데. 아니지, 사실은 내 얼굴을 모른다거나……? 그렇다면 무반응일 리는 없겠지?)

그렇다면, 혹은 그게 아니라면, 시로는 온갖 가능성을 필사적으로 탐색하고 있었다.

(드디어 외출할 수 있게 되었어. 이 기회를 놓칠 순 없지. 어떻게든 해야 하는데…….)

시로는 자신이 행운아임을 안다. 최고급 요리도, 호화로운 방도, 강력한 경호원도, 사카시타 중공의 혜택도, 보통 사람은 목숨을 걸고도 얻을 수 없을 만큼 귀한 것임을 알고 있다.

하지만 그 모든 것을 포기하더라도, 시로에게는 꼭 해야 할 일이 있었다.

시로가 하머스를 슬쩍 본다. 자신의 경호원이 될 만큼 강하고, 그만큼 까다로운 감시자를 어떻게든 따돌려야 한다. 하지만 좋은 아이디어가 전혀 떠오르지 않는다.

오랜만의 외출에 들떴다고 여기는 동안, 관광 기분으로 빨빨거
린다고 방심하는 사이에 뭔가 일이 벌어지면 좋겠다. 시로는 무심
코 그렇게 생각했다.

　그런 속마음이 묻어나는 미세한 표정 변화를 하머스가 알아차
렸다.

　"시로. 무슨 일이지?"

　"응? 아무 일도 없어."

　"그렇군. 그렇다면 얌전히 있어라."

　"네~입. 알았다고."

　시로는 가벼운 투로 대답했다. 장난치듯 웃으며 속마음을 꼭꼭
숨겼다.

◆

　경비 시간이 된 아키라는 오늘은 차량 옥상 쪽 출입구가 아닌 바
이크를 둔 격납고에 있었다. 준비를 마친 바이크를 타고 히카루에
게 지시를 내린다.

　"좋아. 히카루. 열어줘."

　함께 온 히카루의 조작으로 격납고 외벽이 열린다.

　"아키라. 일단 물어볼게. 정말 괜찮은 거지?"

　이동 중인 도시 간 수송차량에서 이륜 바이크를 타고 밖으로 뛰
쳐나간다. 일반적으로 생각하면 자살행위다. 아키라의 바이크가
공중에서 주행할 수 있는 제품임을 알면서도, 히카루는 조금 걱정

했다.

그리고 그렇게 불안한 표정으로 다시 물어보니 아키라도 조금 걱정되기 시작했다. 일단 확인해 본다.

『알파. 괜찮은 거 맞지?』

『괜찮아. 걱정하지 마.』

아키라는 불안을 떨쳐버렸다. 히카루에게 웃으며 대답한다.

"괜찮아. 다녀올게."

그리고 불안한 기색 하나 없는 아키라의 웃음을 보고, 히카루도 안심한다.

"그래. 그러면 아키라, 잘 다녀와."

아키라는 히카루에게 배웅받으며 바이크를 타고 달린다. 격납고 안을 가속하고, 그대로 차량 밖으로 뛰쳐나갔다.

평범한 바이크라면 추락해 황야의 지면에 격돌할 것이다. 하지만 이 바이크에는 공중 주행 기능이 있다.

두 바퀴가 공중에 포스 필드 아머로 눈에 보이지 않는 노면을 생성한다. 빠르게 회전하는 바퀴가 그 길을 밟으며 가속한다. 나아가 지상과 좁은 각도로 공중에서 차체를 크게 기울인다. 타이어와 포스 필드 아머의 접촉면에서 방출되는 충격변환광이 공중에 브레이크 자국 같은 빛의 선을 남겼다.

그 빛의 선이 그리는 존재하지 않는 면 위에서 아키라는 타이어를 미끄러뜨리며 바이크의 진행 방향을 기간테스Ⅲ의 벽면으로 바꾼다. 앞바퀴를 더 들어서 바이크 차체의 축을 기간테스Ⅲ의 벽면에 맞추자, 앞으로 나아가면서 차량 측면에 착지했다.

그대로 차량 벽을 타고 올라간다. 그리고 그 벽 가장자리인 지붕 앞이 가까워지자 뒷바퀴를 들면서 감속해 지붕 가장자리에 바이크 앞바퀴만 걸고 정지한 듯한 자세를 잡는다.

다음에는 앞바퀴만으로 천천히 전진하다가 뒷바퀴가 지붕 위에 진입할 때 뒷바퀴를 내려 차량 지붕에 착지했다.

히카루는 그 움직임을 연동한 정보수집기를 통해 아키라와 같은 시각으로 보고 있었다. 본인의 감각으로는 처음부터 끝까지 미친 짓으로만 보이는 그 움직임을 목격하고, 바이크를 타고 일출을 보러 가자는 제안을 거절하길 잘했다는 생각이 절로 들었다.

아키라의 경비 시간이 아무 일 없이 지나간다.

차량 대열을 공격하는 몬스터 자체는 나름대로 출현하고 있다. 하지만 사카시타 중공의 전폭적인 지원으로 차량 대열의 두 번째에 있는 기간테스Ⅲ까지 강력한 인형병기가 배치된 상황에서는 아무런 위협이 되지 않았다.

아키라 역시 바이크 위에서 한가롭게 시간을 보내고 있다. 바이크의 확장 암에 장착한 LEO 복합총으로, 심심풀이가 되기에는 양이 부족한 목표물을 정확히 조준해 격파한다. 바이크의 대형 에너지 탱크에서 충분한 에너지를 공급받은 C탄은 투입되는 에너지를 엄격하게 조정하는 알파의 서포트로 더욱 위력을 발휘했다.

심심풀이는 안 되지만, 알파의 수업을 받을 만큼 여유롭지도 않다. 또 자이언트 버그 무리가 습격할지도 모르니까 훈련에 열중할 수도 없는 노릇이다. 회복약이 있다고 해도 피로한 상태로 싸울 수는 없기 때문이다.

결국 아키라는 별다른 일 없이 경비 시간을 마쳤다. 히카루에게 연락해 격납고 문을 열어달라고 부탁하고, 바이크를 타고 차량 측면을 타고 내려가서 차량 안으로 돌아갔다. 그리고 격납고에서 기다리고 있던 히카루와 함께 방으로 돌아갔다.

아키라가 히카루와 함께 저녁을 먹으며 이야기하던 중, 가는 길에 습격당한 자이언트 버그 무리에 관한 이야기가 나왔다.

"어? 그 무리는 평소 그런 곳에 없는 거야?"

"그래. 그래서 꽤 심각한 피해가 발생한 것 같아. 상당수의 헌터들이 병원에 실려 갔다고 들었어. 그래서 이번엔 또다시 습격당해도 괜찮을 정도로 전력을 대폭 증강해서 출발한 거겠지."

"그랬구나……."

그렇게 말하면서 아키라는 조금 복잡한 표정을 지었다.

"아키라. 무슨 문제가 있어?"

"아니, 나는 뭔가 그런 돌발 상황을 자주 겪는 기분이 들어서. 뭐랄까, 또 그런다는 느낌이 들어."

"그러고 보니 옥팔로스를 해치웠을 때도 그랬지. 웬만하면 그런 곳에 없는데."

"그렇지? 역시 나는 운이 나쁜 걸까?"

이상하게 축 늘어진 아키라를 보고, 히카루는 위로할 말을 찾아봤다.

"뭐, 그건 이런 거야. 운이 나쁜 게 아니라, 아키라가 강한 게 아닐까?"

"무슨 뜻이야?"

"이렇게 말하긴 뭐하지만, 헌터는 돈을 왕창 벌면서도 잘 죽는 직업이잖아? 그걸 알면서도 헌터를 할 정도로 돈을 벌 수 있지만, 그걸 알면서도 많이 죽는 거지."

틀린 말은 아니다. 생존만 잘하면 헌터 활동은 돈이 왕창 벌리는 일이다. 그래서 많은 빈곤층이 거기서 벗어나기 위한 수단으로 성공한 헌터가 되려고 한다.

"하지만 죽은 헌터들도 딱히 죽고 싶어서 죽는 건 아니야. 죽지 않으려고 나름대로 조심하겠지? 하지만 죽어. 즉, 본인이 예측하지 못한 상황에서 죽는다는 뜻이야."

이것도 틀린 말은 아니다. 목숨을 걸고 하는 헌터 활동이지만, 죽음이 확실시되는 일은 누구나 피한다. 즉, 예측되는 상황에서 예상대로 죽는 사람은 드물다.

죽고 싶지는 않다. 하지만 돈은 잘 벌리고, 지금까지는 그럭저럭 버텼다. 조금만 더 하면 괜찮겠지. 많은 헌터가 그렇게 생각하면서 헌터로 살고 있다. 10년 뒤는 어떨지 몰라도 내일은 살아있겠지. 대단한 근거도 없이 그렇게 믿고, 지금까지 죽지 않았으니 괜찮을 거라는 안이한 판단 기준으로 살다가 돌발 상황과 맞닥뜨리는 그날까지.

"그래서 그런 돌발 상황은 일반적인 헌터가 평생 한 번만 경험하는 거야. 그 한 번으로 죽으니까 당연하지. 그래서 죽은 본인의 통계상으로 돌발 상황은 몹시 드물게 발생해."

이 부분은 다소 억지가 있다. 히카루도 그것을 알면서 말한다.

"하지만 아키라는 달라. 강하니까 꼭 살아남아. 살아남았으니까 다음이 있고, 다음 돌발 상황에 직면하는 거야. 그런 경험은 인상이 강하니까 기억에도 남는 거고. 그래서 돌발 상황을 자주 겪는 듯한 감각이 생기고, 운이 나쁘다고 느끼는 것 아닐까?"

이 이야기가 통계적으로 올바른지는 중요하지 않다. 결국은 심리적 위안을 위한 이야기다. 그렇게 생각하는 게 마음이 편하다. 그 정도의 생각으로 히카루는 말하고 있었다.

그리고 그 위로는 아키라에게 효과가 있었다. 아키라가 슬쩍 웃는다.

"그래. 그렇게 생각해 볼까. 설령 내 운이 나쁘다고 해도, 그 불운보다 강하다는 뜻이니까."

알파를 만난 이후로 예측할 수 없는 상황이 연달아 있었다. 그래서 몇 번이나 죽을 뻔했다. 그것을 불운이라고 한다면, 나는 그 불운을 여러 번 이겨냈다. 앞으로도 이길 것이다. 질 생각은 없다. 아키라는 다시 한번 그렇게 마음먹었다.

"그래, 그거야. 그거면 되지 않을까?"

기분이 좋아진 아키라를 보고 히카루도 기분 좋게 웃었다. 이러면 또다시 자이언트 버그 무리가 습격해도 좋은 성과를 낼 것 같다. 그렇게 생각하며 미소를 지었다.

하루가 지났다. 아키라는 오늘도 차량 지붕 위에서 바이크를 타고 경비를 서고 있었다. 아직은 어제처럼 한가한 시간이 계속되고 있다.

문득 하늘을 올려다본다. 그곳에는 두툼한 회색 구름이 하늘을 덮은 것처럼 떠 있었다.

◆

황야를 달리는 차량 대열 위로 태양이 보이지 않는다. 짙은 구름이 끝없이 펼쳐져 있다.

동부의 비는 무색 안개 성분을 포함하고 있어, 비가 내리면 색적 등이 현저하게 저해된다. 그 근원인 구름도 마찬가지다.

일기예보는 흐림. 강수 확률은 낮다.

지상 색적에는 지장이 없다. 몬스터 무리가 지평선 너머에 있더라도 차량의 강력한 색적 장치로 일찍 탐지할 수 있다.

또한 자이언트 버그와 같이 하늘을 나는 몬스터가 구름 속에 있더라도, 상대 역시 구름 속에서는 지상을 볼 수 없으니까 차량을 발견할 수 없다.

운행하는 데 지장이 없다고 판단한 차량 대열은 예정대로 황야를 달리고 있었다.

짙은 구름 위, 날씨가 맑다면 차량 대열에서 확실하게 감지할 수 있는 거리와 고도의 하늘을 100기가 넘는 인형병기들이 날아다니고 있었다. 하얀색을 바탕으로 한 그 기체들의 크기는 20미터 정도. 모든 기체가 중무장 상태다.

기본적으로 몬스터는 클수록 강하다. 그리고 클수록 강력한 것은 비단 몬스터만이 아니다. 동부에 끼는 무색 안개와 구세계에서 유래한 경이로운 기술은 크기의 단점을 크게 줄였다.

도시 간 수송차량이 이렇게 거대해진 이유도 여러모로 효율적이기 때문이다. 적어도 초장거리 대규모 운송에 있어서는 일반 트레일러를 수백 대, 혹은 수천 대를 사용하여 운송하는 것보다 그 용도에 특화된 거대 차량을 사용하는 것이 더 낫다. 그렇게 판단했기에 도시 간 수송차량이 이렇게까지 커진 것이다.

그리고 인형병기에도 비슷한 경향이 적용된다. 보통은 대형기라도 10미터 정도다. 그 기준에서 20미터의 기체라는 것은 단순히 2배 전장이라는 의미를 크게 넘어선다.

그 하얀 인형병기 부대 앞에 몸길이 100미터가 넘는 거대한 몬스터가 출현한다. 몬스터는 동쪽으로 갈수록, 그리고 높이 올라갈수록 강해진다. 이곳은 이미 그렇게 거대하고 강력한 몬스터가 흔하게 출현하는 영역이었다.

하지만 그 몬스터도 순식간에 격파된다. 둥지급 자이언트 버그 무리도 격파할 수 있는 그 부대에 그 정도의 몬스터는 아무런 장애물이 되지 않는다. 레이저건의 일제 사격을 맞아 온몸에 구멍이 뚫린 몸뚱이가 회색 구름의 바다로 떨어진다.

그토록 강력한 하얀 기체에는 정도의 차이는 있지만 교전한 흔적이 있었다. 모든 장비를 사지와 함께 잃어 동체 부분의 추진 장치로만 비행할 수 있는 기체도 있다.

그리고 그중 한 기체를 아주 굵은 광선이 관통했다. 매우 강력한 포스 필드 아머가 종잇장처럼 뚫리고, 부피의 30%가량이 사라진 기체는 나머지 부분도 산산조각이 나면서 구름의 바다에 휩쓸려 사라져갔다.

이어서 다른 대형기에 원반 모양의 검정 공격 단말기가 직격한다. 그 지름은 대형기의 반쯤이나 되고, 원반 외곽에는 빠르게 회전하는 대형 칼날이 달렸다. 그 칼날로 기체의 장갑을 찢고, 접촉 부위에서 요란한 불똥이 튄다.

그리고 그 기세를 몰아 목표물 깊숙이 파고들어 대형기를 그대로 양단했다. 그 기체가 좌우로 갈라져 구름 속으로 떨어진다. 게다가 원반은 하나만 있는 게 아니었다. 하얀 기체들을 차례차례 덮쳐든다.

아군기에 붙은 무수한 검은 원반을 다른 기체들이 아군기째로 공격해 격파해 나간다. 적을 격파하는 대가로 기체 몇 기가 더 격추되어 떨어졌다.

여기서 부대에 움직임이 나타난다. 이제는 구름 속으로 이동하면 된다. 그 판단에 따라 하얀 기체들이 일제히 고속으로 하강한다.

그리고 그들을 공격하던 존재, 광선과 검정 공격 단말기를 사출한 모체도 적을 쫓아 구름바다로 내려갔다.

제206화 영원한 비상사태

　기간테스Ⅲ의 지붕 위에서 경비를 서고 있는 아키라에게, 히카루가 통신을 연결했다.

　『아키라. 차량 주변에 하늘에서 떨어진 물체를 확인했어. 일단 조심해.』

　"알았어. 날이 흐려서 잘 안 보이지만, 위에 뭔가 있는 걸까? 위험한걸……."

　아키라가 슬쩍 하늘을 올려다본다. 하지만 두꺼운 구름에 가려져 아무것도 보이지 않는다. 그래도 히카루의 경고가 간단해서 무언가 떨어지더라도 위험할 거라고는 생각하지 않았다.

　『알파. 뭔가 보여?』

　『보여.』

　『역시 뭔가 떠다니는 건가. 올 때 본 섬 같은 건가?』

　『아키라. 경계해.』

　진지한 투로 경계를 촉구하는 알파의 말에 놀라면서도, 아키라는 의식을 전투태세로 전환한다.

　둥지급 자이언트 버그가 출현했을 때도 웃던 알파가 지금은 웃고 있지 않다. 그만한 위협이 다가온다는 것을, 아키라는 순식간에 정확히 파악했다.

"히카루! 상황은?"

『어? 낙하물을 확인했으니 조심하라는 것뿐이야. 그렇게 당황하지 않아도……잠깐만 기다려! 위에서 반응 다수! 뭔가 와!』

도시 간 수송차량의 색적 장치가 얼마나 고성능인지는 히카루도 도시 직원으로서 잘 안다. 아키라는 그런 차량 측의 색적보다 더 빨리 반응의 존재를 감지했다. 히카루는 그 사실에 놀라면서도 적으로 추정되는 반응을 주시한다.

그리고 그 반응 중 하나가 구름을 뚫고 내려온다. 그것은 하얀색 대형 인형병기였다.

『식별 코드 전송 없음! 아키라! 적으로 간주해도 상관없어!』

"알았어!"

하얀 기체가 아키라 일행의 차량에서 200미터 정도 떨어진 지면에 충돌하듯 착륙한다. 낙하 속도를 최대한 억제하려고 반파 상태의 추진 장치를 최대한 가동한 까닭에 착륙과 동시에 주변의 잔해 등이 요란하게 날아가 버린다.

그 기체는 낙하 충격에 의한 심각한 파손을 면했지만, 즉각적인 행동은 할 수 없었다. 그리고 이미 아키라와 다른 헌터들, 그리고 차량 측의 인형병기들도 그 하얀 기체를 조준하고 있었다. 이제 아키라 일행의 일제 사격으로 파괴될 뿐이다. 그런 상황이었다.

하지만 차량 측 인원보다 더 빠르게 또 다른 것이 하얀 기체를 공격했다. 그것은 구름을 뚫고 나타난 무수한 검은 원반이었다. 빠르게 회전하면서 표적에 일직선으로 차례로 달려든다. 그리고 그 거대한 몸체를 순식간에 갈기갈기 찢었다.

목표를 파괴한 검은 원반은 곧바로 다음 공격 목표, 아직 파괴되지 않은 하얀색 대형기를 향해 날아간다. 차량 대열의 주변에는 새로운 기체들이 속속 하강하고 있었다. 그리고 그것들은 차량 대열의 주위를 날아다니며 검은 공격기와 싸우기 시작했다.

아키라가 인상을 쓰고 대처를 망설인다.

"히카루. 어떻게 할까? 쏴도 돼? 쏠 거면 뭘 쏠까? 하얀 거? 검은 거? 아니면 둘 다?"

"어, 음……."

그 질문에 히카루는 선뜻 대답할 수 없었다.

도시 간 수송차량 호위를 맡은 헌터들에게는 적 식별과 교전 개시 판단에 일정한 재량권이 인정받고 있다. 그리고 상대는 차량 대열 주변에 갑자기 나타난 미확인 기체로, 피아 식별 코드도 보내지 않았다. 설령 상대가 사카시타 중공의 부대라도, 공격해서 문제가 될 일은 없다.

그러나 하얀 기체들은 자신들을 공격하지 않았다. 또한 검은 공격기도 하얀 기체만 노릴 뿐, 차량 대열을 공격하지 않았다.

그 상태에서 잘못 공격하면 자신들을 공격할지도 모른다. 검은 기체와 하얀 기체의 전투에서 자신들도 말려든 삼파전이 되는 건 아닐까? 헌터들은 그런 생각에 공격하길 주저하고 있었다.

차량 경비대에서 쏘라고 지시하면 바로 쏜다. 상대가 자신들을 공격할 기미가 보이면 즉시 쏜다. 하지만 지금은 아무 일도 없다. 총을 들고 조준도 했지만, 발포만 멈춰 있었다.

차량 대열의 지휘관도 헌터들과 마찬가지로 공격 지시를 망설이고 있었다.

하얀 것이든 검은 것이든 모두 격파한다. 차량 대열의 안전을 위해서는 그게 최선이다. 이미 그렇게 결정했다.

하지만 둘 다 매우 강력한 것은 한눈에 알 수 있다. 그런데 지금은 서로 사투를 벌이고 있다. 그렇다면 이쪽의 공격을 조금 더 늦춰야 할까? 서로 소모할 때까지 기다려야 할까? 둘 다 소모한 뒤라면, 편하고 안전하게 격퇴할 수 있다. 그렇게 해야 할까?

겉으로 보기에 합리적인 생각에 지휘관은 판단을 미루고 있었다. 그것이 함정이라는 것을, 너무 늦게 깨닫고 말았다.

상황이 움직인다. 거대한 그림자가 차량 대열을 뒤덮었다.

흐리긴 했어도 대낮처럼 밝았던 아키라의 주변이 갑자기 그늘처럼 어두워졌다. 이상해서 아키라가 위를 올려다보니 야외인데도 천장이 있었다.

"어……?"

천장에는 출입구가 있고, 거기서 검은 원반 모양의 공격기가 연달아 사출되고 있다. 그것을 보고 아키라도 천장의 정체를 알아차렸다. 부정하고 싶다는 듯이 중얼거렸다.

"설마, 저건 몬스터야?"

『그래. 상공 영역의 몬스터가 내려온 거야.』

부정해 주길 바란 알파가 쉽사리 긍정하자, 아키라는 얼굴을 험악하게, 그리고 진절머리가 난다는 듯이 일그러뜨렸다. 그런 마당에 더 심한 소리를 듣는다.

『아키라. 정신 바짝 차려. 해치워야 해.』

아키라는 평소 자신의 확장시야에만 있는 알파를 볼 때 이상한 사람으로 여겨지지 않으려고 조심하는데, 지금은 그럴 수 없었다. 너무 놀란 나머지 알파를 보고 말았다.

『아니, 저기, 그건 좀. 저건 도저히 노력으로 어떻게 할 상대가 아니잖아.』

하늘을 뒤덮고, 그 그림자가 차량 대열을 싹 가릴 정도로 큰 상대다. 이건 절대로 격파할 수 없다. 그렇게 생각하며 아키라는 연신 세차게 고개를 저었다.

지금 아키라는 무척 이상한 사람이 되었다. 하지만 다른 헌터들도 지금은 신경 쓸 겨를이 없다. 설령 누군가가 아키라의 모습을 이상하게 여긴다고 해도, 머리 위에 있는 몬스터 때문에 동요했다고 생각할 것이다. 덕분에 아키라는 이상한 사람으로 여겨지는 것을 피할 수 있었다.

알파가 아키라를 안심시키듯 미소를 지었다.

『저걸 해치우자는 게 아니야.』

알파가 웃는 것을 보고, 아키라도 침착함을 되찾았다. 그때 경비대에서 지시가 날아든다.

"전 부대에 통달! 주변에 출현한 인형병기를 전력을 다해 모두 파괴하라! 최소한 차량 대열에서 떼어내라! 상공 영역의 몬스터가 지상으로 내려온 요인을 신속히 제거하라!"

『이런 거야. 아키라. 시작하자.』

『알았어!』

아키라가 의식을 전환한다. 상공 영역의 몬스터가 출현해서 생긴 동요를 완전히 지우고, 전투에 집중한다. 두 손에 든 2정, 바이크의 확장 암에 장착한 2정, 총 4정의 LEO 복합총을 표적인 하얀 기체를 향해 일제히 발사했다.

다른 헌터들도 즉시 공격하기 시작했다. 엄청난 양의 총탄, 포탄, 미사일, 레이저가 차량 대열에서 주변의 하얀 기체들을 향해 발사된다.

동시에 하얀 기체들도 차량 대열을 공격하기 시작한다. 지금까지는 상공 영역의 몬스터를 여기로 유인하기 위해, 그리고 이를 차량 대열에 들키지 않게 하려고 굳이 차량 대열을 공격하지 않았을 뿐이다. 상공에서의 공격에 차량 대열을 끌어들이기 위해 거리를 좁히려고 한다.

검은 원반도 그 하얀 기체를 따라 차량으로 향한다. 공격기의 표적은 어디까지나 하얀 기체일 뿐, 차량이나 헌터가 아니다. 하지만 공격에 휘말리지 않게 할 생각은 없다.

그리고 그것은 헌터들도 마찬가지다. 노리는 것은 하얀 기체이지만, 그 근처에 검은 공격기가 있는 이상 피해를 주지 않고 공격하긴 어렵다.

전투 자체는 이미 하얀 기체들이 이 자리에 오기 전부터 시작됐다. 그리고 차량 대열을 방어하는 자들과 공격하는 자들, 그리고 상공 영역의 몬스터에 의한 삼파전이 명확하게 막을 올렸다.

◆

  비행하며 차량을 향해 돌진하는 하얀 기체에 아키라의 총탄이 제대로 명중한다. 그러나 착탄 지점에서 충격변환광이 번쩍일 뿐, 기체의 장갑은 찌그러지지도 않는다.

『단단하네! 4정으로 쏘는 건데?!』

  LEO 복합총의 위력은 아키라도 잘 안다. 그 4정의 사격. 게다가 새로운 바이크의 힘으로 더욱 위력을 높인 상태에서 연사하며, 알파의 서포트로 한 점에 집중하는 정밀 사격이다. 그런데도 격파는커녕 기체의 접근조차 막지 못한다는 사실에 아키라는 놀라움을 금치 못했다.

  알파가 간단히 설명한다.

『상공 영역의 몬스터를 여기까지 유도해 온 기체라고 생각하면 당연하겠지. 피하자.』

  기체가 손에 든 레이저건을 아키라에게 겨눈다. 발사된 지향성 에너지가 허공을 태우며 일직선으로 돌진한다.

  아키라는 바이크를 급발진해 회피한다. 바퀴와 발판의 접촉면을 포스 필드 아머로 보호, 강화, 결합해서 바퀴가 헛도는 것을 억제하고, 나아가 고출력 제네레이터로 두 바퀴를 회전시켜 비행 바이크가 내기 어려운 경이로운 순간 속도를 냈다. 강렬한 에너지가 빛이 되어 아키라의 옆을 지나간다.

  강화복을 입지 않았다면 관성만으로 압사할 것 같은 가속 속에서, 그리고 그 가속을 따라잡는 체감시간 조작 속에서 아키라는 적의 레이저를 피하며 사격을 계속한다.

정지된 표적을 단단한 발판 위에서 시간을 들여 신중하게 조준하는 정밀 사격. 아키라의 두 손과 바이크의 확장 암을 합친 4정의 총은 알파의 서포트로 고도의 조준 보정을 받아 이 상황에서 그와 동등한 정확도를 실현하고 있다. 이는 사격의 위력을 비약적으로 끌어올렸다.

그래도 근본적인 성능 차이는 극복할 수 없다. 아키라 말고도 다른 헌터의 공격에 의해 파손되면서도, 하얀 기체는 기간테스Ⅲ에 도달해 그 지붕에 착륙했다.

그리고 차량 측 기체와 총격전을 벌인다. 거대한 총탄과 레이저가 교차하며 서로를 맞힌다. 하얀 기체의 파손이 심해졌고, 차량 쪽 인형병기도 적잖은 손상을 입었다. 그대로 도시 간 수송차량의 넓은 지붕 위에서 고속으로 이동하며 교전한다.

포스 필드 아머 기술의 발달로 총의 위력은 상대적으로 낮아졌다. 피탄은 반드시 피해야 하는 것이 아니게 되었고, 회피보다 방어가 중요한 영역이 늘어났다. 그 결과 발생한 인형병기 사이의 총격전은 차량 지붕 위에 고화력 탄환과 미사일, 레이저를 뿌려댄다.

물론 방어도 중요하지만, 이를 맞아도 멀쩡한 것은 같은 수준에서 싸우는 인형병기뿐이다. 아키라가 맞으면 즉사한다. 절대로 맞아선 안 된다. 필사적으로 탄막 사이를 누빈다. 그리고 닥치고 총을 갈긴다.

확장탄창의 물량을 한 지점에 집중한 연사. 그 위력을 견디는 적 장갑을 본 아키라의 표정이 굳었다.

『진짜 단단하네! 알파! 일단은 효과가 있는 거지?』

『물론이야. 슬슬 다 됐어.』

알파의 말대로 아키라가 같은 부위에 계속 사격한 효과가 드디어 나타났다.

끊임없는 피탄으로 인한 장갑 왜곡은 하얀 기체의 포스 필드 아머 효과를 조금씩 떨어뜨리고 있었다. 그리고 마침내 한계가 찾아온다. 피탄 부위의 장갑이 크게 파손되고, 그 영향으로 기체의 움직임이 흐트러졌다.

드디어 눈에 보이는 손상을 입은 것에 아키라가 반응을 보였다. 하지만 그 표정은 여전히 딱딱하다. 이만큼 쏘고도 겨우 이 정도 파손이라면 해치울 때까지 얼마나 걸릴지 모른다. 저도 모르게 그런 생각이 들어서 오히려 조바심이 났다.

하지만 알파는 반대로 웃었다.

『좋아. 해치웠어.』

『알파. 무슨 소리를…….』

아키라가 의아해한 순간, 검은 원반이 아키라의 옆을 지나갔다. 그리고 기다렸다는 듯이 움직임이 굼떠진 하얀 기체에 달려든다. 격돌하듯 몸을 부딪치고, 그대로 자신을 상대에게 밀착시킨 채 빠르게 회전하며 바깥에 달린 칼날로 기체를 두 동강 냈다.

검은 공격기는 파괴한 하얀색 잔해를 그 자리에 남기고 곧바로 다음 공격 목표를 향해 일직선으로 날아갔다. 그 이동 경로에 있던 차량 측 인형병기의 팔이 날아가고, 운 나쁜 헌터가 산산조각이 났다.

『아키라. 이제 92기 남았어.』

『그, 그래…….』

맞으면 자신도 저렇게 된다. 아키라는 그렇게 생각하며 표정을 굳혔지만, 곧 정신을 가다듬고 전투에 집중했다.

그때 바이크가 다시 급가속했다. 잠시 후 고출력 레이저가 아키라의 옆을 지나갔다. 얼떨결에 레이저가 발사된 방향을 보니, 차량 지붕 구석에 착륙한 다른 하얀 기체가 레이저건을 겨누고 있었다.

『다음은 저거야. 서두르자.』

『알았어!』

바이크의 가속력으로 넓은 지붕 위를 돌진한다. 하얀 기체에서 일직선으로, 그리고 옆으로 긋듯 날아오는 레이저를 공중 주행에 의한 3차원적 움직임으로 피하며 거리를 좁혀 나간다.

그 와중에 아키라가 두 손의 총을 상대에게 겨누려다 알파에게 제지당한다.

『아키라. 다음에는 블레이드를 쓸 거야.』

『어? 그걸?』

『그래.』

『알았어…….』

아키라는 오른손에 든 총을 도로 넣었다. 그리고 바이크 차체에 장착된 무장, 칼날이 없는 칼자루를 뽑았다. 두 손으로 잡을 수 있는 긴 칼자루 아래쪽에는 굵은 에너지 케이블이 달렸고, 그 끝자

락은 바이크와 연결되어 있었다.

다음에는 그 손잡이 상단을 바이크의 확장 암에 장착된 박스형 장치의 접속부에 꽂는다. 그리고 다시 빼내자, 손잡이에는 액체 금속으로 된 칼날이 달려 있었다.

박스형 장치는 액체 금속의 저장고이자 칼날 생성기다. 그 칼날은 얇고, 강하고, 경이로운 절삭력을 지녔으며, 포스 필드 아머 효과도 갖추고 있다. 예리함만 놓고 보면 구시대의 블레이드에 버금가는 성능이다.

하지만 그 대가로 생성된 칼날을 유지하는 데 많은 에너지를 소모한다. 그래서 백병전 무기인데도 사용하려면 차량 등에 탑재되는 대형 대용량 에너지 탱크가 필수다. 게다가 유선 연결 등을 통해 에너지를 항시 대량으로, 안정적으로 공급할 수 있는 상태를 유지해야 한다.

즉, 이 무기의 성능을 충분히 활용하려면 자동차나 바이크를 타고 다니면서 에너지 케이블이 연결된 채로 블레이드를 휘둘러야 한다.

사용 조건이 까다롭긴 하지만, 성능 자체는 매우 뛰어나다. 하지만 총기 사용이 보편화된 동부에서 굳이 블레이드를 사용해 백병전을 벌이는 별종 중에서 그 조건에 맞는 사람은 극소수에 불과하다.

그래도 그 경지에 올라갈 수 있는 고랭크 헌터들이라면 이를 사용할 수 있는 특이한 재능을 가진 사람들도 적지 않을 것이다. 그런 생각으로 개발되어 판매에 들어간 상품이었지만, 판매 실적은 매우 저조했다. 너무 특수했기 때문이다.

아무리 고성능이라도 팔리지 않으면 싸게 팔린다. 수억 오럼에 팔아도 파격적인 할인인데, 사람들이 외면하는 바람에 가격을 더 낮춰야 했던 제품. 아키라조차도 알파가 권하지 않았다면 사지 않았을 제품.

즉, 출시 초기 가격으로는 도저히 살 수 없는 초고가 제품인데, 아키라는 그것을 지금 오른손에 쥐고 있었다.

아키라는 자신의 키를 훌쩍 넘는 블레이드를 옆으로 잡고 바이크로 돌진한다. 바이크는 알파의 운전으로 공중 주행의 이점을 살린 입체적인 주행을 보여주고 있다.

그렇듯 비행 바이크와는 다른 궤적, 특이한 기동과 민첩한 움직임에 하얀 기체는 휘둘리고 있었다. 아키라를 필사적으로 노리지만 맞지 않는다. 강력한 레이저는 아키라의 옆을 지나쳐 하늘을, 차량 지붕을, 사선에 있던 불행한 사람을 태우기만 한다.

그리고 거리를 좁힌 아키라가 하얀 기체 옆으로 달려간다. 그와 동시에 오른손에 쥔 블레이드를 힘차게 휘둘렀다.

창백하게 빛나는 칼날이 기체의 발목을 통과한다. 블레이드를 다 휘둘렀을 때, 그 위력을 견디지 못하고 칼날 자체가 부서지고, 고정 상태가 풀리면서 액체로 변한다. 더 나아가 증발하듯 사라져 완전히 소멸했다.

은빛 칼날은 처음부터 일회성 소모품으로 생성되었다. 이를 전제로, 휘두르는 순간의 절삭력을 한계까지 끌어올리도록 알파에 의해 엄격하게 제어되었다.

매우 특수한 초고급 제품의 이점만을 끌어내서 휘두른 일격. 그
위력은 엄청나서, LEO 복합총 4정 분량의 사격을 견딘 하얀 기체
의 장갑을 그 일격만으로 능가했다. 두 다리가 절단된 기체가 발
목 아래만 남기고 공중에 뜬다.

그러나 심각한 파손과는 거리가 멀다. 기체는 자세를 크게 휘청
거리면서도 비행 기능을 이용해 자세를 바로잡으려 했다.

이때 알파가 지시를 내린다.

『아키라. 다음에는 AF 레이저건을 사용할 거야.』

알파의 조작으로 이미 에너지 충전을 마친 AF 레이저건이 아키
라의 등 뒤에서 조립되면서 앞으로 나온다. 아키라는 서둘러 그것
을 잡고 하얀 기체의 몸통을 조준했다.

『날아가 버려!』

AF 레이저건에서 사출된 에너지가 기체에 정통으로 맞는다. 그
러나 기체는 견고한 포스 필드 아머에 보호받고 있었고, 공중에
뜬 탓에 밀려나긴 했지만 거의 무사했다.

『이게 말이 돼?! 이 거리에서 쐈는데?!』

적의 엄청난 방어력에 놀라는 아키라에게, 알파가 간단히 설명
한다.

『파괴하는 것보다 상대를 밀어내는 것을 우선해서 쏜 탓이기도
하지만, 그 이전에 에너지 계통 공격에 대한 방어를 중시한 기체
인 것 같아.』

『그런 거구나!』

처음에 격파한 기체에 AF 레이저건이 아닌 LEO 복합총을 사용

한 이유는 그거였다. 아키라는 그렇게 생각해 납득하면서도 의아해했다.

『하지만 차량에서 밀어내도 다시 오지 않을까? 그야 차량 대열에서 떼어내라고 했지만…….』

AF 레이저건으로는 상대를 밀어내는 것밖에 할 수 없고, LEO 복합총으로는 아무리 많이 쏴도 손상을 주는 것이 한계다. 블레이드는 효과가 있지만 접근해서 베어야 한다. 하지만 접근해야 겨우 격파할 수 있는 상대를 일부러 밀어내고 있다. 아키라는 이 행동의 의도를 이해할 수 없었다.

그 질문을 듣고, 알파가 진지한 얼굴로 대답한다.

『우리가 숨통을 끊을 필요는 없어. 차량에서 떼어내면 안전하게 처리될 거야.』

『아하, 그런 거구나.』

그러자 아키라도 비로소 깨닫는다. 하얀 기체의 격파가 중요한 것이 아니라는 사실을. 그것들을 쫓아온 상공 영역 몬스터의 공격에 자신들이 휘말리지 않는 것이 중요하다.

『저 녀석들을 차량에서 떼어놓기만 하면 알아서 죽을 거라는 거군.』

『맞아. 늦지 않았어.』

AF 레이저건이 쏘던 빛이 멎는다. 위력보다 방출 시간 지속을 우선시하며, 상대의 움직임을 봉쇄하면서 차량에서 최대한 먼 위치까지 밀어내고 있었다.

'늦지 않았다'는 알파의 말에 아키라는 이제 저 기체도 금방 격파될 것으로 여겼다. 그 생각은 틀리지 않았다. 하지만 검은 원반이 갈기갈기 찢어서 격파할 것이라는 아키라의 예상과는 달랐다.

다음 순간, 극도로 굵은 광선이 하얀 기체를 바로 위에서 집어삼켰다. 고출력 에너지에 의해 기체가 순식간에 소멸한다. 에너지 계통 공격에 대한 방어를 중시하는 기체인데도, 조각조차 남기지 않고 사라져 버렸다.

그리고 그 빛이 지상에 닿는 순간, 그 고에너지에 의한 대폭발이 발생한다. 그 위력에 주변 대기가 극도로 압축되면서 대멸탄두를 사용했을 때처럼 초고밀도의 무색 안개에 의한 충격 감쇠가 발생했다.

탄착점 주변이 세계의 일부가 동그랗게 깎인 것처럼 사라진다. 그리고 바깥쪽에는 위력 감쇠로 인해 폭풍으로 변한 충격의 잔해가 휘몰아친다. 폭풍으로 변하고도 도시 간 수송차량을 심하게 뒤흔들 정도의 위력이었다.

그 엄청난 광경에 반쯤 넋이 나갔던 아키라가 정신을 차린 듯 위를 본다. 그곳에는 하늘을 뒤덮은 천장 아래 뜬 구형 공중 포대가 있었다.

『저게 쏜 거야?』

『그래. 정말 늦지 않아서 다행이야.』

늦었다면 방금 공격이 자신들의 차량을 직격했을 것이다. 그제야 아키라는 그 사실을 깨닫고 얼굴이 창백해졌다.

그 직후, 다른 도시 간 수송차량에 비슷한 빛이 쏟아졌다. 직격을 맞은 기체는 사라지고, 도시 방벽처럼 견고한 포스 필드 아머로 보호받던 차량이 크게 파손된다. 일대에 퍼지는 충격변환광은 그 위력을 지평선 너머까지 전달하고 있었다.

『저쪽은 늦었나 보네.』

『알파. 적 기체는 얼마나 남았어?』

『78기야.』

『아직 그렇게 많이 남았어?』

『그래서 서두르자고 했잖아?』

『그게 그런 뜻이었냐고!』

서두르자. 그 말 한마디에 담긴 의미를 이해한 아키라는 저도 모르게 언성을 높였다. 그런 아키라에게 알파가 진지한 표정으로 지시를 내린다.

『서둘러. 다음에도 늦지 않는다는 보장은 없어.』

아키라가 반쯤 자포자기한 표정으로 외친다.

『알았어! 다음은 어느 놈이야?!』

『저거야.』

『알았어!』

아키라는 다음에도 늦지 않으려고 최선을 다해 바이크를 몰았다.

◆

차량 대열의 지휘실에서는 상황 보고와 지시가 분노처럼 쏟아져 나왔다.

"4호차 대파! 자력 주행 불가 상태입니다!"

"5호차의 화물용 크레인으로 차량을 견인해! 승무원 대피를 서둘러라! 대피 완료 후, 상황에 따라 4호차는 버린다!"

"5호차도 상공 영역 몬스터의 포탑이 조준하고 있습니다. 맞으면 장갑이 버티지 못합니다!"

"모든 차량의 포스 필드 아머 출력을 최대로 끌어올려라! 이로 인한 속도 저하와 장갑 유지 시간 감소는 잊어도 좋다! 차량의 속도로는 놈들을 떼어낼 수 없어! 장갑도 지금 유지하지 않으면 의미가 없다! 전 차량에 남은 에너지는 지금을 버티는 데 쏟아부어라!"

"16호 포탑 대파, 18호와 29호도 손상 증가!"

"모든 포탑은 조준 시스템에 이상이 생기면 사용을 중지하라! 절대로 위로 쏘지 마! 위에 있는 큰 놈이 우리를 적으로 인식하면 끝장이야!"

모두가 딱딱하게 굳은 얼굴로 상황에 대응하는 가운데, 더욱 긴박한 목소리가 울려 퍼진다.

"2호차 시스템에 이상 발생! A3 격납고 외벽이 열립니다! 멈출 수 없습니다! 개폐 시스템이 해킹당했습니다!"

"뭐라고?!"

상공의 몬스터는 하얀 기체를 포격의 표적으로 삼고 있다. 그 기체가 차량 주변이나 지붕에만 있다면 헌터들의 노력으로 쫓아낼 수 있다. 하지만 열린 외벽을 통해 차량 내부로 들어오면 손쓸 수가 없다. 같이 날아가 버리는 것이다.

지휘실의 긴장감이 한껏 고조됐다.

아키라에게서 최대한 눈을 떼고 싶지 않았던 히카루는 아키라
가 격납고에서 떠난 뒤에도 그 자리에 남아서 돌아올 아키라를 맞
이하려고 했다.

하지만 아키라를 통해 차량 밖의 상황을 알게 되자, 방으로 돌
아가는 것이 낫지 않을까 하는 생각도 들기 시작했다. 그래도 아
직은 어떻게 할지 고민하는 정도였다.

그때 차량이 크게 흔들렸다. 상공 영역 몬스터의 포격에 따른
여파다. 그래서 히카루도 포기했다.

"아, 안 돼! 돌아가자!"

히카루가 그렇게 생각하며 발걸음을 돌리려고 할 때, 격납고로
시로와 하머스가 들어왔다. 그리고 히카루를 발견한 시로가 조금
재미있는 표정을 지었다.

"어라? 먼저 온 손님이 있네. 또 만났구나. 이런 데서 뭐 해?"

히카루가 약간 경계하는 표정을 지었다.

"그건 제가 할 말이에요. 여기는 관계자가 아니면 출입할 수 없
는 구역인데요."

"어이쿠. 하머스, 허가는 받았어?"

"받았을 리가 없잖아 ……."

하머스는 어이없다는 얼굴을 하고 한숨을 쉬었다.

히카루가 차량 경비대에 시로 일행을 신고하려고 한다. 하지만
불가능하다. 그 기능이 멈춰 있었다.

"어, 어떻게 된 거지?"

당황하는 히카루에게, 시로가 웃으며 한 걸음 다가온다.

"뭐, 진정해. 우리는 수상한 사람이 아니니까 너무 급하게 신고할 필요는…… 아니, 어렵겠나. 무진장 수상하잖아."

히카루가 반사적으로 시로와 거리를 벌린다. 신고 처리는 자신의 확장시야 조작으로 처리했다. 즉, 시로가 그것을 알 수 있는 방법은 없었을 것이다.

그런데도 시로는 히카루가 신고하려 한 것을 알았다. 게다가 그것이 불가능하다는 것까지 이해하고 있었다.

그리고 히카루는 깨달았다. 신고 시스템을 무력화한 것이 눈앞에 있는 인물임을.

히카루는 강한 경계심을 드러냈다.

"당신들…… 정체가 뭐야?"

하머스가 한숨을 쉬었다. 그리고 정보단말을 조작해 자신의 신상 정보를 히카루에게 전송했다.

"우리는 사카시타 중공 사람이다. 회사 일로 여기 있다. 나는 사카시타 중공 경비부 하머스다."

히카루에게 전송된 신상 정보는 눈앞에 있는 자들이 정말로 사카시타 중공 사람임을 알려주었다. 히카루가 황급히 자세를 바로잡는다.

"실, 실례했습니다! 저는 쿠가마야마 시티 광역경영부의 히카루라고 합니다!"

"나는……."

"닥쳐."

하머스가 말을 끊고 시로를 슬쩍 손으로 가리켰다.

"이 녀석은 신경 쓰지 않아도 된다. 정확히 말하면, 아무것도 모르는 게 좋다. 불필요한 확인도 권하지 않는다. 알았지?"

"아, 알겠습니다."

"고맙군. 너는 이제 돌아가는 게 좋을 거야. 여기는 위험해. 아, 우리가 여기에 무단으로 들어온 것에 대해서는 차량 경비대에 잘 말하겠다. 너는 아무것도 하지 않아도 돼. 알았지?"

"네. 이만 가보겠습니다."

히카루는 시로 일행에게 머리를 꾸벅 숙이고 잽싸게 그 자리를 떠났다.

5대 기업인 사카시타 중공의 사람. 그것만으로도 실수해서는 안 되는 사람들이다. 게다가 시로는 아마도 경호를 받을 만큼 중요 인물이고, 하머스는 그 경호원이다. 그 사실을, 히카루는 간파하고 있었다.

출세 욕구가 강한 히카루지만, 그 정도의 상급자와 당당하게 대화할 배짱은 아직 없다. 도망치듯 격납고를 빠져나갔다.

그 히카루를 즐겁게 구경하던 시로가 다시 시선을 앞으로 돌렸다.

"자, 슬슬 해볼까?"

"시로. 정말로 할 거냐? 아무리 비상사태라고는 해도, 약탈 같은 짓인데."

내키지 않는 표정을 짓는 하머스에게, 시로가 대수롭지 않은 투로 대답한다.

"어쩔 수 없잖아? 비상사태니까."

"그걸 이유로 모든 것을 용인하면 질서가 송두리째 무너지겠지. 긴급한 상황일수록 그런 짓을 하지 않는 질서가 필요하다."

"영원한 비상사태 중인 동부에서 그런 말을 들어도 말이지."

시로가 말꼬리를 잡자, 하머스는 약간 불쾌한 듯이 인상을 구겼다.

동부를 지탱하는 헌터 활동은 구세계 측의 관점에서 보면 매우 악질적인 약탈 행위다. 몬스터로 불리는 경비 기계를 파괴하고, 유적으로 불리는 점포나 창고 등에서 유물로 불리는 상품과 비품을 가져간다. 그것도 집단으로, 질리지도 않고 지속적으로, 집요하게.

동부에서는 그런 만행이 구세계 측을 상대로 공공연하게 자행되고 있다. 그것을 통기련이 문제없다고 인정하고 있기 때문이다.

문제없다는 근거는 크게 두 가지다. 하나는 이미 구세계는 멸망했다는 판단에 따른 것이다. 그리고 또 하나는 지금은 비상사태라는 인정에 의한 것이다. 그러니까 상관없다. 그러니까 어쩔 수 없다. 헌터 활동은 그 두 가지를 근거로 동부에서, 현대에서 윤리적으로 이루어지고 있다.

물론 그 판단과 인정은 통기련의 일방적 결정이다. 그래서 구세계 측 관리인격들이 통기련을 대하는 심상은 기본적으로 최악이다. 그들과의 협상이 난항을 겪는 원인이기도 하다.

그리고 사카시타 중공은 통기련을 구성하는 5대 기업 중 하나다. 즉, 시로와 하머스는 그 영원한 비상사태를 멋대로 결정한 자들의 편이고, 이를 근거로 구세계 측을 약탈하는 자들의 편이다. 그런 자신들이 비상사태에서 윤리를 따지면, 그게 네가 할 소리냐는 느낌도 있긴 했다.

"이럴 때 체제 비판인가?"

눈빛이 조금 매서워진 하머스에게, 시로가 대수롭지 않은 투로 말한다.

"아니야. 나도 몬스터가 득실거리는 동부에서 살아남으려면 그 정도는 필요하다고 봐. 어쩔 수 없다고. 그에 비하면 이 정도면 괜찮지 않겠냐는 이야기야. 물론 손해는 볼 수 있겠지. 하지만 그 정도는 나중에 사카시타에서 보상해 주면 될 일 아니야?"

"그건 뭐…… 그렇군."

마땅한 반론이 떠오르지 않는 하머스에게, 시로가 말을 추가한다.

"그렇지? 아, 한 가지 덧붙이자면, 나도 이런 짓은 하기 싫다고. 하지만 죽고 싶지는 않아. 지금 당장 네가 나가서 저놈들을 물리쳐 준다고 하면 그만둘게. 이대로 두면 위험할 것 같으니까 지원군을 보내주자는 얘기거든. 어떻게 할래?"

그것으로 하머스는 포기했다. 자신이 시로의 경호를 중단하고 지원하러 가면 외부 상황은 확실히 해결할 수 있겠지만, 그럴 수는 없기 때문이다.

"알았다. 해라."

"알았어. 허가한 거지?"

시로는 하머스에게 책임을 떠넘기듯 웃으며 말하고는 자신의 힘을 마음껏 발휘했다.

이 격납고에는 수많은 인형병기가 실렸다. 이 기체들은 차량 호위용이 아니라 쿠가마야마 시티로 운송 중인 상품이다. 도시가 츠바키와의 거래로 얻은 돈으로 구매한 최전선용 기체다.

당연히 적에게 공격받았다고 해서 누군가가 마음대로 사용할 수 있는 물건이 아니다. 애초에 사용할 수 없도록 보안이 걸려 있다. 최전선용 기체여서 보안 수준도 매우 높다. 사용하려면 엄격한 인증 절차를 거쳐야 한다.

하지만 그것이 뚫린다. 기체가 일제히 작동한다. 더 나아가 개폐하려면 차량 측에서 조작할 필요가 있는 격납고 외벽도 열리기 시작한다. 그리고 기체들이 같이 운송 중이던 각자의 무장을 장비하고, 열린 외벽을 통해 차례로 날아갔다.

외부의 침입으로 격납고 외벽이 열리고, 더구나 화물로 실린 인형병기가 멋대로 출격하는 사태가 벌어지자 지휘실이 소란스러워진다.

적의 기체가 몰래 화물로 먼저 실려 있었을지도 모른다. 최악의 상황을 상상하며 표정을 일그러뜨리는 지휘관에게, 하머스로부터 통신이 들어온다.

"사카시타 중공 경비부 소속 하머스다. 격납고 이상은 이쪽에서 대응하겠다. 양해해 주길 바란다."

"해당 기체는 아군이라고 생각하면 되는 건가?"

"그렇다. 비상사태라고 해도 화물을 마음대로 쓴 책임은 사카시타 중공에서 진다. 기체의 지휘권도 당신들에게 양도하지."

"그렇다면야. 이 비상시국이다. 협조해 줘서 고맙다."

하머스와의 통신이 끊겼다. 시로 일행의 소행은 차량 경비 조항을 수없이 위반했지만, 지휘관은 유연하게 대처하기로 했다. 사카시타 중공 탓으로 돌리면 어지간한 일은 핑계가 되기 때문이다.

지휘실과의 통신을 끊은 하머스가 시로를 본다. 이미 시로는 일을 끝낸 상태였다. 인형병기뿐만 아니라 다각기계, 비행 공작기계 등 이 격납고에서 전력으로 써먹을 수 있는 물건들은 시로가 하나도 남김없이 탈취해 출격을 완료했다.

그 솜씨를 본 하머스는 시로의 실력을 새삼 이해했다.

(도시 간 수송차량의 시스템도, 최전선용 인형병기의 인증 기능도, 이 녀석에게는 있으나 마나 하다. 다소 자화자찬이지만, 위에서 나를 경호원으로 붙일 정도는 되는 거겠지…….)

시로는 사카시타 중공 소속의 구영역 접속자다. 사카시타 중공에서 고도의 전문 교육을 받았으며, 각종 공작을 포함한 정보 처리에 매우 능숙하다.

동부의 각종 정보처리 시스템의 안전성은 그 근간에 구세계 유래의 기술을 많이 사용함으로써 매우 높다. 구세계의 통신망인 구영역을 통한 암호통신과 각종 인증은 현대의 기술로는 뚫을 수 없는 견고한 보안으로 동부에서 널리 활용되고 있다.

하지만 그 높은 보안성도 구영역 접속자에게는 현저히 떨어진다. 애초에 그 안전성은 현대인이 구영역에 마음대로 접속할 수 없다는 것을 전제로 한다. 즉, 현대의 보안은 그것이 가능한 사람에게는 구멍이 뻥 뚫린 상태다. 그 구멍을 완전히 막으려면 구세계 수준의 기술이 필요한데, 현대의 기술은 아직 그 경지에 이르지 못했다.

구영역 접속자인 시로는 구영역 접속 능력도, 공작원 기술도 뛰어나 사카시타 중공의 정보처리전에서 큰 성과를 거두었다.

원래라면 사카시타 중공도 귀중한 전력인 시로를 안전한 자사 시설에서 한 발짝도 밖으로 내보내고 싶지 않았다. 시로는 그만큼 중요한 인물이며, 이번 외출은 사카시타 중공 임원의 지시에 따라 특례로써 실시된 것이었다.

그리고 하머스는 그 중요 인물의 경호원이었다.

아직 완전히 닫히지 않은 격납고 외벽 너머에서 하얀 기체가 고속으로 다가온다. 이를 본 하머스는 귀찮은 듯 한숨을 쉬었다.

"아, 망했다……."

시로가 그렇게 중얼거린 다음 순간, 시로의 시야에서 하머스가 사라졌다. 그리고 마침 차량 내부로 돌입하려던 하얀 기체에 순식간에 그곳까지 이동한 하머스의 킥이 날아왔다. 기체는 그 일격에 부서지고, 요란하게 반파된 채 날아가면서 그대로 황야로 사라져 버렸다.

그 기체를 대수롭지 않은 기색으로 보고, 하머스가 새로운 적을 경계하며 재촉한다.

"시로. 빨리 닫아."

"하고 있어, 하고 있어. 조금만 더."

외벽이 닫힌 후, 하머스는 걸어서 시로에게 돌아왔다. 그리고 추가 지시를 내린다.

"그리고 혹시 모르니 지금 기록은 삭제해라."

"네입. 지웠어."

"좋아. 이제 돌아간다."

외부 상황은 시로도 차량의 색적 장치 등을 통해서 알고 있다. 하얀 기체의 힘도 알고 있다. 그런데도 시로가 그 기체가 하머스의 일격에 날아간 것을 보고도 전혀 놀라지 않는 것은 그것이 당연한 결과임을 알기 때문이다.

초인(超人). 하머스는 그렇게 불리는 존재다. 그가 입고 있는 신사복은 강화복이 아니라 튼튼한 방호복이다. 그리고 그 견고함은 적의 공격을 막기 위한 것이 아니라 하머스의 신체 능력을 견디기 위한 것이었다.

하머스는 본인의 신체 능력만으로 아키라가 그토록 힘들게 물리친 인형병기를 너무나도 쉽게 격파했다.

네가 나가서 저놈들을 물리쳐 준다고 하면 그만두겠다. 시로가 한 말은 농담이 아니었다.

물론, 시로도 그럴 수 없다는 것을 안다. 그랬다간 그동안 자신의 경호가 느슨해진다. 게다가 하머스가 초인이라는 사실이 확실하게 드러날 것이다.

하머스가 시로에게 방금 전투 기록을 지우게 한 것도 자신이 초인이라는 사실을 숨기기 위해서였다. 평범한 인간으로 위장해 경호 대상의 곁에 있을 수 있다. 그것도 초인의 장점이었다.

"아, 그렇지. 시로. 하나만 더 부탁하지."

"뭔데?"

지시 내용을 들은 시로가 조금은 딱딱한 표정을 지었다.

"어, 그런 짓을 하는 거야? 그런 식으로 관계없는 사람을 끌어들이는 것은 좋지 않은데? 비상사태니까 그런 짓을 하지 않는 질서가 필요하다고 나한테 말했으면서."

"그 점에 관한 허가는 네가 나한테 내렸을 텐데."

"어이쿠. 그랬나?"

"그리고 그 사람을 끌어들이는 건 네가 신경 쓸 일이 아니다. 끌어들이든 말든, 네가 여기 있는 시점에서 큰 차이가 없지."

그렇게 말하자 시로도 반박할 수 없었다.

"아~아. 네, 그러십니까. 하지만 무슨 일이 생기면 보상해 줄거지?"

"당연하다."

하머스는 태연하게 대답했다. 보상. 그것으로 충분하다. 그것으로 충분하다면, 이쪽에서 결정한다. 그런 의도가 담긴 말은 5대 기업의 일각인 사카시타 중공의 오만함을 잘 보여준다. 그리고 세상이 그 오만함을 용인하게 하는 사카시타 중공의 힘을 증명하는 말이기도 했다.

시로와 하머스는 모두 사카시타 중공의 사람이다. 그러나 그 입장은 다르다.

(이 대비가 도움이 되면 좋겠는데…….)

시로는 이미 닫힌 외벽을 바라보며 그런 생각을 했다.

◆

도시 간 수송차량 대열을 주전장으로 한 혼전은 계속된다. 그 전장에서, 아키라는 바이크로 공중을 종횡무진 달리며 하얀 기체를 공격하고 있었다.

기체의 한쪽 다리를 LEO 복합총 4정으로 총격한다. 한 지점에 집중된 C탄의 충격이 차량 지붕에 있는 기체의 다리를 뜯어냈다. 팔을 추가로 사격한다. 한쪽 팔이 레이저건과 함께 떨어졌다.

앞서 물리친 매우 튼튼한 기체에 비해 방어력이 떨어지는 하얀 기체를 본 아키라가 웃는다.

『오? 이 녀석은 약하네!』

한쪽 팔과 다리를 잃은 기체가 휘청인다. 아키라는 그 기체의 숨통을 끊으려고 했지만, 그 전에 검은 원반에 휩쓸려 산산이 부서졌다.

『아키라. 다음은 저거야.』

『알았어!』

다음 목표는 원반형 공격기와의 전투에서 이미 레이저건을 잃은 상태였다. 그런데도 차량 지붕 위에서 거대한 레이저 블레이드를 휘두르며 자신을 집요하게 노리는 검은 공격기를 쳐내고 있다.

아키라가 그 기체를 향해 돌격한다. 날이 없는 자루를 움켜쥐고, 액체 금속으로 칼날을 생성해 4미터는 족히 되는 거대 블레이드를 겨누고 가속한다.

하얀 기체는 아키라가 접근하는 것을 알아차렸지만, 검은색 원반을 상대하느라 바빴다. 그대로 접근을 허용하고 만다.

그리고 아키라는 바이크를 타고 기체 옆의 공중을 질주하며 두 손으로 블레이드를 휘둘렀다. 새하얗게 빛나는 칼날이 기체의 팔을 잘라냈다.

아키라는 기체의 팔을 자를 수 있었다는 사실에, 그리고 자른 후에도 액체 금속의 칼날이 아직 남아 있다는 사실에 놀란 표정을 지었다.

『오? 이쪽도 좀 약한가?』

『아키라. 한 번 더 공격해.』

『알았어!』

차체를 바짝 기울여 반전한 바이크가 다시 한 팔만 남은 하얀 기체에게 간다. 그 기체는 아키라가 팔을 떨어뜨린 탓에 검은 원반을 막지 못하고 동체에 직격을 맞고 있었다. 빠르게 회전하는 칼날이 기체의 몸통을 조금씩 가르고 있었다.

그리고 앞에서는 검은 원반에, 뒤에서는 아키라의 블레이드에 의해 하얀 기체의 몸통이 절단되었다. 아키라의 칼날이 이번에는 부서져 사라진다.

하얀 기체는 격파됐지만, 그래도 한동안 원반의 공격을 버텼다. 그것을 본 아키라가 의아해한다.

『역시 너무 약한 건 아니었나?』

『저건 기체의 잔존 에너지 덕분일 거야.』

에너지만 충분히 있으면 기체의 모든 포스 필드 아머 출력을 한계까지 끌어올릴 수 있다. 하지만 남은 에너지가 부족한 상태에서는 보호할 부위의 선택과 집중을 해야 한다.

아키라가 기체의 팔을 떨어뜨렸을 때, 하얀 기체는 팔보다 몸통 부분을, 아키라보다 검은 원반의 공격에 대한 방어를 우선시했다. 덕분에 아키라는 비교적 쉽게 기체의 팔을 절단할 수 있었다. 알파는 그렇게 간단하게 설명했다.

물론 그것은 대략적인 설명이고, 작은 이유는 얼마든지 있다. 급격한 출력 변화로 포스 필드 아머에 순간적으로 발생한 미세한 약점, 원래라면 연속되는 포스 필드 아머 표면 강도에 발생한 0밀리미터 정도의 빈틈에 한 치의 오차도 없이 은빛 칼날을 박은 것 등, 블레이드를 휘두른 부분만 놓고 보더라도 세세하게 말하자면 끝이 없는 고등 기술의 집대성이다.

게다가 그 약점이 생기는 순간을 정확히 간파하는 것과 그 전제 조건인 정보수집기를 이용한 고도의 적 분석 등, 그에 상응하는 고등 기술이 얼마든지 필요하다. 기체의 팔을 떨어뜨린 공격은 어느 하나라도 빠지면 성립되지 않는 초절정 일격이었다.

지금은 전투 중. 아키라에게 그 내용을 길고 자세히 설명할 시간이 없다. 알파는 더 중요한 이야기를 한다.

『그리고 지금까지 해치운 약체 기준으로 생각해서 방심하면 안되거든?』

『약체?』

『정확하게는 이미 에너지가 거의 다 떨어져서 차량 지붕에 착륙하지 않으면 제대로 싸울 수도 없을 만큼 성능이 저하된 기체야.』

『그렇게 달라……?』

『그래.』

알파는 그렇게 말하면서 아직 에너지가 충분히 남은 기체를 가리켰다.

하얀 기체가 다른 차량의 외벽 근처 공중에서 고속 전투를 벌이고 있다. 수십 개의 검은 원반에 쫓기면서도 민첩한 움직임으로 공격을 피하고, 공격기를 차량에 충돌시키고 있다. 게다가 시로가 보낸 인형병기 지원군, 최전선용 기체와 격전을 펼치고 있었다. 게다가 우세했다.

자신이 싸웠던 기체와 차원이 다른 움직임을 보이는 하얀 기체를 보고 아키라가 질색하며 표정을 굳혔다.

『저렇게 다르구나…….』

『그래. 뭐, 약체가 아니라 부상병으로 표현하는 게 맞을 거야. 원래는 저 정도로 싸울 수 있는 기체인데, 상공 영역의 몬스터와의 전투에서 그만큼 소모한 거겠지.』

그렇게 대화하면서도 다음 목표물을 향해 이동한다. 그리고 공중을 달리고, 총을 쏘고, 블레이드를 휘두르며, 이미 상공 영역의 몬스터와의 전투로 빈사 상태인 기체의 숨통을 끊는다.

『알파. 얼마나 남았어?』

『52기야.』

『많네! 아니, 꽤 줄었지만! 그래도 많아!』

『아키라. 투덜거려도 적은 줄어들지 않아. 힘내.』

알파는 웃으며 말했다.

전투가 시작되기 전에는 진지했던 얼굴이, 그만큼 위험한 상황임을 알려주던 표정이, 지금은 미소로 바뀌었다. 그런 알파의 얼굴을 보고, 아키라 역시 웃으며 다시 힘을 낸다.

『알았다고!』

설령 알파가 웃지 않더라도 알파의 서포트는 건재하다. 그것이 없는 상태에서 싸우는 것에 비하면 충분히 축복받은 것이다. 비록 하늘이 막혀 있더라도.

그 상태에서 적의 힘에 주눅이 들면 또 알파에게 의존하게 된다. 믿는 것은 좋다. 자신은 아직 알파를 믿어야 할 만큼 약하기 때문이다. 하지만 의존해서는 안 된다. 믿고 강해질 수는 있지만, 의존해서 강해질 수는 없기 때문이다.

더 강해진다. 의존하지 않고, 믿음으로써. 그 생각을 되새기며 아키라는 공중을 달리고, 총을 겨누고, 다음 목표를 향해 힘차게 돌격했다.

제207화 사파전

차량 대열의 경비대와 하얀 기체 부대의 치열한 전투가 이어진다. 아키라도 알파의 서포트를 받으며 최선을 다하고 있다. 자기 힘만으로 숨통을 끊은 기체는 하나도 없지만, 그래도 여러 기체에 심각한 손상을 입혔다.

아키라가 싸우는 전투를 보고 여러 헌터가 놀란다. 물론 그것은 아키라의 힘에 순수하게 놀란 것이 아니라, 왜 저렇게까지 잘 싸우는 자가 2호차에 배치된 건지 의아해하는 의미의 놀라움이었다. 하지만 동시에 아키라가 차량 경비대의 예상을 훨씬 뛰어넘는 성과를 내고 있다는 증거이기도 했다.

그리고 아키라 역시 다른 헌터들의 전투력에 놀라움을 금하지 못했다.

전투복의 비행 기능으로 공중을 날아다니며 등에 장착한 여러 개의 레이저건으로 하얀 기체와 총격전을 벌이는 자가 있다. 여러 대의 하얀 기체를 한 기체로 상대하며 우위를 점하고 있는 인형병기가 있다. 자기 키를 훌쩍 뛰어넘는 거대한 블레이드로 하얀 기체를 양단하는 자가 있다.

게다가 그들이 싸우는 하얀 기체는 아키라가 싸웠던 것처럼 에너지가 거의 다 떨어진 약한 기체가 아니다. 아직 에너지가 충분히 남은 강력한 기체라는 것은 고속 전투를 유지 중인 그 움직임에서도 알 수 있었다.

『10호차 헌터는 역시 엄청난걸.』

이미 강력한 헌터를 선두에 배치하는 것에는 의미가 없어져서, 10호차 헌터들은 차량 전체에 흩어져 하얀 기체와 교전을 벌이고 있었다. 덕분에 도시 간 수송차량들이 연이어 파괴되는 사태는 막을 수 있었다.

하지만 그렇다고 해서 완전히 막을 수 있는 것은 아니다. 하늘을 가로막는 천장의 포대에서 나오는 광선을 맞아서 이미 2대가 크게 파손되었다. 그리고 또다시 광선이 차량 지붕으로 쏟아진다. 에너지의 급류에 휩쓸린 하얀 기체가 순식간에 사라지고, 그 여파의 섬광이 차량도 삼켜버렸다.

『젠장! 또야?! 어……?』

차량을 또 잃었다. 이대로는 안 되겠다. 그렇게 생각하며 조바심을 내는 아키라. 하지만 그 순간이 지나고 나서야 자신의 건재함을 과시하는 차량의 모습이 보였다.

『와! 굉장해! 버텼어!』

알파가 덧붙인다.

『차량의 에너지를 포스 필드 아머에 쏟아부어 방어력을 비약적으로 강화한 것 같아. 단점도 있지만, 저걸 막으려면 어쩔 수 없겠지.』

『단점? 무슨?』

『포스 필드 아머에는 출력을 높이면 정보 차단체의 성질을 띠는 종류도 있어. 차내와의 통신에 지장이 생겨. 히카루와의 통신이 끊겼지?』

『아, 맞다. 하지만 그 정도면…….』

『그리고 당연하지만 포스 필드 아머에 에너지를 쏟은 만큼 차량의 속도가 느려지고 있어.』

이동에 필요한 에너지까지 포스 필드 아머에 쏟아부은 차량은 이미 관성만으로 움직이는 상태였다. 그 속도는 지금도 떨어지고 있다.

『그것도 대수로운 일은…….』

『그것 때문에 지금 차량의 속도로는 도저히 뿌리칠 수 없는 몬스터들이 이 일대에서 모여들고 있어.』

알파는 그렇게 말하며 황야 끝을 가리켰다. 지평선 너머에서 대규모의 먼지가 피어오르고 있다. 게다가 그것은 주위를 둘러봐도 끊이지 않았다. 그 먼지의 발원지는 거대 몬스터 무리였다.

몬스터는 클수록 강해지는 경향이 있다. 하지만 빨라지는 것은 아니다. 적의 공격을 피할 수 없는 속도를 엄청난 내구력으로 상쇄하는 것이 대부분이다.

그리고 강하지만 느린 몬스터는 굳이 상대할 필요가 없다. 그냥 뿌리치면 된다. 대량의 몬스터를 끌어들일 것을 알면서도 도시 간 수송차량이 황야를 고속으로 달리는 것은, 빨리 달릴수록 느린 몬스터를 상대하지 않아도 되기 때문이다.

그 느리지만 강한 몬스터 무리가, 포스 필드 아머에 에너지를 쏟은 탓에 속도가 줄어든 차량 대열에 멀리서 보면 느리지만, 그래도 승용차보다 더 빠른 속도로 다가오고 있었다.

『빌어먹을. 바빠 죽겠는데…….』

무심코 악담을 퍼부은 아키라의 시선이 가는 곳에는 다리가 여러 개 달린, 열차포를 닮은 거대 곤충이 그 특대형 대포를 사용하고 있었다. 황당할 정도로 큰 포탄이 생체 폭약으로 발사되어 차량 측면에 명중했다.

상공 영역 몬스터의 포격에 견디는 차량은 그 정도에 꿈쩍도 하지 않는다. 하지만 그 방어를 위해 불필요한 에너지를 소모해야 했다.

또 다른 열차포 모양의 곤충이 포구를 높이 든다. 목표는 하늘을 가리는 천장이다. 몬스터는 인간을 상대로 힘을 합쳐 싸우지 않는다. 적으로 간주하는 모든 것을 공격한다. 자신들의 영역을 강력한 레이저건으로 날려버리는 거대한 비행 물체는 지상의 몬스터들에게 충분히 적대적이었다.

포탄이 천장에 명중한다. 하지만 화려한 폭발의 화염과 연기가 걷힌 후 나타난 것은 온전한 벽이었다. 상공 영역의 몬스터에게 그 정도의 공격은 통하지 않는다.

그런데도 우연이 아니라 명확히 자신을 겨냥한 공격을 받은 상공 영역의 몬스터는 지상의 몬스터 무리를 적으로 인식했다. 공중에 뜬 포대에서 빛이 지상을 휩쓸고, 천장 출입구에서 출현한 검은 원반 무리가 지상 몬스터 무리를 공격한다.

이미 차량 대열, 습격자, 상공 몬스터의 삼파전이었던 전장에 지상 몬스터 무리까지 가세한 사파전이 시작됐다.

모든 세력의 포격이 난무하고, 그 포화가 세차게 몰아친다. 아키라는 그 지옥도를 보며 문득 생각했다.

『어라? 알파. 이거, 우리한테는 잘된 일 아니야?』

　하얀 기체도 지상에서 날아오는 공격을 맞고 있다. 공중 포대가 지상의 무리를 겨냥하게 되면서, 차량 대열 주변에 있는 하얀 기체가 공격당할 확률이 낮아졌다. 아키라에게는 유리한 상황으로 보였다.

　하지만 알파는 고개를 저었다.

『아키라. 반대야.』

『왜?』

『지금까지는 하얀 기체를 모두 격파하면 상공 영역의 몬스터가 돌아갈 가능성이 있었어. 하지만 지금은 지상의 몬스터도 표적으로 삼고 있어. 그쪽도 처치하지 않으면 돌아가지 않을 거야.』

『끙……. 그래도 저 레이저에 차량이 휘말릴 확률은 줄어들지 않았을까?』

『지금만 말이지.』

　알파는 그렇게 말하며 다시 지상의 무리를 가리켰다. 그 손이 가리키는 곳에서는 이쪽을 향해 돌진하는 몸길이 100미터 정도 되는 벌레 무리가 보였다.

『원거리에서 공격하는 몬스터만 있다면 아키라의 말이 맞지만, 그렇지 않은 것도 많아. 당연히 저것들도 상공 영역 몬스터들의 표적이 되고 있어. 차량을 말려들게 하는 표적은 오히려 늘어나는 거야.』

도시 간 수송차량의 일반적인 속도보다는 느리지만, 그 크기를 생각하면 빠른 몬스터 무리가 그 거대한 몸집으로 차량을 덮치려고 한다. 가까이 다가서면 공중 포대에서 발사되는 광선에 차량도 휘말리게 된다.

게다가 그 몬스터는 느려도 강하다. 그만큼 접근하기 전에 해치우기 어렵다.

『빌어먹을. 바빠 죽겠는데……!』

잘된 일이 아니었다. 상황이 나빠졌다. 이를 정확히 파악한 아키라는 표정을 굳히며 다시 한번 악담을 퍼부었다.

대규모 지상 몬스터 무리가 가세하면서 그 규모를 더 키운 혼전이 이어진다.

공중 포대의 광선이 지상의 몬스터 무리를 쓸어버린다. 수백 마리의 대형 몬스터가 순식간에 가루가 되고, 나아가 폭발에 날아가 버린다.

그리고 무수한 검은 공격기들이 무리를 갈기갈기 찢어놓는다. 거대한 몸통이 산산조각 난 몬스터들은 처참한 모습으로 황야에 대량으로 흩뿌려진다.

하지만 지상의 무리는 분쇄되지 않는다. 멀리서 새로운 몬스터가 땅을 가득 메울 규모로 속속들이 몰려든다. 이는 사전에 솎아내기 작업이 충분히 이루어지지 않은 경로를 따라 이동하고 있기 때문이다.

차량 대열은 둥지급 자이언트 버그의 사체가 예정된 길을 막는 바람에 급히 이동 경로를 변경했다. 물론 그 경로에 대량의 몬스터가 있는 것은 알지만, 사카시타 중공의 지원을 받아 증강된 전력이라면 문제가 없었을 것이다. 그리고 실제로 지상의 몬스터만 있다면 전혀 문제가 없었다.

차량 대열 경비대는 잘못한 게 없다. 적어도 하얀 기체의 부대가 상공 영역의 몬스터를 유인해서 습격하는 상황을 예상하고 운행 계획을 세울 수는 없다.

그러한 돌발 상황, 아키라에게는 자주 발생하는 돌발 상황 속에서, 아키라는 언제나 그렇듯 최선을 다하고 있었다.

지상의 몬스터를 향해 AF 레이저건을 쏜다. 하얀 기체에는 효과가 약하지만, 주변 몬스터에는 잘 통한다. 고출력 에너지 광선에 맞은 거대 벌레에 큰 바람구멍이 생겼다.

작아도 승용차만 한 벌레들에게는 LEO 복합총을 연사한다. 폭풍 같은 총탄에 맞은 벌레들이 광범위하게 분쇄된다.

아키라는 단시간에 수많은 몬스터를 격파했다. 그래도 무리 전체로 보면 미미한 수준에 불과하다. 하지만 의미는 있는 숫자다. 알파의 계산에 따라 무리가 차량 대열에 접근하는 시간을 최대한 늦추도록 처치하고 있다.

운이 나빠서 놓친 한 마리가 차량에 근접하고, 그 한 마리를 상공에 떠 있는 포대가 노린 탓에 공격에 휘말릴 가능성은 얼마든지 있다. 그 확률을 최대한 낮추기 위해 알파는 아키라에게 군더더기 없는 공격을 지시한다. 그리고 아키라는 그 지시에 필사적으로 응하고 있었다.

쏘고 또 쏴도 적은 줄어들지 않는다. 하지만 쏘지 않으면 늘어난다. 적의 증원은 멈추지 않는다. 전선을 유지하기 위해서, 아키라는 쉴 새 없이 총탄을 무수히 쏘아댄다. 앞서 자이언트 버그와 싸웠을 때 쏜 총탄은 이미 가볍게 넘어섰다.

그런데도 아키라의 총탄이 다 떨어지지 않는 이유에는 히카루의 개인적인 꿍꿍이가 있었다.

히카루는 자이언트 버그와의 싸움에서 아키라의 백팩을 들고 다니면서 너무 무서웠다. 다시는 같은 일을 당하고 싶지 않다. 그렇게 생각한 히카루는 쩨게르트 시티에서 탄약류를 다시 조달할 때, 자신이 탄약 보충을 돕지 않아도 되게끔 닥치고 용량이 큰 물품을 샀다.

처음 출발 때 히카루가 마련한 물건도 대용량 물품이었다. 하지만 어차피 쿠가마야마 시티에서 구할 수 있는 물건이다. 대용량이라고 해도 동부 중앙 부근에서 활동하는 헌터들 기준으로 대용량이다. 쩨게르트 시티에서 활동하는 헌터들이 생각하는 대용량에는 한참 모자란다.

일단 쿠가마야마 시티에도 동쪽에서 불러들인 헌터들을 위해 비슷한 물건이 있기는 했다. 하지만 그것들은 그 헌터들을 위해 준비한 것이기 때문에 아키라에게 가지 않는다.

그리고 그 이전에, 그 물건들은 가격도 천차만별이다. 탄약비를 의뢰인이 부담하는 계약인 만큼, 히카루도 도시 직원으로서 아키라에게 그렇게 비싼 물건을 지급할 수는 없었다.

하지만 이번에는 과감히 사적인 감정을 넣어서 그 고급품을 구매했다. 자이언트 버그를 그토록 많이 해치운 아키라에게 더 큰 성과를 요구한다면 이 정도는 필수 비용이다. 히카루는 자신이 그 논리로 윗사람을 설득할 수 있다고 핑계를 대며 초기 예산을 초과하는 고급품을 사들였다.

그리고 어찌 보면 그 계획대로 아키라는 히카루가 준비한 비싸고 용량이 큰 확장탄창 덕분에 지금 상황에서 큰 성과를 내고 있었다.

일반적인 확장탄창이라면 아키라의 잔탄은 이미 바닥을 드러냈을 것이다. 보급도 쉽지 않다. 보급하려면 차량 출입구를 열어야 하는데, 차량 외벽을 부분적으로라도 열면 주변 포스 필드 아머의 강도가 떨어지기 때문이다. 차량 경비대도 개폐 시점을 신중하게 판단해야 한다.

즉, 의도한 바는 아니지만, 히카루는 마치 이 사태를 예견한 것처럼 현재 상황에서 가장 좋은 물건을 준비한 셈이다.

아키라는 두 손의 총을 쏘면서 그 점에 대해 조금 의아해했다.

『저기, 알파. 처음 출발할 때도 히카루가 준비한 탄약을 딱 맞게 다 쓴 느낌이었고, 지금도 일일이 보충하러 돌아가지 않아도 될 정도로 장탄수가 훨씬 많은 확장탄창을 준비했는데, 혹시 히카루는 이 상황을 예상한 걸까?』

그 사소한 우려를, 알파는 가볍게 부정한다.

『우연이겠지. 만약 히카루가 이 상황을 미리 알았다면 애초에 차량에 타지도 않았을 거야.』

『하긴 그러네. 나라도 타고 싶지 않아.』

『히카루가 예상한 게 있다면, 아키라라면 이 정도 사태에 맞닥뜨려도 이상하지 않다는 식의 추측이겠지. 아키라도 말했잖아. 이런 돌발 상황을 자주 겪는 편이라고. 그런데 정말 그렇게 됐네?』

그렇게 말하며 놀리는 듯이 웃는 알파에게, 아키라는 반쯤 자포자기하듯 웃으며 대꾸했다.

『그랬지! 그렇다면 내가 이 불운보다 강하다는 걸 잘 증명해야겠어!』

『그러면 돼.』

바이크로 공중을 고속으로 달리면서 아키라는 두 손에 든 총을 연사한다. 경이로운 수준을 넘어서 수상할 정도로 장탄수가 많은 확장탄창을 사용해 신기할 정도로 많은 총탄을 발사한다. 시야 너머에 펼쳐진 지상의 몬스터 무리, 눈앞에 있는 불운을 쏴 죽이고 자신이 그 불운보다 강하다는 것을 증명하기 위해서.

지금까지도 자주 마주친 강적인 불운을 상대로, 아키라는 오늘도 힘차게 맞서 싸우고 있었다.

격전이 계속되고 있다. 새로운 차량 손실이 없고, 부서진 차량에서 사람과 물자를 무사히 대피시킨 것을 고려하면, 차량 대열은 충분히 우세를 유지하고 있다.

그리고 그 우세가 앞으로도 계속될 것임은 하얀 기체 부대가 봐도 분명했다. 부대의 전멸은 시간문제고, 보통의 경우 이번 습격은 이미 실패한 것이나 다름없다. 철수해도 전혀 이상하지 않았다.

하지만 하얀 기체들은 철수할 기미를 전혀 보이지 않고, 우직하게 싸우고 있었다.

엄청나게 많은 총탄을 쏜 아키라가 빈 탄창을 교체한다. 탄약을 보급할 필요는 없지만, 그래도 탄창 교체는 필수다. 차량 지붕 위를 달리며 재빨리 총구를 적에게 다시 겨눈다.

『알파! 상황은?』

『하얀 기체는 23기 남았어. 지상의 몬스터는 달라진 게 없는 느낌이야.』

『앞으로 23기……. 얼마 남지 않았네.』

하얀 기체 부대를 격파하면 상공 영역 몬스터의 목표는 강하지만 느린 지상 몬스터만 노릴 것이다. 그렇게 되면 차량 대열은 지상의 몬스터 무리를 헌터들에게 막게 하고 속도를 높여서 이탈하면 된다. 승리는 확실히 가까워지고 있다. 그렇게 생각하며 아키라는 마음을 다잡았다.

그 순간, 지상의 무리를 휩쓸던 빛이 갑자기 더욱 강렬해졌다. 상공 영역에 있는 몬스터의 공중 포대가 레이저 출력을 높인 것이다. 일대를 빛이 휩쓸고, 약간 뒤늦게 큰 폭발이 일어났다.

에너지가 집중되는 점 공격이 아니라 분산되는 선 공격이다. 위력이 커졌다고 해도 초고밀도 무색 안개에 의한 간섭 현상이 발생할 정도는 아니다. 그래도 폭발의 후폭풍 규모가 훨씬 커졌다.

착탄 지점에서 멀리 떨어진 덕분에 증발하거나 재가 되지 않은 몬스터가 날아가 버린다. 주택 한 채만 한 거대 개체도 가뿐하게 공중으로 날아오른다.

『알파! 무슨 일이야?!』

『지상의 무리가 좀처럼 줄어들지 않아서 상공 영역의 몬스터가 공격 규모를 키운 것 같아.』

『빌어먹을!』

거의 다 이겼다. 그렇게 생각한 순간에 상황이 변해서 아키라의 얼굴이 험악해졌다.

다음 순간, 알파의 운전으로 바이크가 급가속한다. 아키라는 놀랐지만, 그 이유를 물어볼 필요는 없었다. 폭발과 함께 날개가 없는 거대 딱정벌레가 아키라가 있는 곳으로 날아오고 있었다. 몸길이는 150미터 정도. 요격하기 어려운 크기다.

아키라는 바이크의 전력 질주로 거대한 질량이 날아드는 것을 피했다. 아키라의 옆을 지나간 거대 벌레는 그대로 차량 지붕에 떨어졌다.

날아온 몬스터는 그게 다가 아니었다. 차량과 그 주변에 대량으로 날아와 떨어진다. 충돌할 때의 충격으로 많은 개체가 죽었지만, 살아있는 개체도 많았다. 주위 헌터들이 황급히 격파하려고 나섰다.

그리고 아키라에게 날아온 개체도 살아있었다. 레이저의 직격은 피했지만, 여파에 휩쓸려 차량 지붕에 부딪힌 것이다. 부상은 작지 않다. 움직임도 심하게 느리다. 그래도 살아있었다.

알파의 얼굴에서 웃음기가 사라진다.

『아키라! 당장 저 개체의 숨통을 끊어! 저게 다음 레이저 표적이 되면 차량이 통째로 날아갈 거야!』

『알았어!』

알파의 표정에서 사태의 심각성을 파악한 아키라의 얼굴이 더욱 험악하게 일그러진다. 진행 방향을 힘차게 반전하는 바이크 위에서, 바이크의 확장 암과 두 손에 있는 총을 같이 연사했다.

확장부품 추가로 이전보다 훨씬 강도가 높아진 LEO 복합총이 붕괴할지도 모르는 정도의 에너지를 투입해 한계까지 위력을 높인 C탄을 쏜다. 아키라 자신이 맞으면 한 방에 죽는 총탄을 확장 탄창을 비울 기세로 계속 갈긴다. 그 위력은 어마어마하여, 원래라면 급이 높은 몬스터의 외골격을 부수고 관통하여 파괴할 정도였다.

하지만 그 정도의 손상은 150미터가 넘는 몸뚱이를 생각하면 큰 부상이 아니다. 적어도 즉사와는 거리가 멀다. 계속 쏘다 보면 언젠가는 죽일 수 있겠지만, 지금은 그 시간을 허용할 여유가 없었다.

아키라는 자신의 공격이 큰 효과가 없다는 사실에 얼굴을 찌푸렸다. 그때 천장의 출입구에서 검은 공격기가 추가로 대거 출현했다. 상공 영역의 몬스터가 규모를 키운 것은 레이저만이 아니었다. 그리고 회전하는 검은 원반의 일부는 아키라가 있는 쪽으로 오고 있었다.

자신의 공격으로는 안 되지만, 저것들이 썰면 괜찮겠지. 아키라는 그렇게 생각하며 표정을 풀었다. 하지만 그 순간, 다가오던 검은 공격기가 하얀 기체의 레이저에 맞았다.

아키라가 놀라는 사이 몇 대가 더 격추된다. 그리고 다른 검은 원반이 표적을 거대한 벌레 몬스터에서 하얀 기체로 바꾸기 시작한다. 그래도 하얀 기체가 그대로 파괴된다면 아키라도 상관없다. 하지만 하얀 기체는 민첩한 움직임으로 원반의 공격을 계속 피하고 있었다.

『빌어먹을! 알파! 어떻게 할까?』

『어쩔 수 없어. 아키라. 무척 무모한 짓을 할 건데, 괜찮지?』

『다른 방법이 없다면.』

알파가 가볍게 농담하듯 말한다.

『일단 아키라만 여기서 도망치는 방법도 있는걸? 공중을 달리는 바이크도 있으니까.』

아키라도 알파의 태도에 맞춰 가볍게 대답했다.

『음, 그건 안 되겠는걸.』

아키라와 알파는 결심한 듯이 서로를 보고 웃으며 앞을 봤다.

『가자!』

『그래!』

바이크가 가속하며 공중을 더욱 빠르게 달린다. 그리고 거대 곤충의 등에 올라타 바이크를 반전해 AF 레이저건을 겨누고, 발사 각도를 최대로 넓혀 하얀 기체를 향해 쐈다.

AF 레이저건은 바이크의 에너지 탱크와 에너지 케이블로 연결되어 있다. 에너지 팩으로는 불가능한 대량의 에너지가 쩨게르트 시티에서 산 총탄에 공급되고, 섬광이 되어 방출된다. 그 빛은 하얀 기체와 그 주변에 있는 검은 원반들을 순식간에 집어삼켰다.

하지만 하얀 기체는 무사했다. 원래 에너지 계통 공격 방어에 중점을 둔 기체이며, 게다가 한 점에 집중한 공격도 아니다. 범위를 넓혀서 위력이 분산된 공격이 통할 리가 없다. 그리고 그 정도의 공격은 검은 공격기에도 통하지 않는다. 한 대도 해치우지 못했다.

하지만 의미는 있었다. 섬광에 맞은 검은 공격기가 공격 대상을 하얀 기체에서 아키라로 바꾼다.

자신을 노리게 함으로써 검은 원반이 자이언트 버그를 공격하지 못하게 하던 하얀 기체는 그 움직임을 보고 서둘러 레이저로 검은 공격기를 노린다. 그리고 다시 공격해 다시 검은 기체의 표적이 되려고 했다.

그러나 다음 순간, 레이저건의 총구가 아키라가 쏜 무수한 총탄에 맞았다. 레이저를 발사하기 직전, 총구의 포스 필드 아머를 해제하는 순간을 노린 정밀 연사다.

알파의 서포트로 조준 보정을 받아 바이크 확장 암의 총으로 정밀 사격을 실행한 아키라가 손에 든 총을 AF 레이저건에서 LEO 복합총으로 바꾸며 조금 딱딱한 표정을 짓는다.

『알파. 쏘고 나서 물어보긴 뭐하지만, 저 검은 원반을 쏴도 되는 거였어?』

『괜찮아. 저건 고작해야 일회용 공격 단말이야. 아무리 해치워도 아키라가 상공 영역 몬스터의 공격 대상이 되는 일은 없을 거야.』

『그런가? 알았어.』

알파가 하는 말이니까 그런 거겠지. 아키라는 자신을 타이르고, 공중 포대의 표적이 될지도 모른다는 불안감을 떨쳐버렸다.

아키라는 이미 극도의 체감시간 조작을 실시하고 있다. 시간이 매우 느리게 흐르는 세계에서, 아키라는 수많은 검은 공격기가 빠르게 회전하며 자신에게 다가오는 광경을 보고 있었다.

그 위력은 이미 잘 알고 있다. 정통으로 맞으면 잘리는 것을 넘어서 가루가 된다. 그래도 아키라는 의기양양하게 웃었다.

『자, 아키라. 이제부터 시작이야. 각오해.』

『그래. 각오는 내가 담당하기로 했으니까!』

이 상황을 앞에 두고, 이 불운을 극복하기 위해, 타도하기 위해, 아키라는 각오를 다졌다.

그 순간 아키라에게 눈에 들어오는 세계가 다른 세상처럼 선명하게 바뀐다. 아키라가 의식하는 세계의 해상도가 급격하게 높아진 것이다.

검은 원반의 바깥을 따라 빠르게 회전하는 무수한 칼날 하나하나를 눈으로 추적할 수 있다. 뾰족한 칼끝도 인식할 수 있다. 그리고 시야 가장자리가 하얗게 물드는 일도 없다. 너무 세밀해져서 마치 환하게 빛나는 것처럼 보이는 세계는, 좁아지기는커녕 오히려 넓어지고 있었다.

알파의 서포트를 받으면서 실행하는 현실 해상도 조작은 아키라 자신이 어느 정도 스스로 할 수 있게 됐다는 토대를 얻음으로써 해상도가 더욱 좋아졌다.

또한 해상도가 좋아진 요인은 그것만이 아니다. 아키라는 쿠즈스하라 시가지 유적에서 싸우고, 츠바키에게 캡슐 형태의 물건을 받아 복용했다.

그것은 구세계에서 만든 치료약이었다. 그 덕분에 아키라는 다 죽어가는 몸에서 어느 정도 싸울 수 있는 상태로 회복했다. 그리고 그 치료 효과가 가장 강하게 작용한 곳은 아키라의 뇌였다.

아키라는 구영역 접속자다. 하지만 그 통신 능력은 구세계의 정상인에 비해 현저히 떨어질 수밖에 없다. 구세계에서 만든 치료제는 그 현저히 낮은 통신 능력을 구세계의 기준에서 부상으로 간주해 치료했다. 완치하지는 않았다. 하지만 아키라의 통신 능력은 크게 향상되었다.

그로 인해 증강된 통신 대역은 아키라가 츠바키의 제안을 거절하지 않았다면 아키라와 츠바키를 연결하는 비밀 회선을 구축하는 데 도움이 될 수 있었다. 하지만 아키라가 거절했기에 증강된 대역은 단순히 아키라의 기초 통신 능력 강화에 사용되었다.

그 덕분에 지금의 아키라는 예전에 이이다 상업구 유적에서 구세계의 자동인형과 교전했을 때는 고작 10여 초만 사용해도 5일간 혼수상태에 빠질 만큼 부하가 큰 현실 해상도 조작을 견딜 수 있게 되었다.

초인의 신체 능력을 얻어도 그것을 움직이는 의식이 보통 사람이면 움직임도 보통 사람의 수준에서 벗어나지 못한다. 하지만 아키라는 강화복으로 신체 능력을 강화한 데다가 체감시간 조작과 현실 해상도 조작까지 가능해졌기에, 신체와 의식 모두에서 초인의 경지에 접근했다.

그런 아키라에게 검은 원반이 빠르게 다가온다. 아키라는 그 궤도를 완전히 파악한 후, 아무것도 없는 바로 옆을 힘껏 발로 찼다.

강화복의 접지 기능을 응용해 공중에 생성한 발판을 걷어차고, 그 반동으로 바이크와 함께 자신을 옆으로 이동시켜 검은 원반을 피했다. 아키라의 옆을 통과한 원반은 그 앞에 있던 거대 벌레의 외골격에 충돌하고, 깊숙이 파고들어 장갑을 찢어버렸다.

하지만 검은 공격기는 하나만 있는 게 아니었다. 아키라를 향해 차례로 덮쳐든다. 아키라는 거대 딱정벌레 위를 바이크로 달리면서 민첩하고 정밀하고 곡예적인 움직임을 선보여 그 공격을 피한다. 그때마다 빠르게 회전하는 대형 칼날이 딱정벌레의 장갑을 찢어발긴다.

전방에서 수직으로 회전하며 육박하는 원반을, 아주 살짝 옆으로 이동해 피한다. 이어지는 수평으로 회전하는 원반을 바퀴의 포스 필드 아머가 생성한 보이지 않는 언덕에 올라가 피한다.

그 뒤로 이어지는 상하전후좌우의 공격을 두 바퀴를 따로따로 조작해 만들어내는 이중 나선형 움직임으로 피해 나간다. 쩨게르트 시티의 실내 시승장에서 보여줬던 곡예를 몇 단계 발전시킨 능숙한 움직임으로 연이어 덮쳐드는 검은 원반을 계속 피한다.

게다가 아키라는 지나칠 때마다 그 원반을 걷어차기도 한다. 아키라의 강화복으로는 아무리 발로 차도 도저히 파괴할 수 없지만, 궤도를 틀 수는 있다.

궤도가 틀어진 원반은 그 진로에 있는 거대 딱정벌레와 충돌해 견고한 장갑에 박혔다. 딱정벌레는 이미 무수한 원반에 의해 온몸에 금이 생겼다. 아키라가 상처투성이가 된 벌레를 보며 말했다.

『알파. 이 몬스터는 이미 움직이지 않는 것 같은데, 죽인 걸까?』

『아니, 못 죽었어. 몸을 웅크려서 방어 중이니까 움직이지는 않지만, 아직 살아있어.』

『튼튼하네!』

느리지만 강한 몬스터의 엄청난 생명력에 아키라는 무심코 인상을 썼다. 그리고 두 손에 든 총을 쐈다. 바이크에 달린 총으로도 같은 표적의 같은 위치를 조준해 연사한다. 표적은 하얀 기체의 레이저건 총구였으며, 지난번과 마찬가지로 사격하려고 포스 필드 아머를 해제하는 순간을 노리고 쏜 것이다.

하얀 기체의 무장이라 그런지 그 레이저건은 매우 견고하다. 하지만 약점을 두 번이나 정확히 조준당하면 단순한 손상으로 끝나지 않는다. 더 사용할 수 없을 정도로 파괴된다.

하얀 기체가 쓸모없어진 레이저건을 버렸다. 그리고 대신 레이저 블레이드를 뽑아 자신을 노리는 수많은 검은 원반을 끌고 아키라를 향해 돌진했다.

딱정벌레의 표면을 달리며 검은 원반의 공격을 피하는 아키라의 얼굴이 험악해진다.

『돌진하는 건가. 알파. 어떻게 할까?』

아키라는 자신이 거대 벌레를 막는 동안 다른 헌터가 해치워 주길 원했다. 적어도 상대가 자신과 거리를 벌릴 줄 알았다. 레이저건이 없다고 해서 검은 원반을 대량으로 유인해 자신에게 달려들 줄은 몰랐다.

『아키라. 우리도 블레이드를 사용할 거야. 백병전이야.』

『저거랑?! 알았어!』

그건 좀 무리가 있다. 아키라는 잠시 그렇게 생각했지만, 알파가 하는 말이라면 그것이 최선이라고 생각했다. 두 손에 든 총을 집어넣고 굵은 에너지 케이블이 달린 손잡이로 바꾼다. 그리고 그 손잡이를 블레이드 생성기에 꽂았다.

그러자 생성기의 입구가 좌우로 벌어지면서 그 틈새로 강한 빛이 흘러나왔다. 아키라는 처음 보는 동작에 놀라면서도 칼자루를 뽑았다.

그와 동시에 생성기가 칼날을 생성하면서 뒤로 힘차게 날아간다. 눈에 안 보이는 대형 칼집에서 검을 뽑은 것처럼 액체 금속의 칼날이 공중으로 길게 생성된다.

그리고 칼날 생성을 마친 생성기가 와이어 같은 것에 잡혀서 바이크로 돌아왔을 때, 아키라의 손에는 10미터는 될 정도로 거대한 블레이드가 있었다.

『저것과 칼로 싸울 거면 이만한 게 있어야지. 남은 액체 금속을 모두 썼어. 자, 아키라. 지금부터 시작이야.』

『그래!』

아키라는 바이크를 타면서 거대한 은빛 칼날을 겨눈다. 그런 아키라에게 하얀 기체가 아키라보다 더 긴 빛의 칼날을 겨누고 다가온다.

빛의 칼날이 먼저 휘둘린다. 이른바 레이저 블레이드, 고밀도 에너지를 역장으로 고정해 형성한 빛의 검이 허공을 태우며 아키라에게 육박한다.

전장 20미터의 체격으로 휘두르는데도 그 공격의 모든 동작을 끝내기까지 걸리는 시간이 사람의 체격으로 똑같이 휘두를 때보다 짧은 고속 휘두르기. 그 절묘한 기술을, 아키라는 알파의 운전에 의한 절묘한 기동으로 피했다. 레이저 블레이드가 딱정벌레의 외골격을 가르고, 뚫고 들어가 안에 있는 살을 태워버린다.

조금 늦게 아키라가 블레이드를 휘두른다. 창백하게 빛나는 거대한 은빛 칼날을, 강화복 출력을 최대한 끌어올려서, 바이크의 가속까지 더해 하얀 기체의 몸통에 온 힘을 다해 내리친다.

그러나 튕겨 나간다. 100기가 넘던 하얀 기체 부대는 이미 18기로 줄어들었지만, 기본적으로 에너지가 적게 남아 약체가 된 기체부터 쓰러지고 있다. 즉, 아직 살아남은 기체는 에너지가 많이 남아서 더 강한 기체들이다. 아키라의 일격으로는 기체의 포스 필드 아머를 뚫을 수 없었다.

혼신의 일격이 막힌 반동이 아키라를 덮친다. 튕기는 바람에 손에서 떨어질 뻔한 블레이드를, 아키라는 삐꺽거리는 두 손으로 필사적으로 움켜쥐었다.

『아키라! 절대로 떨어뜨리면 안 돼!』

『나도 알아!』

엄밀히 말하면 삐꺽거리는 것은 강화복이다. 몸은 삐꺽거리는 수준을 넘어선 상태다. 비틀려서 형체를 잃을 것 같은 살과 뼈를 강화복 내부의 압력으로 억지로 잡아서 형체를 유지하고 있다. 그만큼 부상이 심한 육체를 사전에, 그리고 전투 중에도 많이 복용한 회복약이 즉각적으로 치료함으로써 전투할 수 있는 상태를 유지하고 있었다.

블레이드도 부러지지는 않았지만 일부가 떨어져 나가고, 칼날 전체에 균열이 생겼다. 하지만 이건 액체 금속으로 된 칼날이다. 바이크에서 공급되는 에너지를 이용해 융해와 재생이 이루어져서, 떨어져 나간 만큼 부피를 잃은 것 말고는 온전한 상태를 금방 되찾았다.

휘두른 쪽도, 맞은 쪽도 이 한 방에 자세가 심하게 흐트러뜨렸다. 그때 검은 원반이 쇄도한다. 여기서 체격 차이가 크게 두드러진다.

아키라는 그것들을 어찌어찌 다 피했다. 대형 바이크를 탔어도 기동성이 좋고, 게다가 알파의 서포트도 있다. 그리고 하얀 기체에 비하면 매우 작다. 교차하는 원반의 틈새를 그 작은 크기로 파고들고, 블레이드로 몇 기를 쳐서 피한다.

하지만 하얀 기체는 검은 공격기를 피하지 못했다. 무너진 자세로는 민첩하게 움직일 수도 없고, 게다가 그 거대한 몸집 때문에 원반의 궤도를 비집고 들어갈 틈이 애초에 존재하지 않는다. 직격을 맞아 그대로 빠르게 회전하는 칼날이 표면 장갑을 가른다.

하지만 그 정도로는 파괴되지 않는다. 그것으로 파괴된다면 아키라의 일격에 이미 두 동강 났을 것이다. 하얀 기체는 강력한 포스 필드 아머로 검은 원반의 공격을 버티고 있었다. 그것만이 아니라 무너진 자세를 억지로 세우고 아키라를 향해 레이저 블레이드를 다시 휘둘렀다.

아키라도 덩달아 블레이드를 휘두른다. 거대한 블레이드가 서로 부딪치자, 칼날을 형성하는 포스 필드 아머에서 충격변환광이 불꽃처럼 튀었다.

그리고 그대로 칼싸움이 시작된다. 세로로 휘두르고, 가로로 휘두르고, 검은 원반의 공격을 피하고, 맞으면서 전장 150미터는 족히 되는 대형 벌레의 등 위를 바이크와 인형병기로 민첩하게 고속 질주하며, 딱정벌레의 외골격과 검은 원반도 부수고 거대한 블레이드를 휘두른다.

칼날이 부딪칠 때마다 아키라의 블레이드는 미세하게나마 파손된다. 그때마다 조금씩 부피를 잃고, 그 상태에서 용해와 재생을 반복하며 조금씩 짧아진다. 이런 과정을 반복하면서 처음에 10미터 정도였던 칼날은 이미 7미터 정도까지 짧아졌다.

그렇게 많이 베어도 하얀 기체는 격파할 수 없다. 오히려 검은 원반에 장갑이 갈리면서도 날카로운 일격을 날렸다.

아키라는 그것을 어찌어찌 막았다. 회피할 수 없을 때는 블레이드로 흘려서 직격만 피한다. 여유는 전혀 없다. 하얀 기체에 달라붙은 검은 원반이 상대의 움직임을 방해하지 않았다면 아키라는 이미 베였을 것이다.

(강해……! 이거 늦지 않을까……?)

제한시간이 없다면 아키라도 조금 더 편하게 싸울 수 있다. 검은 원반의 표적은 지상의 몬스터와 하얀 기체다. 아키라는 하얀 기체에 검은 원반을 떠넘기듯 도망치면서 싸우면 된다.

하지만 아키라는 서둘러 결판을 내야 한다. 공중 포대가 아래에 있는 딱정벌레와 하얀 기체를 노리기 전에 해치우지 않으면 함께 날아가 버리기 때문이다.

그리고 아키라를 더욱 초조하게 하는 사태가 발생한다. 공중 포대가 차량에서 멀리 떨어진 곳에 추락한 거대 몬스터를 노린 것이다.

쏟아지는 광선이 주변 일대를 날려버린다. 그 후폭풍이 아키라가 있는 곳을 덮친다. 그리고 주위에 있는 원반을 날려버렸다.

방해하던 원반이 잠시 사라지자, 하얀 기체의 움직임이 달라진다. 그 거대한 덩치에서 상상하기 어려울 만큼 더욱 날카로운 일격을 날리려 한다.

『빌어먹을······!』

다음 광선은 자신들이 있는 곳에 떨어질지도 모른다. 가뜩이나 강한 하얀 기체가 홀가분해진 몸으로 공격한다. 그 두 가지 모두에 아키라는 욕을 퍼부었다.

거기서 더 큰 사태가 벌어진다. 지금까지 기절해 있던 거대 딱정벌레가 깨어나 힘차게 몸을 일으켜 아키라와 하얀 기체를 등에서 뿌리친 것이다.

차량 지붕에 격돌한 충격으로 기절했던 딱정벌레는 의식을 잃은 채 본능적으로 방어 태세를 취하고 있었다. 하지만 깨어나자마자 상처에서 체액을 흘리면서도 그 경이로운 생명력으로 적을 공격한다. 갈고리발톱이 달린 거대한 다관절 앞다리를 높이 쳐들고, 아키라와 하얀 기체를 향해 재빠르게 휘둘렀다.

강하면서도 느린 몬스터라고 해도, 이동이 느리다는 뜻이다. 눈앞에 있는 적을 앞발로 베는 움직임이라면 충분히 빠르다. 거대한 질량이 빠른 속도로 대기를 가르고, 폭풍을 일으키며 아키라와 하얀 기체를 향해 다가온다.

하지만 아키라와 하얀 기체는 민첩하게 움직여 이를 피했다. 아키라가 바이크를 타고 공중을 달리며 인상을 험하게 쓴다.

『저 몬스터, 다 죽어가는 거 아니었어?!』

『다 죽어가는 게 맞아. 하지만 죽지만 않으면 저 정도는 움직일 수 있어. 그게 다야.』

『이게 동쪽의 몬스터라는 건가! 정말 강하네!』

그때 잠시 날려간 검은 원반이 다시 돌아왔다. 그리고 아키라와 하얀 기체, 거대 딱정벌레에게 달려든다.

차량 대열, 습격자, 상공 영역의 몬스터, 지상의 몬스터. 그 4파전은 이미 시작됐지만, 여기에서도 아키라, 하얀 기체, 검은 원반, 거대 딱정벌레의 4파전이 시작됐다.

혼란스러운 사파전이 계속된다. 격렬한 혼전 속에서 아키라는 오른손의 AF 레이저건, 왼손의 블레이드, 바이크, 확장 암의 LEO 복합총을 활용해 살아남았다.

주변에는 파괴된 검은 원반이 흩어져 있고, 딱정벌레의 거대한 앞발도 굴러다니고 있다. 하지만 검은 원반도 딱정벌레의 앞발은 아직 더 있다. 여전히 위협적이다.

『알파. 상황은?』

『하얀 기체는 11기밖에 남지 않았어. 지상의 몬스터도 줄어들고 있어.』

『그렇다면 다른 헌터들의 지원을 기대할 수 있을까?』

『유감이지만 그건 어려워.』

『이유가 뭔데?』

『다른 곳의 상황은 더 심각하거든.』

『그런가…….』

실제로 아키라가 싸우고 있는 상대는 남은 하얀 인형병기 중 가장 약한 기체였다. 지상의 몬스터도 지붕에 있는 한 마리뿐이고, 추가분은 없다. 그래서 아키라 혼자서 어떻게든 버티고 있었다.

아키라도 자신이 그나마 나은 상황임은 알았다. 하지만 운이 좋다고는 생각할 수 없다. 표정이 딱딱해진다.

『그래도 이대로 가면 위험한데? 슬슬 다음 레이저 공격이 오지 않을까?』

공중 포대는 어느 정도 지상의 몬스터 무리를 우선해서 노리고 있지만, 하얀 기체도 노리고 있다. 지상의 무리가 줄어들면 우선순위가 다시 바뀌어도 이상하지 않다. 그리고 남은 하얀 기체의 수가 줄어든 만큼 자신과 싸우고 있는 기체가 표적이 될 확률이 높아졌다.

『그래. 어쩔 수 없어. 아키라. 조금 도박할 건데, 괜찮아?』

그렇게 말하며 조금 도발하듯 웃는 알파에게, 아키라도 똑같이 웃으며 대꾸했다.

『항상 그랬잖아? 해줘.』

운이 나빠서 도박이 실패하면 죽는다. 하지만 아키라에게는 그 불운을 이겨내려는 의지가 있다. 그리고 알파가 그런 말을 하는 이상, 도박하지 않는 쪽이 기대치가 낮다는 것도 아키라는 알고 있었다. 그렇다면 망설일 필요가 없었다.

『알았어. 그렇다면 가자!』

공중을 달리는 바이크가 급가속한다. 목표는 하얀 기체다. 아키라는 그렇게 하얀 기체에 빠르게 다가가 스쳐 지나가듯 기체를 몇 번이나 벤 적이 있다. 그러니 그 정도 일로는 놀라지 않는다. 하지만 이번에는 그 얼굴이 경악으로 물든다.

『알파?!』

바이크는 기체와 스쳐 지나가는 코스가 아니라 직격 코스를 가고 있었다.

『아키라! 막아!』

『아, 알았어!』

이전과는 다른 코스로 다가오는 아키라에게, 하얀 기체가 레이저 블레이드를 휘두른다. 아키라는 자신의 블레이드로 이를 막았다.

다음 순간, 바이크가 하얀 기체와 충돌한다. 차체의 포스 필드 아머 출력을 한계까지 올린 상태에서 고속으로 충돌하는 것이다. 보통의 몬스터는 날아가기는커녕 산산조각이 난다. 하지만 하얀 기체의 장갑은 찌그러지지도 않는다. 오히려 바이크 차체가 약간 일그러졌다.

물론 알파의 목적은 정면충돌이 아니다. 기체와 충돌한 후에도 바이크 뒷바퀴는 회전을 멈추지 않는다. 공중 주행 기능으로 포스 필드 아머로 된 발판을 생성하고, 이를 단단히 밟아 차체를 앞으로 전진시킨다. 그리고 30억 오럼이 넘는 비싸고 성능 좋은 바이크의 출력으로 하얀 기체와의 질량 차이를 무시했다.

전장 20미터가 넘는 거대한 몸이 단 한 대의 바이크에 밀려 공중에서 뒤로 밀려나간다.

공중을 자유자재로 날아다니는 인형병기는 구조상 기본적으로 전방으로 이동할 때 가장 빠른 속도를 낸다. 그다음이 좌우이며, 후진이 가장 느리다. 멀리 있는 적을 강습할 때는 그게 더 낫기 때문이다.

하지만 지금은 그런 이동 속도 차이 때문에 바이크를 떼어낼 수 없었다. 앞으로 가는 바이크와 뒤로 가는 하얀 기체 중에서는 바이크가 더 빠르기 때문이다. 몸통 부분에 있는 바이크를 힘껏 떼어내려고 하얀 기체가 빛의 칼날과 주먹을 휘두른다.

『아키라! 막아! 기체에 대한 공격은 잊어도 돼!』

『알았어!』

그 거대한 빛의 칼날과 주먹에, 아키라는 길이가 반으로 줄어든 은빛 칼날과 AF 레이저건으로 맞선다.

상대의 블레이드에 자신의 블레이드를 맞추고, 빗겨내고, 흘리고, 튕겨서 막는다. 다가오는 주먹에는 방출 각도를 조정한 에너지의 급류를 퍼붓는다. 그 정도로는 하얀 기체의 포스 필드 아머에 흠집 하나 나지 않지만, 그래도 밀어낼 수는 있다.

그렇게 적의 공격을 막아낸 아키라는 하얀 기체를 밀어내는 상태를 유지했다.

『알파! 이 녀석을 밀어서 뭘 어떻게 할 건데?』

『이대로 밀어서 한꺼번에 정리할 거야.』

『어떻게?』

『저기로 가져가는 거야.』

알파가 앞쪽을 가리킨다. 아키라의 확장시야에 하얀 기체의 등 뒤를 표시하자, 그 너머에 거대 딱정벌레가 있었다.

하얀 기체도 그것을 알아차렸다. 필사적으로 바이크를 떼어내려고 한다. 그러나 공격은 아키라에게 막힌다. 몸부림치듯 기체를 크게 움직여 어떻게든 해보려 했지만, 알파가 능숙하게 운전해서 기체를 밀고 나가 저지당했다. 그동안에도 딱정벌레와의 거리는 점점 가까워진다.

『지금이 고비야! 힘내!』

『나도 알아!』

그리고 아키라와 하얀 기체가 딱정벌레의 앞다리가 닿는 거리에 진입했다. 다관절 다리가 더욱 커지고, 힘차게 덮치려고 한다.

하지만 그 전에 바이크의 확장 암에 달린 두 개의 총이 최대 위력으로 그 다리를 노린다. 엄청나게 많은 C탄이 검은 원반에 썰려서 약해진 부위에 명중해 다리를 부러뜨렸다.

그러자 딱정벌레는 머리가 변형할 정도로 아가리를 크게 벌렸다. 그리고 아키라 일행을 물어뜯어 죽이려고 돌진한다. 아키라 역시 그 큰 입에 하얀 기체를 넣으려고 기체의 공격을 막으면서 최선을 다해 거리를 좁혀갔다.

다음 순간, 목표물과 거리를 좁힌 딱정벌레가 아키라와 하얀 기체를 물었다. 그 거대한 질량이 아키라와 하얀 기체를 위아래에서 압사시키려 한다.

물론 엄밀히 말하면 물린 것은 하얀 기체뿐이다. 체격 차이 덕분에 아키라는 물리지 않았다.

그리고 하얀 기체도 머리가 부서지고 두 다리가 부러졌는데 쓰러지지 않았다. 그 상태에서 블레이드를 휘두르며 저항해 딱정벌레의 아가리 안을 벴다.

아키라가 그것을 피하면서 밖을 바라본다.

(성공했어⋯⋯! 탈출⋯⋯!)

몬스터와 하얀 기체가 서로 죽이게 하는 작전은 성공했다. 이제는 딱정벌레가 하얀 기체를 아가리로 으깨기 전에, 단단한 기체 때문에 아가리를 다 다물지 못하는 사이에 서둘러 밖으로 탈출하기만 하면 된다.

그렇게 생각하고 무심코 웃은 아키라의 표정이 딱딱해진다. 닫히려고 하는 아가리 안에서 본 바깥은 수많은 검은 원반으로 가득했다. 검은 원반은 아키라와 하얀 기체, 그리고 지상의 몬스터를 표적으로 삼고 있다. 그 모든 것이 모인 이곳에 검은 원반이 몰려드는 것은 당연했다.

검은 원반이 딱정벌레의 아가리 속으로 빠르게 진입하기 시작한다. 가장 먼저 하얀 기체가 정면에서 공격당한다. 딱정벌레에게 물려 잔여 에너지의 대부분을 잃은 데다 움직임이 봉쇄된 상태에서는 지금까지 놀라운 성능을 보여줬던 기체도 도저히 버티지 못했다. 온몸이 절단당하고, 나아가 딱정벌레에게 물려서 크게 파손되었다.

하얀 기체가 부서지면서 딱정벌레의 아가리가 완전히 닫힌다. 그러나 검은 원반은 이미 딱정벌레 안에 많이 들어갔다. 예리한 칼날을 빠르게 회전시켜 거대한 벌레를 안에서 난자한다. 나아가 추가 원반이 아가리를 파괴하고 몸속으로 침입한다. 터무니없는 생명력을 지닌 거대 몬스터도 이만큼 당하면 도저히 버티지 못했다. 숨통이 끊겨서 나자빠진다.

아키라 일행을 공격하던 검은 원반이 딱정벌레 안에 남김없이 들어가자, 주변이 평온을 되찾았다. 주위에서 움직이는 것은 아무것도 없었다.

그 고요했던 세계가 갑자기 움직이기 시작한다. 딱정벌레의 등에서 새하얀 빛의 칼날이 튀어나와 등을 가른 것이다. 그리고 그 빛을 발하는 액체 금속의 칼날이 부서져 사라진 뒤, 등이 갈라진 틈에서 초조한 얼굴을 한 아키라가 바이크를 타고 튀어나온다.

『알파! 지금! 알파와 통신이 잠시 끊겼는데?!』

『그래. 조금 도박한다고 했잖아? 통신이 끊긴 시간이 짧아서 살았네.』

『그게 그런 뜻이었어?!』

딱정벌레의 몸속에서 튀어나온 아키라가 차량 지붕에 착지한다. 나온 것은 아키라뿐이다. 검은 원반은 나오지 않는다.

딱정벌레의 몸속으로 들어간 검은 원반도 무사하지 못했다. 튼튼한 하얀 기체를 난자하려면 엄청난 에너지가 필요하다. 딱정벌레의 몸도 단단하고, 용해액도 뒤집어썼다. 나아가 아키라가 공격하자 도저히 못 버티고 모두 파괴되었다. 그리고 아키라는 그 용해액을 바이크의 포스 필드 아머로 막고 있었다.

한꺼번에 정리한다. 알파가 말한 대로 하얀 기체도, 검은 원반도, 거대한 몬스터도 모두 한꺼번에 해치웠다.

아키라가 크게 숨을 내쉰다.

"어떻게든 처리했나…… 응? 뭐야? 움직이는데?"

바닥에서 진동을 느낀 아키라가 조금 놀란다. 멈췄던 차량이 다시 움직이기 시작했다.

『하얀 기체를 다 없앤 것 같아.』

아키라가 슬쩍 고개를 들어 하늘을 올려다본다. 하늘을 가린 천장에서는 검은 원반이 추가로 출현하고 있지만, 그것들은 차량 주변이 아닌 멀리 떨어진 곳에 있는 지상의 몬스터 무리를 향해 날아가고 있었다.

"이제야 끝났나……."

하얀 기체 부대를 격파하면, 이제는 차량의 속도를 높여 지상의 무리를 뿌리치면 된다. 아키라의 생각대로 차량 대열은 이곳을 이탈하고 있었다.

『아키라. 아직 다 끝나지 않았어. 완전히 따돌릴 때까지는 차량 대열에 접근하는 몬스터를 막아야 해.』

『알았어……. 거의 다 끝났네.』

아키라가 지붕 가장자리로 이동한다. 그리고 두 손에 든 LEO 복합총으로 멀리 있는 몬스터를 연사했다. 바이크에 달린 LEO 복합총으로도 쏘려고 했지만, 그쪽에서는 총탄이 나오지 않았다.

『어라……? 탄을 다 썼나?』

『아니야. 유감이지만 망가졌어.』

『어어……?』

두 손에 든 LEO 복합총은 에너지 팩으로 움직이고 있었지만, 바이크에 달린 것은 확장 암을 통해 에너지 탱크로 움직이고 있었다.

C탄은 주입하는 에너지가 많을수록 강력해지지만, 발사할 때의 부하도 높아진다. 알파가 아슬아슬하게 조정하고 있었지만, 이 정도의 전투에서는 어쩔 수 없이 큰 위력이 필요했고, 딱정벌레의 몸속에 있는 검은 원반을 격파했을 때 마침내 부하가 한계에 다다랐다.

『비쌌는데……. 뭐, 아슬아슬하게 잘 버텼다고 칠까.』

『그래. 이 정도의 손실로 이겼으면 싼 거야. 그렇게 생각하자. 실제로 이겼으니까.』

『그래. 내가 이겼어.』

이 정도 적에게, 이 정도의 불운에 이긴 것이다. 아키라는 그렇게 생각하며 기분 좋게 웃었다.

차량 대열이 속도를 높여 지상의 무리에서 멀어져 간다. 하늘을 가린 천장 아래에서 탈출해 그대로 황야를 나아간다. 지상의 무리도 상공 영역의 몬스터에 공격당하는 와중에는 차량 대열을 쫓아갈 수 없다. 결국 그 모습은 지평선 너머로 사라져 버렸다.

『좋아, 끝났어. 피곤해. 이제 차량 안으로 돌아가도 되겠지? 히카루에게 연락해서 외벽을 열어 달라고 하고…… 아, 통신이 끊졌지. 귀찮네. 기다려야 하나?』

차량이 속도를 높인 만큼 외벽의 포스 필드 아머는 약해지고 있다. 하지만 조금 전까지 너무 많은 에너지를 공급한 탓에 정보 차단체 성질이 완전히 사라지려면 시간이 더 필요했다.

『내가 히카루와의 통신을 복구해 볼게. 차량 외벽은 정보 차단체 성질을 유지하고 있지만, 그토록 공격을 많이 받았으니까. 어딘가에 구멍이 났을 거야. 거기서 통신이 연결될지도 몰라.』

『그런가. 부탁할게.』

아키라는 그 구멍을 찾으려고 바이크를 타고 차량 지붕 위를 돌아다녔다. 그러자 알파의 예상대로 사람이 들어갈 정도의 균열을 발견했다. 균열 사이로 차량 내부의 통로가 보인다.

『통신 신호는 미약하지만, 간단한 대화 정도는 할 수 있을 것 같아.』

『외벽을 열어달라고 부탁하는 거니까. 목소리만 들리면 되겠지. 연결해 줘.』

히카루와 통신이 연결된다.

『……아키라. 거기 상황은 어때?』

『방금 대충 끝났어.』

『그래? 그렇다면 미안하지만 지금 바로 이쪽으로 와 줄래? 사실 지금 조금 위험한 상황이라서.』

필사적으로 외치는 것은 아니다. 하지만 그 차분한 목소리는 아키라에게 자세한 설명 없이도 히카루가 위급한 상황인 것을 이해하게 했다.

차량 밖의 상황은 아키라를 포함해 수많은 헌터의 노력으로 해
결되었다. 하지만 차량 안의 상황은 전혀 해결되지 않았다.

제208화 습격자

격납고에서 시로 일행과 마주쳤다가 도망치듯 그 자리를 뜬 히카루가 방으로 돌아가려는 순간, 차량 운행 본부에서 연락이 왔다.

내용은 두 가지. 하나는 차량 밖에서 치열한 격전이 벌어지고 있으니 만약을 대비해 안전한 방으로 이동해 달라는 것이다. 다른 하나는 차량의 방어력을 높이기 위해 포스 필드 아머의 출력을 높이기 때문에 통신 장애가 발생할 가능성이 있다는 소식이었다.

히카루도 아키라의 정보수집기를 통해 외부 상황을 알고 있다. 이상하다고 느끼지 않고 알았다고 답장을 보냈다. 그러자 이동할 방을 지정받고, 28호실 사용 권한도 전달받았다.

히카루가 무심코 걸음을 멈춘다. 그곳은 우다지마의 방이었다.

(잠깐만!? 같은 쿠가마야마 시티의 도시 직원이라서 그런 거겠지만, 이건 곤란해⋯⋯. 응?)

당황한 히카루였지만, 28호실 사용 권한을 얻으면서 그 방의 이용자도 알 수 있게 되었다. 현재 이용자로 등록된 사람은 히카루 혼자다. 즉, 28호실은 공실이었다.

히카루가 안도의 한숨을 쉬었다.

"아하, 그런 거였어? 하긴, 아키라가 있는데 탔을 리가 없지."

출발 때는 어땠을지 몰라도, 지금은 돌아가는 길이다. 이 차량에 아키라가 탑승한 사실은 우다지마 측에도 똑바로 전달됐다. 그래서 우다지마는 타는 것을 그만두었지만, 승차 취소를 제때 하지 못한 모양인지 28호실은 공실로 남게 되었다.

물론 돈을 낸 이상, 보통은 공실이라도 차량 측에서 다른 사람이 사용하게 하진 않는다. 하지만 지금은 긴급 상황이고, 게다가 우다지마도 히카루도 쿠가마야마 시티의 도시 직원이다. 차량 측도 안전을 위해 일시적으로 사용하게 하는 것 정도는 괜찮다고 생각했을 것이다.

히카루는 그렇게 판단하고 그대로 28호실로 향했다.

도시 간부가 예약한 방이라 그런지 28호실은 히카루 일행이 사용하던 방보다 더 호화롭고 견고했다.

실내에는 비상대피실을 겸한 작은 금고도 있다. 매우 중요한 물건을 운반할 때, 그것을 다룰 수 있는 지위에 있는 사람이 직접 운반하는 것은 드문 일이 아니다. 이를 위한 설비다.

방에 들어선 히카루는 실내를 둘러보며 우다지마가 없는 것을 재확인했다. 슬쩍 숨을 내쉬며 소파에 앉았다.

"이젠 기다릴 수밖에 없나……. 아키라, 무사해야 할 텐데."

아키라와의 통신은 이미 끊겼다. 통신 장애가 발생할 정도로 차량의 포스 필드 아머 출력이 높아졌기 때문이다. 히카루는 그것이 얼마나 심각한 비상사태인지 잘 알았다.

통신이 끊길 때까지 연동 중이던 아키라의 정보수집기 데이터를 히카루가 실내 디스플레이 장치에 띄운다. 하늘을 가리고 그

그림자로 차량 대열을 뒤덮은 거대 몬스터의 모습이 표시되었다.

"이거, 상공 영역의 몬스터 맞지? 왜 지상 근처까지 내려온 거지…… 돌발 상황인 것도 정도가 있잖아. 제발 좀 봐줘……."

머리를 붙잡고 한숨을 쉬는 히카루의 머릿속에는 돌발 상황을 자주 겪는다는 불운한 헌터가 떠올랐다.

히카루가 쓴웃음을 짓는다.

"아키라. 너는 그 불운보다 강하지? 이번에도 꼭 이겨 줘."

히카루도 이 상황이 아키라의 탓이라고 말할 마음은 없다. 하지만 만약 그렇다면 책임져야 한다고 생각했다. 히카루도 죽기는 싫었다.

◆

히카루는 차량 밖에서 벌어지는 격렬한 전투가 끝날 때까지 방에서 가만히 기다리고 있었다. 외부와의 통신도 끊겼기 때문에 아키라를 도와줄 수도 없다. 지금의 히카루는 아무것도 할 수 없다. 어떻게 보면 한가한 상태이지만, 오락 영상이라도 보면서 심심함을 달랠 기분은 전혀 들지 않는다. 그저 하염없이 기다릴 뿐이다.

그때 방 전체가 크게 흔들렸다. 상공에 있던 몬스터의 레이저가 차량 근처에 떨어진 여파다. 히카루가 초조한 표정을 짓는다.

"저기?! 제발 좀 봐줘! 괜찮은 거지?!"

그때 방 인터폰이 울렸다. 이런 때 무슨 일이냐고 생각하며 히카루가 문 앞으로 갔다. 그러자 문 표면의 디스플레이 장치에 자동으로 통로 쪽 영상이 떴다.

마치 유리로 변한 것처럼 보이는 문 너머에는 한 남자가 서 있었다. 그 사람은 차량 직원 복장을 하고 있었고, 총기로 무장하지도 않았다. 경비원이 아닌 접객용 일반 승무원으로 보인다.

이름을 엘데라고 한 남자는 딱딱한 표정을 짓고 히카루에게 피난을 촉구한다.

"긴급 상황입니다! 상공 영역 몬스터의 공격으로 이 차량은 자력 주행이 불가능한 상황에 처했습니다. 포스 필드 아머도 언제까지 유지될지 알 수 없습니다! 즉시 대피해 주십시오! 다른 차량과 연결되는 통로로 안내해 드리겠습니다!"

"그게 진짜야?!"

히카루가 문을 열려고 서둘러 개폐 패널에 손을 뻗었다. 하지만 닿기 직전에 손을 멈춘다.

(상공 영역 몬스터……?)

차량 대열이 상공 영역 몬스터에게 공격받은 것은 히카루도 안다. 그러나 그것은 아키라의 정보수집기와 연동해서 알게 된 사실이다. 차량 경비대에서는 알려주지 않았다. 히카루는 먼저 그 점을 이상하게 여겼다.

그리고 차량이 자력 주행 불가 상태에 빠졌다는 사실을 사람이 직접 전달한 것에 대해서도 의구심을 품는다. 그 정도로 긴급한 상황이라면 대피 전에 미리 연락해야 하기 때문이다.

물론 그러한 논리적 추론 정도는 히카루도 금방 떠올릴 수 있다. 그런데도 자신의 직감은 열지 말라고 말하고 있었다.

엘데의 얼굴을 다시 본다. 피난을 촉구하는 딱딱한 표정에는 협상에 능한 사람이 아니면 알아차릴 수 없는, 연기하는 티가 조금 났다.

히카루가 결심하고 개폐 패널을 손으로 만진다. 문을 열기 위해서가 아니다. 더 단단히 닫기 위해서다. 디스플레이 기능이 있는 일반 문의 통로 쪽에 두툼한 금속 문이 추가로 씌워진다.

하지만 그 직전에 움직임을 감지한 엘데가 문을 세게 걷어찼다.

일반 문이라고는 하지만 도시 간 수송차량의 설비이고, 게다가 도시 고위층이 사용하는 고급 객실의 문이다. 웬만한 포격 정도로는 흠집 하나 나지 않을 정도로 튼튼하다.

그 문이 단 한 번의 발차기로 크게 일그러져 손상되었다. 게다가 그 발길질은 날아간 문에 히카루가 맞아서 죽는 것을 막기 위해 힘을 줄여서 날린 것이었다.

엘데는 일반 문이 파손되었으니 추가 문 작동에 지장이 생길 것으로 예상했다. 하지만 두툼한 문은 굳게 닫혀 실내와 통로를 완전히 차단했다.

올바른 판단을 한 자기 자신을 칭찬하며 히카루가 그 자리에 주저앉았다.

"뭐, 뭐야? 무슨 일이야?"

반쯤 넋이 나간 히카루에게 차량 경비대에서 연락이 왔다. 그것은 히카루에게 보낸 것이 아니라 2호차 안에 있는 모든 헌터에게 보내진 것이었다.

차량 내부에 습격범이 있다. 28호실의 요인을 노리는 습격범 부대를 즉시 제거하라. 생포할 필요는 없다. 요인의 안전이 최우선이다. 사살하라.

"무슨 일이 생긴 거야?!"

이유는 모르겠지만, 자신을 노리고 있다. 그것만은 알 수 있다. 그것 말고는 알 수 없다. 그렇듯 영문을 모르는 상황에, 히카루는 무심코 소리를 질렀다.

완전히 닫힌 문 앞에서 연기하기를 그만둔 엘데가 인상을 쓰고 혀를 찼다.

"어설픈 연기는 소용없었군."

히카루에게 보이지 않는 곳에서 대기 중이던 부하 한 명이 엘데의 곁으로 다가온다.

"실수로 열어줄 가능성은 있었습니다. 헛수고는 아니겠죠. 수송차량 측에서 움직임이 있습니다. 차량 내부의 헌터들만이 아니라 3호실 주변에 배치되어 있던 사카시타의 부대까지 모두 이쪽으로 향하고 있습니다."

"그쪽 녀석들이 전부? 그렇다면 역시 이쪽이 진짜인가……. 아니지, 미끼에 낚였을 가능성도……. 잠깐만? 중요도가 다를 뿐, 둘 다 진짜일 가능성도……."

엘데는 잠시 망설이다가 이내 결정을 내렸다.

"좋아, 이 자리는 나, 토르파, 사잘트만 있으면 된다. 다른 인원은 주변을 제압해. 그대로 사카시타 녀석들을 붙들고 있어라. 격파 후에는 이쪽으로 돌아오지 말고 그대로 3호실을 습격해. 처음

계획대로 진행한다. 가라."

"네!"

중무장한 자들이 즉시 움직이기 시작한다. 엘데와 마찬가지로 총이 없는 두 사람, 토르파와 사잘트는 지시에 따라 그 자리에 남아 있다.

토르파가 엘데에게 묻는다.

"엘데 대장. 우리도 거들까요?"

"아니, 나만 있으면 돼. 내가 문을 부수는 데 집중할 수 있도록 주변 경계를 부탁한다."

"알겠습니다."

사잘트가 트렁크를 바닥에 두고 열었다. 그러자 안에 있던 장치가 무색투명한 가스를 대량으로 분출했다. 그리고 가스가 주변에 가득 차자 두 사람은 엘데를 호위하듯 통로 좌우로 위치를 잡았다.

두 사람 사이에서 엘데가 자세를 잡는다. 그리고 크게 숨을 들이마시더니, 눈앞에 있는 문을 온 힘을 다해 때렸다. 포스 필드 아머를 사용하진 않았어도 그 이상의 강도를 자랑하는 특수 합금제 문이 한 방에 삐걱거렸다. 연타가 계속되자 문은 서서히 뒤틀리기 시작했다.

그 맹공에 문보다 먼저 엘데의 옷이 견디지 못하고 찢어진다. 엘데가 입고 있던 승무원 복장은 강화복이나 방호복이 아닌 평범한 옷이었다. 두툼한 금속 문이 비틀릴 정도의 힘을 버틸 리가 없었다.

찢어진 옷 아래에서 드러난 것은 얇은 속옷이다. 두 손은 맨손. 장갑은 승무원 복장과 함께 찢어졌다. 엘데는 맨손으로 문을 두드리고 있다.

그것은 그 속옷이 얇은 강화복이 아니라 얇은 방호복임을 드러내고 있었다. 즉, 엘데는 본인의 신체 능력만으로 두툼한 문을 파괴하려고 했다.

초인(超人). 엘데는 그렇게 불리는 존재였다.

초인의 연타가 이어진다. 맨몸으로 전차를 날릴 수 있는 주먹이, 발차기가, 반복된다.

문이 파괴되는 것은 시간문제였다.

3호실에서 하머스가 시로를 미심쩍게 본다.

"시로. 무슨 짓이지?"

시로가 기분 좋게 웃는다.

"왜? 사카시타 부대도 구하러 가야 더 그럴싸하잖아?"

"그렇긴 하지만……."

하머스도 시로가 하는 말을 이해할 수 있다. 하지만 시로를 지킬 병력이 줄어든 것은 사실이다. 시로의 경호 책임자인 하머스는 못마땅한 표정을 지었다.

그런 하머스를 보고 시로가 살짝 도발하듯 짓궂게 웃었다.

"뭐야. 경호는 자기 혼자면 된다고 했으면서, 큰소리만 친 거야? 오오, 무서워라. 그렇다면 내가 위험한걸. 당장 부대를 도로 불러들여야지. 불러들이는 게 나을까?"

다시 불러오라는 말은 사카시타 중공이 자신의 실력을 조금이라도 의심하게 한다는 뜻이다. 하머스는 한숨을 쉬며 시로의 행동을 묵인했다.

엘데의 부하들은 승무원이나 일반 승객, 다른 헌터로 위장해 이미 차량 곳곳에 배치되어 있었다. 그들도 소지한 장치에서 무색투명한 가스를 대량으로, 지속적으로 분출시켰다.

그 가스가 차량 내부 전체에 퍼지는 데는 오랜 시간이 걸리지 않았다.

◆

차량 안에서 4파전이 막바지로 치닫고 있는 가운데, 2호차 안에서는 엘데의 부대와 차량 측 부대의 격전이 벌어지고 있었다.

지시대로 28호실로 향하던 헌터들은 열세를 면치 못했다. 애초에 2호차 헌터들은 전체 열차 중에서 실력이 떨어지는 사람들이 많았다. 게다가 아키라를 포함한 2호차의 실력자들은 차량 밖에서 싸우고 있다. 즉, 차량 내부에 있는 헌터들은 하나같이 바깥의 전투를 따라갈 수 없는 자들이었다.

한편, 엘데의 부대에는 도시 간 수송차량을 습격할 정도의 실력자들이 모여 있다. 헌터들은 승산이 없어 차량 제어실 쪽으로 후퇴를 거듭하고 있었다.

그러나 엘데의 부대도 우세하진 않다. 헌터들을 대신해 전진하는 사카시타 중공의 부대와 격돌해 교전을 벌인다.

사카시타 중공의 부대는 시로의 경호부대로 파견된 만큼, 그 위력은 고랭크 헌터들을 가볍게 뛰어넘는 수준이었다. 중장강화복이 도시 간 수송차량의 넓은 통로를 이용해 전진한다. 강인한 몸으로 아군의 방패가 되면서 기관총으로 통로 전체를 쓸어버린다.

엘데의 부대원이 중장강화복에 접근하려고 한다. 이를 사카시타 중공 부대원이 요격한다. 한순간의 판단 지연, 한 번의 판단 착오가 전세를 크게 좌우하는 상황에서, 양측 모두 지체하지 않고, 실수하지 않고, 그 실력을 발휘한다.

불과 10여 미터의 공간에서 수많은 총탄이 날아다니는 가운데, 빛의 칼날이 추가로 몇 번이고 춤춘다. 통로의 벽, 바닥, 천장 곳곳에 무수히 많은 총탄 구멍이 나고, 이어지는 칼질에 더욱 찢어진다.

그곳에서는 차량 밖의 격전 못지않게 치열한 전투가 벌어지고 있었다.

엘데에게 연달아 얻어맞고, 두툼한 문은 이미 눈에 띌 정도로 크게 일그러져 있었다. 이에 호응하듯 히카루의 얼굴도 조바심에 크게 일그러져 있었다.

아직 상황 파악이 끝나지 않았다. 하지만 문이 한계에 가깝다는 것과 상대의 목적이 자신이라는 것만은 저절로 알 수 있었다.

차량 내부에 있는 헌터들의 구조도 기대할 수 없다. 지금도 문에 대한 공격이 멈추지 않는 이상, 아마도 헌터들은 이 근처에 도달하지 못했을 것이다. 그 조바심이 히카루의 마음을 어지럽히고 평정심을 잃게 한다.

(어, 어쩌면 좋아…….)

히카루 자신은 이것저것 생각하려고 했지만, 조바심에 사로잡힌 머릿속에서는 건설적인 생각이 전혀 떠오르지 않았다. 어쩌면 좋을까. 그 말만 반복된다.

그러던 중 아키라와의 통신이 미약하게나마 회복된다. 히카루는 그것으로 정신을 차렸다. 한 번 심호흡한 후 아키라와 통신을 연결한다.

『……아키라. 거기 상황은 어때?』

『방금 대충 끝났어.』

히카루는 그 가벼운 말투에서 차량 밖의 상황은 정리되었고, 아키라도 무사하다는 것을 알 수 있었다.

『그래? 그렇다면 미안하지만 지금 바로 이쪽으로 와 줄래? 사실 지금 조금 위험한 상황이라서.』

히카루는 기운을 내려고 일부러 힘차게 웃으며 그렇게 대답했다. 그래도 심각한 상황이라는 사실은 아키라에게 충분히 전달되었다. 진지한 목소리가 들려온다.

『알았어. 금방 갈게.』

『내가 있는 곳은 28호실이야. 너만 믿을게. 부탁해.』

히카루는 그렇게 말하고 아키라와의 통신을 끊었다. 그리고 다시 한번 심호흡하고 두 손으로 자기 뺨을 두드리며 힘을 냈다.

"좋아. 그렇다면 열심히 시간을 벌어볼까."

어쩌면 좋은지. 자기 자신을 당혹스럽게 하던 그 말의 해답을 찾은 히카루는 어린 나이에 광역경영부에 배치된 인재의 유능함을 다시 한번 발휘한다. 방을 둘러보며 대책을 세우고 움직이기 시작한다.

아키라가 올 때까지만 시간을 벌면 어떻게든 될 것이다. 거기서 희망을 발견한 히카루는 할 수 있는 최선을 다했다.

◆

차량 지붕 틈새를 통해 안으로 들어온 아키라가 히카루가 있는 곳으로 달려간다.

바이크는 지붕에 두고 왔다. 지붕 틈새는 바이크가 지나갈 수 있을 만큼 넓지 않고, 격납고 외벽을 통해 28호실로 가는 길은 멀기 때문이다. 아키라는 최단 시간에 히카루가 있는 곳에 도착하고자 바이크가 무사하길 빌며 혼자 차량 내부로 들어갔다.

이후 알파의 안내에 따라 28호실로 향한다. 바닥을 걷어차고, 벽을 걷어차고, 허공을 걷어차고, 장애물을 피하며 내부 통로를 달린다.

원래라면 강화복의 신체 능력으로 전력 질주하면 금방 도착할 수 있다. 하지만 통로에는 이를 방해하는 장애물이 곳곳에 널렸다. 무수한 시체들, 28호실로 향하는 헌터들. 엘데의 부하들. 사카시타 중공의 부대. 그 격전의 흔적은 수많은 처참한 시체들로 남아 있었다.

그 시체들과 대파된 중장강화복 등을 보고 아키라는 표정을 굳혔다.

『이건 몬스터가 차량 내부로 침입한 것 같지 않은걸. 누군가가 차량 내부에서 날뛴 건가? 밖에선 상공 영역의 몬스터가 난동을 부리고 있었잖아? 무슨 생각이야?』

그 질문에 알파가 대답한다.

『오히려 그걸 노린 거겠지. 차량의 부대가 밖에서 대응하느라 정신이 없는 틈을 타서 습격한 거야.』

『그 하얀 기체 녀석들은 그걸 위한 미끼였다는 말이야? 상공 영역의 몬스터까지 데려와서? 아니, 아무리 그래도 그건 좀 억지잖아. 습격범이 처음부터 차량 내부에 잠입했다고 해도, 자칫 잘못하면 차량이 통째로 날아가 버릴 뻔했는데?』

『그걸 각오하고 잠입한 거겠지. 적어도 하얀 기체의 조종사는 목숨을 아끼지 않았어.』

아키라가 인상을 쓴다. 가정에 불과하지만, 있을 법한 이야기였다. 그리고 히카루가 그런 자들에게 습격당하고 있다면 쉽게 이길 수 있을 것 같지 않았다.

『골치 아프네. 아까부터 정보수집기의 정확도도 떨어지고 통신 상태도 안 좋은데, 이거 재밍 스모크인가?』

『엄밀히 말하면 확장입자의 영향이야.』

『확장입자?』

『물리 특성을 확장하는 효과를 가진 특수한 입자를 말하는 거야. 자세한 설명은 생략하겠지만, 이걸 뿌린 게 적이라면 적에게 유리한 효과가 작용한다고 생각해.』

『알았어…….』

이번 불운도 만만하지 않을 것 같다. 아키라는 대충 그렇게 생각하며 갈 길을 서둘렀다.

강화복의 초인에 가까운 신체 능력으로 달리면 너무 빨라서 바람이 없는 실내에서도 강한 역풍 속을 달리는 듯한 착각도 생긴다. 그 감각에는 아키라도 이미 익숙해져 있었다.

하지만 지금은 또 다른 것을 느끼고 있었다. 물속을 움직일 때의 저항감, 그것을 매우 희석한 느낌이다. 달리는 데 지장이 생길 정도는 아니지만, 명확하게 기분 탓이 아닌 저항감이 있었다.

알파가 말한 확장입자 때문일까? 아키라는 그렇게 생각하고, 그럴듯한 이유를 듣기도 해서 크게 신경 쓰지 않았다.

◆

28호실 문이 엘데의 맹공에 굴복하고, 마침내 완전히 부서졌다. 크게 일그러진 문이 벽에서 떨어져 바닥을 구르고, 통로를 가득 채운 확장입자가 방 안으로 한꺼번에 쏟아져 들어간다.

그리고 엘데는 실내로 들어가려다 발걸음을 멈췄다. 통로 안쪽으로 시선을 돌린다.

(누군가 오고 있다. 혼자로군. 이 움직임은…… 차량 밖에 있던 헌터인가?)

차량 내부의 헌터는 이미 자신들과 교전한 바가 있고, 자신들의 힘을 알고 있다. 망설임 없이 거리를 좁힐 것이라고는 생각하기 어렵다. 사카시타의 부대를 붙잡고 있는 부하 중에서 혼자서 철수할 녀석은 없다. 설령 사카시타의 부대가 부하들을 격파하고 다가온다고 해도, 혼자서 돌격하는 짓을 할 것 같지는 않다.

엘데는 그런 생각으로 기척의 주인을 차량 밖에 있던 헌터라고 판단했다.

"토르파. 사잘트. 대응해라. 최소한 시간을 벌어라."

차량 밖에 있던 헌터들의 실력도 2호차 인원과 10호차 인원 사이에는 큰 격차가 있다. 하지만 이 2호차로 보낸 인원은 2호차에 배치된 헌터일 확률이 높다. 게다가 차량 밖에 있던 헌터들은 전투로 지쳐 있다. 두 사람이라면 문제없이 이길 수 있다. 설령 10호차의 강력한 헌터라고 해도 시간 정도는 끌 수 있을 것이다.

엘데는 그렇게 판단하고 자신을 포함한 세 명이서 상대하는 대신 다른 두 사람에게 맡기기로 했다. 그리고 승낙한 두 사람을 남기고 혼자 방으로 들어갔다.

엘데가 실내를 둘러보지만 히카루는 보이지 않았다. 하지만 곧 그 행방을 짐작할 수 있었다. 비상대피실을 겸한 금고실 문에서 치맛자락이 삐져나왔기 때문이다.

(허둥지둥 들어가다가 문에 끼였는데, 빼내려고 다시 문을 열 배짱은 없었나?)

상대의 실수는 조급함에서 비롯한 것이다. 엘데는 그렇게 판단하고 금고 문을 열려고 한다. 포격에도 견딜 만큼 튼튼한 문이지만, 그 문도 28호실의 문을 파괴한 초인의 경이로운 신체 능력 앞에서는 저항할 수 없다. 변형되면서 서서히 열리기 시작한다.

방문을 파괴했을 때처럼 할 수는 없다. 금고실은 28호실 전체에 비하면 좁은 공간이다. 문을 힘껏 파괴하면 날아간 문이 안에 있는 사람을 죽일 수도 있다. 서두르면서도 조심스럽게 시간을 들여 문을 열려고 한다. 그리고 마침내 문을 열 수 있었다.

"뭐지……?"

문 안에는 아무도 없었다. 옷걸이에 걸린 히카루의 치마만 문에 끼어 있었다.

"젠장! 어디야?"

한 방 먹었다고 깨달은 엘데가 치마를 찢고 다시 한번 실내를 둘러본다. 그러자 방 안쪽의 침실 문에서 히카루의 옷소매가 삐져나온 것을 발견했다.

두 번이나 속을까 보냐. 그렇게 생각하는 허점을 노려서 히카루가 숨어 있을 가능성은 부정할 수 없다. 한 번만 조사하면 된다. 침실 문은 금고처럼 튼튼하지 않다. 금방 끝날 것이다. 엘데는 그렇게 판단하고 다음에는 침실로 향했다.

◆

아키라는 다음 모퉁이를 돌면 28호실이 보이는 데까지 왔다. 그리고 여기까지 한 번의 전투도 없이 도착한 것을 운이 아니라 상황의 악화로 받아들이고 표정을 굳힌다.

적과 마주치지 않은 것은 이미 목적을 달성하고 떠난 뒤라서 그런 게 아닐까. 그렇다면 히카루가 무사하다고는 생각하기 어렵다. 제때 도착하지 못했을지도 모른다. 그렇게 생각하며 아키라는 모퉁이를 돌았다.

모퉁이를 돌아 통로 안쪽, 30미터 정도 떨어진 28호실 앞에는 두 남자가 기다리고 있었다. 차량 경비원일 가능성도 있지만, 아키라는 직감으로 두 사람을 적이라고 판단했다. 그리고 실제로 두 사람은 적이었다. 엘데의 부하인 토르파와 사잘트다.

드디어 적과 마주친 아키라는 오히려 조금 안도하며 즉시 두 손의 총으로 토르파와 사잘트를 겨눴다. 동시에 토르파와 사잘트도 나이프를 힘차게 휘두른다. 원래라면 그 칼날이 절대로 닿지 않을 거리다. 하지만 실제로 칼날이 닿는 상황에 익숙한 아키라는 재빨리 회피 동작을 취했다.

빛을 발하는 나이프에서 절삭력을 지닌 파동이 방출되고, 빛의 칼날이 되어 공중을 날아간다. 통로의 공기를 가르며 아키라에게 쇄도한다.

아키라는 그 궤적을 간파하고 회피하며 발포한다. LEO 복합총 2정이 무수한 총탄을 발사한다.

하지만 그 총탄은 한 발도 두 사람에게 닿지 않았다. 아키라의 얼굴이 경악으로 물든다.

『뭐지?!』

그 탄도가 눈에 보일 정도로 공기의 파형을 뚜렷하게 남기며 직진하던 총탄은 몇 미터를 진행하던 중 갑자기 급감속했다. 마치 보이지 않는 벽을 관통한 것처럼.

그 총탄에 뒤따라오던 총탄이 충돌하면서 통로에 튄다. 앞의 총탄이 튀어서 장애물이 없어진 총탄은 몇 미터를 더 진행하자 마찬가지로 현저하게 감속했고, 뒤따라오는 총탄에 똑같이 튕겨서 통로 벽에 충돌했다.

『어떻게 된 거야?!』

너무나도 황당한 상황에 혼란스러워하는 아키라에게 알파가 상황을 설명한다.

『공기 중의 확장입자가 고속 필터를 발생시키고 있어. 그것 때문에 총의 사거리가 극도로 짧아진 거야.』

무색 안개 연구로 태어난 부산물은 많다. 그리고 무색 안개에 의한 악영향 중 하나가 총의 사거리가 짧아지는 것이다. 고속 필터란 그 효과에 특화된 확장입자가 가져오는 물리 특성을 말한다. 일정 속도보다 빠르게 움직이는 물체에 반응해 속도에 비례한 저항을 발생시킨다.

고속 필터가 발생하는 조건은 주로 물체의 속도와 확장입자의 밀도에 따라 결정된다. 아키라가 쏜 총탄의 사거리가 불과 몇 미터까지 줄어든 것은 고속으로 진행하는 총탄이 전방의 공기를 압축해 확장입자의 밀도를 고속 필터가 발생하는 임계치까지 끌어올렸기 때문이다.

알파에게 간단히 설명을 들은 아키라가 의아한 표정을 짓는다.

『고속 필터? 하지만 상대의 나이프는 저렇게 빠른데도 이쪽에 날아오는데?!』

『고속 필터 발생의 임계치를 칼날 파동의 이동 속도보다 높였거나, 물체에만 반응하는 타입의 확장입자를 사용한 거겠지. 아니면 총탄과 달리 전방의 공기를 압축하지 않기 때문에 고속 필터가 발생하는 임계치까지 확장입자의 농도가 올라가지 않는 것일지도 모르겠어.』

『어찌 됐든 상대에게 유리한 거네! 어떻게 하면 좋을까?』

『총의 사거리 내로 접근하는 수밖에 없어. 아키라. 또 조금 무리할 거야.』

『알았어!』

이미 사용하고 있는 체감시간 조작과 함께 현실 해상도 조작을 실시한다. 알파의 서포트를 받아 시간이 매우 느리게 흐르고, 나아가 환하게 느껴질 정도로 선명해진 세계를 고속으로, 정밀하게, 정확하게 달려간다.

전방에서 고속으로 날아오는 빛의 칼날은 그 절삭력이 아키라의 강화복이 보유한 방어력을 넘어선다. 맞으면 잘린다. 더군다나 연속으로 날아온다.

아키라는 그것을 필사적으로 피하며 거리를 좁힌다. 통로의 넓이를 활용해 복잡하고 불규칙하게 움직이며 바닥, 벽, 천장을 가리지 않고 달리고, 뛰고, 도약한다. 그 움직임은 총구를 떠난 권총탄을 눈으로 좇을 수 있는 사람조차도 포착할 수 없을 정도였다.

하지만 그런 아키라의 움직임을, 토르파와 사잘트는 포착하고 있었다. 마구잡이가 아니라, 아키라를 정확히 조준해 빛의 칼날을 날린다. 게다가 둘이 협력해서 아키라를 몰아붙인다.

피할 것을 전제로 날아오는 빛의 칼날을, 그러나 피하지 않으면 치명상이 되는 일격을, 아키라는 통로를 발로 박차며 가속해 피했다. 하지만 피할 수 있는 방향이 좁혀지고 있었다. 피한 곳에는 이미 아키라의 움직임을 예측한 빛의 칼날이 날아오고 있었다.

피할 수 없다. 그렇게 깨달은 아키라가 두 손에 든 총을 연사한다. 목표는 자신을 향해 날아오는 빛의 칼날이다.

방대한 양의 총탄이 절삭력을 지닌 파동과 충돌하고, 베임으로써 예리함을 감소시킨다. 그래도 빛의 칼날은 아키라에게 닿았지만, 무뎌진 칼날로는 아키라의 강화복을 찢을 수 없었다. 깨지는 것처럼 빛이 사라졌다.

이 요격에 성공하려면 상상을 초월하는 정확도를 요구하는 신들린 사격이 필요하다. 총의 유효 사거리는 불과 몇 미터. 고속으로 발사된 빛의 칼날은 그 거리를 눈 깜짝할 사이에 이동한다. 그 순간에 발포 타이밍과 조준 등을 매우 정확하게 맞춰서 사격해야 한다.

아키라는 이를 현실 해상도 조작을 통해 실현했다. 알파의 서포트로 끝없이 선명하게 빛나는 세계 속에서 움직이던 아키라에게는 그것이 가능했다.

빛의 칼날을 떨어뜨리는 데 성공한 아키라는 그대로 멈추지 않고 달려간다. 그리고 마침내 토르파와 사잘트와의 거리를 좁혔다. 전투가 시작된 지 몇 초밖에 지나지 않았음에도 통로는 무수한 빛의 칼날에 난도질당했다. 그 빛의 칼날을 여러 번 피하고 세 번이나 떨어뜨려 죽을 고비를 넘긴 아키라는 유효 사거리에 들어온 적에게 두 손에 든 총을 쏘아댄다.

하지만 거기서 토르파가 아키라와 거리를 좁힌다. 나이프를 사잘트에게 던지면서 파고들더니, 아키라의 총을 두 손으로 쳐서 조준을 흐트러뜨렸다. 무수한 총탄이 토르파가 아닌 통로 벽에 명중한다.

이어서 토르파가 아키라를 향해 손으로 찌르기를 시도한다. 아키라는 이를 피하려다가 깜짝 놀랐다.

아키라의 두 손에 있는 총을 쳐낸 토르파의 두 손은 여전히 처음 위치에 있었다. 즉, 그 찌르기는 토르파의 세 번째 팔에 의한 것이다.

천천히 흐르는 시간 속에서 아키라는 눈앞에 다가오는 손을 바라본다. 얼굴 중앙에서 약간 왼쪽을 노리는 그 궤도를 보고, 아키라는 고개를 오른쪽으로 기울이지 않고 왼쪽으로 기울였다. 당연히 손은 아키라의 머리를 관통했다.

하지만 아키라는 무사했다. 그 손은 실체가 아니었다.

(입체영상으로 만든 팔……!)

그리고 아키라의 머리 오른쪽의 허공을 진짜 손이 뚫고 있었다.

(이쪽은 광학 위장으로 숨긴 팔인가……!)

입체영상 팔과 광학미채로 위장한 팔에 의한 동시 공격. 입체영상 손을 피하려고 하면 광학미채 손에 꿰뚫린다. 그렇듯 당하기 전에는 모르는 필살의 공격을 아키라가 피했다.

경악한 아키라에게 네 번째 팔에 의한 찌르기가 날아든다. 아키라는 머리 중심을 노리는 손을 일부러 피하지 않고, 그 입체영상이 머리를 관통한 뒤에 이어지는 광학미채 손을 피했다.

이번엔 필살의 시간차 공격. 입체영상에 반응하면 이어지는 광학미채 손을 피하기 어려워지는 공격이었다.

당하기 전에는 모르는 필살의 2연타. 그것을 전부 처음 보고 간파했다는 사실에 경악한 토르파에게, 아키라 역시 놀란 얼굴로 발차기를 날린다. 아무리 놀라더라도 아키라는 움직임을 멈추지 않는다. 알파가 강화복을 조작하고 즉각 반응하는 형태로 행동에 나선다. 몸을 뒤로 젖혀서 두 번째 공격을 피하며 발생한 힘을 이용해 토르파의 머리를 걷어찼다.

토르파는 두 팔로 그 발차기를 막았지만, 그 충격으로 통로 천장에 세게 부딪쳤다. 그 몸이 천장에 부딪힌 반동으로 자유낙하보다 더 빨리 바닥에 다시 부딪히기 전에, 아키라는 그 몸이 아직 천장에 있는 동안 두 손에 든 총을 토르파에게 겨누려고 한다.

하지만 그보다 먼저, 이번에는 사잘트가 거리를 좁힌다. 그리고 두 손에 쥔 나이프를 아키라에게 힘차게 휘둘렀다.

빛의 칼날이 날아온다. 반사적으로 그렇게 판단한 아키라는 토르파에게 총을 쏘지 않고, 온 힘을 다해 회피 동작을 취했다.

그러나 빛을 발하는 나이프는 허공만 가를 뿐, 절삭력을 지닌 파동은 날리지 않았다. 그리고 회피 동작을 취한 아키라의 허를 찌르고, 사잘트가 아키라의 뒤로 돌아갔다. 나아가 토르파가 바닥에 충돌하듯 착지한 후, 즉시 아키라에게 달려든다.

(포위당했어!)

아키라가 두 손의 총을 각각 겨누고 쏘아댄다. 둘 다 유효 사거리에 있다. 맞히면 죽일 수 있다. 그리고 이 거리, 이 타이밍이라면 피할 수 없다. 그렇게 확신한 사격이었다.

아키라의 확신은 옳았다. 하지만 그 결과는 뒤집혔다.

토르파가 아키라의 총구를 향해 손바닥을 고속으로 내밀었다. 사잘트는 나이프를 넓은 면으로 휘둘렀다. 이로써 총구 앞의 공기가 일시적으로 압축되었다.

확장입자의 농도가 높아져 고속 필터가 발생하는 임계치가 낮아진다. 총의 사거리가 더욱 짧아지고 총탄이 공중에서 급정지한다.

『뭐?!』

사격을 무력화당해 놀란 아키라를 토르파의 주먹과 사잘트의 나이프가 덮쳐든다. 아키라는 이를 피하면서 발차기를 날린다. 토르파와 사잘트가 그 발차기를 피하면서 반격한다. 그리고 아키라가 다시 반격한다.

그대로 격렬한 공방전이 계속된다. 이미 모두가 발판을 바닥에 한정하지 않는다. 벽이나 천장은 물론 공중까지 발판으로 삼아 중력의 방향조차 무시한 채 빠른 공방전을 펼친다.

너무 격렬한 공방전에 아키라는 체감상으로는 차량 밖에서 싸웠던 하얀 기체나 거대 몬스터보다 토르파 일행이 더 강하다고 느꼈다.

『젠장! 강하잖아, 이 녀석들! 게다가 고속 필터라는 것을 사용한 전투에 익숙해!』

아키라는 사격을 피하는 것도 아니고, 포스 필드 아머로 막는 것도 아니고, 사거리를 줄여서 무력화하는 방식에 놀라움을 감추지 못했다.

(안 좋아. 이길 수 있을까?)

적의 강함과 더불어 차량 밖에서 벌어진 전투로 지친 아키라의 마음은 조금 위축되었다. 그때 알파가 말한다.

『아키라. 불평하지 말고 힘내. 고속 필터가 성가신 건 사실이지만, 우리한테도 유리한 점이 딱 하나 있어.』

『뭔데?』

『그들이 표적이 히카루라고 해도, 살해가 아니라 구속이나 납치일 가능성이 커졌어. 덕분에 우리도 조금은 시간을 들여서 싸울 수 있어.』

『그런 걸 어떻게 알아?』

『고속 필터는 실수로 표적을 죽이는 것을 막으려고 사용하기도 해. 총을 쓰면 오발이나 도탄으로 죽을 위험이 커지잖아? 그래서 중요한 인물을 생포할 경우, 표적을 실수로 죽이지 않으려고 백병전에 능한 자에게 고속 필터를 사용하게 하는 경우가 있어.』

『그렇구나! 그런 녀석들이 왜 히카루를 노리는 거지?』

알파의 서포트를 받는 자신이 이토록 고전하는 것을 보면 아키라 역시 상대가 고도로 훈련받은 사람임을 쉽게 상상할 수 있다. 그러나 히카루가 왜 이토록 강한 자들에게 습격받는지는 전혀 알 수 없었다.

『그건 나도 모르겠어. 나중에 히카루 본인에게 물어보자.』

『그래야겠네……!』

그러려면 먼저 지금 싸우고 있는 두 사람을 쓰러뜨려야 한다.

그것을 당연한 것처럼 말하는 알파의 태도에, 이기는 것을 당연하게 여기는 알파에게, 아키라는 상대가 너무 강해서 생긴 작은 불안을 떨쳐내고 기운을 냈다. 힘차게 웃는다.

물론 기운을 낸다고 이길 수 있는 것도 아니다. 아키라의 고전은 계속된다.

토르파가 네 개의 팔로 연타를 날린다. 눈에 보이는 팔과 실제 팔의 개수는 같지만, 거기에는 허와 실이 뒤섞여 있다.

눈에 보이는 진짜 팔. 보이긴 하지만 진짜가 아닌 입체영상 팔. 보이지 않지만 진짜인 광학미채로 위장한 팔. 그것들로 빠르게 펼치는 공격을, 아키라는 그 허와 실을 모두 파악해 대처해야 한다. 확장감각을 이용해 직접 식별하고, 알파의 서포트를 받으며 판단하고 회피한다.

사잘트가 두 손에 쥔 나이프를 휘두른다. 남은 에너지 때문에 빛의 칼날은 날리지 못하지만, 나이프 자체의 예리함은 구세계산 수준이다. 아키라의 총이나 강화복 등을 쉽게 베어버린다.

나이프를 휘두르는 팔은 일반적인 인간의 가동 범위를 완전히 벗어난 움직임을 보인다. 관절이 반대 방향으로 구부러지는 정도가 아니다. 팔 전체가 연체동물처럼 휜다.

그 유연성을 활용한 복잡하고 정밀한 움직임으로 나이프를 휘두르며 아키라를 몰아붙인다. 빛을 발하는 칼날이 궤도를 그리며 아키라를 추적한다.

그것을 아키라가 필사적으로 피한다. 자기 몸도, 두 손에 든 총도, 등에 있는 총도 베일 수는 없다. 알파가 강화복을 조작해서 실행하는 달인의 움직임에 자신의 움직임을 포개서 아슬아슬하게 피하는 것을 반복한다. 자기 실력만으로는 이미 죽었을 것을 자각하면서도 사격 반동까지 이용한 불가사의한 움직임으로 자신을 집요하게 쫓아오는 칼날을 계속 피한다.

한 번 늦으면 죽는다. 한 번 틀리면 죽는다. 최선의 수 말고는 모두 치명적인 악수. 아키라는 알파의 서포트를 받아 연속으로 한 치의 오차도 없이, 실수 없이, 온 힘을 다한다. 그렇게 해도 아키라는 두 사람과 호각으로 싸우는 것이 한계였다.

그리고 토르파, 사잘트 역시 아키라와 호각으로 싸우는 것이 한계였다. 확장입자를 뿌린 자신들에게 유리한 상황에서 2 대 1로 싸워도 호각이 한계다. 그런 아키라의 실력을 느끼고 표정이 딱딱해진다.

(강해! 이 실력은 평범한 헌터가 아니군?! 표적의 경호원인가? 사태를 수습하려고 차량 밖에서 싸우다가, 다시 돌아온 건가!)

(이 녀석을 엘데 대장에게 보낼 수는 없다! 반드시 막는다! 목숨을 바쳐서라도 지시를 이행한다!)

모든 것의 가치는 상대적으로 정해진다. 자기 목숨도 예외는 아니다. 더 중요한 것을 위해 내던진다. 그 각오로 이 자리에 있는 두 사람은 아키라와 마찬가지로 눈앞의 강적에 굴하지 않고 온 힘을 다하고 있었다.

순식간에 수십 번의 죽음을 넘나드는 공방전. 그 한순간을 무수히 집약해 농밀해진 시간을, 아키라와 토르파 일행은 사력을 다해 내달린다. 그리고 결국 마침내 다음 수를 잘못 둔 사람이 나왔다.

너무 격렬한 전투의 여파로 통로는 심하게 훼손되어 있다. 일반적인 건물 안이라면 통로는 건물과 함께 주저앉았을 것이다. 튼튼한 도시 간 수송차량 통로이기에 상처투성이, 균열투성이라도 벽이나 바닥에 구멍이 뚫려 밖이 보이는 사태가 일어나지 않는다.

그래도 그 내구성에는 한계가 있다. 고속으로 움직이기 위해 세게 밟은 토르파의 발밑 바닥이 한계를 넘어서 갈라지고, 꺼졌다. 그것으로 인해 토르파가 약간 자세를 흐트러뜨린다.

보통은 그 정도의 흐트러짐이 승패를 정하진 않는다. 발을 잘못 디뎠지만, 다른 곳과의 차이는 최선이 아니라는 정도에 불과하다. 한순간에 자세를 바로잡고 전투를 속행하면 된다.

하지만 지금은 틀렸다. 최선의 수 외에는 모두 치명적인 악수다. 토르파는 선택을 잘못했다.

알파는 아키라의 정보수집기를 통해 바닥 상태를 정확히 파악하고 있었다. 그리고 토르파가 아직 자세를 흐트러뜨리지 않았을 때, 다음 한 발짝으로 자세가 조금이라도 흐트러질 것을 예지에 가까운 정확도로 예측했다. 그리고 그 한순간의 빈틈을 노린 움직임을 아키라에게 취하게 했다.

상대가 자세를 흐트러뜨리지 않으면 아키라에게 악수가 되는 일격. 그것이 토르파의 배를 찌르는 통렬하고도 절묘한 발차기가 된다. 토르파는 몸이 기역자로 구부러질 만큼 자세가 무너졌다.

물론 그 발길질에 따른 부상 자체는 치명적이지 않았다. 토르파는 도시 간 수송차량을 습격할 정도의 인물이다. 그 정도로 죽을 만큼 약하지 않다.

하지만 승패를 정하는 일격이었다.

토르파가 아키라를 즉시 공격할 수 없을 정도로 체력이 떨어지면서 2 대 1 상황이 일시적으로, 한정적으로, 1 대 1로 바뀌었다. 2 대 1로 호각인 상황에서는 치명적이다.

아키라는 발차기의 반동까지 이용해 사잘트와의 거리를 좁혔다. 사잘트는 두 손에 쥔 나이프를 역대 최고의 정확도로 휘둘렀지만, 아키라는 이를 피했다. 그리고 두 손에 든 총의 총구를 상대의 머리와 배에 들이댄다.

다음 순간, 그 총구에서 발사된 엄청난 양의 총탄이 사잘트를 분쇄했다. 머리를 쏴서 즉사시킨다. 그 뒤에 머리 없는 시체가 움직이더라도 몸통을 부숴버리면 싸울 수 없다. 이 정도 상대라면 즉사가 즉각적인 무력화로 이어지지 않는다는 점을 고려해 확실하게 처리했다.

토르파가 그동안 자세를 가다듬는다. 하지만 이미 늦었다. 1 대 1로는 승산이 없다.

하다못해 같이 죽자. 토르파는 그 각오로 아키라를 향해 돌진한다. 몸에 숨긴 강화약, 부작용으로 반드시 죽는 극약을 주저하지 않고 사용해 인생의 마지막 싸움을 시작한다.

아키라 역시 상대가 같이 죽을 각오임을 눈치챘다. 1 대 1이라도 우세하다고 여기지 않고, 방심하지 않고 응전한다.

승패는 1초 만에 갈렸다. 엄밀히 따지면 1초가 걸리지 않았다. 그 짧은 시간이 10여 분으로 느껴질 정도로 죽음의 농도를 극한으로 끌어올린 한순간에, 아키라와 토르파는 초고속 전투를 펼쳤다.

그 호각의 공방전이 무너진 것은 어떻게 보면 경험의 차이다. 단순한 전투 경험만 놓고 보면 토르파가 아키라보다 몇 수 위였다. 하지만 죽을 고비에서 사력을 다한 경험은 아키라가 근소하게 앞섰다.

그리고 그 미세한 차이가 아키라에게 승리를 가져다준다.

토르파는 죽음의 공포를 강한 정신력으로 억제했지만, 부수적으로 생기는 고양감까지는 완전히 억제할 수 없었다. 그것이 토르파의 움직임을 아주 조금 흐트러뜨리고, 다음 동작을 반 템포 정도 늦춘다.

한편, 아키라는 기세를 올리면서도 과도한 흥분을 억제하고 침착함을 유지했다. 축적된 경험, 죽을 고비에 대한 익숙함이 이를 가능하게 했다. 그것이 아키라의 움직임을 반 템포 정도 빠르게 만들었다.

둘이 합쳐서 한 템포, 아키라가 토르파를 앞질렀다. 두 손에 든 총이 표적을 포착해 대량의 총탄을 박는다. 토르파는 지근거리에서 총탄을 뒤집어쓰고 온몸이 부서져 죽었다.

토르파 일당을 격파한 아키라는 안도의 한숨을 쉴 겨를이 없다. 즉시 다음 적에 대비한다. 체감시간 조작을 유지한 채 고속 공방전과 같은 속도로 강화복의 에너지 팩을 교체하고, 총의 탄창과 에너지 팩을 재장전하고, 회복약을 대량으로 복용한다. 그리고 두 손에 총을 들었다.

"좋아……!"

토르파 일당과의 전투로 장비도 몸도 많이 소모했다. 이대로 가면 다음엔 죽는다. 큰 빈틈을 드러내서라도 탄창 등을 교체하고 회복약을 복용해야 했다.

지금 습격받으면 죽었다. 위험했다. 그렇게 생각하고 안도하면서 아키라는 한 번 심호흡했다.

『이제 가자. 알파. 늦지 않았을까?』

『직접 확인하는 게 빠를 거야.』

『그렇겠지.』

아키라는 28호실을 향해 달려가기 시작했다. 히카루가 살아있다면 구하기 위해서. 죽었다면 원수 정도는 갚기 위해서.

제209화 초인(超人)

28호실 안을 한 바퀴 둘러본 엘데가 인상을 쓰고 끙끙거린다.

"이럴 수가?! 왜 찾을 수 없지?"

도시 간부 등이 사용하는 넓은 방이긴 하지만, 저택처럼 넓거나 숨겨진 방이 있는 것도 아니다. 모든 방을 다 뒤져도 금방 끝날 것이다. 그렇게 낙관했던 엘데는 모든 방을 다 뒤져도 히카루를 찾을 수 없다는 사실에 조바심을 느꼈다.

일반적인 환경이라면 고성능 정보수집기를 사용하면 상대가 벽 속에 파묻혔더라도 발견할 수 있다. 하지만 지금은 실내에 가득한 확장입자 때문에 어렵다. 게다가 초인인 엘데는 색적도 자기 감각으로 하는 것을 선호하기 때문에 고성능 정보수집기를 가지고 있지 않았다.

(진정해. 내가 뭘 놓쳤지? 이 방의 출입구는 하나뿐이다. 밖에는 토르파와 사잘트가 있다. 몰래 탈출하는 것은 불가능해. 절대로 방 안에 있다. 아마도 나는 뭔가 간단한 것을 놓친 거겠지. 그게 뭐지……?)

엘데는 침착함을 유지하기 위해 스스로에게 그렇게 말하면서 실내를 다시 한번 둘러보았다. 그러자 처음 살펴본 금고실이 눈에 들어왔다.

(설마…….)

엘데는 금고실로 가서, 비틀린 문에 손을 뻗었다. 그리고 변형되어 걸린 탓에 반쯤 닫혀 있던 문을 다시 열어 본다.

금고실 안에 숨어 있던 히카루와 엘데의 눈이 마주쳤다.

엘데가 28호실의 문을 부수려고 할 때, 히카루도 한때는 비상대피실을 겸한 금고실에 틀어박힐지를 생각했다.

그러나 28호실의 문을 부술 수 있는 자라면 이 금고실 문도 오래 버틸 수 없다고 판단했다. 그래서 히카루는 가장 안전한 금고실에 굳이 숨지 않고, 대신 시간을 벌기 위한 미끼로 사용하기로 했다.

먼저 금고실 문에 치마를 끼우고 거기 숨은 것처럼 위장한다. 다음으로 방 안쪽의 침실 문에 상의를 끼우고 금고실 근처에 있는 사물함 안에 숨죽여 숨어들었다.

그 후 1분도 지나지 않아 엘데가 방문을 부수고 들어왔다. 그리고 금고실 문에 끼인 치마를 발견하고는 문을 뜯어내기 시작했다.

히카루는 사물함 안에서 그 모습을 지켜보고 있었다. 일단은 성공했다고 생각하면서 긴장감에 떨리는 몸을 억누르며 가만히 있었다.

엘데가 금고실 문을 열었지만, 히카루는 그곳에 없었다. 인상을 쓰고 방을 둘러보다가 침실 문에 끼어 있는 상의를 발견하고, 다음으로 침실을 살피러 갔다.

그것을 본 히카루는 마음을 굳게 먹고 사물함에서 나왔다. 그리고 천천히 금고실에 들어가 몸을 숨겼다.

운이 좋았지만, 히카루의 작전은 잘 풀렸다.

우선 엘데는 히카루가 금고실에 있다고 생각한 나머지 주변을 잘 살피지 않았다. 그래서 근처에 숨은 히카루를 발견하지 못했다.

그다음에는 침실을 조사하게끔 유도된다. 침실에는 침대, 옷장 등 조사할 곳이 많아 전부 조사하는 데 시간이 걸린다. 그사이 히카루는 금고실로 이동했다.

그때 히카루가 천천히 움직여 숨은 것도 엘데가 히카루를 눈치채지 못한 이유 중 하나다.

실내에 충만한 확장입자는 정보수집기의 정확도를 떨어뜨리지만, 고속 필터 효과를 발생시키기도 하므로 움직이는 물체에 대한 탐지력은 크게 떨어지지 않는다. 엘데가 확장입자의 영향으로 아키라의 기척을 알아차린 것도 아키라가 매우 빠른 속도로 움직이고 있었기 때문이다.

만약 히카루가 겁에 질려 금고로 달려갔다면 엘데는 그 기척을 확실히 감지했을 것이다.

히카루는 최선을 다했다. 사물함 안에 숨은 것을 쉽게 들킬 수도 있었다. 도박이었다.

그런데도 히카루는 그 도박에 성공했고, 엘데가 시간을 허비하게 했다. 한 번 확인한 장소, 가장 먼저 확인한 곳에 히카루가 숨어 있다는 사실도 모른 채, 엘데는 방 안을 샅샅이 뒤져야 했다.

하지만 마침내 발견당했다. 옷을 미끼로 쓴 탓에 속옷 차림인 히카루가 엘데에게 농담을 섞어서 딱딱한 미소를 짓는다.

"닫아줄래요? 속옷 차림의 여자가 있는 방을 함부로 여는 건 실례 아닐까요?"

"실례했다고 말하고 싶지만, 이쪽도 서둘러야 해서 말이지."

엘데가 히카루의 팔을 잡는다.

"같이 가자. 저항은 권하지 않겠다. 그랬다간 네 목부터 위를 생명유지장치에 연결해서 운반할 테니까."

히카루는 생각에 잠긴 듯 일부러 큰 한숨을 쉬었다.

"알았어. 하지만 한 가지만 알려줘. 도시 간 수송차량을 습격할 정도잖아. 당신들은 건국주의자지? 그런 사람들이 왜 나를 노리는 거야?"

"능청을 떠는 건가? 아니면 자신의 가치를 낮게 생각해서 하는 말인가?"

"내 가치를 낮게 여길 마음은 없어. 어리다고 무시당할 때는 있지만, 그런 소리를 실력으로 이겨내고 지금의 위치에 있는 거니까. 하지만 이렇게 할 정도의 지위는 아닌걸?"

"그 부분은 서로 인식이 다른 거겠지. 넌 자신의 지위에 만족할지도 모르지만, 그래도 우리에게는 중요하다."

"그렇다고 해서……."

두 사람의 대화는 크게 어긋나고 있었다. 히카루는 알면서도 굳이 오해를 풀지 않고 대화를 계속하려 했다. 그것은 시간을 벌기 위해서, 상대에게 정보를 끌어내기 위해서, 상대가 생각하는 자신의 가치를 떨어뜨리지 않기 위해서였다.

이유는 모르겠지만, 아마도 상대는 어떤 오해로 인해 이렇게까지 할 정도로 자신의 신병을 원하는 것이다. 즉, 이 자리에서 죽일 가능성은 작다. 그런 상황에서 정중하게 설명하고 오해를 풀게 했다간 쓸모없어진 자신을 죽일 수도 있다. 히카루는 그렇게 생각하고 어쨌든 이야기를 질질 끌려고 했다.

하지만 엘데는 시간 끌기라고 판단하고 이야기를 끊었다. 그리고 히카루의 팔을 잡아당겨 금고실에서 끌어냈다.

"자세한 이야기는 나중에 해라. 가자."

여기까지인가. 아키라는 결국 시간을 맞추지 못한 걸까. 히카루는 무심코 그렇게 생각하며 표정을 굳혔다.

그때였다. 엘데가 갑자기 방 출입구로 얼굴을 돌렸다. 그 직후, 아키라가 방에 뛰어들었다.

엘데는 방에서 히카루를 찾고 있을 때부터 통로에서 벌어지고 있는 격전의 기척을 감지하고 있었다. 그러나 가세하지 않았다. 시간을 끌기 위해 맞서 싸우라고 명령한 것은 엘데 자신이었고, 무엇보다도 토르파와 사잘트를 신뢰했기 때문이다. 고전하는 것 같지만, 두 사람이 승리할 것이라고 여겼다.

마침내 격전의 기척이 사라진다. 때마침 히카루를 발견했을 때였다.

무척이나 애를 먹은 것 같은데, 드디어 이겼나 보다. 두 사람이 시간을 끌어 준 덕분에 목표물도 발견할 수 있었다. 이제 합류해서 탈출하는 일만 남았다. 엘데는 그렇게 생각했지만, 예상치 못

한 일이 벌어졌다. 통로의 기척이 빠른 속도로 이쪽으로 다가오는 것이다. 그것은 두 사람이 취할 행동이 아니었다.

설마. 그렇게 생각하며 무심코 방 출입구로 시선을 돌린다. 설마 하는 돌발 상황이 발생했다는 예상대로, 그리고 기척의 주인이 두 사람이 아니라는 예상대로, 나타난 것은 아키라였다.

보통 사람인 히카루는 아키라가 왔다는 사실조차 아직 깨닫지 못했다. 하지만 체감시간 조작 등이 당연히 가능한 엘데에게는 아키라가 자신들에게 총을 겨누려는 움직임이 선명하게 보였다. 극도의 집중에 의한 정지된 세계 속에서 엘데는 생각한다.

(이봐, 이대로 쏘면 이 여자도 휘말릴 텐데? 이 녀석, 못 알아보는 건가? 아니, 이 녀석은 알고 있어. 보면 알 수 있다. 그렇다면 내 회피 행동을 유도하기 위한 허세인가? 내가 반사적으로 도망쳐서 떨어지는 것을 노리는 건가? 쏠 마음은 없나?)

그렇듯 언어로 표현하면 길어질 것 같은 한순간의 생각을 거쳐 엘데가 결론을 내린다.

(아니다! 이 녀석은 쏜다!)

그리고 돌려차기를 날렸다. 발차기는 앞쪽의 공간을 가리기만 하고 아키라에게는 닿지 않았다. 하지만 발차기에서 충격파가 퍼진다. 아키라는 마치 눈에 보이지 않는 발차기에 얻어맞은 것처럼 날아가 버렸다.

그 틈에 엘데는 히카루를 금고실 안에 밀어 넣고 문을 힘껏 닫았다. 비틀려서 닫히지 않는 문을 억지로 닫은 탓에 문이 걸려서 움직이지 않는다. 보통 사람의 신체 능력으로는 더 이상 열 수 없다.

히카루는 금고실 안에 갇혀버렸다.

28호실로 뛰어든 아키라는 즉시 엘데에게 총을 겨눴다. 그곳에 히카루도 있다는 사실을 알았지만, 주저하진 않았다.

그러나 그때 발차기의 충격파를 받고 날아가 버린다. 두꺼운 철 골이 부러지는 것을 넘어서 절단되는 위력이 실린 충격이 점이 아 닌 굵은 선으로 날아들었다. 그 충돌로 함몰한 방 벽에 긴 선이 새 겨진다.

하지만 아키라는 거의 무사하다. 엘데가 발차기 예비 동작을 보 인 순간, 알파는 강화복의 포스 필드 아머 출력을 순간적으로 높 여 충격에 대비하고, 아키라에게 회피 동작을 취하게 했다.

그래도 완전히 피하긴 불가능했다. 방 벽까지 날아가 버렸다. 하지만 벽에 부딪히지 않고 두 발로 벽에 착지하여 자세가 흐트러 지는 것을 최대한 억제했다. 두 손에 든 총도 떨어뜨리지 않고 그 대로 바닥으로 내려간다.

『알파. 일단 물어보겠는데, 방금 저 녀석에게 차인 거 맞지?』

『맞아. 확장입자의 특성을 이용한 특수한 발차기로 충격을 전파 시킨 거야.』

『뭐든지 가능하네……』

총탄은 불과 몇 미터에서 떨어지는데, 발차기는 그 사거리 밖에 서 날아온다. 불가사의한 그 상황에 아키라는 무심코 얼굴을 찡그 렸다.

그대로 아키라와 엘데가 대치한다. 아키라가 바닥에 내려왔을 때, 마침 총을 내리는 자세를 했고, 엘데는 히카루를 금고실에 가둔 직후였다. 이러한 이유가 양측이 교전을 속행할 계기를 빼앗아 상대가 어떻게 움직일지 탐색하게 했다.

엘데가 아키라를 경멸하는 눈으로 본다.

"넌 저 여자를 구하러 온 게 아니라 죽이러 온 건가? 산 채로 적에게 빼앗길 바에는 시체가 되는 게 낫다는 뜻인가? 정말이지 기업답게 합리적인 판단이군."

아키라가 괴이쩍은 표정을 짓는다. 비꼬는 말을 들었는데, 그것이 이상한 오해로 말미암은 것임을 어렴풋이 짐작할 수 있었다.

"일단 히카루를 죽이지 않으려고 총을 쏘려고 했어. 팔이나 다리가 잘릴 수는 있었겠지만, 회복약도 있으니까 죽지는 않아. 게다가 무사히 구출할 상황도 아닌 것 같았으니까."

"흠. 최악의 경우 죽어도 된다고 말하는 것처럼 들리는데?"

그 대답에 알파가 끼어든다.

『그야 히카루를 구하려다가 아키라가 죽으면 안 되니까. 틀린 말은 아니네.』

『아니, 그건, 그렇긴 하지만…….』

아키라도 히카루를 구하기 위해 최선을 다할 생각이다. 하지만 그 최선에는 자신의 목숨을 바치는 것이 포함되지 않았다.

히카루는 아키라와 엘데의 흉흉한 대화를 금고실 안에서 듣고 있었다. 아키라가 구해주러 온 것은 기쁘지만, 재생 치료가 필요할 정도로 다치긴 싫고, 실수로 죽고 싶지도 않다. 제발 봐달라는 생각에 얼굴 근육을 떨고 있었다.

다음에는 아키라가 질문한다.

"왜 이렇게까지 해서 히카루를 노리는 거야? 차량 밖에서 일어난 소동도 이걸 위한 양동이지? 그렇게까지 할 일인가?"

"사카시타 중공을 적으로 만든 것이 어리석다고 말하는 건가? 너희는 여전히 오만하군."

사카시타 중공의 경제권에서 운행 중인 도시 간 수송차량을 습격한 것이다. 사카시타 중공을 적으로 만드는 행위는 맞다. 그것은 아키라도 알 수 있다. 하지만 뭔가 말이 잘 통하지 않는 것 같았다.

엘데는 아키라의 반응에서 상대가 자신이 하는 말에 살짝 당황했음을 눈치챘다. 그리고 그 이유를 추측하더니 나름대로 결론을 내렸다.

"그렇군. 넌 경호원이 아니지? 그냥 헌터인가. 단순히 지시에 따라 구출하러 온 거군. 그냥 면식만 있는 사이인가."

"그렇긴 한데……."

히카루를 구하러 왔지만, 자신은 히카루의 경호원이 아니다. 아키라는 그렇게 생각하고 괴이쩍은 표정을 지으면서도 엘데가 한 말을 긍정했다.

이로써 엘데는 자신의 추측이 옳았음을 확신했다.

"토르파와 사잘트를 해치울 정도의 실력자니까. 그 여자의 경호원이고, 차량 밖 상황을 수습하려고 따로 행동한 줄 알았는데, 아니었나 보군. 아무것도 모르는 상태로 파견됐을 뿐인가? 좋아. 알려주마."

"뭘?"

"저 여자는 사카시타 중공 소속의 구영역 접속자다."

"뭐……?"

너무 뜬금없는 소리를 들은 아키라는 그 심정을 쉽게 알려주는 소리를 짧게 냈다. 이어서 히카루가 깜짝 놀라 외치는 소리가 들려왔다.

"그럴 리가 없잖아?!"

어설프게 오해를 풀었다간 오히려 위험해진다. 그렇게 생각했던 히카루는 무심코 소리를 질렀다. 그만큼 놀랐다.

『알파. 어떻게 생각해? 진짜인 것 같아?』

『사실 여부를 떠나서, 이 인간은 거짓말하지 않았어. 히카루가 사카시타 중공 소속의 구영역 접속자라고 판단할 만한 근거가 있는 거겠지.』

『하긴, 그렇지 않다면 이렇게까지 하진 않겠지.』

아키라가 머뭇거리면서도 일단 다시 묻는다.

"본인은 아니라고 하는데?"

"맞다고 하면 넌 돌아가겠지. 네가 받은 임무는 도시 간 수송차량 호위이지 사카시타 중공 소속의 구영역 접속자 경호가 아냐. 목숨을 걸고 구할 의무는 없다."

틀린 말은 아니다. 아키라에게 히카루를 구할 의무는 없다. 엘데가 말을 잇는다.

"이쪽에서도 제안하지. 물러나라. 물러나 주기만 한다면 너와 적대할 생각은 없다. 너라면 내 실력 정도는 알 테니까."

공방은 한순간에 이루어졌다. 그래도 상대가 엄청난 강적이라는 사실은 아키라도 쉽게 이해할 수 있었다. 엘데가 계속해서 말했다.

"헌터답게 합리적으로 생각해. 사카시타 중공의 중요 인물 탈취. 나는 그 임무를 맡을 만한 실력이 있다. 죽는 한이 있더라도 그것을 성취할 각오도 있다. 네가 얼마를 받고 고용됐는지는 모르겠지만, 그런 나와 싸우는 것은 절대로 손해 보는 일인데?"

그 말을 들은 히카루가 허둥댄다.

헌터 활동에는 죽음이 따르기 마련이다. 자신의 목숨을 돈으로 바꾸는 일이기도 하다. 그렇기에 그만한 가치가 있는 일인지 아닌지에 대한 판단은 무자비할 정도로 냉정하고 엄격하다. 고랭크 헌터일수록 그런 경향이 강하다. 가치에 맞지 않는 일, 죽을 확률이 높은 데다 보수까지 싼 일을 정 때문에 맡은 자를 살려서 돌려보낼 만큼 황야는 자비롭지 않기 때문이다.

그리고 아키라 역시 그런 고랭크 헌터다. 이 일을 감당할 수 없다고 판단하고 물러날지도 모른다. 그렇게 생각한 히카루가 소리쳐 부탁한다.

"아키라! 잠깐만! 물러나지 마! 도와줘! 제발 부탁이야! 뭐든지 할게!"

아키라에게 버림받으면 건국주의자에게 납치될 것이다. 곱게 죽지 못하는 것은 확정이다. 그런 생각에 히카루는 필사적으로 애원하고 있었다.

아키라는 히카루를 버릴 생각이 전혀 없다. 그래도 일단 예상치 못한 강적과 싸우는 만큼, 자신이나 히카루, 혹은 둘 다의 불운에 대처한 만큼의 추가 보수를 요구한다.

"보수는 두둑하게 챙겨 달라고!"

"아, 알았어!"

이것으로 거래는 성립됐다. 아키라에게는 히카루를 구해야 할 의무가 생겼다. 아키라가 엘데를 향해 씩 웃는다.

"일단, 손해 보지 않는 보수가 됐는데?"

그 말을 엘데가 가볍게 흘린다.

"아니, 손해다. 그 잘못된 판단을 죽어서 후회해라."

그리고 이쯤에서 엘데는 아키라를 말로만 물러나게 하는 것을 포기했다.

엘데의 기척이 달라졌다. 아키라도 그것을 눈치챘다.

『아키라. 조심해. 상대는 초인이야.』

『초인인가……. 강해 보이네.』

초인. 아키라도 그 단어는 알고 있다. 초인 같다는 형용사가 무슨 장난처럼, 공상처럼, 경이롭게 강하다는 뜻이라는 것도 알고 있다.

하지만 그렇게 불리는 존재와 적대하긴 처음이다.

역시 이번 불운도 끝내주게 성가셨다. 아키라는 그렇게 생각하며 그 불운에 이기기 위해 다시 기운을 냈다.

엘데는 몹시 서두르고 있다. 비록 혼자지만, 차량 밖의 헌터가 여기까지 왔으니 다른 인원도 곧 올 것이다. 그 전에 히카루를 데리고 여기서 탈출해야 한다. 아키라와 여유롭게 이야기할 시간이 없다.

그런데도 엘데가 아키라와 대화한 것은, 이 급박한 상황에서 그 정도의 시간을 투자할 가치가 있다고 판단했기 때문이다.

토르파와 사잘트를 해치운 헌터. 약할 리가 없다. 방금 한순간의 공방에서도 알 수 있듯이 그 실력은 확실하다. 그래도 자신이라면 죽일 수 있다. 하지만 시간이 걸린다. 그래서 헌터의 합리성을 말해서 물러나라고 제안했다. 잘만 설득하면 죽이고 밀어붙이는 것보다 빨리 끝낼 수 있다. 그렇게 생각한 것이다.

결과적으로 아키라와의 대화에 들인 시간은 헛수고였다. 낭비한 시간은 목숨으로 보상하게 한다. 목숨을 걸고 최단 시간에 상대를 죽인다. 엘데는 그런 각오로 아키라에게 다가갔다.

아키라도 덩달아 발을 내디뎠다. 상대는 발차기로 충격파를 날리는데, 자신의 총은 고속 필터 효과로 사거리가 극도로 짧아졌다. 간격을 좁히지 않으면 정면에서 싸울 수조차 없다.

초인과 이에 버금가는 신체 능력을 부여하는 강화복 착용자가 동시에 온 힘을 다해 거리를 좁힌다. 실제 시간으로는 한순간, 체감시간을 조작하는 두 사람의 시간 감각으로도 얼마 되지 않는 시간에 쌍방의 거리가 좁아진다.

그 순간 아키라는 총을 쏘고, 엘데는 주먹을 날린다. 무수한 총탄과 폭발과도 같은 충격파가 실내에 흩뿌려졌다.

아키라와 엘데가 펼치는 격전의 여파로 흔들리는 금고실 안에서 히카루는 공포를 견디고 있었다.

튼튼한 금고실에 갇혀서 다행이라고 진심으로 생각하면서도 전혀 안심할 수 없었다. 문틈으로 실내를 살펴보는 것조차도 그 틈새로 들어오는 여파에 죽을 것 같아 문에 접근할 수 없었다. 좁은 금고실 안쪽에 몸을 숨기고, 살 수 있기를 빈다.

아키라와 엘데의 싸움이 본격적으로 시작된 지 아직 1분도 지나지 않았다. 하지만 실내는 이미 폐허가 되어 있었다.

집기류가 다 부서져서 무엇이 무엇이었는지 알 수 없을 정도다. 내벽도 거의 다 날아가 28호실은 넓은 공간으로 변해 있었다. 독립된 방으로 남은 것은 히카루가 있는 금고실뿐이다.

아키라의 정보수집기와는 이미 연동이 복구된 상태다. 확장입자로 인한 통신 장애는 지금도 계속되고 있지만, 그래도 이 짧은 거리라면 연결된다. 그것으로 실내의 상황은 어느 정도 파악할 수 있다.

그러나 아키라와 엘데의 전투 양상은 히카루가 알 수 없다. 정확히 말하면, 초인 및 그 존재와 대등하게 싸우는 헌터의 공방전은 보통 사람인 히카루에게 너무 빨라서 파악할 수 없다. 그저 좁고 견고한 실내에서 인형병기들끼리 요란하게 싸우는 듯 무수한 파괴가 끊임없이 계속되고 있다는 사실만 알 수 있다.

비록 금고실 문 너머이긴 해도 그것을 피부로 느낀 히카루는 고랭크 헌터를 제어한다는 것이 어떤 뜻인지, 그제야 그 진짜 의미를 이해했다.

(고, 고랭크 헌터 관리란 이런 녀석들이 난동을 부리지 못하도록 하는 거구나. 이러니까 키바야시가 막강한 권한을 가질 수밖에

없어.)

잘 활용하면 도시 경제에 큰 보탬이 되지만, 잘못하면 도시가 날아갈 수도 있는 초대형 폭발물. 그것을 제어할 수 있는 인간은 도시에서도 중용할 수밖에 없다. 인성에 다소 문제가 있더라도.

(못 해! 나는 못 해! 생각이 너무 짧았어!)

금고실 밖은 자신이 감당할 수 있는 상황이 아니다. 나는 이 폭발물을 다룰 수 없다. 그 폭발물을 기꺼이 다루는 키바야시는 제정신이 아니다. 그렇게 생각하고, 히카루는 이번 일이 무사히 끝나면 고랭크 헌터 관리에서 손을 떼기로 결심했다.

그리고 우선 무사히 돌아가기 위해 아키라의 승리를 기원했다.

엘데가 주먹을 날린다. 초인의 신체 능력으로 날린 주먹이 너무 빠른 속도로 고속 필터를 발생시켰다. 주먹 앞에 보이지 않는 견고한 벽이 갑자기 나타난 듯한 극심한 저항이 엘데의 주먹을 엄습한다.

총탄이라면 설령 그 보이지 않는 벽을 관통한다 해도 그것으로 운동 에너지를 다 써버리고 그대로 떨어질 뿐이다.

하지만 엘데의 주먹은 다르다. 손목이, 팔뚝이, 어깨가, 허리가, 다리가, 온몸의 힘으로 주먹을 밀어내 고속 필터 효과에 의한 저항의 벽을 뚫게 한다. 그것으로 말미암아 발생한 충격파를 두른 주먹이 확장입자를 포함한 공기를 뚫고 아키라에게 육박한다.

그것이 아키라를 아슬아슬하게 스쳤다. 완전히 간파해서 피한 것이 아니다. 온 힘을 다해 피하려고 했지만, 아슬아슬하게 스치도록 하는 것이 한계였다.

그래도 여파는 피할 수 없다. 자신의 바로 옆을 지나간 주먹이 발생시킨 충격파에 휩쓸린다. 주먹의 직격에 비하면 미풍에 불과하지만, 그래도 철골 정도는 부러지는 것을 넘어서 뜯어질 정도의 위력을 지녔다.

아키라는 강화복의 포스 필드 아머로 버텼다. 나아가 날아가지 않도록 죽을힘을 다하고, 엘데를 옆에서 총으로 쏜다.

앞에서 쏴도 소용없다. 아키라에게 빠르게 접근하는 엘데는 고속 이동으로 전방의 공기를 압축하고 있다. 이로써 고속 필터가 발생하는 임계치가 낮아져 아키라가 총을 쏴도 저항의 벽에 막힐 뿐이다.

즉, 지금의 아키라는 상대가 다가오는 한 반격밖에 할 수 없다. 엘데의 공격을 죽기 살기로 막은 후, 총탄이 닿는 아슬아슬한 위치와 각도에서 총을 쏘는 수밖에 없었다.

그리고 그만큼 해도 아키라는 엘데에게 큰 타격을 줄 수 없었다. 근본적인 실력 차이가 존재했다.

무수한 총탄이 엘데에게 직격한다. LEO 복합총이 손상을 입으면서도 심각하게 파손되지 않는 간당간당한 조정으로 에너지를 최대한 주입한 최대 위력의 C탄을 확장탄창이 허용하는 한도 내에서 최대한 많이 연사했다.

그런데도 엘데의 부상은 피부 아래의 살이 살짝 뜯긴 정도다. 전투에는 전혀 지장이 없다. 즉, 찰과상과 다를 바 없다.

그리고 그 찰과상도 복용한 회복약의 효과로 낫는다. 아키라가 총을 쏴서 거둔 눈에 띄는 성과는 이미 구멍투성이인 엘데의 방호복에 구멍을 늘린 정도에 불과하다.

이어서 엘데가 뒤돌려차기를 날린다. 맞으면 즉사가 확실한 그 일격을, 아키라는 총알처럼 빠른 속도로 도약해 피했다. 그대로 천장에 착지하고 두 손에 든 총을 엘데에게 겨눴다.

하지만 엘데는 발포보다 먼저 아키라를 향해 손바닥을 휘둘렀다. 손바닥 자체는 천장에 있는 아키라에게 닿지 않았다. 하지만 손바닥에서 전파된 충격은 문제없이 천장에 도달했다. 충격에 의해 천장이 거대한 손 모양으로 움푹 파였다.

아키라는 옆으로 몸을 날려 다시 한번 간신히 피했다. 충격파가 넓게 퍼져 위력이 떨어지긴 했지만, 맞으면 아키라의 몸은 천장에 박힐 것이다. 그렇게 옴짝달싹할 수 없는 순간에 엘데가 직접 추가 공격을 날리면 죽는다. 엘데의 공격이든, 충격파든, 아키라는 공격을 정면에서 맞으면 죽는다. 즉사냐 아니냐의 차이만 있다.

천장을 발판으로 삼아 옆으로 빠르게 날아간 아키라는 그 발판을 미끄러지면서 두 손의 총에서 손을 뗐다. 동시에 등 뒤의 AF 레이저건이 아키라 앞에 나타난다. 이미 에너지를 한계까지 채운 상태이다. 즉시 발사한다. 광선이 확장입자를 불태우며 돌진해 순식간에 엘데를 직격했다.

하지만 한 손에 막힌다. 손바닥이 탔지만, 그게 전부다. 아키라가 인상을 험하게 쓴다.

『정말 너무 강해. 저건 초인이라고 불릴 만하네.』

막히긴 했지만, 아키라 역시 전혀 효과가 없다고는 생각하지 않는다. 그래도 이제는 상대가 고통스러운 표정을 짓는 것 말고도 뭔가 눈에 보이는 성과가 있으면 좋겠다고 생각했다.

엘데는 이미 AF 레이저건을 세 번이나 맞았다. LEO 복합총의 C탄 연사도, AF 레이저건도 효과가 없다면 더는 손쓸 방법이 없다. 그 생각이 아키라를 초조하게 만들고, 알파에게 확인을 요청했다.

『알파! 효과가 있긴 한 거야?!』

『물론이야, C탄도 레이저도 상대의 생명을 확실히 깎고 있어. 칭얼대지 말고 힘내.』

『알았다고!』

아키라는 AF 레이저건을 등 뒤로 돌려놓으면서 손을 떼고 공중에 떠 있는 LEO 복합총을 다시 잡는다. AF 레이저건은 연사할 수 없다. 다시 쏠 수 있게 될 때까지는 LEO 복합총의 C탄 연사로 버텨야 한다.

효과는 있다. 알파에게 물어보고 확인했다. 헛수고는 하지 않았다. 아키라는 그 생각으로 불안과 초조함을 떨쳐버리고, 의욕을 잃지 않고 전투를 속행한다. 자신의 사격에 대응하고, 고속 필터를 이용한 방어를 겸해 돌진할 엘데를 지금까지 그랬던 것처럼 온 힘을 다해 맞받아치려 한다.

하지만 그때, 엘데는 아키라를 향해 돌진하기 전에 한 수를 더 추가한다. 그 자리에서 손날을 휘둘러 전방의 공간을 벤다. 절삭력을 띤 충격파가 확장입자를 통해 전파되어 보이지 않는 베기가 되어 아키라를 엄습한다.

그 칼날은 눈으로 볼 수 없다. 정보수집기에 의한 확장감각으로도 포착할 수 없다. 하지만 아키라의 확장시야에는 알파의 분석으로 드러난 충격파가 선명하게 투영되어 있었다.

아키라는 그것을 간신히 피했다. 하지만 무리하게 피한 탓에 자세가 흐트러졌다. 물론 그것도 잠시였다. 공중도 발판으로 삼을 수 있는 아키라라면 즉시 자세를 바로잡을 수 있다.

하지만 초인적인 신체 능력으로 간격을 좁히는 엘데 앞에서는 그 순간이 너무 길었다. 아키라가 자세를 바로잡았을 때, 엘데는 이미 아키라 앞에서 주먹을 바짝 당기고 있었다.

피할 수 없다. 그렇게 판단한 아키라는 총을 엘데의 주먹에 겨눴다. 피할 수 없는 상황에서 최선의 수는 아니다. 하지만 아키라는 즉시 차선책을 선택했다.

확장탄창의 잔탄을 모두 뱉어내듯 총구에서 엄청난 양의 총탄이 쏟아져 나온다. 그 C탄에는 장착된 대용량 에너지 팩의 에너지가 최대한 주입되었다. 그것은 총의 내구성을 완전히 무시해서 망가지는 것을 대가로 한 사격이며, 사용자의 안전조차도 무시하고 위력을 높인 것이었다.

아키라는 쿠즈스하라 시가지 유적지 전투에서도 비슷한 일을 했지만, 위력은 그때와는 비교가 되지 않았다. 당시에는 일반 LEO 복합총이었지만, 지금은 고성능 확장부품을 장착해 기본 성능을 대폭 끌어올렸다. 게다가 이번에는 알파의 서포트가 있다. 총의 제어장치까지 개조해 한계까지 위력을 키웠다.

하지만 그렇게 했는데도 엘데의 주먹은 막을 수 없었다. 어지간한 몬스터 따위는 한 방에 날려버릴 위력을 띤 총탄을 탄막 단위로 맞으면서도 모두 튕겨내면서 앞으로 나아간다. 망가진 총을 여파만으로 분쇄한 주먹이 아키라를 향해 날아왔다.

아키라는 크게 날아가 버린다. 그리고 방바닥에 착지했다. 아키라의 표정에는 죽을 뻔했다는 심정이 짙게 드러나 있었다.

LEO 복합총의 연발 사격은 엘데의 주먹을 막지는 못했지만, 위력을 줄이는 데는 성공했다. 그리고 아키라는 부서진 총에서 손을 떼고 강화복의 포스 필드 아머 출력을 주먹이 닿는 곳에 집중시켜 방어 태세를 취했다. 덕분에 아키라는 가루가 되지 않고 전투를 속행할 수 있을 정도의 부상으로 그쳤다.

주먹을 직접 맞은 팔은 강화복과 함께 부러졌지만, 떨어져 나가지는 않았다. 총도 한 자루만 부서졌을 뿐. LEO 복합총은 아직 1정 남았고, AF 레이저건도 있다. 아키라는 아직 싸울 수 있다. 그 의지가 꺾이지 않는 한.

그리고 아키라는 이 정도에서 꺾일 만큼의 연약한 의지 따위는 없다. 엘데를 경계하면서 부러진 팔을 다른 팔로 억지로 다시 붙인다.

『정말이지, 뭐가 이렇게 세. 알파. 빈틈을 노려서 히카루와 함께 탈출한다든가, 어떻게든 할 수 있지 않겠어?』

『무리야.』

『그렇겠지!』

아키라가 생각해도 상대가 그것을 용인할 것 같지는 않다. 밑져야 본전으로 말한 것이 안 됐을 뿐이다. 엘데와 거리를 둔 채 대치를 계속한다.

엘데가 어째서 더 공격하지 않는지 아키라는 알 수 없다. 하지만 방금 공격에서 완전히 회복하지 못한 지금 상태에서는 잘된 일이다. 아키라는 온 힘을 다해 경계하며 미리 복용한 회복약의 효과가 온몸에 퍼지기를 기다렸다.

제210화 이름을 대는 이유

아키라의 총을 파괴한 엘데는 더 공격하지 않고 제자리에 서 있었다. 아키라를 바라보며 딱딱한 표정을 짓는다.

(이러고도 총 한 자루만 파괴할 줄이야……. 잘못 계산했군.)

동부의 실력자들은 기본적으로 상대의 역량을 파악하는 능력이 뛰어나다. 그 기술이 미숙하면 아무리 강한 자라도 이길 수 있는 적을 잘못 판단해 죽기 때문이다.

엘데도 그 역량이 뛰어났다. 그리고 아키라의 실력을 정확히 간파하고, 엄밀히 말하면 약간 과대평가한 뒤, 그래도 문제없이 이길 수 있다고 판단했다.

하지만 잘못했다. 아키라 자신의 실력은 파악했지만, 알파의 서포트를 받은 실력까지 정확하게 파악하는 것은 제아무리 엘데라도 불가능했다.

(그 짧은 시간에 토르파와 사잘트를 해치웠다. 약할 리가 없다고 생각하긴 했는데, 내가 교만했나 보군……. 미안하다. 내가 너희의 실력을 과소평가한 것 같다.)

토르파와 사잘트는 단시간에 쓰러진 것이 아니라, 이 정도 실력자를 상대로 그토록 많은 시간을 벌었다. 그렇게 판단했어야 했다. 엘데는 자신의 실수를 부끄러워하며 두 사람에게 사과했다.

(헛된 죽음으로 만들 수는 없지. 나도 각오를 단단히 해야겠군.)

대의(大義)를 위해 엘데는 자기 자신의 죽음을 용인한다. 동료들도 같은 생각을 하고 있고, 실제로 그것은 옳은 생각이다.

하지만 죽어도 괜찮다고 생각하는 것과 헛된 죽음을 용인하는 것은 전혀 다른 문제다.

필요하다면 죽는다. 하지만 그 필요성을 잘못 판단해서는 안 된다. 엘데는 그렇게 마음먹고 있었다. 그리고 지금, 자신이 그것을 잘못 판단했음을 인정하고 새로운 각오를 다졌다.

엘데의 분위기가 바뀐다. 주변 공기가 떨리고 일그러지는 느낌. 혹은 그것이 착각이라고 해도, 마치 인형병기가 제네레이터의 내구성과 마모를 무시하고 출력을 몇 단계 끌어올린 것처럼 느껴지는 무언가가 있었다.

엘데는 생체 포스 필드 아머를 사용할 수 있다. 생물이 사용할 수 있는 포스 필드 아머와 같은 그것은 초인이 물리 법칙을 초월한 듯한 신체 능력을 발휘하는 이유 중 하나이며, 구영역 접속자처럼 구세계 인류가 당연하게 사용하던 인체 개조 기술이 모종의 이유로 발현한 것이라고도 한다.

생전에는 다른 생물로 생각될 정도로 뛰어난 신체 능력을 가진 초인이라 할지라도 시체의 강도는 기본적으로 일반인과 다르지 않다. 그것은 사망으로 인해 신체의 생체 포스 필드 아머 출력이 일반인과 비슷한 수준까지 떨어지기 때문이다. 그런 고찰이 있을 정도로 생체 포스 필드 아머의 출력은 중요하다.

포스 필드 아머의 출력을 높이려면 당연히 그만큼 많은 에너지가 필요하다.

아키라의 강화복 포스 필드 아머의 에너지 원천은 착용하고 있는 에너지 팩이다. 에너지를 다 쓰면 작동하지 않는다.

그리고 엘데의 생체 포스 필드 아머의 에너지 원천은 엘데 자신의 몸이다. 에너지를 다 쓰면 죽는다.

이미 엘데는 그 에너지를 대량으로 소모하고 있다. 다른 헌터들이 이곳에 도착하기 전에 아키라를 빨리 해치우고, 히카루를 데리고 서둘러 탈출하기 위해서다. 몇 시간 분량의 전투에 버금가는 에너지를, 낭비에 가깝게 비효율적인 것을 알면서도 전투 시간을 단축하는 데 사용하고 있었다.

하지만 그렇게 해도 엘데는 아키라를 해치울 수 없었다. 이제는 시간이 별로 남지 않았다. 아마 다른 헌터들이 곧 도착할 것이다. 임무 달성은 현저하게 어려워진다.

임무는 반드시 성공해야 한다. 실패하면 토르파와 사잘트의 죽음은 개죽음이 될 것이다. 어떻게든 성공시켜야 한다.

엘데는 그 생각에서 미래를 버렸다. 자신의 목숨은 히카루를 동료들에게 인계할 때까지만 버티면 된다. 그렇게 판단한 엘데는 자신의 의지로 세포의 자식작용을 시작하게 했다. 자기 몸을 소비함으로써 생성된 엄청난 에너지, 말 그대로 자신의 생명을 깎아 만든 에너지가 엘데의 생체 포스 필드 아머의 출력을 끌어올린다.

죽는 한이 있더라도 성취할 각오가 있다. 엘데가 한 말에는 거짓이 없었다.

엘데의 분위기가 명확하게, 그리고 강력하게 변한 것을 감지한 아키라의 표정이 딱딱해진다. 아키라뿐만 아니라 알파도 표정이 굳었다.

『아키라. 유감이지만 시간 끌기는 이제 끝이야.』

『시간 끌기? 내가 한 게, 시간 끌기였구나…….』

『그래. 시간을 끄는 동안 다른 헌터들이 오길 기대했어.』

이길 작정으로 죽을힘을 다해 싸우고 있다고 생각했다. 하지만 그것이 단순한 시간 끌기였다는 말을 듣고 아키라는 복잡한 감정을 느꼈다. 그리고 자신이 죽을힘을 다해 싸워도 시간만 끄는 수준인 엘데의 힘에 다시 한번 놀랐고, 이제부터는 그것조차 할 수 없을 것 같다는 사실에 씁쓸하게 웃는다.

『그래서, 알파. 어떻게든 할 수 있는 거지?』

알파가 조금 도발하듯 웃는다.

『어떻게든 할 수밖에 없어. 그래서 지금부터 제법 큰 도박을 해야 할 것 같아. 아키라, 각오는 됐니?』

조금 도박할 거다. 예전에 알파가 그렇게 말했을 때 아키라는 바이크로 하얀 기체를 들이받고 그대로 기체를 밀어서 거대 몬스터의 아가리 속에 같이 뛰어들고, 먹히고, 배를 찢어서 탈출해야 했다. 짧은 시간이지만 알파와의 연결도 끊겼다.

조금이 그 정도다. 그렇다면 제법 큰 것은 어느 정도인가. 아키라는 짐작할 수 없다. 그래도 대답은 정해져 있었다.

『그래. 각오는 내가 담당하기로 했으니까.』

아키라라고 해서 각오하면 어떻게든 된다고 여기는 것은 아니다. 하지만 각오하지 않으면, 이기면 어떻게든 된다는 도박 자체가 성립하지 않는다. 그것은 아키라도 잘 알았다.

그래서 아키라는 각오한다. 지금까지 그랬듯, 그리고 그보다 더 강하게.

아키라도 엘데도 결사의 각오를 다졌다.

아키라의 분위기가 달라진 것을 엘데가 눈치챘다. 서로 이제부터가 진짜다. 그렇게 생각하고, 대치도 여기까지라고 판단했다.

하지만 전투를 시작하기 전에 엘데가 입을 열었다.

"나는 엘데. 네 이름은?"

"……?"

아키라는 갑작스러운 질문에 살짝 당황한 듯, 대답하지 못한 채 의아한 표정을 지었다.

그것을, 엘데는 대답을 거부하는 것으로 받아들였다.

"말하고 싶지 않나? 뭐, 괜찮아. 네가 죽인 부하들의 묘비에 네 이름을 바치려고 했을 뿐이다. 그대로 이름 없는 자로 죽으면 된다. 이름도 없는 자를 상대로 목숨을 잃은 그 녀석들의 불운은 내가 충분히 애도해 주지."

엘데가 싸움을 시작하려고 한다. 하지만 아키라가 입을 열었다.

"아키라. 그게 내 이름이야."

엘데는 조금 의외라는 표정을 지었다. 하지만 곧 표정을 원래대로 되돌렸다.

"그래. 네가 죽인 두 사람의 이름은 토르파와 사잘트다. 그 이름을 저승에 가져가라."

이미 자식작용을 시작한 엘데에게 남은 시간은 얼마 없다. 대량의 에너지를 대가로 자기 몸을 소비하고 있어 1초도 아까운 상태이다. 이걸 생각하면, 원래는 즉시 전투를 시작해야 한다.

엘데는 그 귀중한 몇 초를 상대의 이름을 알아내는, 어찌 보면 헛된 일에 썼다. 자신의 목숨을 갉아먹는 시간을 임무에 목숨을 바친 부하들에 대한 예우로 소비한 것이다. 그리고 아키라는 동료의 죽음에 경의를 표한 사람에게 최소한의 예의를 다했다.

아키라와 엘데의 표정이 바뀐다. 상대의 죽음을 바라는 의지를, 서로 경멸하는 기색 없이 그 얼굴에 드러낸다. 잠깐의 대치가 끝나고, 사투가 시작되었다.

엘데가 주먹을 휘둘러 아키라를 향해 충격파를 날린다. 피하는 것을 전제로 한 견제. 피하게 함으로써 상대의 자세를 무너뜨리기 위한 것이다. 겨우 그 정도의 공격인데 이미 28호실 전체를 뒤틀리게 할 정도로 강하다. 전파된 충격은 필사적으로 피한 아키라의 옆을 지나 그 끝에 있던 벽을 움푹 파이게 한다.

엘데가 손날을 휘두른다. 벽, 바닥, 천장에 거대한 블레이드로 방을 안에서 양단하려고 시도한 듯한 흔적이 새겨진다. 게다가 그 균열을 통해 외부로 빠져나간 충격이 주변 방과 통로를 파괴한다.

돌려차기를 날린다. 주먹보다 더 광범위하게 퍼진 충격파가 방의 바닥과 천장을 해일처럼 비튼다. 팔을 뻗어 주먹을 날린다. 충격파의 궤적은 일직선이 아닌 호를 그리며 아키라를 공격한다.

그 공격이 눈 깜짝할 사이에 연이어 펼쳐진다. 격렬한 충격파가 사방으로 퍼져나가며 전장 전체를 휘말리게 한다. 아키라 일행이 있는 28호실뿐만 아니라 도시 간 수송차량 차체가 단 한 번의 공격으로 뒤틀리기 시작했다.

아키라는 그 맹공을 온 힘을 다해 피한다. 엄밀히 말하면, 다소 맞고 있다. 광범위하게 전파되는 충격을 완전히 막긴 불가능하다. 맞아도 치명적인 지장이 생기지 않을 만큼 억제하는 데 성공했다는 의미에서 공격을 피하고 있었다.

그래도 공격을 맞고 있는 건 사실이다. 보통 같으면 여파만으로 산산조각이 난다. 아키라는 강화복의 포스 필드 아머 출력을 높여서 이를 막고 있었다. 너무 고출력인 탓에 아키라 자신이 포스 필드 아머에 세포 단위로 압사할 수도 있는 상태였다.

아키라는 예전에 쿠즈스하라 시가지 유적에서 흑랑이나 거인과 싸울 때도 비슷한 방어 전법을 사용했었다. 하지만 이번에는 그때와 비교하면 막아야 할 대상의 위력이 다르다. 지난번보다 훨씬 고성능 강화복을 착용하고 있지만, 그것만으로는 막을 수 없다.

이를 크게 세 가지 요소로 해결한다. 첫 번째는 쩨게르트 시티에서 구매한 에너지 팩이다. 쿠가마야마 시티에 비해 최전선에 더 가까운 지역에서 활동하는 헌터들이 사용하는 에너지 팩은 아키라의 강화복에 막대한 에너지를 공급해 포스 필드 아머의 출력을 몇 배로 끌어올렸다.

물론 그것만으로는 아키라가 자신의 강화복에 압사할 뿐이다. 이를 두 번째, 역시 쩨게르트 시티에서 구매한 회복약의 치료 효과로 억지로 보충한다. 과도한 부하에 몸이 세포 단위로 으깨진 듯한 부상도 즉석에서 완치하는, 경이로운 회복 효과. 이로써 아키라는 몸이 분해되는 것을 막고 전투를 속행할 수 있다.

그리고 세 번째, 지난번에는 아키라 혼자 싸웠다면 이번에는 알파의 서포트가 있다는 점이다. 알파의 서포트가 없이 아키라 혼자의 힘으로 싸웠다면 이미 가루가 되었을 것이다.

알파는 아키라의 강화복 제어장치를 장악해 그 제어를 대행함으로써 기본 성능을 대폭 끌어올렸다. 포스 필드 아머의 출력도 강화복이 아키라를 죽이지 않게끔, 동시에 적에게도 죽지 않게끔 신내린 듯이 끊임없이 조정하고 있다.

또한 아키라의 체감시간 조작과 현실 해상도 조작도 알파에 의해 엄밀한 부하 계산이 이루어지고 있다.

츠바키에게 받은 치료약 덕분에 구영역 접속자의 통신 능력을 대폭 강화한 아키라는 이전보다 훨씬 농밀하고 해상도가 높은 세계에서 장시간 싸울 수 있게 되었다. 하지만 지금도 너무 큰 부하가 아키라를 뇌사 상태에 빠뜨릴 수 있다.

그리고 아키라는 현재 체감시간 조작과 현실 해상도 조작의 정확도를 정말 아슬아슬한 한계까지 끌어올렸다. 시간이 한없이 느리게 흐르고, 세계가 환하게 보일 정도로 선명한 의식 속 현실에서, 과부하로 인해 다음 순간에는 뇌사 상태에 빠질 수 있는 죽을 고비를, 알파의 절묘한 조정을 받으며 계속해서 싸운다.

조금이라도 조정을 잘못하면 아키라는 죽는다. 하지만 알파는 실수하지 않는다. 죽음이 눈앞에 닥치는 것을 넘어서 눈에 자꾸 닿을 정도의 위험을 감수한 힘으로, 아키라는 자기 목숨을 건 초인의 맹공에 저항하며 살아남았다.

하지만 그만큼 해도 아키라에게는 반격할 기회조차 주어지지 않았다. 아키라의 확장시야에는 원래라면 눈에 보이지 않는 충격파가 알파의 서포트를 통해 빨간색으로 표시된다. 자유낙하도 정지한 것처럼 보이는 극한의 체감시간 조작이 이루어지는 세계에서도 그것은 총탄처럼 빠른 속도로 진행되고 있다. 붕괴 직전의 28호실 안에서, 아키라는 간신히 그것을 피하고 있었다.

『알파! 아까부터 도망만 다니고 있는데, 저 녀석을 해치울 작전은 있는 거지?』

『그래. 도박이긴 하지만.』

『그런가! 등에서 이상한 소리가 나는데, 그것도 작전의 일부야?!』

『그래. AF 레이저건이 허용치를 벗어난 에너지를 공급받아서 망가지려고 하거든. 그 파손에 따른 작동 불량 경고음이야. 쏘면 확실히 부서질 거야. 하지만 기회가 두 번이나 있을 것 같진 않으니까 괜찮겠지?』

『그래! 그걸로 저놈을 해치울 수 있다면 얼마든지 부숴!』

LEO 복합총으로도 했던, 총을 희생해서 위력을 키우는 공격을 AF 레이저건으로 한다. 대충 그런 작전인 것 같다. 확실히 두 번이나 명중할 것 같지는 않다. 다음 일격이 승부를 낼 유일한 기회다. 아키라는 그렇게 판단하고, 그 유일한 기회를 절대로 놓치지 않고자 계속해서 죽을힘을 다한다.

그런 아키라 옆에서는 알파가 언제나처럼 미소를 짓고 있다. 아키라의 기운을 북돋아 승리할 확률을 조금이라도 높이기 위해서.

그리고 지금 그 미소가 흐려져도 아키라의 기운이 사라지는 일이 없다는 사실을 모른 채.

거기에는 일종의 엇갈림이 있었다.

물론 그 정도 일은 목숨이 걸린 초인과의 전투 앞에서는 사소한 일이나 다름없다. 계속되는 사투 속에서 그 사실을 깨달을 여유는 어느 쪽에도 없었다.

엘데는 비장의 카드를 쓰고, 자기 목숨마저 판돈에 얹었는데도 아직 아키라를 죽이지 못했다는 사실에 놀라움을 감추지 못했다.

한편으로, 이 사실에 동요하지 않고 냉정하게 생각에 잠긴다.

상대도 움직임이 훨씬 좋아졌다. 아마도 저쪽도 어떤 비장의 카드를 쓴 것이다. 자식작용을 쓰지 않고 싸웠다면 그대로 시간을 질질 끌었을 것이다. 위험할 뻔했다.

엘데는 그렇게 생각했고, 비장의 카드를 사용한 자신의 판단이 옳았다고 생각했다. 또한 아키라의 한계가 가까워졌다는 것도 간파하고 있었다.

이대로 싸우면 문제없이 죽일 수 있다. 상대는 자신의 견제를 필사적으로 막고 있지만, 조금만 더 하면 무너뜨릴 수 있다. 그렇다면 승리한다. 엘데는 그렇게 생각하면서도 그것이 1초 후인지, 10초 후인지, 1분 후인지, 혹은 그 이상인지 판단할 수 없었다.

그것을 잘못 계산하는 바람에 원래라면 즉각 써야 하는 비장의 카드를 너무 늦게 꺼내고 말았다. 그 생각이 엘데를 망설이게 했고, 부주의한 돌격을 멈추게 했다.

엘데도 아키라가 다음 한 방을 노리는 것 정도는 안다. 허용치를 넘어선 에너지를 공급받아 아키라의 등 뒤에서 부서지기 직전인 AF 레이저건의 낌새를, 엘데는 당연히 포착했다.

저걸 쏘면 확실히 부서진다. 즉, 저걸 막거나 피하면 상대의 공격 수단은 없어진다. 그리고 지금의 자신이라면 저걸 맞아도 버틸 수 있지 않을까? 그런 생각도 든다.

그렇다면 더 파고들어야 할까? 지금은 1초도 아깝다. 언제까지 견제만 할 때가 아니다. 엘데는 그렇게 생각하면서도 망설이며 결단을 내리지 않고 있었다.

AF 레이저건의 마지막 일격을 맞아도 무사하다는 보장은 없다. 예상에 불과하다. 하지만 자신의 예상을 훨씬 뛰어넘은 자의, 큼직한 한 방이다. 정통으로 맞으면 위험할지도 모른다. 저것에는 아키라가 기대할 만큼의 위력이 있을 것이다. 그렇지 않다면 도박에 나설 리가 없다.

그 우려를 떨쳐버리지 못한 엘데는 충격파로 견제를 반복한다. 하지만 자신이 견제하는 동안에는 상대도 AF 레이저건을 쏘지 않는다. 그것은 엘데도 알고 있었다.

지금 쏴도 자신은 확실히 피할 수 있다. 그 정도는 상대도 알고 있다. 그렇다면 절대로 빗나가서는 안 되는 일격을 언제 쏠 것인가. 당연히 가장 피하기 어려운 타이밍에 쏴야 한다. 그것은 언제인가. 자신이 성급하게 돌격했을 때다. 자신의 돌격에 카운터로 쓸 것이다.

그 생각이 엘데의 다리를 무디게 한다. 견제로 상대의 자세를 무너뜨린 후 돌격하는 것이 안전하고 확실하다. 그렇게 생각하게 된다.

하지만 이렇게 견제하는 동안에도 AF 레이저건에는 더 많은 에너지가 주입되어 위력이 커지고 있지 않을까? 지금 돌격하면 불충분한 위력으로 끝나지 않을까? 아니면 이미 늦었을까? 자신을 죽일 수 있는 일격을 완전히 피하는 것을 우선시해야 할까?

아무리 강력한 상대라도 그저 강한 자라면 즉시 결단했을 것이다. 하지만 자신의 예상을 몇 번이고 뒤엎은 정체불명의 상대 앞에서 엘데는 판단력이 흐려졌다.

그때 아키라가 견제의 여파를 받아 자세를 흐트러뜨린다. 그로 인한 흔들림은 지극히 미미했지만, 계속 견제할지 돌격할지 사이에서 판단이 아슬아슬하게 균형을 이루던 엘데의 머릿속 저울을 뒤흔들기에는 충분했다.

엘데가 움직인다. 초인이 목숨을 바쳐- 만든 신체 능력으로 돌격해 아키라와의 간격을 순식간에 좁히려 한다.

하지만 동시에 아키라도 움직인다. 자세를 흐트러뜨린 채 LEO 복합총을 엘데에게 내던졌다.

그 총은 아키라와 엘데 사이에서 마치 폭발이라도 한 듯이 대량의 총탄을 내뿜었다. 과도한 에너지 공급으로 붕괴한 총은 실제로 폭발했고, 총에 장착된 에너지 팩의 나머지 에너지 전부를 주입한 확장탄창의 내용물이 고밀도 탄막이 되어 주변에 흩뿌려졌다.

물론 그 정도의 공격은 지금의 엘데에게 전혀 통하지 않는다.

시야를 방해하는 정도의 의미밖에 없다. 그리고 실제로 그것은 시야를 방해하는 것이 목적이었다.

제아무리 상대의 위치나 움직임을 기척으로 감지하는 데 능숙한 엘데라도 눈앞에서 엄청나게 많은 총탄이 사방팔방으로 빠르게 발사되고, 게다가 그것들이 고속 필터 효과로 급정지해 뒤따라오는 총탄에 부딪혀 공기를 휘젓고 튕기는 상태에서는 그 연막 너머에 있는 아키라의 움직임을 파악할 수 없었다.

하지만 엘데는 놀라지 않는다. 그 정도는 예상했다.

아키라가 AF 레이저건을 쏘려면 등에 미전개 상태로 있는 레이저건을 전개해야 한다. 그 전개는 현실에서 순식간에 이루어지지만, 체감시간 조작으로 초고속 전투를 펼치는 아키라와 엘데 사이에서는 충분히 빈틈이 될 수 있다.

하지만 미리 전개할 수는 없다. 전개해서 커진 상태로는 엘데가 견제로 날리는 충격파에 파괴된다. 전개하지 않아 작은 상태라면 아키라는 자신을 방패로 삼아 AF 레이저건을 방어할 수 있다. 어쩔 수 없이 발사 직전에 전개해야 했다.

그러나 한편으론 엘데의 돌격을 감지하고 나서 전개하면 늦는다. 아키라가 AF 레이저건을 전개하고 조준해서 사격하려는 사이, 엘데는 확실하게 거리를 좁힐 것이다.

그래서 LEO 복합총을 시야 교란용으로 사용한다. 밀집된 탄막을 연막으로 삼아 한순간 자신의 움직임을 숨기고, 거리를 벌려서 AF 레이저건을 전개할 시간을 번다. 그렇게 해서 간신히 늦지 않게 쏜다. 그런 작전일 것이다. 엘데는 그렇게 생각하고 있었다.

하지만 그건 아키라의 준비 상태가 완전할 때의 일이다. 자세가 흐트러진 상태에서는 재정비 시간 때문에 늦어진다. 쏠 시간은 주지 않는다. 이제 이겼다. 엘데가 아키라를 향해 발을 내디딘 순간, 흔들리던 판단의 저울이 결정적으로 기울게 한 것은 그런 생각이었다.

그리고 실제로 아키라에게 AF 레이저건을 쏠 시간은 없었다. 탄막을 돌파한 엘데가 아키라의 모습을 포착한다. AF 레이저건은 아직 전개되지 않은 상태였다. 지금 전개해도 무조건 늦을 수밖에 없다.

하지만 그때, 엘데는 깜짝 놀랐다. AF 레이저건은 아직 전개되지 않은 상태였지만, 아키라는 전개하기 위해 엘데와 거리를 두는 것이 아니라, 직접 거리를 좁혀서 이미 엘데의 근처로 육박하고 있었다.

아키라가 자세를 흐트러뜨린 것은 알파가 의도적으로 한 행동이었다. 즉, 엘데의 돌진을 유도하는 작전이다.

하지만 아키라는 자세를 흐트러진 연기를 한 것이 아니라, 실제로 자세를 흐트러뜨렸다. 그 시점에서 엘데의 추측대로 아키라에게 AF 레이저건을 전개해 쏠 여유는 없어졌다.

하지만 애초에 알파는 AF 레이저건을 쏠 생각이 없었다. 작전 내용을 듣지 못한 아키라가 혼자 멋대로 판단했을 뿐이다. 그리고 그 판단이 아키라로 하여금 AF 레이저건 전개를 의식하는 행동을 무의식중에 보이게 했고, 그것을 달인의 관찰력으로 간파한 엘데에게도 같은 오해를 불러일으켰다. 알파의 작전에는 그런 것까지 포함되어 있었다.

아키라는 흐트러진 자세로 엘데를 향해 LEO 복합총을 던진 후, 알파의 강화복 조작으로 엘데와의 거리를 좁힌다. AF 레이저건을 전개하려고 거리를 벌릴 줄 알았던 아키라는 예상과 정반대의 행동에 놀라면서도 조금도 뒤처지지 않고 즉각 자신의 움직임을 강화복에 맞추었다.

아무리 뜬금없는 행동이라도 의심하지 않고, 주저하지 않고, 알파의 서포트를 방해하지 않는 것이 최적해다. 지금까지 알파와 함께 살아남은 실적이 아키라를 망설임 없이 실행에 옮기게 했다.

아키라는 전개되지 않은 AF 레이저건을 오른손으로 등 뒤에서 떼어낸다. 그리고 왼손으로 백팩을 잡고 엘데를 향해 던졌다.

내용물의 양에 따라 크기가 변하는 백팩은 차량 밖에서 벌어진 격전에서 탄약류를 많이 소모한 탓에 상당히 작아져 있었다. 그래도 아직 에너지 팩은 조금 남아 있었다.

작은 용기에 엄청난 에너지를 담고 있는 에너지 팩이지만, 그 안전성은 매우 뛰어나다. 총에 맞아도 불에 타도 부서지기만 할 뿐, 대용량 에너지를 한꺼번에 방출해 폭발하고, 일대를 날려버리는 일은 없다. 경이로운 힘을 가진 몬스터와의 전투에 사용하는 것이다. 어설픈 충격으로 유폭할 수 있는 위험물은 아무도 사용하지 않는다.

하지만 그 안전성에도 한계가 있다. 평상시에는 절대로 있을 수 없는 충격, 압력, 고에너지 등이 가해지면 버티지 못하고 반응하는 물건도 있다.

AF 레이저건이 전개되지 않은 상태에서 발사 처리를 실행한다. 원래는 안전장치가 멈추기 때문에 불가능하지만, 알파의 제어로 가능해진 것이다.

현재 AF 레이저건은 에너지 초과 상태이다. 발사 시 부하를 최대한 억제하는 전개 후 상태에서도 확실히 파괴될 정도의 에너지가 투입되고 있다. 이를 미전개 상태에서 의도적으로 폭주시켜 발사하는 것이다. AF 레이저건은 견고한 포스 필드 아머로 보호받고 있던 자신을 순식간에 소멸시킬 정도로 큰 폭발을 일으켰다.

또한 그 폭발로 인해 근처에 있던 백팩의 내용물, 여러 개의 에너지 팩 중 하나가 반응한다. 그 자리에서 순식간에 에너지가 팽창하고, 연쇄적으로 모든 에너지 팩이 반응하여 엄청난 에너지가 생성되었다.

하지만 아키라도 엘데도 이 시점에서는 무사하다. 그 엄청난 에너지는 주변으로 퍼지지 않고 직경 50센티미터쯤 하는 빛의 구슬로 제자리에 머물고 있었다.

아키라와 엘데가 모두 고속으로 간격을 좁혔기 때문에 두 사람 사이의 확장입자를 포함한 공기는 극도로 압축된 상태였다. 이에 따라 초고밀도 무색 안개가 만들어내는 에너지 차단 특성과 유사한 현상이 이 자리에서 두 번 발생한 결과다.

첫 번째는 AF 레이저건의 폭발이다. 그 에너지가 주위에 흩어졌다면 에너지 팩의 연쇄 반응은 일어나지 않았을 것이다. 반응을 일으키는 것만으로도 그만한 에너지가 필요했다.

두 번째는 에너지 팩의 연쇄 반응으로 AF 레이저건의 폭발조차 기폭제 역할에 불과한 엄청난 에너지가 압축되어 빛의 구슬 형태로 변한 것이다.

물론 이 빛의 구슬도 오래 유지되지는 않는다. 체감시간 조작 중인 아키라와 엘데의 시간 감각으로 봐도 극히 짧은 시간밖에 유지되지 않는다. 빛의 구슬은 붕괴하고, 주변에 방향성 없이 에너지를 방출해 두 사람을 집어삼킨다. 최소한 아키라는 증발해서 사라져 버린다.

그 빛의 구슬을 향해 아키라는 이판사판으로 달려가며 주먹을 쥐었다.

엘데는 아키라가 자신을 향해 미발사 AF 레이저건을 던진 순간, 더 빨리 상대 행동의 의도를 파악했다. 그렇게까지 하는 거냐는 놀라움과 함께 빛의 구슬이 발생하자마자 아키라와 마찬가지로 주먹을 든다.

주먹을 휘둘러 충격파를 발생하는 기술을 응용해 빛의 구슬에 방향성을 부여한다. 그러면 빛의 구슬이 붕괴하면서 생기는 에너지가 특정 방향으로 방출된다. 그것을 가능케 하는 기술이 엘데에게는 있다. 그리고 엘데는 상대도 똑같이 할 수 있다고 확신했다.

방향성을 지닌 특대형 에너지 방출은 자신도 버틸 수 없다. 상대보다 먼저 빛 구슬의 지향성 제어를 빼앗아야 한다.

(늦지 말아라……!)

엘데는 온 힘을 다해 가장 빠른 속도로 주먹을 휘둘렀다.

두 사람의 주먹이 동시에 빛의 구슬에 충돌한다. 엄밀히 말하면 엘데의 주먹이 조금 더 일찍 닿았다. 빛의 구슬이 붕괴하며 방을 섬광으로 물들인다. 막대한 에너지가 실내를 한순간에 불태웠다.

그리고 그 섬광이 가라앉았을 때, 바닥에는 불에 탄 아키라가 널브러져 있었다. 그러나 죽지는 않았다. 강화복의 포스 필드 아머로 겨우 버텼다. 애초에 방 전체에 퍼진 섬광은 방향성을 지니고 방출된 에너지의 여파에 불과하다. 에너지의 총량과 비교하면 미미한 수준이다.

빛의 구슬에서 방출된 에너지를 제대로 맞은 것은 엘데였다. 주먹을 내민 자세로 몸의 왼쪽 절반을 잃은 채 서 있다.

주먹의 속도는 엘데가 더 빨랐다. 하지만 기술은 알파가 앞섰다. 속도와 기술, 그 종합적인 차이로 인해 방출되는 에너지의 방향성 싸움은 정말 아슬아슬하게 아키라가 제압했다.

엘데도 아직 살아있다. 하지만 이것은 누가 봐도 치명상이다. 몸의 절반만 잃은 것이라면 초인의 육체이기에 미리 복용한 회복약으로 생명을 연장할 수 있다. 하지만 자식작용을 사용한 데다 남은 육체도 방출된 에너지를 뒤집어써 심하게 손상된 상태다. 아무리 발버둥 쳐도 살아날 상태가 아니었다.

그 엘데가 희미하게 웃으며 입을 열었다.

"…………훌륭하군."

그리고 미안해하는 표정을 짓고 천천히 주저앉는다.

"졌구나……. 토르파……, 사잘트…… 모두…… 미안……하다……."

절망적인 차이를 극복하고 자신을 꺾은 자에 대한 칭찬과 동료들에게 사죄하는 말을 남기고, 엘데는 숨을 거두었다.

몸을 일으킬 기력도 안 남은 아키라가 엘데가 쓰러진 것을 알아차린다.

『알파……. 이겼지?』

알파가 아키라의 곁에서 미소를 지었다.

『그래. 이겼어.』

『그래. 어떻게든 해냈구나.』

바닥에 누운 아키라는 크게 안도의 숨을 내쉬었다.

『그래서? 아까 그건 뭐야? 내게 무슨 위험한 짓을 시킨 건데?』

아키라는 알파의 지시에 따라 움직였을 뿐이다. 엘데와 달리 자신이 얼마나 위험한 짓을 했는지 정확히 알지 못한다. 그래도 '제법 큰 도박'에는 성공했다. 그 도박의 자세한 내용을 알고 싶었다.

『설명해 줄 수 있지만, 자세히 설명하면 길어질 거야. 지금 듣고 싶어?』

『그래. 나중에 들을까.』

전투는 끝났다. 더 싸울 일도 없다. 알파의 태도에서 그것을 이해하고 긴장이 느슨해진 아키라에게 그동안 쌓인 피로감이 엄습한다. 아키라는 저항하지 않고 긴장을 풀었다. 의식이 서서히 잠에 빠져든다.

그때 히카루가 통신을 보냈다.

『아키라! 어떻게 된 거야?! 아키라?!』

그제야 아키라는 히카루가 금고실에 갇힌 것을 떠올렸다. 견고한 금고실 안에 있었던 것과 두 사람이 히카루가 말려들지 않게 싸운 덕분에, 히카루는 바로 근처에서 그만한 전투가 벌어졌는데도 무사했다.

히카루는 스스로 금고실에서 나올 수 없다. 누군가가 열어줘야 한다.

하지만 아키라는 피곤했다.

『히카루……. 나중에 하자…….』

『나중에 하자니, 그게 무슨 뜻인데?! 이겼어?! 졌어?! 저기?! 아키라?!』

지금은 손가락 하나 움직이고 싶지 않다. 일어서는 것은 말도 안 된다. 아키라는 그렇게 생각하면서 잠들었다.

히카루의 허둥대는 목소리는 지원군 헌터들이 방에 들어올 때까지 계속됐다.

제211화 격전의 보수

　수많은 시체가 널브러진 피투성이 통로에서, 그 참극의 주범인 하머스가 조금 지친 표정을 지었다.

　"이것으로 끝인가. 제법 귀찮게 했군."

　적에게 하는 말이지만, 하머스로서는 칭찬이나 찬사에 해당하는 내용이었다. 실제로 그 시체들은 생전에 그만한 강인함을 보여주었다.

　시체들은 엘데의 부대원들이었다. 사카시타 중공의 부대를 격파하고 3호실 앞 통로에 도달할 수 있었다는 점에서 그 힘은 의심할 여지가 없다. 개개인의 실력은 엘데보다 떨어지지만, 부대 전체의 전력은 엘데를 가볍게 뛰어넘었다.

　그리고 하머스는 그 엘데의 부대를 단독으로 격파했다. 게다가 3호실 주변 통로는 약간의 균열은 있어도 아키라와 엘데가 싸운 곳처럼 붕괴하지는 않았다. 이는 하머스가 엘데의 부대에 전투의 여파로 주변을 파괴할 시간조차 주지 않았다는 증거다. 사카시타 중공 소속 초인에게는 그것이 가능했다.

　물론 하머스도 무사히 승리한 것은 아니다. 조금 피곤한 표정인 것은 그 때문이다.

　그때 멜시아가 등장한다. 하머스도 멜시아를 금세 알아차렸다.

"가세한 헌터인가. 나는 이곳에 대한 지원을 요청한 적이 없다. 제어실이나 28호실을 지원하러 가라."

"제어실은 이미 정리했고, 28호실은 동료들이 갔어. 나는 일단 이쪽 상황을 확인하러 왔는데…… 괜찮아 보이네."

제어실로 후퇴한 차량 내부의 헌터들은 이미 차량 밖에 있던 헌터들이 구했다. 실제로 28호실에도 멜시아의 팀원들이 가고 있었다. 멜시아의 설명에 의심스러운 점은 없다. 하머스도 그렇게 판단하고 시로의 경호원으로서 멜시아의 접근을 저지한다.

"그래. 여기는 문제없다. 그리고 이곳은 사카시타 중공이 경비 중이다. 물러나."

"알았어. 너무 위협할 필요는 없잖아."

"미안하군. 우리 회사를 노리는 불순분자가 나타난 직후라서. 조금 강하게 경계 중이다."

하머스의 분위기가 경고로 바뀐다. 그래서 멜시아도 순순히 돌아갔다. 그러자 이번에는 시로가 3호실 문을 열고 얼굴을 내밀었다.

"끝났어? 으악! 끔찍하네."

시로는 통로의 참상을 보고도 평소처럼 까불대는 태도를 보였다. 하머스가 한숨을 쉰다.

"시로. 방에 있어라."

시로는 신경 쓰지 않고 주변을 둘러보았다. 그리고 다시 하머스를 보며 장난스럽게 말한다.

"피, 엄청난걸. 괜찮아? 안색도 안 좋은데."

"문제없다. 내 피가 아니다."

"진짜로? 무리하지 않았어? 괜찮아?"

시로의 태도에 하머스가 짜증을 내며 말했다.

"괜찮으니까 방으로 돌아가. 이런 상황에서 장난치지 마."

그러자 시로도 더 까불지 않고 진지한 표정을 지었다.

"아니, 진지하게 말해서, 괜찮은 거야? 지금 내 경호원은 너밖에 없잖아? 또 비슷한 수준의 습격을 당했을 때를 대비해서 완벽한 컨디션을 유지해 주면 좋겠는데. 회복약을 써서 임시방편으로 버티는 게 아니라, 의무실에서 제대로 치료받아. 네가 진심으로 위장하면 진짜로 괜찮은 건지, 괜찮은 척하는 건지, 나로서는 알 수 없으니까."

그렇게 말하자, 하머스도 복잡한 표정을 지었다.

시로의 말대로 컨디션을 잘 관리하고 싶긴 하다. 하지만 시로를 데리고 의무실에 갈 엄두가 나지 않았다.

"안 된다. 너와 떨어질 순 없다."

"나도 같이 의무실에 가면 되잖아?"

"그것도 안 된다. 범인은 처음부터 차량 내부에 타고 있었을 거다. 승무원이나 헌터로 위장해서 아직 남았을 가능성이 있다. 네가 부주의하게 다른 사람과 접촉할 기회를 늘리는 것은 위험해."

"음. 그런 뜻인가. 좋아! 그렇다면 이렇게 하자!"

시로가 나름대로 좋은 아이디어를 떠올렸다는 듯이 자신만만하게 해결책을 이야기했다. 그 내용을 들은 하머스는 난감한 표정을 지었다.

"아니, 아무리 그래도 그건 어떻지? 게다가 그렇게 하면 네 존재도 드러날 거다. 일단 네 수송은 기밀 사항인데……."

난색을 드러내는 하머스에게, 시로가 가볍게 말한다.

"괜찮지 않겠어? 이런 일이 있었어. 그건 이미 다 들켰다고. 게다가 끌어들이든 말든 내가 여기 있는 시점에서 큰 차이가 없다며? 너무 걱정하지 마."

그렇게 말하니 하머스도 반박하기 어렵다. 조금 고민하다가 나름대로 결론을 내렸다.

"치료하기 위해서라고는 해도, 일시적이라도 네 경호에서 이탈하는 이상 나 혼자서는 결정할 수 없다. 상부에는 내가 보고하마. 넌 빨리 방으로 돌아가."

"네입."

시로가 순순히 방으로 돌아간다. 방문이 단단히 닫힌 후, 하머스는 상사에게 연락을 취했다.

하머스가 의무실에서 치료받는 동안 자신의 호위를 대신 맡게 된 헌터들을, 시로가 웃는 얼굴로 환영한다.

"시로입니다. 잘 부탁합니다."

헌터들은 못마땅한 표정과 혀를 끌끌 차는 반응을 보였다.

하머스가 한숨을 쉰다. 헌터들의 태도는 사카시타 중공의 요인을 대하는 태도로서 좋지 않다. 하지만 그것을 비난할 마음은 없다. 하머스도 이렇게 반응할 정도로 강요한 부분이 있음을 잘 알았다.

자신의 경호를 부탁할 헌터 중에 습격범의 동료가 있을지도 모른다는 우려를 해소하기 위해, 시로는 대상을 의체 사용자로 한정한 뒤, 나아가 의체의 관리자 권한을 요구했다.

　그렇게 하면 헌터 중에 습격범의 동료가 있더라도 시로를 공격할 수 없을 것이다. 하지만 자신의 의체 관리자 권한을 타인에게 넘기는 것은 보통은 받아들이기 어렵다. 그것은 목숨은 물론 신체의 자유까지 제한되는, 거액의 빚을 진 중범죄자에게 하는 것이나 다름없는 처사다.

　시로는 사카시타 중공의 권력으로 이를 밀어붙였다. 어설프게 거부했다간 5대 기업 중 한 곳에 찍힌다. 헌터들에게 거부권은 없었다.

　물론 그 정도의 일을 강요한 만큼, 거액의 보수를 준비했다. 사카시타 중공에 빚을 지운다는 점에서도 이익이 크다. 하지만 그런데도 표정이 못마땅하게 일그러질 정도로 싫은 일이었다.

　하머스가 마음은 이해하겠다는 표정으로 헌터들에게 말했다.

　"그렇다면 당분간 이 녀석 좀 부탁한다. 시로! 절대로 폐를 끼치지 마라!"

　"네입."

　시로의 가벼운 대답에 하머스는 다시 한번 한숨을 쉬고 의무실로 향했다.

　강요당한 것이긴 해도 일은 일이다. 그것도 사카시타 중공의 의뢰다. 똑바로 일해야 한다. 헌터들은 그 충실한 직업의식으로 시로의 호위를 성실하게 계속하고 있었다.

그 헌터 중 한 명, 통로에서 순찰하던 남자에게 시로가 통신을 연결했다. 무시할 수 없어 통신에 응답하자 확장시야에 시로가 나타났다.

남자는 시로를 언짢게 봤다.

"뭔데?"

"아니, 심심할 것 같아서. 게임이라도 할래? 내 방에 있는 기기에 연결해 줄 테니까 놀아도 돼. 괜찮아. 하머스한테 들키지 않게 내가 잘 말할 테니까."

"필요 없어."

"사양하지 않아도 되는데. 의체 사용자들을 위한 가상현실도 엄청난 게 있거든? 밥도 먹을 수 있고 야한 것도 할 수 있어. 너무 좋아서 감도를 높이려고 의체 관리자 권한까지 넘긴 플레이어가 생겨서 문제가 된 녀석이야. 뭐, 보통은 거기까지 하는 건 거부감이 있겠지만, 지금이라면 딱 좋지 않겠어?"

의체 사용자에게 식욕과 성욕을 해결하는 수단은 중요하다. 전투용 의체에는 대부분 그런 기능이 없어서 장기간의 작전 중에는 그런 욕구 해결 방법에 고심하는 자들도 많다. 자신의 생명이 걸린 의체 관리자 권한 양도에 손을 댈 정도다.

솔직히 말해 남자도 시로가 하는 이야기에 관심이 있었다. 하지만 고랭크 헌터의 직업의식으로 이를 일축한다.

"됐으니까 꺼져. 네 호위를 강요해 놓고 방해까지 할 셈이냐?"

남자는 그렇게 말하며 시로를 노려봤다. 그러자 시로도 태도를 바꾼다.

"아, 그래? 네입. 일을 방해해서 죄송합니다. 미안한 짓을 했다고 생각해서 한 말이야. 그렇다면 성실하게 일이나 해. 아, 그렇다면 습격 당시의 전투 기록을 보여줄게. 사카시타 부대가 전멸한 그거야. 자칫 잘못하면 그런 놈들에게 공격당할 수 있다는 걸, 그걸 보고 잘 이해해. 일이거든? 잘 봐둬."

시로는 그렇게 말하고 남자의 확장시야에서 사라졌다.

이어서 전투 기록에 대한 접속 권한이 전송된다. 남자도 일이라고 하면 볼 수밖에 없다. 게다가 습격자의 힘을 미리 파악하는 건 중요하다. 가볍게 한숨을 쉬며 전투 기록에 접속한다.

그러자 남자의 확장시야에 엘데의 부하들과 사카시타 중공 부대의 전투 장면이 떴다. 의체의 관리자 권한을 시로에게 넘긴 상태에서 실제로 눈에 보이는 통로와 겹쳐서 확장현실로 표시되는 그것에는 현실과 착각할 만큼 확실한 현장감이 있었다.

"강하군⋯⋯."

역시나 사카시타 중공의 부대. 그렇게 생각하게 만드는 강인함을 보이는 자들이 엘데의 부하들에게 살해당한다. 그리고 그 엘데의 부하들은 지금 청소가 끝나지 않은 통로에 시체가 되어 굴러다니고 있다.

"그 남자가⋯⋯ 이것들을 혼자서 죽였나."

하머스의 힘에 전율하는 남자에게 시로의 통신이 연결된다. 아까는 미안했다는 짧은 사과와 함께 가상 체험으로 식사할 수 있는 권한이 주어졌다.

일하면서 여자를 즐기는 것은 있을 수 없는 일이지만, 식사 정도는 괜찮겠지. 남자는 그렇게 생각하며 접속한다. 그러자 공중에 콜라와 햄버거가 나타났다.

남자는 그것을 집어서 입에 넣는다. 현실에 없는 식품의 맛이 미각 기능이 없는 입안에서 퍼져나갔다.

"맛있군……."

그 맛에 다소 기분이 좋아진 남자는 전투를 계속 보면서 생체로는 맛볼 수 없는 콜라와 햄버거를 음미했다.

◆

아키라가 하얀 침대 위에서 눈을 떴다. 강화복은 벗겨져 있고, 그 대신 간단한 옷을 입었다.

침대에 앉아 있는 알파가 아키라에게 미소를 짓는다.

『아키라. 좋은 아침이야. 잘 잤어?』

아키라는 알파의 미소를 보고 일단은 괜찮은 상황이라고 판단했다. 슬쩍 웃으며 대답한다.

『그래. 푹 잔 느낌이야. 여기는 어디야?』

『차량 의무실이야.』

지원하러 온 헌터들에 의해 28호실이었던 곳에서 이송된 아키라는 의무실에서 응급처치를 받은 뒤 침대에 방치되어 있었다.

치료는 회복약을 투여하는 것으로 끝인, 어떤 의미에서는 조잡한 처치였다. 그나마 도시 간 수송차량 의무실에 상비 중인 고성능 회복약을 사용해서 죽는 일은 없다.

완벽한 치료를 하지 않는 이유는 크게 두 가지다. 치료가 필요한 사람이 더 많아서. 그리고 전선 복귀를 기대하지 않아서. 아키라의 도시 간 수송차량 호위 의뢰는 히카루가 손을 써서 부상으로 인한 이탈로 이미 끝났다.

그 히카루는 침대 옆 의자에 앉아 일하고 있었다. 아키라가 깨어난 것을 알아차리고 일을 멈춘다.

"아키라. 일어났구나. 몸은 어때? 일단 치료는 받았는데……."

아키라가 몸을 일으켜 가볍게 움직인다. 통증은 없다. 두 손도 멀쩡하게 있다.

"괜찮아."

"그래? 다행이야. 혹시 모르니 쿠가마야마 시티로 돌아가면 병원에서 정밀 검사를 받는 게 좋겠지만, 지금은 푹 쉬고 있어."

"알았어."

그대로 히카루에게 상황 설명을 들었다. 자신은 이미 차량 호위 요원에서 제외되어 전력이 아닌 승객 취급을 받고 있다. 쿠가마야마 시티로 돌아갈 때까지 느긋하게 쉬면 된다. 그 말을 듣고 아키라는 크게 숨을 내쉬었다.

자기가 할 일은 끝났다. 그렇게 생각하며 한껏 긴장을 푼 아키라였지만, 반대로 히카루는 조금 긴장한 기색을 보였다.

"응? 무슨 일 있어?"

"그게 말이지? 아……응. 먼저 고맙다고 말해야지. 아키라. 구해줘서 고마워. 덕분에 죽지 않았어."

"……? 아, 응. 괜찮아."

아키라는 고맙다는 말 정도로 긴장하는 것이 이상하다고 생각하며 의아한 표정을 지었다. 물론 히카루도 그 정도의 일로 긴장한 것은 아니다.

"그래서 있지. 저기, 그 왜, 그때 내가 말했잖아. 뭐든지 하겠다고. 그래서 아키라는 보수를 두둑하게 챙겨 달라고 했는데, 그 구체적인 이야기를 하고 싶어서……."

뭐든지 하겠다. 히카루는 정말로 그렇게 말했다. 하지만 실제로 정말 뭐든지 할 수 있는가 하면, 그건 불가능하다. 설령 아키라가 그 말을 근거로 통기련과 싸우라고 해도 절대로 할 수 없다. 결국 그 말은 그만한 의지가 있다는 뜻에 불과하다.

그래도 히카루는 아키라에게 뭐든지 하겠다고 약속했다. 말로만 한 약속이라도 약속은 약속, 거래는 거래다. 게다가 그 보수를 대가로 제시한 상대에게 목숨을 걸게 한 것이다.

그 약속을 어기면 어떻게 될까. 히카루는 생각조차 하기 싫었다. 상대는 엘데를 해치울 정도의 실력자이고, 게다가 보수에 한도를 설정하지 않은 거래다. 자칫 잘못하면 그 힘이 자신에게로 향할 것이다.

약속을 지키기 위해, 자신의 파멸을 막기 위해 뭐든지 하겠다는 무한한 보수를 어떻게든 유한하고 현실적인 내용으로 정리해야 한다. 그런 생각에 히카루는 긴장감을 감추지 못했다. 고랭크 헌터 관리가 어떤 것인지 다시 한번 생각하게 되었다.

"그래서 두둑한 보수라면, 얼마나 원하는 거야?"

히카루는 그렇게 말해서 일단은 아키라에게 보수는 돈이라고 생각하게 하려고 했다. 즉, 뭐든지 하겠다는 보수를 금전적인 내용으로 제한하려고 했다.

아무리 아키라라도 1조 오럼을 달라고 하지는 않을 것이다. 일단은 보수를 금전으로 제한하자. 그리고 자신의 지불 능력을 넘어서는 금액을 요구하면 협상을 통해 최대한 줄이거나, 줄인 만큼 다른 보수를 제안하자. 히카루는 그런 방향으로 가려고 했다.

하지만 거기서 알파가 입을 열었다.

『아키라. 모처럼 뭐든지 해준다고 했잖아. 이것저것 요구하는 게 좋을 거야. 히카루는 도시 직원이니까, 평범한 사람은 할 수 없는 일도 가능할걸?』

『음, 그렇겠지.』

아키라는 잠시 끙끙대다가 히카루를 바라본다.

"히카루. 뭐든지 해준다고 했는데, 뭐든 부탁해도 좋을까?"

"그, 그래. 아무튼 뭐든지 말만 해봐."

히카루는 딱딱하게 웃고 뭐든지 부탁해도 된다는 대답을 회피했다.

"그렇다면 말만 해볼게. 히카루에게 내 장비 조달을 부탁하고 있잖아? 다음에는 최대한 고성능의 장비를 구해줘. 가능하면 최전선용을 원해."

"최, 최전선용 장비 조달 말이구나……."

히카루는 그 실현 가능성을 생각했다. 몹시 어렵다는 결론이 나왔다. 표정에도 드러난다.

그런 히카루의 표정을 보고 아키라가 가볍게 말했다.

"아니, 나도 최전선용 장비를 달라고 해서 구해질 거라곤 생각하지 않아. 최대한 성능이 좋은 장비를 원할 뿐이야."

자신의 장비는 50억 오럼이나 했다. 그만큼 고성능 장비에 알파의 서포트까지 받으며 싸웠는데도 엘데를 이길 수 있었던 것은 우연이었을 것이다. 원래라면 100번 싸우면 100번은 졌을 것이다. 그 정도로 실력에서 차이가 났다.

아키라는 그렇게 생각했고, 또다시 비슷한 일이 벌어졌을 때를 대비해서라도 그 절망적인 차이를 운이 아닌 다른 요인으로 메우기 위해 히카루에게 애써 달라고 부탁했다.

"내 입으로 할 말은 아니지만, 이번엔 나도 돈을 왕창 벌었을 거야. 그 돈을 다 써도 되니까 최대한 좋은 장비를 조달해 줘. 뭐든지 할 거지? 그 열정으로 힘내 보라고."

힘내 봐라. 충분히 현실적인 부탁에 히카루는 힘차게 웃었다.

"알았어. 생명의 은인이 하는 부탁이니까. 최대한 애써 볼게. 아키라. 그거면 돼?"

"그래, 부탁할게."

이로써 다음 장비는 한층 더 고성능 장비가 될 것이다. 그렇게 생각하고. 아키라도 슬쩍 웃으며 대답했다.

"그나저나 힘들었어……."

"그래. 진짜 힘들었어……."

두 사람이 감정의 무게를 실어서 중얼거린 다음, 히카루가 살짝 놀리듯 말한다.

"그나저나 아키라는 돌발 상황을 자주 겪는다고 했는데, 이런 사태에 휘말릴 줄은 몰랐어. 아키라는 진짜 운이 없구나."

"아니, 잠깐만, 그 녀석은 히카루를 노렸잖아? 이번엔 내가 휘말린 거 아니야?"

"어? 아니야. 나는 운이 좋거든? 아키라가 운이 나쁜 거야."

아키라와 히카루, 이번 불운에서 가까스로 살아남은 두 사람은 이 불운이 누구의 것인지 웃으며 떠들었다. 같은 장소에서 함께 운 좋게 살아남은 사실로, 두 사람의 기묘한 인연을 조금 더 강하게 엮으면서.

◆

아키라와 히카루를 태우고 도시를 출발한 기간테스Ⅲ는 험난한 여정을 거쳐 다시 쿠가마야마 시티로 돌아왔다. 거대한 승강장에 정차한 도시 간 수송차량에서 아키라가 히카루와 함께 내렸다.

"무사히 돌아왔나. 아니, 무사하지 않았어."

"그래. 정말 힘들었어. 아키라, 정말 병원에 들르지 않아도 돼?"

"그래, 괜찮아. 일단 치료는 끝났으니까."

도착할 때까지 의무실에서 지낸 덕분에 아키라의 몸은 정신적 피로를 제외하고는 거의 완치된 상태였다. 아키라로선 몸과 마음을 모두 회복하려면 병원에 가는 것보다 빨리 집에 가고 싶었다.

그 후, 히카루가 아키라를 쿠가마 빌딩까지 바래다주었다. 중위 구획과 하위 구획의 경계인 쿠가마 빌딩 1층 로비에서 히카루가 작별 인사를 한다.

"나는 여기까지야. 미안하지만 나는 당분간 방벽 밖으로 나갈 생각이 없어. 밖은 이제 지긋지긋해."

웃으며 농담처럼 말하는 히카루에게, 아키라가 씁쓸한 표정으로 웃으며 답한다.

"그렇겠지."

"자, 다시 말할게. 아키라, 수고했어. 돌아가서 푹 쉬어."

"그래. 히카루도."

아키라와 히카루 모두에게 예상과 예측을 벗어나는 일이 많았던 도시 간 수송차량 호위 의뢰는 이것으로 일단 끝났다. 작별 인사를 마치고 히카루는 방벽 안쪽으로, 아키라는 바깥쪽으로 돌아간다.

그리고 아키라를 따라 방벽 밖으로 나온 사람이 한 명 더 있었다. 후드를 깊게 뒤집어쓴 소년은 아키라를 흥미롭게 바라보다가 쿠가마야마 시티의 하위 구획으로 사라졌다.

◆

쿠가마야마 시티에 도착한 차량 의무실에서 하머스가 안도의 한숨을 쉬고 있다.

"이런저런 일이 있었지만…… 무사히 도착했군."

하머스는 무슨 일이 생기면 바로 시로에게 달려갈 상태를 유지하며 치료하고 있었다. 지난번과 같은 규모의 습격을 받아도 헌터들을 희생해 시간을 벌면 문제없이 도착할 수 있다고 여겼지만, 자신이 곁에 있지 않으면 절대로 불가능하다. 그렇게 생각한 만큼 안도의 한숨을 깊게 쉬었다.

그대로 3호실로 향하던 하머스는 실내에 있던 헌터들에게 수고했다고 인사했다.

"수고했다. 의뢰는 끝났다. 이제 돌아가도 된다."

그 말을 들은 헌터들도 안도의 한숨을 쉬었다. 사카시타 중공의 요인을 경호하는 것은 고랭크 헌터들에게도 큰일이다. 정신적 피로도 크다. 거기서 해방된 만큼 숨을 크게 내쉬고 있었다. 그리고 소파에 앉아 있는 시로를 바라본다.

"일은 끝났어. 의체의 관리자 권한을 돌려줘."

"네입. 좋아. 돌려줬어."

의체의 관리자 권한이 자신에게 돌아온 것을 확인한 헌터들은 표정이 풀렸다. 기지개를 크게 켜고, 손을 쥐었다 폈다 하며 자기 몸이 자신의 것으로 돌아왔음을 실감했다.

그때 하머스가 괴이쩍은 표정을 짓는다. 그리고 그 표정이 단숨에 험악하게 변했다.

"이봐, 시로는 어디 있지?"

"어디긴, 저기 있잖아?"

헌터들은 의아한 기색으로 대답하며 아무도 없는 소파를 손으로 가리켰다.

하머스가 얼굴을 더욱 험상궂게 일그러뜨리며 안경형 정보단말을 재빨리 장착한다. 초인인 하머스는 콘택트렌즈형 정보단말이나 안구 확장 처리를 선호하지 않아 확장시야를 얻기 위해서는 별도의 기기를 사용해야 했다.

확장시야를 통해 본 소파에는 웃으며 두 손을 모아 사과하는 시로가 있었다.

헌터들도 그런 하머스의 반응을 보고 허둥지둥 시로를 확인한다. 그리고 지금까지 보던 그 모습이 단순한 확장현실이었다는 것을 깨닫고 경악했다.

"확장현실! 언제 그랬지?!"

다음 순간, 방의 벽이 마치 투명해진 것처럼 바깥 풍경을 비춘다. 거기에는 하머스를 향해 손을 흔드는 인형병기의 모습이 있었다.

그 기체에서 하머스를 향해 통신이 들어왔다.

"미안해! 잠깐 외출하고 올게! 오랜만의 외출이야! 조금은 즐기게 해달라고! 그리고 그 사람들 탓하지 마! 의체의 관리자 권한이 없는 상태에서 내가 해킹했거든! 알아채는 건 불가능하다고! 애초에 그 사람들의 임무는 내 경호야! 내 탈주를 막는 게 아니고! 너와는 다르게 말이야!"

기체는 분노한 표정을 지은 하머스에게 그렇게 말하고는 가볍게 손을 흔들며 방벽 밖으로 날아가려고 했다. 하지만 하머스가 용납할 리가 없다.

"얕보지 마라!"

하머스의 컨디션은 완전한 상태가 아니지만, 이미 전투에 지장이 없을 정도로 회복한 상태였다. 격노한 소리를 지르고 초인적인

신체 능력으로 기체를 향해 달려간다. 그리고 바깥 풍경을 비추는 방의 벽을 뚫고, 그 너머 통로 벽을 뚫고, 더 나아가 차량 외벽을 뚫고, 더 나아가 하늘까지 달려가서 기체를 뒤쫓는다.

그 자리에는 차량 밖까지 이어진 큰 구멍을 바라보며 멍하니 서 있는 헌터들만 남았다.

시로가 조종하는 인형병기는 도시 간 수송차량 대열이 황야에서 하얀 기체 부대의 공격을 받았을 때 시로의 조종으로 격납고에서 출격했던 최전선용 기체 중 하나다. 온전하지는 않아도 최전선용의 뛰어난 성능은 건재하며, 황야의 하늘을 고속으로 이동하고 있다.

그리고 하머스는 그 기체를 뛰어서 쫓아가고 있었다. 초인이라고 불릴 만큼 빠른 속도에 기체와 하머스의 거리가 점점 가까워진다.

"시로! 포기해라! 도망칠 수 없다! 지금이라면 상시적인 구속만으로도 넘어가 주마! 멈춰!"

격노가 담긴 그 목소리에 기체는 아무 반응도 없이 닥치고 전진하고 있었다. 아무리 그래도 하머스를 총으로 쏘는 행동은 하지 않았다. 하지만 멈추지도 않는다. 그런데도 따라잡히는 것은 시간문제로, 그것은 시간을 끄는 수작에 불과했다.

그리고 마침내 하머스가 기체를 따라잡았다. 도약하고, 공중을 달리고, 기체의 동체에 달라붙어 흉악한 웃음을 지으며 기체의 조종석을 뜯어낸다.

하지만 그 안에는 아무도 없었다.

"뭐……?!"

하머스는 시로의 작전에 완전히 걸렸다.

시로가 격납고에 있는 기체를 지원군으로 보낸 것은 기체 조작 권을 미리 확보하기 위해서였다. 경호원을 의체 사용자로 한정하 고 관리자 권한까지 요구한 것은 탈주하는 자신을 확장현실로 위장하기 위해서였다. 하머스에게 치료를 권한 것은 확장현실을 이용한 은폐가 통하지 않는 하머스를 멀리하기 위해서였다.

그리고 하머스를 도발해 기체를 쫓게 한 것은 하머스가 무인기를 쫓아가는 동안 탈출하기 위해서였다.

광학미채 등으로 모습을 감추거나 감시 장치의 데이터에서 자신의 존재를 지워도 초인인 하머스는 감지할 수 있다. 확실하게 탈출하려면 하머스가 자신의 존재를 감지할 수 없는 거리까지 멀어져야 한다. 시로는 거기까지 생각하고 있었다.

"젠장!"

하머스가 화를 내며 주먹을 휘둘렀다. 기체는 그 일격에 안에서 터졌다. 공중에 내팽개쳐진 하머스는 전혀 당황하지 않고, 그러나 매우 험악한 표정을 지으며 착지했다. 그리고 심각한 표정으로 정보단말을 꺼내 쿠가마야마 시티를 향해 달려가면서 통신을 연결한다.

"긴급 연락! 시로가 탈주했다! 이쪽은 확보 실패! 아직 쿠가마야마 시티 부근에 있을 것이다! 당장 포위망을 구축해 줘!"

사카시타 중공 부대는 연락을 받은 즉시 쿠가마야마 시티 안팎에 수색망을 구축했다. 하지만 시로는 찾을 수 없었다.

◆

쿠가마야마 시티의 하위 구획에 있는, 여러 헌터가 이용하는 저렴한 숙소. 그곳의 한 방에서, 시로가 하머스에게 보여주지 않았던 진지한 표정을 짓고 있다.

"당분간은 자유롭게 움직일 수 있을 거야. 이런 기회는 두 번 다시 없어. 어떻게 하면 좋을까? 생각해 봐."

시로도 사카시타 중공의 수색을 장기간 피할 수 있을 거라고는 생각하지 않는다. 이 귀중한 시간을 낭비하지 않기 위해 필사적으로 고민한다.

사카시타 중공 소속 구영역 접속자라는 중요 인물이 사카시타 중공에서 도망치는 폭거를 감행해서라도 이루고 싶은 일을 어떻게든 성공시키기 위해.

◆

집으로 돌아온 아키라는 바로 목욕하기로 했다. 그리고 리모델링을 마친 욕실을 보고 감탄사를 내뱉는다.

"오오!"

욕실 리모델링은 이미 끝난 상태였다. 요란하고 호화로운 인테리어는 없지만, 고품격 고급 디자인으로 된 실내를 보기만 해도 이전과는 다른 욕실임을 한눈에 알 수 있다. 욕조도 반짝반짝 빛난다.

물론 여기까지는 눈에 보이는 부분에 대한 이야기다. 알파에게 부탁하면 확장시야에서 이보다 훨씬 고급스러운 것을 재현할 수 있다. 아키라도 그 사실을 아니까, 눈에 보이는 것만으로는 알 수 없는 부분을 느끼고자 기쁜 마음으로 입욕 준비를 시작했다.

그리고 욕조에 들어가 목욕물에 몸을 담근다. 어지간한 목욕물과는 성분부터 다른 고급 목욕물에 목까지 담그고, 그 차이를 온몸으로 맛본다.

"아…… 아아…………."

몸과 마음에 쌓인 피로가 목욕물에 녹아드는 느낌에, 아키라는 풀어진 얼굴로 나른한 목소리를 냈다.

평소처럼 함께 목욕하는 알파가 그런 아키라의 모습을 보더니 얼굴을 가까이 대고 미소를 지었다.

『아키라. 참 기분이 좋아 보이네.』

"그래……. 최고야 ……. 이제 틀렸어……. 더는 예전 욕실로 돌아갈 수 없어……."

바로 옆에 있는 알파의 알몸을 보고도 아키라는 전혀 반응하지 않는다. 확장현실 속 존재여서 원래는 만질 수 없는 그 매혹적인 몸을, 아키라는 의수를 통해 현실과 유사하게 접촉함으로써 조금은 알파의 알몸을 의식하게 되었다. 하지만 지금은 그 감각도 싹 날아갔다. 그 정도로 아키라의 영혼은 목욕물에 녹아들었다.

그 무반응을 보고, 알파가 작게 한숨을 쉬었다.

『그래. 그렇다면 천천히 만끽해. 그만큼 고생했으니까.』

"그래……."

아키라는 너무 기분이 좋은 나머지 마치 몸에서 피로를 날조해 곧바로 목욕물에 풀어서 녹이는 듯한 감각을 느끼며, 그 뒤로도 완전히 늘어진 얼굴로 최고의 목욕을 즐겼다.

행복한 시간을 만끽하고 욕실에서 나온 아키라는 편안한 여운에 취해 침실로 향했다. 오늘은 이대로 자자. 정말 기분 좋게 잘 수 있을 거다. 그렇게 생각하며 방에 들어서자마자 쓰러지듯 침대에 눕는다. 그리고 잠기운에 몸을 맡기고 눈을 감았다.

눈을 뜬 뒤에도 아키라의 헌터 활동은 계속된다. 불운을 꺾고, 사투에서 이기고, 죽을힘을 다해 얻은 모든 것을 지금까지 그랬듯 자신의 목숨과 함께 다음 판에 올인한다.

그것을 알파가 말리는 일은 없다. 아키라가 알파의 의뢰를 완수할 때까지. 지금껏 그랬듯이.

그것이 앞으로도 계속될지, 아니면 얼마 남지 않았는지, 지금은 아키라도 알파도 모를 일이다.

〈계속〉

■ 초인(超人)

SYLPHEED-A3

실피드 A3

쩨게르트 시티에서 파는 흰색 고성능 바이크. 두 바퀴에서 포스 필드 아머(역장 장갑)로 된 발판을 생성함으로써, 공중을 비행이 아닌 '주행'할 수 있다. 다루기 까다로운 탈것이라고 해서 가게 직원도 별종이라고 표현했는데, 알파가 추천해서 구매했다. 가격은 블레이드 생성기 등 옵션을 포함해서 38억 오름.

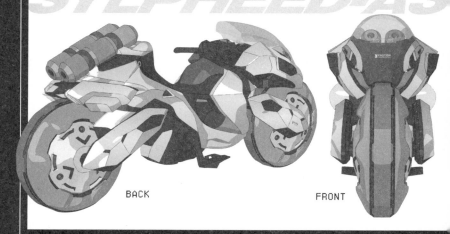

BACK

FRONT

도시 간 수송차량 호위 의뢰를 마치고
쿠가마야마 시티로 귀환한 아키라.
쿠즈스하라 시가지 유적 중심부 공략을 위해
고랭크 헌터들이 속속 나타나는 가운데,
유적을 둘러싼 상황이 변해간다.
그 와중에, 아키라는 캐럴에게 유적 공략을 제안받는데……?

**새 장비를 입수한 아키라가 마침내
쿠즈스하라 시가지 유적의 중심부로 떠난다!**

글 나후세
세계관 일러스트 와잇슈
일러스트레이션 긴
메카닉 디자인 cell

리빌드 월드
Rebuild World
NEXT EPISODE >>>
VIII

애니메이션 제작 발표!
인기 SF 배틀 액션, 새 에피소드!

리빌드 월드 7 초인(超人)

2024년 12월 16일 제1판 인쇄
2024년 12월 20일 제1판 발행

지음 나후세
일러스트 긴 | 세계관 일러스트 와잇슈
메카닉 디자인 cell

제작 · 편집 노블엔진 편집부

발행 데이즈엔터(주)
등록번호 제 2023-000035호
주소 07551 서울특별시 강서구 양천로 570 NH서울타워 19층
대표전화 02-2013-5665

ISBN 979-11-380-5525-3
ISBN 979-11-380-0237-0 (세트)

REBUILD WORLD Vol.7 CHOJIN
ⓒNahuse 2023
First published in Japan in 2023 by KADOKAWA CORPORATION, Tokyo.
Korean translation rights arranged with KADOKAWA CORPORATION, Tokyo.

"VOLUME"
009

만화 : 아야무라 키리히토
원작 : 나후세

캐릭터 디자인 : 긴
세계관 디자인 : 와잇슈
메카닉 디자인 : cell

리빌드 월드

NOEN COMICS

[만화 / 전자서적 전용]

리빌드 월드 1~9

(만화 : 아야무라 키리히토 / 원작 : 나후세)

고생한 끝에 낙이 온다?! '건강한 몸'을 얻어서 여유롭게 땅을 갈고
농사를 짓는 이색 슬로 라이프 스토리, 스타트!

이세계 유유자적 농가

1~11

투병 끝에 젊은 나이로 세상을 떠난 청년.
신의 자비로 '건강한 몸'을 받아서 전이한 이세계에서, '만능농기구' 하나로
생전에 꿈만 꿨던 농사일을 시작하는데——
자유롭게 개척하는 대지, 개척한 농지로 하나둘 모여드는 새 가족들.
느긋하고 즐거운 삶이 여기에 있다!

게임 시나리오 라이터가 전하는
슬로 라이프×이세계 농업 판타지, 여기에 개막!

나이토 키노스케 지음 / 야스모 일러스트

최강 마법사의 은둔계획

1~11

마물이 날뛰는 세계. 최전선에서 항상 목숨을 걸고 싸운 젊은 천재 마법사 아르스 레긴.
마침내 의무 복무를 마치고, 16세 나이에 퇴역을 신청한다.
하지만 10만 명이 넘는 마법사의 정점에 군림한 한 자릿수 넘버, '싱글 마법사'인
아르스를 국가에서는 놓아주려고 하지 않고,
우여곡절 끝에 후임 양성을 조건으로, 아르스는 신분을 숨긴 채
일반 학생으로 마법학원에 다니며 후임을 육성하기로 하는데──

모든 것은 평온한 은둔생활을 쟁취하기 위해! 최강 마법사의 은퇴 영웅담!!

이즈시로 지음 / 미유키 루리아 일러스트

BRUNHILD
용을 죽인 브륀힐드

전설의 섬 〈에덴〉 공략에 임하는 인류는 섬을 수호하는 용의 반격에 몇 번이고 전멸했다.
〈드래곤 슬레이어〉 시기베르트 지크프리트가 이끄는 노벨란트 제국군을 제외하고,
시기베르트의 어린 딸, 브륀힐드는 우연히 밀려든 에덴 해안에 남겨져 살아남는다.
백은색 용이 어린 소녀를 거두고, 자기 딸처럼 키웠다. 인간과 용은, 서로를 아끼고 사랑했다.
그러나 13년 후, 시기베르트가 쏜 대포는 용의 생명을 앗아가고——

브륀힐드의 가슴에서 살아나는 것은 믿음과 용서를 바란 용의 가르침.
진정 따라야 하는 것은 사랑하는 자가 남긴 말인가, 식을 줄 모르는 복수심인가——.

Yuiko Agarizaki 2022
Illustration : Aoaso
KADOKAWA CORPORATION

아가리자키 유이코 지음 / 아오아소 일러스트